오래된 철도

Old Railway

오래된 철도
Old Railway

초판 1쇄	2019년 07월 01일
지은이	박근용
발행인	김재홍
디자인	이근택
교정·교열	김진섭
마케팅	이연실
발행처	도서출판 지식공감
브랜드	문학공감
등록번호	제396-2012-000018호
주소	경기도 고양시 일산동구 견달산로225번길 112
전화	02-3141-2700
팩스	02-322-3089
홈페이지	www.bookdaum.com
가격	22,000원
ISBN	979-11-5622-448-8 03810
CIP제어번호	CIP2019017705

이 도서의 국립중앙도서관 출판예정도서목록(CIP)은 서지정보유통지원시스템 홈페이지(http://seoji.nl.go.kr)와 국가자료공동목록시스템(http://www.nl.go.kr/kolisnet)에서 이용하실 수 있습니다.

문학공감은 도서출판 지식공감의 인문교양 단행본 브랜드입니다.

※ 용어의 일관적인 사용을 위하여 도시 및 지명 등은 구글 지도에 표기되어 있는 방식을 최대한 활용했습니다.

하바롭스크 1

블라디보스토크 2

1 우수리스크

2 하얼빈

3 창춘

4 선양

5 톈진

안샨

다롄 1

옌볜

베이징

지안

칭다오

카이펑

정저우

시안

란저우

지안

자민우드

후허하오터

바오터우

둔황

투루판

자위관

우루무치

얼렌하오터

울란바토르 5

울란우데 2

치타

이르쿠츠크 3

바이칼스크 3

노보시비르스크 4

예카테린부르크 5

카잔 6

모스크바 7

상트페테르부르크 1

헬싱키 3

탈린 4

리가 5

빌뉴스 6

바르샤바 7

베를린 8

쾰른 9

브뤼셀 10

런던 11

CONTENTS

3장 유럽 횡단

CONTENTS

사람이 살아가는 도시의 감동을 온전히 느끼기도 부족하고,

항상 그 도시를 떠나고 나면 아쉬움도 남는다.

그렇기 때문에 나의 여행방식이 옳다고 말하고 싶지 않다.

다만 나는 그렇게 흘러가는 횡단을 해보고 싶었다.

1장

유라시아 횡단여행을
꿈꾸다

I 유라시아 횡단 꿈의 태동

노란 손수건과 빨간 배낭

손목에 찬 노란 손수건과 빨간 나이키 배낭은 나의 20대 배낭여행의 상징이다. 2001년 7월 30일 군대를 제대한 후, 바로 4일 뒤 첫 배낭여행을 위해 8월 3일 톈진으로 향하는 배에 올랐다. 총 여행 경비는 약 70만원으로 군대에서 모은 월급과 일부 부족한 돈은 부모님께 도움을 받았다. 그 후 3년 동안 매년 중국으로 배낭여행을 떠났다.

2001년 8월 첫 배낭여행은 톈진, 베이징, 시안, 충칭, 장강(삼협 三峽), 우한, 태산(泰山), 난징, 상하이, 항저우, 쑤저우 등 황허와 장강 사이를 중심으로 여행하였다.

2002년 6월 한·일 월드컵이 한창이던 때[1] 옌볜, 백두산, 지안, 선양, 베이징, 후허하오터, 란저우, 둔황, 투르판, 우루무치, 자위관, 시안, 뤄양, 소림사(少林寺), 정저우, 카이펑, 칭다오 등 주로 황허 북쪽을 여행하

---

1) 한·일 월드컵에서 한국이 4강에 진출할 것이라고 예상하지 못하고 여행일정을 잡았다.

였다. 백두에서 중국 서쪽 끝까지 그리고 다시 산둥반도까지 왕복 1만 km에 달하는 중국 횡단철도(TCR : Trans China Railway) 여행이었다.

2003년 2월 마지막으로 중국 남쪽 쿤밍, 다리, 리장, 구이린, 광저우, 선전, 홍콩 등 장강 이남을 여행하였다. 이렇게 3번에 걸쳐 티벳*을 제외한 중국 대부분 지역을 여행하였다.

* 당시에는 티벳 칭장철도가 없었고, 청뚜(成都)에서 비행기를 타고 4일(3,500 위안) 내지 6일(4,300위안)에 다녀오는 현지 패키지는 가능하였다. 그러나 배낭여행을 하는 학생에게는 부담스런 가격이었다. 그 당시에도 도전정신이 훌륭한 친구들은 트럭에 올라타서 무전여행으로 다녀오는 경우도 있었으나, 나는 그 정도 용기까지는 내지 못하였다.

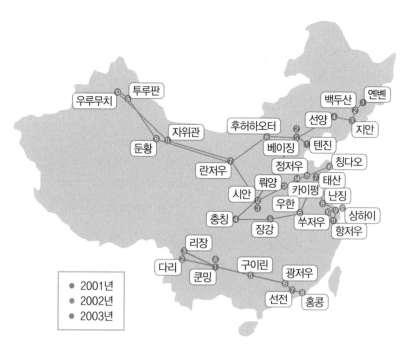

▲ 2001, 2002, 2003년 중국대륙 여행

오래된 철도

우루무치에서 실크로드를 따라 기차를 타고 산둥반도까지 오면서 꿈이 생겼다. 동해에서 배를 타고 블라디보스토크에 가서[2], 시베리아 횡단열차를 타고 모스크바까지 그리고 베를린, 벨기에를 지나 유로스타를 타고 런던까지 가는 것이다. 그리고 런던에서 파리, 로마, 이스탄불, 그리고 파미르 고원을 넘어 우루무치에서 산둥반도까지 와서 배를 타고 인천까지 비행기를 타지 않는 유라시아 횡단의 꿈이다.[3]

2003년 가을로 기억한다. 당시 우리 학교를 포함한 여러 대학에서 공동으로 만든 OCU(한국열린사이버대학교)라는 사이버 강의가 있었다. 내가 수강했던 과목 중 하나는 부산외대 불문과 김택모 교수님의 '유럽문화 답사기행'이라는 강의로, 유럽에 있는 유네스코 세계문화유산에 대하여 소개하는 강의였다. 그 강의를 수강하면서 유라시아 횡단에 대한 생각은 더 간절해졌고, 우연한 계기에 교수님과 횡단계획에 대하여 이메일로 이야기하게 되었다. 교수님 본인께서도 비슷한 꿈이 있었는데 아직 해보지 못했다며 꼭 꿈을 이루기 바란다는 격려를 해주셨다.

---

2) 유라시아 횡단을 꿈꾸던 2002~2003년에는 '동춘훼리'라는 배가 속초에서 러시아 블라디보스토크 바로 아래 자루비노 항구까지 운항했다.

3) 아직 횡단하지 못한 이스탄불-우루무치 구간은 안전에 대한 문제가 해결되기 전에는 실행하기 어려울 것 같다.

꿈은 그냥 꿈으로 남겨두었지만

그러나 냉정하게 꿈은 꿈으로 끝났다. 대학을 졸업하고 평범한 직장인이 되었다. 누구나 그렇겠지만 평범한 직장인에게 여름휴가 5일은 회사에서 받을 수 있는 최대 기간이다. 나 역시 마찬가지였다. 1년에 한 번 5일 휴가를 내고 휴가 앞과 뒤 주말을 최대한 활용해서 9일 동안 유럽이나 미국 등 가 보고 싶었던 곳으로 여행을 떠나는 것이 전부였다. 이 정도 휴가도 직장인이 누리기 힘든 나에게 주어진 축복이었음을 알고 있으며 감사하게 생각한다.

연휴에는 동남아를 다니고, 여름휴가에는 미국, 유럽을 다니면서 유라시아 횡단이라는 꿈은 포기하고 살았다. 좀 더 정확하게 말하자면, 꿈이 잊혀 간다는 것에 대한 자각조차 없이 그냥 잊고 있었다.

총 맞은 것처럼 생(生)의 감각을 흔들어 깨우고

대전에서 고등학교 졸업 후 대학교 진학을 위하여 처음 서울로 왔을 때 한 달 정도 외삼촌 집에서 살았다. 학교에 처음 다녀오던 날 외삼촌 둘째 딸이 태어났다. 중학교 선생님이고 대학원에 다니시던 외숙모가 늦으시는 날에는 첫째 사촌동생을 대신 돌보던 날도 있었다. 시간은 흘러 대학교를 졸업하고 어느덧 직장인으로서 생활도 10년이 넘어 마흔이라는 나이가 다가오고 있었다. 현실이라는 한계에 부딪히며 삶의 명확한 목적도 없이 대학생 때 가졌던 꿈보다는 현실에 맞춰 살아가는

오래된 철도

법에 익숙해져 있었다.

2016년 7월 어느 여름날 페이스북(Facebook)을 보다가 총 맞은 것처럼 깜짝 놀랐다. 내가 대학교 입학했을 때 돌보던 그리고 태어난 사촌동생이 대학생이 되어 모스크바에 머무르며 기차로 베를린, 프라하 등 유럽을 자유롭게 여행 다니고 있었다. 사촌동생이 태어났을 때 꿈꾸던 것들을 나는 포기하고 살고 있는데, 사촌동생은 이제 스무 살 나이에 그 가운데서 일부를 하고 있었다.

'아! 나는 이제 곧 마흔이 되어 가는데… 그 꿈을 꾸고 있을 때 태어난 사촌동생이 나보다 먼저 여행을 하는구나!' 이렇게 감탄만 하며 나중에, 나중에 미루다가는 결국 실행하지 못하고 유라시아 횡단 꿈을 접어야 할 것 같았다.

서른아홉. 아직 삼십대에 유라시아 횡단 결심

여행도 유행을 타는 것 같다. 최근 가장 각광받는 여행지로 블라디보스토크가 떠올랐다. 항공노선도 다양해지고, 각종 방송 프로그램에서 앞다투어 블라디보스토크를 방문해서 프로그램을 촬영하며 도시를 소개하고 있다. 이러한 블라디보스토크가 각광받는 관광지가 된 것은 그리 오래전 일이 아니다. 2014년 1월 1일부터 러시아 비자가 면제된 이후 2시간 만에 갈 수 있는 유럽으로 소개되기 시작하면서부터이다.

나와 함께 대학원을 졸업하고 직장을 다니던 동생 원구는 러시아에 출장을 다니면서 블라디보스토크가 여행지로서 각광받을 수 있는 곳이라고 느꼈다고 한다. 그리고 비자면제가 이루어진 후 회사를 그만두고 블라디보스토크에 한국인 여행객을 위한 게스트하우스를 열었다. 각종 방송 프로그램에도 출연하고 블라디보스토크 여행객들에게 가장 유명한 '슈퍼스타 게스트하우스'이다.

원구에게 시베리아 횡단에 대하여 물어보니 본인도 해본 적은 없으나, 게스트하우스에 묵고 가는 게스트 가운데 도전하는 사람들이 가끔 있다고 한다. 그중 한 분은 정년퇴직하신 분이셨는데, 한국에서 SUV 중고차 한 대를 사서 배에 싣고 블라디보스토크로 오셨다고 한다. 자동차로 시베리아를 횡단해 보시겠다고 출사표를 던지셨다는 것이다. 성실한 가장이자 직장인으로 한평생을 살아오시고 건강이 허락될 때 못다 이룬 꿈을 이뤄보겠다고 떠나셨단다. 기차로 횡단하는 것보다 몇 배 더 체력과 시간이 소모되는 자동차 횡단에 성공하셨는지는 모른다. 그러나 그런 도전적인 이야기로 인하여 나도 해보겠다는 의지가 불타올랐다.

마흔이면 아직 젊다고는 할 수 있지만 대학생 때와는 체력이 분명하게 다르다. 그러나 아직은 떠날 수 있고, 아직은 해낼 수 있는 나이이다. 아쉬움은 있더라도 후회는 남으면 안 된다는 생각에 조금 더 늦기 전에 오래된 숙제를 해야겠다고 생각했다. 그리고 2016년 7월 어느 여름날 드디어 오래된 숙제를 끝내 보고야 말겠다고 결심했다.

▲ 블라디보스토크 슈퍼스타게스트하우스. 불이 켜진 2층이 슈퍼스타게스트하우스이다

II 유라시아 횡단여행 계획

　구글 지도에서 검색해 보니 블라디보스토크에서 런던까지 11,532km, 걸어가면 95일 20시간(2,300시간)이 걸린다. 물론 이 시간은 쉬지 않고 걸었을 때이니 아무리 열심히 걸어간다고 하더라도 2년은 걸릴 것이다. 자동차는 147시간, 기차를 타고 쉬지 않고 간다면 약 9일 정도 나온다. 이론상으로는 만 9일이면 출발하는 날, 돌아오는 날 감안하여 11~12일 동안 쉬지 않고 기차만 타고 간다면 런던까지 갈 수도 있는 시간이다. 그렇게라도 가고 싶은 마음이야 간절하지만 양계장 닭처럼 갇혀서 갈 수만은 없지 않은가? 사람인지라 쉬기도 하고, 샤워도 해야 하지 않을까 싶다.

　약 절반 정도 시간은 주요 도시에서 내리고, 약 절반 정도 시간은 기차를 타고 부지런하게 이동하면 만 18일 정도 걸릴 것이다. 한 번에 끝까지 한 달 동안 횡단하면 좋겠지만 나는 직장인이다. 회사에 한 달 정도 휴가를 신청한다면 책상도 없어지겠지만, 휴가를 신청할 수 있는 개인 연차도 없다. 두 번에 나누어 간다면 만 9일씩 소요된다. 출발하는 날과 돌아오는 날을 감안하면 약 11박 12일 정도 두 번이면 횡단이 가능하다는 계산이 나온다.

유라시아 횡단을 두 번으로 나누는 것은 의외로 간단하게 끝났다. 모스크바라는 명확한 중간 기준점이 있었다. 블라디보스토크에서 모스크바까지, 모스크바에서 런던까지 이렇게 두 번으로 나누는 것이다. 블라디보스토크에서 모스크바까지는 2016년에 횡단하고, 모스크바에서 런던까지는 2017년에 횡단하는 것으로 결론 내렸다. 그리고 처음에는 계획하지 않았지만, 2018년에는 시베리아 미 횡단구간과 몽골구간 여행을 통하여 유라시아 대륙 주요 철도 횡단을 마무리하기로 계획하였다.

시베리아 횡단(블라디보스토크–모스크바)

주말 + 5일 휴가 + 주말이면 9일이다. 11박 12일을 확보하기 위해서는 반드시 공휴일과 연계되어야 한다. 2016년에는 광복절이 월요일이었으나, 이미 출발하기 늦었다. 10월 3일 개천절이 월요일이었다. 9월 24일 출발한다면 10월 3일까지 10일 동안 여행이 가능하다. 10일 동안 시베리아 횡단 일정을 열심히 계획하기 시작했다. 러시아 철도청 홈페이지(www.rzd.ru)에 접속해서 9월 24일 블라디보스토크부터 모스크바까지 기차 시간을 계산했다. 블라디보스토크에서 모스크바까지는 기차에서 내리지 않더라도 6박 7일이 걸린다.[4] 한국에서 출국과 입국까지 감안하였을 경우 최소한 9일 정도 시간확보가 필요하다.*

---

4) 가장 빠른 No. 001M 기차는 약 6일 2시간 3분이 걸리고, No. 0993 기차는 약 6일 16시간 50분 걸린다.

* 시베리아 횡단열차 만이라도 한번 타보고 싶은 경우 토요일 낮 인천에서 출발하는 비행기를 타고 블라디보스토크로 가서 그 날 저녁에 출발하는 횡단열차를 타면 된다. 가장 느린 №. 099Э 기차도 1주일 뒤 토요일 11시 13분에 모스크바에 도착한다. 그 날 저녁에 출발하는 비행기를 타면 일요일 오전에는 한국에 돌아올 수 있다. 다만 이렇게 일정을 잡을 경우 여행의 모든 시간을 시베리아 횡단열차에서만 보내야 한다.

시베리아만 횡단한다면 충분히 가능한 시간이나, 중간에 주요 도시에서 내린다면 도저히 불가능한 시간이다.

침대 옆에 커다란 지도를 붙여 놓고 오랫동안 고민했다. 결론은 10월 3일 모스크바에서 출발하는 비행기를 타고 10월 4일 오전에 인천에 도착하여 오후에 출근하는 것으로 즉 5.5일 연차를 내는 것이다. 그리고 하바롭스크에서 이르쿠츠크까지 국내선 비행기로 약 3시간 반을 이동하는 것이다. 이렇게 여행코스를 정하다 보니 횡단에 걸맞지 않게 3시간 반 비행기 이동거리가 발생하였다.[5] 이 구간에 대해서는 향후에 별도로 세 번째 횡단을 하는 것으로 결론 내렸다.

---

5) 하바롭스크에서 이르쿠츠크까지 №. 001M 2일 9시간 11분, №. 099Э 기차는 2일 14시간 3분 소요된다.

유럽 횡단(모스크바-런던)

2017년에는 예상하지 못했던 5월 대통령 선거일이 발생했다. 4월 29일 토요일, 30일 일요일, 5월 1일 월요일 근로자의 날, 2일 화요일 회사 선택적 공동연차 사용일, 3일 수요일 석가탄신일, 4일 목요일 회사 의무적 공동연차 사용일, 5일 금요일 어린이날, 6일 토요일, 7일 일요일, 9일 화요일 대통령선거일로 연결되는 황금연휴이다. 5월 8일 월요일 하루만 연차를 낸다면 11일 여행이 가능하다. 더욱이 모스크바-런던 구간은 이동거리가 시베리아보다 짧아서 촉박하기는 하지만 충분히 가능한 일정이었다. 덕분에 모스크바에서 바르샤바 방향으로 직접 가는 기차를 타지 않고, 핀란드와 발트 3국까지 여행하면서 횡단할 수 있는 여유도 생겼다.

동 시베리아·몽골 횡단*(하바롭스크-베이징)

이 구간 여행은 처음에는 계획이 없었다. 2016년 시베리아 횡단에서 하바롭스크-이르쿠츠크(정확히 바이칼스크⁶)까지 비행기로 이동한 구간을 마무리하기 위해 계획했다. 그러나 횡단여행을 계획하다 보니 무엇인가 조금 더 새로움을 만들고 싶었다. 결론부터 말하자면 하바롭스크에서

---

6) 이르쿠츠크에서 바이칼호수를 보기 위하여 바이칼스크까지 동쪽으로 기차를 타고 다녀왔기 때문에 횡단을 하지 못한 구간을 정확히 말하자면 하바롭스크-바이칼스크 구간이다.

바이칼스크까지 횡단하여 시베리아 횡단 전 구간을 마무리하고, 울란우데에서 몽골의 울란바토르를 거쳐 베이징까지 일정을 계획하게 되었다. 즉, 동 시베리아 구간 + 몽골 횡단철도(TMGR : Trans Mongolia Railway) 구간이다. 이 구간까지 횡단을 한다면 시베리아 횡단철도(TSR : Trans Siberian Railway), 중국 횡단철도(TCR), 몽골 횡단철도(TMGR), 유럽 횡단철도까지 횡단하게 되는 것이다. 이 구간 횡단은 5일 휴가를 내서 9일 정도 시간이면 가능하다. 다만, 몽골은 이동할 수 있는 기차가 많지 않았고, 러시아 기차와 달리 한국에서 인터넷을 통하여 예약이 잘 되지 않았다. 또한 국경을 통과하기 위해서는 비자 2개를 신청해야 했다.

* 몽골을 관통하는 TMGR에 대해 몽골 횡단철도라는 표현을 조금 더 일반적으로 사용하고 있는 것 같다. 그러나 몽골 철도는 동과 서보다는 남과 북을 연결하기 때문에 횡단 보다는 종단이라는 표현이 더 적합하다고 생각한다. 다만, 동 시베리아 횡단과 연계하여 하나로 묶어 '동 시베리아·몽골 횡단'이라고 사용하기로 한다.

오래된 철도

Ⅲ 혼자 떠나는 유라시아 횡단

나 홀로 미지(未知)의 세계로

해마다 한 번은 온 가족이 함께 떠나는 여행, 한 번은 어머니와 단둘이 떠나는 여행, 한 번은 아내와 단둘이 떠나는 여행, 그리고 한 번은 혼자 떠나는 여행을 하기로 마음먹었다. 물론 이러한 여행목표를 실천하는 것은 시간과 비용 등 모든 면에서 매우 어렵다. 그러나 생각해보면 내 자신에게 다른 핑계를 대면서 의지가 부족했던 것이지 불가능하다고 탓만 할 것은 아니었다. 아직까지도 실행에 부족한 점은 있지만, 스스로를 납득시키기 위한 핑계를 대지 않고 최선을 다하여 실행하고자 노력하고 있다. 매년 특별한 일이 없다면 연차 사용을 최소화하고 모아 두었으며, 여행 경비를 최소화하기 위하여 여름 성수기는 피하고 날씨가 좋은 봄과 가을 비성수기를 최대한 활용하였다.

가족들과 함께 가는 여행은 즐겁기는 하지만 고행(苦行)에 가까울 때도 있다. 그러다가 혼자 자유롭게 여행을 떠날 때면 힘들고 외롭기는 하지만 한없는 자유로움을 느낄 수 있다. 타인에 의하여 가고자 하는 방향이나 목적지, 생각들이 전혀 간섭받지 않을 수 있다는 것은 혼자 떠나는 여행의 가장 큰 장점이다.

여행하는 과정을 보면 인생을 살아가는 방식과도 비슷한 것 같다. 여행을 떠나기 위해 몇 주 동안 장고(長考)에 빠져 일정을 만들고, 교통편과 숙소를 예약하여 떠난 여행에서 보고, 느끼고, 생각하는 것들은 인생의 작은 축소판이 아닐까? 현실적으로 어렵지만 매년 한 번씩 혼자 떠나는 여행을 통하여 인생을 돌아보는 것은 매우 의미 있는 일이라고 생각한다.

삶처럼 흘러가는 횡단여행을

사람들은 각자마다 좋아하는 여행 스타일이 있다. 얼마 전에 읽었던 『한 달에 한 도시』라는 책의 저자처럼 한 달 동안 한 도시에 머무르며 그곳에서 친구들을 사귀면서 오랫동안 도시를 즐기는 사람도 있다. 그러나 충분한 시간이 허락된다고 하더라도 어디론가를 향하여 항상 유동(流動)하는 성격상 한 달에 한 도시에 머문다면 도시를 즐긴다는 생각보다는 시간이 아깝고 답답하다는 생각이 먼저 들 것 같다.

어찌 되었든 나는 현실적으로나 성격적으로 한 달 동안 모든 것을 끝내고야 마는 여행을 하고 있다. 많은 사람들이 이상향으로 그리지만 쉽게 도전하지 못하는 여행을 해 보고 싶다는 생각과 그것들을 온전히 눈 속에 온전히 담아오고 싶다는 마음으로 말이다. 몽골군이 호레즘 제국을 멸망시키기 위해 전쟁을 알리는 파발보다도 빨리 서진(西進)한 것과 같은 여행은 때로는 힘이 들기도 하고 아쉬움이 남기도 한다. 사람이 살아가는 도시의 감동을 온전히 느끼기도 부족하고, 항상 그 도시를 떠나고 나면 아쉬움도 남는다. 그렇기 때문에 나의 여행방식이 옳다고 말하고 싶지 않다. 다만 나는 그렇게 흘러가는 횡단을 해보고 싶었다.

그리고 생각과 삶이 담겨 있는 글로

나의 여행에 대한 이야기는 많은 사람들이 부러워할 만한 여행이기도 하지만, 한편으로는 많은 공감을 얻기는 어려운 여행이라고 생각한다. 그럼에도 군이 이를 책으로 남기는 명확한 이유가 있다.

몇 해 전 아버지가 돌아가셨다. 가장 소중한 것은 아버지와 함께했던 사실 그 자체에 대한 것들이겠지만, 아버지의 삶이나 생각 역시 그 기억들의 틀에 한정되어 버렸다. 어릴 적 바라보던 성인 아버지와 성인이 되어 바라보던 노인 아버지라는 기억의 틀에 말이다. 어떠한 생각과 고민을 하시면서 본인의 인생과 가족들을 위해 살다 가셨는지 자식으로서 알기에는 부족하였다. 그러다가 아버지의 오래된 다이어리에서 새벽에 쓰신 짧은 글을 보고 아버지 내면의 생각과 삶, 자식에 대한 사랑까지 많은 것을 느낄 수 있었다. 그러나 아버지로부터 군대에서 받은 편지 몇 통, 고시공부를 하는 아들에게 보내신 이메일 몇 개, 그리고 다이어리에 쓰신 글만으로는 아버지에 대한 생각과 삶을 기억하기에는 부족하였다. 그래서 나는 아들과 딸에게 여행기를 통하여 아빠의 생각과 삶이 담겨 있는 글을 남겨주기로 결심하였다.

영화로도 제작되었던 『리스본행 야간열차』라는 소설은 스위스 베른에서 고지식한 라틴어 선생으로 살아가던 주인공이 우연한 계기에 손에 쥐게 된 책 한 권으로 인하여 삶의 진정한 의미를 찾아가는 과정을 그렸다. 포르투갈 독재에 항거했던 젊은 의사는 자신의 생각을 책으로 정리하여 단 100권만 출판하였다. 그 책 가운데 한 권이 스위스 베른의 중고 책방에 흘러들어 왔고, 주인공은 우연한 계기로 이 책을 보고 열정적이었던 책 속 주인공들의 삶을 찾아 나서는 이야기이다.

나의 여행기도 단순히 글로 남기는 것보다는 정리하여 책으로 만들면 조금 더 의미가 있을 것이라 생각하여 만들게 됐다.

꿈이 있었으나 현실에 부딪히고, 두려움에 부딪히고…

그러다가 결국 이십대에 하지 못하고 삼십대에도 못했다.

이러다가 시베리아 횡단도 그렇고 다른 모든 것들 다 내 자신에게

핑계를 대는 법에 익숙해져 아무것도 제대로 하지 못할 것 같았다.

결국 용기를 내어 삼십대가 100일도 채 남지 않은 시점에 출발했다.

왜냐하면 하고 싶으니까. 그리고 지금 할 수 있으니까.

2장

시베리아 횡단

– 블라디보스토크에서 모스크바까지

Ⅰ 시베리아 횡단 준비

시베리아 횡단 일정 만들기

　여행은 떠나서 즐거움과 설렘도 있지만, 무엇보다도 큰 즐거움 가운데 하나는 여행을 계획하고 만들어 가는 과정이다. 직장에 다니면서 바쁜 일정과 상사 눈치를 보아가며 시간을 내고, 여행 일정을 만드는 과정에서 진정한 즐거움이 느껴진다. 네이버와 구글 등 각종 포털을 검색해서 러시아 기차표 예약하는 방법을 알아가고, 예약한 방법대로 실제 예약이 되는지 설렘 반 두려움 반으로 해 나아가는 과정은 여행을 좋아하는 사람이라면 누구나 그렇겠지만 즐거운 고민이다.

　시베리아 횡단의 상징은 블라디보스토크에서 모스크바까지(또는 모스크바에서 블라디보스토크까지) 이어진 9,288km 횡단철도이다. 시베리아 횡단열차표는 한국에서도 인터넷을 통하여 어렵지 않게 예약할 수 있다. 횡단하기로 결심한 날은 2016년 9월 24일부터 2016년 10월 4일 오전까지이다. 먼저 휴가 날짜를 확정(나에게 주어진 시간은 10박 11일이다)하고, 러시아 입국과 출국 비행기 편을 예약했다. 두 비행기 시간 안에서 시베리아 횡단을 마무리해야 한다. 블라디보스토크에서 모스크바까지는 가장 빠른 기차(№ 001M)로도 약 6일 2시간(146시간)이 소요된다. 러시아에 입국하는 날 하루와 돌아오는 날 하루를 감안한다면 기차에 앉아서 횡단만 하고 돌아온다고 하더라도 8박 9일은 족히 걸린다. '10박 11일'이라는 시간은 기차를 타고 횡단만 한다면 일부 여유가 있는 일정이기도 하지만 주요 도시에서라도 내린다고 한다면 부족한 시간이다. 최소 13박 14일은 필요하다.

러시아 철도청 홈페이지를 통하여 기차 시간을 맞춰보기 시작했다. 가야 하는 도시를 먼저 확정한 것은 아니고 기차가 도시의 낮에 도착하고 저녁에 올라타거나, 다음 날 기차를 탈 수 있는 도시를 중심으로 연결하기 시작했다. 그러나 시베리아를 횡단하는 기차가 우리나라 KTX처럼 자주 오는 것도 아니고 10박 11일 동안은 불가능했다. 선택할 수 있는 대안은 휴가를 2일 정도 더 늘리던지, 기차에서 내리는 도시를 최소화하는 방법이다. 첫 번째 대안은 회사에서 실행하기가 어려웠고, 두 번째 대안을 선택하려고 했다. 그러나 살면서 시베리아 횡단을 몇 번 할 것도 아닌데 기차에서만 횡단한다면 아쉬움이 남을 것 같다.

갑자기 제3의 대안이 생각났다. 바로 비행시간이 가장 잘 맞고 효율적인 한 구간을 비행기로 이동하여 시간을 단축하는 것이다. 그리고 하바롭스크에서 이르쿠츠크까지 비행시간도 잘 맞고 가격도 저렴한 비행 편을 찾았다. 비행기로 이동하는 구간을 하나 넣어서 횡단 일정을 만들기 시작했다. 여행일정은 잘 만들어졌지만 한 가지 아쉬움이 남는 점은 하바롭스크에서 이르쿠츠크 구간을 비행기로 이동하다 보니 이르쿠츠크 바로 동쪽에 있는 바이칼호수를 보지 못한다는 것이다. 아쉬움을 달래기 위하여 이르쿠츠크에서 '바이칼스크'라는 간이역이 있는 도시(바이칼호수 옆에 자리 잡은 역은 마치 동해바다 옆에 자리 잡은 정동진역과 비슷하다)까지 기차를 타고 갔다가 약 2시간 뒤에 이르쿠츠크 방향으로 돌아오는 기차를 타는 것으로 계획했다.

이렇게 하여 10박 11일 동안 모스크바까지 최종적인 여행 일정이 만들어졌다. 한 구간을 비행기로 이동하는 것이 아쉽기는 하지만 하바롭스크에서 이르쿠츠크 구간은 다음번에 마무리하는 것으로 잠시 내려놓았다.

시베리아로 출발하기 전 준비해야 할 것들

여행 일정이 결정되고 일정에 따라 기차표를 예약하기 시작하였다. 일정에 대한 고민이 해결되자, 호텔 예약, 배낭 꾸리기, 기차에서 무엇을 할 것인지 등 다른 걱정은 부수적인 것에 불과하였다. 물론 전적으로 나의 경우에 해당하는 말이다. 사람에 따라서는 호텔이나 먹는 것, 짐, SNS를 더 중요하게 생각하는 사람도 있을 것이다.

우선 호텔은 한국에서 미리 3일을 예약했다. 블라디보스토크에서는 원구가 운영하는 슈퍼스타 게스트하우스에서 머무르기로 하였기 때문에 별도 예약이 필요 없었다. 이르쿠츠크와 예카테린부르크, 모스크바에 있는 호텔만 예약했다. 러시아 호텔은 대체로 저렴했다. 보통 하루에 한국 돈 5~10만원이면 고급호텔은 아니지만 편안하게 쉴 수 있는 호텔을 예약할 수 있다. 하바롭스크와 노보시비르스크, 카잔에서는 밤에 잠을 자야만 하는 것은 아니기 때문에 여행하면서 상황에 따라 결정하기로 했다.

둘째, 짐은 배낭 하나에 모든 것을 담아 최소화했다. 버리거나 잘 입지 않는 옷들을 중심으로 챙겼다. 또한 속옷과 양말 등은 미리 낡은 옷들을 버리지 않고 잘 모아두었다가 대부분 입고서 버릴 수 있는 것들로 챙겨갔다. 작지만 양말과 속옷이 쌓이는 것도 큰 부담이다. 여행을 많이 다녀 본 사람은 알겠지만 여행하면서 배낭에 양말 하나 더 담거나 덜어내는 것만으로도 어깨 무게가 달라진다.

셋째, 유심은 블라디보스토크에서 구입하는 것으로 했다. 블라디보스토크에서 300루블이면 횡단 내내 사용할 수 있는 유심을 구입할 수 있다. 유심을 사용할 수 있는 데이터가 부족한 것이 아니라 기차가 시베리아를 횡단하는 동안에는 인터넷이 잘 연결되지 않았다.

넷째, 기차에서 무엇을 할 것인지를 결정해야 한다. 끝이 없는 시베리아를 횡단하는 기차 안에서 인생에 대한 고민도 한두 시간이지 일주일 내내 고민만 할 수는 없는 노릇이다. 푸시킨, 도스토옙스키, 톨스토이 같은 러시아 대문호의 작품 중 하나를 챙겨 가기로 했다. 중고서점에 가서 도스토옙스키의 『죄와 벌』, 톨스토이의 『부활』, 『전쟁과 평화』 등 오래된 책을 샀다. 책이 짐이 되면 안 된다고 생각했기에 책을 읽으면서 버리고 오겠다는 생각이었다. 『전쟁과 평화』는 책이 두 권으로 나뉘어져 있고 부피가 컸기 때문에, 한 권으로 된 도스토옙스키의 『죄와 벌』을 갖고 가기로 선택했다.

마지막으로 먹을 것을 챙겨야 한다. 우리나라 팔도 도시락이 러시아에 많다고 하니 굳이 컵라면은 갖고 갈 필요 없고, 햇반은 돌려먹을 전자렌지가 없으니 갖고 가는 것이 소용이 없다. 결국 껌과 사탕 등 기차 안에서 지루한 시간을 달랠 것만 일부 갖고 갔다.

여행일정을 확정하고 기차표를 예약했다. 숙소도 필수적인 것들은 다 예약을 완료했다. 생존에 필요한 것들은 모두 준비했으니, 일단 시베리아로 떠나고 나머지 필요한 것들은 현지에서 조달하면 될 것 같았다. 사실 멀쩡한 몸과 여권, 비행기 티켓, 약간의 현금만 있으면 어디든 못 가겠나 싶다. 회사에는 급한 일들을 마무리하고 퇴근하면서 '시베리아로 갈 테니 아무리 바쁜 일이 있어도 찾지도 말고, 찾아도 연락도 안 될 것이다'라고 했다.

오래된 숙제를 위하여 출발

아침에 일어나 다시 배낭을 점검하고 복대를 찼다. 배낭여행을 갈 때 몸은 조금 불편하지만 항상 복대를 해야 마음이 편안하다. 만약 복대가 끊어지더라도 허리띠 속 안에 넣은 복대는 다리 사이로 쉽게 흘러내리지 않는다. 복대에는 여권과 비상금, 신용카드, 비행기 티켓 등 무슨 일이 발생하여도 집에 돌아올 수 있는 필수품들을 넣어 두었다. 복대는 지갑을 잃어버리더라도 또는 지갑과 배낭을 둘 다 잃어버리더라도 살아서 집에 돌아올 수 있는 안전장치인 셈이다.

9월 24일은 가을 중에서도 가장 아름다운 가을의 한복판이었다. 13시에 출발하는 러시아 에어로플로트 비행기를 타기 위해서는 11시까지 공항에 도착해야 한다. 아침식사를 하고 9시 30분쯤 배낭을 메고 일어섰다. 초등학교 1학년 딸과 유치원에 다니는 아들이 눈에 밟힌다. 토요일 아침에 막 눈 비비며 일어나서, "아빠 어디가?"라며 묻는다. 시베리아를 횡단하러 떠난다고 한들 무슨 말인지 알아듣겠냐 싶다. 눈에 밟히지만 내가 좋아서 선택한 여행이고 그렇게 꿈꾸던 여행이다. 시간이 되었으니 떠나야지. 높은 가을 하늘만큼이나 오랫동안 갈망하던 오래된 숙제를 하러 떠난다는 기대에 한껏 부풀어 올랐다.

지하철 9호선을 타고 김포공항에서 공항철도로 갈아탔다. 늦지 않게 공항에 도착해서 블라디보스토크에 있는 동생 원구에게 카카오톡 메시지를 보냈다. 원구는 블라디보스토크 공항에 도착해서 와이파이를 연결해서 연락을 주면 게스트하우스까지 올 수 있는 택시를 대신 호출해 주겠다고 했다. 공항에서 직접 택시를 잡아타면 1,500루블 정도 하지만 택시 어플로 호출을 하면 900루블에 올 수 있다고 한다. 돈보다도 러시아 말 한마디 못하는데 택시를 타고 어떻게 주소도 모르는 원구네 게스트하우스까지 가겠냐 싶다.*

공항에서 이른 점심식사를 하고 비행기를 기다렸다. 곧 출발이구나! 토요일 오후라 그런지 비행기는 조금 늦게 이륙했다.

---

* 2001년 처음 중국 배낭여행 갔을 때이다. 늦은 밤 베이징 시내에 도착하여 '니하오(你好)'라는 중국어 말 한마디 못한 채 택시를 탔다. 택시기사에게 지도를 손가락으로 가리키며 가 달라고 손짓했다. 그리고 처음 온 곳에 대한 막연한 공포감에 왼손은 지도를, 오른손은 주머니 속에 맥가이버 칼을 잡고 있었다. 우리는 4명이고 택시 운전기사는 혼자였는데 말이다.

오래된 철도

▲ 블라디보스토크 역에서 출발을 기다리는 횡단열차

01

시베리아 횡단열차가 출발하는
블라디보스토크

▲ 시베리아 횡단철도가 시작하고 끝나는 블라디보스토크 역

첫 만남, 그리고 첫 헤어짐

인천공항을 이륙한 비행기는 동쪽을 바라보고 경기도, 강원도를 지나 동해바다로 직접 날았다. 대한항공 등 우리나라 국적 비행기는 중국으로 돌아서 비행한다는데, 러시아 국적 비행기는 과감하게 동해로 빠져나와 기수를 북으로 돌렸다. 블라디보스토크가 있는 연해주에 이르자 짙은 구름 아래 숲으로 이루어진 육지들이 나타나기 시작했다. 비행기가 한적한 활주로를 미끄러져 내려가고 있는데 멍하니 창밖을 바라보다가 갑자기 나중에 어머니를 모시고 오면 좋을 것 같다는 생각이 든다. 처음 중국으로 배낭여행을 가겠다고 중국 돈을 환전해 왔을 때 어머니가 100위엔 지폐에 그려진 마오쩌둥을 알아보셨다. 어머니도 어릴 적 시골에서 국민학교 다닐 때 중국 공산당 마오쩌둥에 대하여 배우셨다고 한다. 과거 공산국가였던 러시아에 오니 갑자기 마오쩌둥을 알아보시던 어머니가 생각나서 모시고 오고 싶다는 생각이 들었던 것 같다.

비행기 탑승구가 열리자 사람들은 썰물처럼 빠져나갔다. 나는 비행기 제일 뒷부분에 앉아 있었기 때문에 멍하니 사람들이 빠져나가는 모습과 창밖을 번갈아 보며 기다리고 있었다. 그 순간 바로 내 뒷좌석에 혼자 앉아 있던 여자와 눈이 마주쳤다. 우연으로 생각하고 곧 나의 짐을 챙겨 비행기를 나왔다. 공항에서 입국심사를 기다리는데 서로 앞뒤로 줄을 섰다가 또 다시 눈이 마주쳤다. 여자는 걱정이 가득한 얼굴이었다. 블라디보스토크로 들어가는 것에 대한 걱정을 하는 것 같아서, 내가 먼저 "혹시 블라디보스토크 슈퍼스타 게스트하우스 가세요?"라고 말을 건넸다. 여자는 블라디보스토크 시내로 들어가는 것은 맞는

오래된 철도

데 게스트하우스는 근처에 있는 다른 곳이라고 했다. 그러자 내 앞에 줄을 서 있던 여자 두 명이 자기들은 슈퍼스타 게스트하우스에 간다고 같이 가자고 했다. 결국 넷이서 택시 한 대를 타고서 시내로 들어갔다.

원구와 약속한 대로 공항에서 짐을 찾고 나와서 와이파이를 연결해서 도착했다는 카카오톡 메시지를 보냈다. 원구는 곧 택시를 예약해서 택시 차량번호를 보내주었고, 택시만 타면 알아서 게스트하우스까지 올 것이라고 했다. 택시를 타고 블라디보스토크 시내를 들어오는데 비행기에서 보던 날씨와는 달리 서울 하늘처럼 맑고 화창했다. 택시에서 창밖을 보며 멍하니 앉아서 뒷자리 여자들이 하는 이야기를 듣고 있었다. 아직까지 특별히 감탄할 것도 없는데 여자들은 감탄사를 연발하고 있다. 40분쯤 달렸을까? 택시는 대로(大路)를 벗어나 골목으로 접어들었다. 도착해서 알았지만 특별할 것 없던 이 거리가 아르바트라는 블라디보스토크 최고의 명동거리라고 한다.

저 멀리 원구가 밖에 나와서 형이 탄 택시가 도착하기만을 기다리고 있었다. 두 명의 여자는 게스트하우스 손님으로 남고, 나머지 한 명 여자는 다른 숙소를 찾아가야 한다. 다른 숙소를 찾아가야 하는 여자는 30살 정도로 혼자 기차를 타고 이르쿠츠크 바이칼호수 알혼섬까지 간다고 했다. 여자 혼자서 쉽지 않은 결정이었을 텐데… 그래서 그렇게 비행기에서 걱정스러운 눈빛을 하고 있었는지 모른다. "숙소 체크인 하고 심심하면 여기 게스트하우스로 오세요."라며 작별인사를 했다. 그러나 반응은 예상외로 정말 다시 와도 괜찮겠냐는 것이었다. "그럼요. 꼭 오세요."라고 대답하며 헤어졌다.

백혈병 선배의 '일탈'

원구와 늦은 점심식사를 하고 커피를 한잔 마시고 있었다. 한 시간쯤 지났을까? 정말 그 여자가 다시 왔다. 혼자 온 것도 아니라 한눈에 보기에도 범상치 않은 다른 여자를 한 명 더 데리고 왔다. 본인 숙소에서 체크인하다가 만난 여자라고 한다.

함께 온 여자는 혼자 모스크바에서 블라디보스토크까지 시베리아를 횡단하고 블라디보스토크 역에 도착해서 숙소에 막 체크인했다고 한다. 그 여자는 시베리아 횡단 내내 중간 도시에 내리지 않고 6박 7일 동안 한없이 창밖만 바라봤다고 한다. 그러다가 기차가 역에 정차하면 먹을 것을 사고 담배를 한 대 피우고, 다시 기차에 올라탔다고 한다. 7일 만에 블라디보스토크에 도착해서 처음 말을 해보는 사람이 바로 다른 게스트하우스에 체크인을 하러 간다던 택시에 동행했던 여자였다고 한다. 6박 7일 동안 입에 거미줄 친다는 기분이 어떤 기분인지 느껴 보았단다. 그보다 더 지독한 고독과 싸워야 하는 나에게는 남의 이야기 같지가 않았다.

그 여자는 사고방식이나 행동하는 것이 참 독특했다. 하나의 예로 본인은 고등학교 때 삭발을 하고 다녔다는 것이다. 그래서 후배들 사이에서 별명이 백혈병 선배였다고 한다. 왜 삭발을 했냐고 물어보니, 그냥 하고 싶었단다. 여자 혼자 시베리아 횡단을 마치고 와서 여고시절 삭발을 하고 다녔다고 줄담배를 피워가며 말하는 모습이 예사롭지 않았다. 마치 '… 머리에 꽃을 달고 미친 척 춤을 선보기 하루 전에 홀딱 삭발을 비 오는 겨울밤에 벗고 조깅을 야이야이야이야이야 할 일이 쌓였을 때 홀쩍 여행을 아파트 옥상에서 번지 점프를 신도림역 안에서 스트립

42

쇼를 야이야이야이야이야…'라는 가사가 나오는 자우림 '일탈'이라는 노래를 듣는 것 같았다. 한편 그런 이야기를 편하게 하는 모습을 보니 어쩌면 진정한 자유로운 영혼일지도 모른다는 생각도 들었다. 교과서적인 제도권 내에서만 살아왔고, 살아가고 있는 나에게는 조금은 낯설고 부러움의 대상이었다.

원구와 나, 여자 둘과 함께 해양공원 주변을 둘러보며 시간을 보냈다. 다음 날 한 명은 기차를 타고 이르쿠츠크로 출발하고, 다른 한 명은 시베리아 횡단을 마치고 한국으로 돌아간다. 나 역시 다음 날 밤 하바롭스크행 기차를 탄다. 서로의 짧은 인연에 대한 아쉬움을 멀리하고 나중에 한국에 가면 다시 만나자는 마지막 작별인사를 했다.

클럽 CUCKOO의 이방인

여자들과 헤어져 게스트하우스로 돌아오니 밤이 깊었다. 게스트하우스 거실에는 사람들이 모여 이런저런 이야기를 나누고 있었다. 대부분 '오늘 어디 가봤다', '어디가 좋았더라.'라는 여행에 대한 이야기이다. 원구는 술 한잔 하자며 밤 12시까지 기다리라고 했다. 밤 12시에 길을 나서는데 여자 몇 명이 같이 따라나섰다. 알고 보니 다들 블라디보스토크에서 가장 유명한 'CUCKOO'라는 클럽에 가는 길이었다.

원구는 입구에서 입장거절을 당할 수 있으니, 깔끔하게 옷을 입으라고 말했다. 아니나 다를까 같이 갔던 여자 중 한 명이 슬리퍼를 신어서 입장을 거절당했다. 그런데 30분쯤 지났을까? 클럽에서 한참 있는데,

입구에서 거절당한 여자가 다시 나타났다. 혼자 게스트하우스로 돌아가서 신발을 갈아신고 다시 왔다는 것이다. 아! 얼마나 클럽에 오고 싶었으면… 러시아에서 자정이 넘은 시간에 여자 혼자 밤길을 걸어갔다가 다시 왔을까? 대단한 열정이다.

　화려한 조명과 음악 등 러시아 클럽도 우리나라 클럽과 마찬가지였다. 다른 점이라고 한다면 클럽 자체가 아닌 그 안에 있는 사람들이다. 한국에서와 정반대로 러시아 백인들 사이에 우리는 한눈에 봐도 다른 이방인으로 끼어 있었다.

북한식당에서 일하는 밀양박씨

　뉴스 등 언론에서 많이 접해 보았겠지만 중국이나 러시아에는 북한에서 운영하는 식당이 있다. 원구와 택시로 토카레프스키 등대에 다녀오는 길에 북한식당에 들렀다. 북한식당은 2002년 중국 지안(集安)에서 가보고 블라디보스토크가 두 번째이다. 여행을 시작한 지 만 하루도 지나지 않았고, 시베리아 횡

▲ 블라디보스토크에 있는 북한식당.
깔끔한 한식과 평양소주를 맛볼 수 있다

단열차를 타기도 전인데 벌써 한식 생각이 난다.

　북한식당 종업원들 왼쪽 가슴에는 박○○, 김○○ 등 우리와 같은 이

오래된 철도

름이 적힌 이름표가 붙어 있다. 식사를 주문하면서 나와 같은 박씨 성을 가진 여자 종업원에게 "어디 박씨예요?"라고 묻자 "밀양박씨입니다."라고 대답한다. 밀양박씨라는 대답을 듣자 정말 우리나라 사람 맞구나 하는 생각이 든다. 식당에 걸린 금강산 사진을 보며 다시 말을 건네 봤다. "금강산 가봤어요?"라고 묻자 "네, 가봤습니다. 학교에서 다 같이 갔습니다." 대답한다. 우리나라 수학여행 때 경주나 설악산에 가듯이 금강산을 가봤다는 것 같다. 억양은 조금 다르지만 외모, 성씨 모두 나와 같은 한국 사람이 맞다.

아직 정오도 되지 않는 시간이지만 점심식사에 평양소주도 한잔 곁들였다. 깔끔하게 잘 차려진 서울의 한식집 같다. 가격은 제법 비싼 편이지만 맛은 나름대로 괜찮다.

금각만이 내려다보이는 독수리 전망대

점심식사를 마치고 시내로 돌아와서 블라디보스토크 역으로 갔다. 낮에는 출발하는 기차가 없어서 그런지 역은 한산하기만 하다. 바로 옆 블라디보스토크 항구에도 지나다니는 사람이 없다. 혁명광장으로 나와 원구는 일을 처리하기 위해 게스트하우스로 가고, 나는 혼자 금각만이 내려다보이는 독수리전망대로 향했다. 구글 지도로 거리를 보니 멀지 않은 위치였다. 콜라 한 병을 사서 길을 걷기 시작했다.*

* 여행할 때 가장 좋아하는 것이 맥도널드와 코카콜라이다. 맥도널드를 좋아하는 이유는 세 가지 이다. 여행을 오래하다 보면 배가 고픈데 음식이 입에 맞지 않거나, 혼자 사먹는 것에 대한 걱정이 앞서는 경우가 많다. 이럴 때 전 세계적으로 맛의 차이가 크지 않은 맥도널드에서 손쉽게 배고픔을 해결할 수 있다. 또한 맥도널드에는 화장실이 대부분 유료인 유럽에서도 무료 화장실이 있다. 와이파이도 무료로 이용할 수 있다. 미국 자본주의의 상징으로 비난의 대상이 되기도 하지만 여행할 때 이만큼 고마운 존재도 드물다. 또 다른 미국 자본주의의 상징인 코카콜라를 좋아하는 이유는 단순하다. 탄산으로 청량함을 느낄 수 있고, 당분이 있어 배고픔을 달랠 수도 있다. 그리고 기름기 있는 외국 음식을 먹었을 때 거부감이 덜하다. 나라마다 맛이 조금씩 다르기는 하지만 전 세계 오지를 가더라도 비교적 쉽게 구할 수 있다.

▲ 블라디보스토크 역 바로 옆에 위치한 블라디보스토크 여객터미널. 블라디보스토크가 부동항(不凍港) 이라고 하지만 실제로 추운 겨울에는 배가 다니기 어렵다고 한다

오래된 철도

9월 말 청명한 가을날 오후. 이어폰으로 패닉의 '달팽이'가 흘러나오자 나도 모르게 벤치에 걸터앉아 담배 한 개비를 물었다. 담배 한 개비와 녹는 아이스크림 대신 나는 담배 한 개비와 콜라를 들고 길을 나선 것이다. 노래 속 달팽이는 또 다른 이상향 세계를 찾아 나선 반면 나는 또 다른 현실의 지구 반대편을 찾아 기차를 타보겠다고 나섰다. 이상향을 찾아 떠나는 달팽이와 현실 속 이상을 찾아 떠나는 내 모습이 무엇인가를 찾아 떠났다는 사실만은 같다.

오르막길, 교차로, 지하차도까지 30분쯤 걸어 독수리전망대에 도착했다. 조금은 더운 날씨에 오르막길에서는 힘도 들었다. 힘들여 차도와 인도를 번갈아 가며 오르막길을 올라왔는데, 오르막을 올라오는 전차가 보였다. 이런… 무식하면 몸이 고생하는구나. 여행안내 책을 보던지 구글 지도를 좀 더 자세히 봤다면 고생을 덜 했을 텐데….

전망대에서는 젓가락을 거꾸로 세워 놓은 것 같은 금각교가 시원하게 내려다보인다. 전망대에서 금각교를 바라보며 셀카를 찍었다. 잘 나오기 위한 사진이라기보다는 인증하기 위한 사진이다. 나는 항상 새로운 곳에 가면 오른손을 길게 뻗어 찍은 셀카와 함께 구글 지도에 현재 위치가 표시된 화면을 캡처하여 보관한다. 그래서 그런지 사진 속 표정은 언제나 변함이 없다.

▲ 금각만에서 바라본 금각교
▼ 독수리전망대에서 바라본 금각교. 마치 젓가락을 거꾸로 세워 놓은 것 같다

오래된 철도

▲ 블라디보스토크 잠수함박물관. 입장료를 내면 잠수함 내부에 들어갈 수 있다

    내려오는 길에는 전차를 타고 내려오면서 올라갈 때 느껴보지 못했던 호사를 느껴보기로 했다. 전차를 타자 안내양 아주머니가 요금을 내라며 내 앞에 섰다. 다른 사람들이 동전을 내는 것을 보고 나도 주머니에서 동전을 한주먹 쥐어서 내보였다. 동전 몇 개를 갖고 가더니 차표인 듯 종이를 찢어 건넨다. 2~3분쯤 지나자 전차는 45도에 가까운 경사면을 따라 내려갔다.

    올라오는 길은 참으로 덥고 힘들었는데, 내려가는 길은 1분도 안 되어 순식간에 내려간다. 내려선 곳은 이상한 건물들 뒷골목이다. '구글 지도가 있었다고 하더라도 올라갈 때 잘 보이지 않는 이곳을 찾아 전차를 타는 것은 쉽지 않았겠구나'하며 애써 걸어 올라간 것에 정당성을 부여해 보았으나, 자기합리화에 불과하다. 내가 전차의 존재 자체를 몰랐을 뿐이지 구글 지도에 사진까지 정확하게 나오기 때문이다.

아직 해는 높이 떠 있는데 마땅히 어디를 가야 할지 몰랐다. 금각교 다리 아래를 지나 금각만 안쪽에 배와 잠수함 수리소가 있는 곳으로 갔다. 철길을 따라 걷기도 하고 철길 자갈 위를 걷기도 하며 천천히 걸어갔다. 공원처럼 보이는 곳에는 가족들이 나와 놀고 있었다. 어린아이들 노는 곳은 어느 나라에서나 마찬가지인 듯싶다. 일요일 오후 아빠가 시베리아 횡단을 떠났다는 황당한 생각을 하지 못한 채 우리 딸과 아들도 즐겁게 놀고 있을 것 같다는 생각이 들었다.

샤슬리에는 역시 코젤맥주

혁명광장과 아르바트 거리를 지나 해양공원으로 갔다. 따뜻한 가을볕 아래 오랫동안 걸었더니 어제 원구와 마신 코젤맥주가 다시 생각났다. 해양공원이 있는 바닷가에서 게스트하우스에서 일을 마친 원구와 샤슬리에 코젤맥주를 마셨다. 지금까지 마셔 본 흑맥주 가운데 가장 맛있는 맥주라고 해도 부족함이 없다. 왜 한국에 와서 코젤맥주를 마셔도 그때 그 맛이 안 나는지 모르겠다. 분명 주관적인 느낌만은 아닌 것 같다. 샤슬리는 꼬치구이 고기에 양파와 식빵 한 조각과 소스를 올려놓았는데 역시 맛있다. 나는 어제저녁에 샤슬리를 간식쯤으로 생각하고 먹었는데, 몸 덩치가 거대한 원구는 샤슬리 하나로 저녁을 때우는 것이다. 덕분에 다이어트가 필요 없는 나까지 배고픔을 참아야 했다.

▲ 석양이 지는 블라디보스토크 해양공원

　어느덧 해는 바다 저편을 향해 뉘엿뉘엿 누워가고 있었다. 조금 있으면 시베리아 횡단 시작을 위해 기차를 타러 가야 한다. 태양은 내일도 질 것이다. 모레도… 그러다 어느 날에는 내 생에 마지막 날 태양이 떠오를 것이다. 2015년까지는 마지막 태양이 떠오른다는 것은 남의 이야기로만 생각하며 살았다. 나의 태양은 언제나 영원히 떠오를 것만 같다는 생각으로 말이다. 그런데 갑작스럽게 아버지가 돌아가셨다. 한동안 말을 잃은 채로 슬픈 그림자처럼 살았다. 아버지에게 미안해서, 아버지가 불쌍해서, 아버지에게 좀 더 잘하지 못해서… 다 맞다. 그러나 그러한 수많은 갈등과 번뇌 중에 무엇보다도 나를 충격에 빠뜨린 것은 아버지라는 보호막이 사라지고 나자 죽음으로 향하는 다음 순서는 내가 되었다는 사실이다.

붉게 물든 석양을 바라보며 가장 의미 있는 질문이지만 가장 의미 없는 답변들만 머릿속에 늘어놓은 채 게스트하우스로 향했다. '무사히 잘해낼 수 있을까…'

하고 싶으니까, 그리고 지금 할 수 있으니까

2016년 9월 25일 블라디보스토크 기준 21시(모스크바 기준 14시)에 출발하는 기차를 타려면 2시간 전부터는 씻고 배낭도 다시 꾸리고 해야 한다. 의미 없는 답변들만 늘어놓다가 오늘 걱정부터 해결해야 하기에 게스트하우스로 향했다. 게스트하우스에서는 원구가 저녁식사를 준비하고 있었다. 먼 길 가는 형을 위해 준비한다며 킹크랩과 새우 등으로 진수성찬을 만들고 있었다. 사실 나는 게와 새우 껍데기 냄새를 싫어해서 잘 먹지 않는다. 킹크랩을 발라 먹는 방법조차 모르는 내게 발라 먹는 방법까지 친절하게 알려주는데 '나는 안 먹겠다.'는 말이 차마 나오지 않는다. 꾸역꾸역 먹었다. 킹크랩과 새우를 먹은 것이 아니라 원구의 따뜻한 마음을 먹었다는 말이 맞을 것이다.

저녁을 먹다 보니 20시 30분을 넘어섰다. 미리미리 준비한다고 한 건데… 배낭을 메고 급하게 나왔다. 게스트하우스에서 블라디보스토크 역은 10분 거리로 시간은 여유가 있지만 처음 타보는 시베리아 기차라서 그런지 마음이 급했다. 20시 45분쯤 역에 도착하니 한낮에 한적했던 역과 달리 기차를 타기 위해 많은 사람들이 기다리고 있었다. 시베리아 횡단철도의 상징인 9288 기념비에서 기념사진을 찍었다. 9,288Km 여행을 겁 없이 떠난 내 자신을 위해 엄지를 들어 올리고 찍었다. 철길을 만든 사람도 있고, 기차를 운전하는 사람도 있는데, 기차를 타고 가는 것쯤이야 하는 생각으로 기차에 올랐다.

대학원 석사과정 재학 중에 있을 때 석사과정을 마치고 박사과정에 진학한 선배가 있었다. 그 선배는 회사 일 등으로 항상 바쁜 사람이었음에도 불구하고 박사과정에 진학했다. 언젠가 선배에게 바쁘신데 어떻게 박사과정에 진학하셨냐고 물었다. 선배의 대답은 간단했다. "하고 싶으니까. 그리고 지금 할 수 있으니까." 선배라는 사람조차 잊혀 가고 있지만 선배의 그 말은 아직까지 내 머릿속에 생생히 남아 있다. 나 역시 그 선배처럼 회사에 다니면서도 박사과정에 진학했고 부족함은 있었지만 열심히 해서 3년 반 만에 박사학위를 받았다. 누군가 내게 비슷한 질문을 할 때면 나 역시 그때 그 선배가 한 말을 한다. "하고 싶으니까. 그리고 지금 할 수 있으니까."

▲ 기차에 탑승 전 시베리아 횡단철도 9288 기념비 앞에서

▼ 블라디보스토크 역 플랫폼에 전시되어 있는 기관차

오래된 철도

꿈이 있었으나 현실에 부딪히고, 두려움에 부딪히고… 그러다가 결국 이십대에 하지 못하고 삼십대에도 못했다. 이러다가 시베리아 횡단도 그렇고 다른 모든 것들 다 내 자신에게 핑계를 대는 법에 익숙해져 아무것도 제대로 하지 못할 것 같았다. 결국 용기를 내어 삼십대가 100일도 채 남지 않은 시점에 출발했다. 왜냐하면 하고 싶으니까. 그리고 지금 할 수 있으니까.

창밖에 손 흔드는 동생 원구를 뒤로하고 기차는 서서히 9,288Km의 대장정을 시작하고 있었다.

02

지구에서 8번째 긴 아무르 강이 흐르는

하바롭스크

▲ 역 광장에서 바라본 하바롭스크 역

소련군과 평화로운 하룻밤

블라디보스토크에서 하바롭스크까지 가는 기차는 2등실 객실 침대를 예약했다. 기차 요금이 생각보다 비싸지 않았고, 처음 기차를 타다보니 2등실 객실은 타야 불편하지 않겠나 싶었다. 일단 서서히 적응을 해야 한다는 생각으로 첫 구간은 2등실 객실로 예약했다. 2등실 객실에는 4개의 침대가 있고 복도로 통하는 중간 문이 있다. 같은 공간 넓이에 6개의 침대가 있는 3등실보다는 조금 더 넓고 편했다. 그러나 여행하는 이에게 2등실 객실은 잘못된 선택이었다. 침대가 있는 객실 안에서는 기차의 한쪽 창밖만 볼 수 있고, 객실 안 4명 외에는 다른 사람들을 전혀 볼 수 없다. 하바롭스크까지 가는 밤기차에서만 2등실 객실을 예약했으니 다행이지, 시베리아 전 구간을 2등실 객실로 예약했으면 아마 기차표를 버리는 한이 있더라도 3등실 객실 표를 다시 샀을지도 모른다.

스물다섯 나이에 중국대륙 횡단(실크로드 횡단)을 떠났을 때에 비교하면 기차 침대칸으로 여행한다는 것 자체가 과분하다. 물론 그때도 기차에 침대칸은 있었으나, 돈을 아끼겠다는 생각으로 수십 시간을 딱딱한 의자에 앉거나 입석으로 갔다. 입석으로 갈 때는 잠을 잘 자리가 없어서 객실 내 복도에서 쭈그리고 앉아서 잠을 자기도 하고, 화장실에서 잠을 자기도 하였다. 언젠가는 자다가 일어났는데 발아래 오리가 돌아다니고 있어서 깜짝 놀란 적도 있다.

기차가 출발하자 승차할 때 신분증을 검사했던 객실 승무원이 돌아다니며 이불커버 2장과 베개커버, 그리고 수건을 지급하였다. 다른 사람들이 하는 것을 보니 하나는 바닥 매트리스 위에 까는 것이고, 하나는 덮는 모포에 씌우는 용도이다.

기차는 블라디보스토크 역을 출발하여 열심히 어둠 속을 달렸다. 어두운 밤 창밖으로는 아무것도 보이지 않는다. 유리창에는 실내 불빛이 반사되어 오직 좁은 객실만을 보란 듯이 계속 변함없이 보여주고 있을 뿐이다. 객실 사람들은 가끔 나를 보며 동양인 여행객이 신기하다는 듯 바라보기도 하였으나, 말이 없는 남자 셋이 앉아서 밤이 깊어지기만 기다리고 있을 뿐이었다.

한 시간쯤 지났을까? 기차가 이름 모를 역에 도착하고 사람들이 타기 시작했다. 우리 객실에 마지막 남은 자리에는 러시아 군인이 탔다. 자신보다 더 큰 짐을 들고 타서 둘 곳이 없었다. 결국 군인은 짐에게 침대를 양보하고 본인은 짐 옆에 쭈그려 누웠다. '바로 저 사람 같은 군인이 북한 공산당을 도와 6·25 전쟁에 참전했던 소련군이구나!'라는 생각이 들었다. 아마도 반세기 전에 기차에서 마주쳤더라면 서로 총을 겨누고 밤을 지새웠을지도 모른다. 그러나 지금은 서로에게 관심이 없다. 세상은 오늘밤을 서로가 스쳐 지나가는 타인으로 기억하도록 만들었다.

불빛은 말없이 눈을 뜨고 있는 남자 넷 사이로만 비추는데 덜컹거리는 기차 바퀴 소리는 끊일 줄 모른다. 그렇게 기차에서 첫날밤은 깊어가고 어느 순간 설렘과 두려움을 안고 잠이 들어가고 있었다.

사람들이 분주하게 움직이는 소리에 눈을 번쩍 떴다. 창밖을 보니 아침이 밝았다. 기차가 밤새 달려 도착한 곳은 '하바롭스크'이다. 하바롭스크 시간으로는 8시 15분(한국 시간으로는 7시 15분)이다.

수많은 사람을 헤치며 역을 나오자 하얀색 건물에 녹색 지붕을 한 역 모습이 눈에 들어왔다. '이제는 혼자 남겨져 모든 것을 나 혼자 헤쳐나가야 하는구나!'라는 생각이 들었다. 그러한 외로움에 대한 고민도 잠시 그 순간 회사에서 카카오톡 메시지가 왔다. 회사일은 충분히 마무리하고 왔다고 생각했는데, 역시 내 생각이었는가 보다.

시베리아에 갈 것이니 당연히 연락이 안 될 것이라고 이야기를 하고 왔는데, 카카오톡 메시지를 보는 순간 나도 어쩔 수 없는 직장인이었다. 카카오톡 메시지로 설명을 주고받다가 결국 보이스톡으로 전화를 걸었다. 시베리아에서조차 현실을 완전히 내려놓지 못하는 자신을 생각하며.

전화를 끊고 하바롭스크 어디를 갈 것인지 여행안내 책을 펼쳐보았다. 가장 가볼 만한 곳은 아무르 강 주변인 것 같다. 구글 지도를 보니 아무르 강까지 걸어서 한 시간 이내로 그리 멀지 않다는 느낌을 받았다. 그때까지만 해도 체력이 남아 있었던 것 같다. 배낭을 메고 도보로 한 시간이 멀지 않은 거리라고 생각했으니 말이다. 블라디보스토크에서 택시를 타보기는 하였지만, 이는 내가 탄 것이 아니라 원구가 탄 것을 그냥 옆에 같이 탄 것이다. 아직 러시아에서 대중교통을 혼자 타본 적이 없다. 한 시간쯤이야… 걸어가는 것보다 혼자 대중교통을 처음 타보는 것에 대한 걱정에 그냥 걸어가기로 했다.

　나무 숲길, 전차길, 자동차길이 나란히 어우러진 길을 따라 20분쯤 걸어갔을까? 근처에 나름 괜찮은 슈퍼마켓이 보였다. 초콜릿, 콜라는 물론이고 아침에 갓 구운 빵까지 있는 훌륭한 슈퍼마켓이다. 방랑자의 아침식사를 해결하기에 부족함이 없었다. 기쁜 마음으로 갓 구운 빵에, 초콜릿, 콜라, 물 등을 샀다. 나무 숲길 벤치에 앉아 지나가는 전차를 바라보며 아침식사를 했다. 어제저녁 원구가 떠나는 형을 위해 챙겨 준 저녁식사와 비교하면 초라하기 짝이 없는 빵조각이지만 나름 만족할만한 아침식사였다.

김정일도 다녀간 아무르 강

　면도는 물론 세수도 못 했다. 얼굴을 만져 보니 밤새 수염이 자라 까칠함이 손끝으로 전해온다. 너무 오랜 휴식도 사치이고 지루함이다. 다시 배낭을 메고 아무르 강변으로 가던 길을 재촉했다. 그런데 분명 구글 지도를 따라왔는데 당황스런 일이 발생했다. 아무르 강변으로 들어가는 입구가 공사 중으로 길이 막혀 있었다. 앞은 공사장 펜스로 막혀 있고, 왼쪽은 낮은 산처럼 보이는 언덕이고, 오른쪽은 어디가 끝인지 모르게 공사장으로 이어져 있었다. 유일한 방법은 걸어오던 길을 되돌아가는 것이다.

　때로는 무거운 배낭을 메고 오던 길을 되돌아갈 줄도 알아야 하겠지만, 막상 그 순간이 닥쳤을 땐 가장 하기 싫은 일이 되돌아가는 일이다. 내 앞은 공사장 펜스로 막혀는 있지만 넘어갈 수는 있었다. 아침 10시 전이라서 그런지 공사장에 사람이 별로 없었다. 잠시 공사장 사람들을 살피다가 펜스를 넘고 재빨리 건너편 펜스까지 달려가 넘었다. 다행히 아무도 나를 신경 쓰지 않았다. 나 혼자 너무 걱정부터 했는가 싶을 정도로.

펜스를 넘어 강변에 다다르자 강인지 바다인지 모르는 드넓은 아무르 강이 펼쳐졌다. 강변에는 마치 바다인 것처럼 백사장과 산책길도 있다. 아직 이른 아침이라 지나가는 사람이 거의 없는 강변을 마치 전세라도 낸 것처럼 무거운 배낭을 메고 걸었다. 언덕을 올려다보니 전망대가 보였다. 산길을 따라 올라가 보니 아무르스키 동상이 있다. 내가 갖고 갔던 여행안내 책에는 아무르 강이라는 이름은 이곳을 최초로 발견한 아무르스키 장군의 이름을 따서 명명한 것이라고 한다. 인류가 탄생하기 전부터 4,350km를 흘러가던 아무르 강을 최초로 발견했다니… 콜럼버스가 아메리카 대륙을 최초로 발견했다고 하는 것이나, 아무르스키 장군이 아무르 강을 최초로 발견했다고 하는 것이나 별반 차이가 없는 그들만의 관점에 따른 얘기인 듯싶다. 그냥 아무르 강 하류 지역까지 영토를 확장한 아무르스키 장군의 공로를 인정한 것 정도라 생각된다.

▲ 전망대에서 바라본 아무르 강. 강이라고 하지만 마치 바다와 같이 넓다

동상 옆에는 아무르 강이 훤히 내려다보이는 전망대가 있었다. 전망대 입구에는 표지판 하나가 걸려 있다. 북한 김정일의 하바롭스크 방문 기념 표지판이다. 〈조선로동당 총비서이시며 조선민주주의인민공화국 국방위원회위원장이신 김정일 동지께서 2001년 8월 17일 하바롭스크시를 방문하시였다.〉는 내용이 러시아어와 한글로 써 있다.*

표지판의 글씨체와 문장에는 뉴스에서 보던 북한 아나운서의 전투적인 말투와 억양이 그대로 녹아 있는 것 같다.

전망대에 올라 시베리아에서 발원하여 몽골초원과 중국까지 4,350km를 흘러 내려오는 드넓은 아무르 강을 바라봤다. 세계에서 8번째 길이, 10번째 면적의 거대한 강이라고 한다.[7] 출

▲ 아무르 강 전망대 입구에 세워져 있는 김정일 방문 기념 표지

퇴근길 오가며 한강만 보던 내게, 아무르 강과 같은 거대한 강이 바다처럼 보였던 것은 어쩌면 당연한 일이다.

* 2001년 8월 17일 하바롭스크를 방문한 김정일에 관한 뉴스 기사를 하나 찾을 수 있었다.
  (하바로프스크=연합뉴스) 특별 열차편으로 러시아를 방문한 후 귀국 길에 오른 김정일(金正日) 북한 국방위원장이 17일 아침 극동지역의 하바로프스크에 도착했다고 러시아 정부 관리들이 밝혔다. 김 위원장은 하바로프스크에서 6시간 동안 머물면서 아무르 강변 광장에 있는 제2차 대전 참전 용사 기념관에 헌화하고 시내 박물관과 유아용 식품공장 등을 방문한다. 유아식 공장 방문은 당초 일정에 없었으나 김 위원장의 요청으로 이루진다고 러시아 관리들은 설명했다. 김 위원장은 콘스탄티 풀리콥스키 극동연방지

---

7) 길이 4,350km(세계 8위) 면적은 205만 2,000km2(세계 10위). 유역은 러시아, 중국, 몽골에 걸친다.

오래된 철도

구 대통령 전권대리인의 초청으로 유람선을 타고 아무르 강에서 선상 오찬 행사에 참석한다. 김 위원장은 이날 오후 국경지대에 있는 하산으로 출발해 여기서 밤을 보낸 후 18일 정오 국경을 통과하여 평양으로 향한다. 한편 김 위원장의 하바로프스크 도착을 취재하려던 일본 기자들이 북한측 요청으로 현장 취재가 불허됐다고 친(親)크렘린 성향의 인터넷 사이트 스트라나닷러(Strana.ru)가 보도했다.

'청포도' 한글을 읽던 고려인 소년

전망대를 나와 아무르 강 반대편으로 걸어가니 박물관처럼 보이는 건물들이 있었다. 정확하게 이해하지는 못했지만 박물관 앞에는 월요일은 쉰다고 표시되어 있는 것 같았다(그 날은 2016년 9월 26일 월요일이었다). 사실 박물관보다는 박물관에 화장실이 있을 것 같아서 들어가고 싶었다. 하는 수 없이 박물관들을 지나쳐 성당이 보이는 곳까지 갔다. 그곳에는 우스펜스키 성당과 콤소몰 광장이 있었다. 그러나 얼마나 화장실 가는 것이 급했는지 성당보다 먼저 눈에 들어온 것은 간이화장실이었다.

한국인 단체 관광객이 광장 한쪽에 설치된 간이 화장실에서 돈을 내고 용무를 해결하고 있었다. 그 사람들이 너무나 반가웠는데 그 사람들은 내가 그리 반갑지 않았는지 관심이 없다. 나도 화장실 사용이 너무 급했기에 이런저런 생각을 할 겨를이 없었다. 차례가 되자 화장실 주인에게 주머니에서 동전 한 주먹을 쥐어 보여주며, 알아서 갖고 가라고 했다. 동전을 얼마 갖고 가는지 신경 쓸 겨를도 없었다.

급한 용무를 해결하고 나자 그때서야 성당도 보이고 광장도 보이기 시작했다. 러시아정교 성당을 직접 보는 것은 처음이다. 인터넷에 검색해 보니 우스펜스키 성당은 1917년 소비에트연방 시절에 사라졌다가 2001년에 지금 자리에 다시 지은 것이라고 한다.

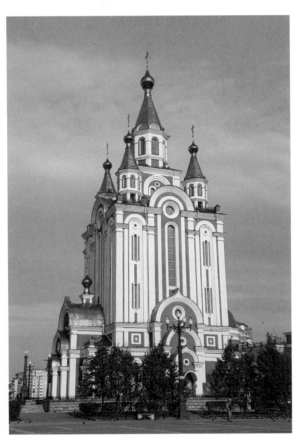

▲ 우스펜스키 성당과 콤소몰 광장

오래된 철도

하바롭스크 역에서 내린 지 벌써 두 시간 넘게 배낭을 메고 걸어 다니고 있었다. 아침에 슈퍼마켓에서 산 콜라는 김이 다 빠진 미지근한 단물이 되었다. 아무르 강 주변은 어느 정도 둘러본 것 같고 레닌광장과 재래시장을 가보려고 했는데 배낭이 무거워서 더는 걷지 못하겠다. 버스라도 타 볼까 하는 생각으로 혁명광장에서 길을 건너갔다가 버스 정거장처럼 생긴 곳에서 조그만 카페 하나를 발견했다. 카페는 우리나라에 테이크아웃 커피전문점이 생기기 전, 단정한 아르바이트생이 와서 주문을 받고 예쁜 커피잔에 설탕과 티스푼을 함께 가져다주던 그런 카페처럼 아주 깔끔하고 예쁘게 생겼다.

배낭을 내려놓고 아르바이트생에게 따뜻한 아메리카노 한잔을 주문했다. 화장실에 가서 세수와 양치를 하고 나니 이제 다시 사람이 된 것 같았다. 자리에 돌아오자 아르바이트생이 커피를 갖고 왔다. 얇은 황금빛 크레마가 덮여 있는 커피이다. 고생 끝에 간절하던 찰나에 마시는 커피가 이렇게 맛있을

▲ 고려인 소년이 가져다준 아메리카노

줄이야(사실 고생은 아직 시작도 하지 않았지만). 남자인지 여자인지 잘 구분이 안 되는 아르바이트생은 내가 신기하다는 듯 미소를 지어보이며 주변을 맴돌았다. 커피를 반쯤 마시다가 한국에서 갖고 온 사탕을 주머니에서 꺼냈다. 한 개 먹고 주변을 맴도는 아르바이트생에게도 하나 주기 위해서였다. 사탕을 하나 입에 넣고 아르바이트생에게 손짓했다. 사탕을 먹으라고 주니 아르바이트생이 갑자기 "청포도"하며 한글을 읽는다. 순간

당황했다. 그리고 소년이었다. 아르바이트 소년은 카페에 한국 사람이 오니 신기하고 어떻게든 말을 걸어보고 싶어서 내 주변을 계속 맴돌았던 것이다.

소년은 19살이었고, 대학교에는 다니지 않았다. 일제 강점기에 할아버지가 하바롭스크로 오셨다고 했지만 나이로 볼 때 증조할아버지쯤일 것 같다. 하바롭스크에서 살다가 할아버지가 우즈베키스탄으로 이사를 갔다는데 아마 스탈린시대 고려인 이주시기인 것 같다. 나중에 할아버지와 아버지가 다시 하바롭스크로 돌아왔고* 엄마와 결혼해서 자기를 낳으셨다고 한다. 한국말이 서투르기는 해도 제법 잘했고, 기초적인 영어도 조금은 할 줄 알았다. 또 카카오톡을 쓰고 한국 걸그룹도 좋아했다.

---

* 고려인(高麗人)에 관하여 백과사전(네이버 두산백과)에도 소년이 말한 것과 동일한 내용이 나온다.
　러시아·우크라이나·벨라루스·몰도바·카자흐스탄·우즈베키스탄·투르크메니스탄·키르기스스탄·아르메니아·아제르바이잔·조지아(그루지야) 등 독립국가연합 내에 살고 있는 한인 교포들을 총체적으로 일컫는 용어이다. 러시아어로는 '카레예츠'라고 하며, 현지의 한인 교포들은 스스로를 고려사람(Koryo-saram)이라고 부른다.
　한국인들이 러시아로 이주하기 시작한 것은 1863년(철종 14)으로, 농민 13세대가 한겨울 밤에 얼어붙은 두만강을 건너서 우수리강(江) 유역에 정착하였다. 이어 1865년(고종 2)에 60가구, 그 다음해에 100여 가구 등 점차 늘어나 1869년에는 4,500여 명에 달하는 한인이 이주하였다. 이후로도 이민은 계속되었는데, 거의가 농업 이민이었으나 항일 독립운동가들의 망명 이민도 있었다. 그러나 스탈린의 이른바 대숙청 당시 연해지방의 한인들은 유대인·체첸인 등 소수민족들과 함께 가혹한 분리·차별정책에 휘말려 1937년 9월 9일부터 10월 말까지 중앙아시아로 강제 이주되었다. 이들은 화물열차에 짐짝처럼 실려 중앙아시아의 황무지에 내팽개쳐졌는데, 당시 고려인

수는 17만 5000여 명으로, 이 가운데 1만 1000여 명이 도중에 숨졌다. 그러나 고려인들은 강한 생명력을 바탕으로 중앙아시아의 황무지를 개척하고 한인집단농장을 경영하는 등 소련 내 소수민족 가운데서도 가장 잘사는 민족으로 뿌리를 내렸다.

그러다 1992년 1월 소련이 붕괴되고 러시아 외에 11개 독립국가로 분리되면서 고려인들이 거주하는 국가에서는 배타적인 민족주의 운동이 확산되었다. 이로 인해 고려인들은 직장에서 추방당하고, 경제적으로도 어려운 처지에 놓이게 되자 다시 연해지방으로 이주하는 사람들이 늘어나기 시작하였다. 현재 연해지방 거주 한인들을 중심으로 자치회가 형성되어 자치지역의 실현, 모국과의 교류 확대 등 민족 정체성을 유지하려는 노력이 계속되고 있는데, 아직까지는 활발하지 않다.

2005년 8월 현재 러시아에 19만 671명, 우즈베키스탄에 20만 917명, 카자흐스탄에 10만 3676명, 키르기스스탄에 2만 394명, 우크라이나에 1만 3111명, 투르크메니스탄에 420명, 타지키스탄에 1783명, 벨라루스에 1327명, 몰도바에 258명, 조지아에 20명, 아제르바이잔에 63명, 아르메니아에 30명 등 총 53만 2697명이 거주하고 있다.

소년은 2년쯤 뒤에는 한국에 오고 싶다고 했다. 한국 광주라는 곳에 가면 일하면서 공부를 할 수 있는 곳이 있다고 한다. 치열한 경쟁의 한복판인 한국을 떠올리며 소년에게 한국어 공부도 열심히 하고, 영어도 잘해야 한다고 다독였다. 소년은 카카오톡에 나를 '친구 추가'하고 싶어 했고 카카오톡에 친구로 등록된 나의 이름을 또박또박 읽어줬다. 한국에 오면 꼭 연락하라는 말을 남기고 다시금 배낭을 메고 일어섰다.

역사책이나 다큐멘터리에서 보던 고려인(까레이스키)을 직접 만나게 된 것은 가슴 아픈 행운이다. 소년의 가족이야말로 역사의 아픔이다. 가슴 아픈 역사가 없었다면 한국에서 태어나 지금쯤 대학생이 되었을 텐데… 소년에게 당연해야 할 한국은 2년 뒤에나 가보고 싶은 곳이 되어 있었다.

　고등학교 문학시간에 들었던 김동환의 '국경의 밤'이라는 시의 첫 구절이 생각나 찾아본다. "아하 무사히 건넜을가, 이 한밤에 남편은 두만강의 탈없이 건너슬가? 저리 국경 강안을 경비하는 외투 쓴 거문 순사가 왔다 갔다 오르명 내리명 분주히 하는데 발각도 안되고 무사히 건너슬가? …" 소년의 할아버지도 그렇게 국경을 건너갔을지 모른다.

　내가 예카테린부르크에 이르렀을 때 소년에게서 연락이 왔다. "안녕하세요~ How is your travel?" 내가 예카테린부르크까지 갔다고 사진을 보내주자 놀랬다. "한국에 오려면 한국어, 영어 공부 열심히 해."라고 하자 "I'm not sure I get it well."이라고 답이 왔고 그 이후에도 몇 차례 연락을 주고받았다. 그러다가 언젠가 카카오톡을 보니 슬로베니아 블레드 섬 사진을 올려놓고, 그 옆에 '엄마 아프지 말자'라고 쓰여 있었다. 그리고 어느 순간부터 카카오톡 아이디가 없어졌다. 가끔 '지금쯤 한국에 왔을까'라는 생각이 든다.

사람이 살아가는 시베리아의 재래시장

　하바롭스크를 떠나는 시간은 밤 21시 50분이다. 아직 오전 11시 30분으로 10시간이 넘게 남았다. 배낭이 무거워서 어디로든 움직이기 겁은 나지만, 시간이 많이 남았기에 어딘가에는 가야 한다. 아까 생각했던 것처럼 레닌광장과 재래시장에 가려면 30분은 족히 걸어가야 한다. 버스정거장처럼 생긴 곳에서 버스를 기다려봤지만 정거장이 아닌 것인지 기다리는 버스는 오지 않는다. 결국 그냥 다시 걷기 시작했다.

  힘겹게 걸어간 레닌광장 주변은 회색 건물과 비둘기 떼로 가득 차 있었다. 가장 안쪽에 벽돌로 지은 건물이 있고, 그 앞에 동상이 있다. 모자를 눌러쓴 동상의 주인공이 레닌인 듯싶다. 점심시간이 되자 주변에 있는 학교에서 학생들이 쏟아져 나왔다. 광장 벤치에 앉아 30분 정도 사람 구경을 하고 나니 배가 고파 오기 시작한다.

▲ 하바롭스크 레닌광장의 레닌동상

▲ 하바롭스크 중앙시장

오래된 철도

레닌광장 뒤로 가자 공원이 나왔다. 공원은 평화롭게 산책하고 쉬는 사람에게는 의미가 있지만, 나와 같은 여행객에게는 아무래도 의미가 퇴색되는 면이 있다. 공원보다는 다양한 사람과 물건을 볼 수 있는 시장을 가보는 것이 더 나을 것 같아서 다시 구글 지도를 켜고 재래시장으로 갔다. 도착한 재래시장은 하바롭스크 중앙시장으로 아침에 내가 아무르 강으로 가는 도중에 빵을 샀던 슈퍼마켓 길 건너편이었다. 결국에는 배낭을 메고 한 바퀴를 돌고 돌아 그 자리에 온 것이다.

재래시장은 내가 기대했던 것보다 훨씬 훌륭했다. 가장 먼저 눈에 들어온 것은 우리나라 고추만큼 날씬하지는 않지만 비슷한 크기의 빨간 고추였다. 그리고 의외로 과일가게에서 파는 수박, 바나나, 사과, 귤 등은 우리나라와 별반 다르지 않았다. 잡곡상에서는 호두, 대추 등 수십 가지를 진열해 놓고 팔고 있었다. 그 밖에 배추, 오이 등도 우리와 다를 것이 없었다. 역시 먹고 사는 것은 매한가지였다. 다만, 옷가게에는 겨울을 서서히 준비해야 하는 추운 지역답게 털옷, 가죽옷, 모자 등 두터운 옷들이 많았다. 그리고 중국제품과 중국 상인들이 제법 많이 있었다. 국경 역할을 하는 아무르 강을 통해서 중국 헤이룽장성(黑龍江省)과 많은 교류가 이루어지는 듯싶다. 시장 안에 위치한 건물에 들어서자 누군가 나를 향해 "김치, 김치" 소리친다. 한국 사람으로 보이는 나에게 김치를 팔기 위해서 부르고 있는 것이었다. 내가 한국 사람이라는 것이 상인들 눈에는 단번에 보이는가보다.

밥 먹을 만한 곳이 있는지 두리번거리다 건물 바깥쪽에 있던 간이식당을 발견했다. 블라디보스토크에서는 원구가 챙겨줬으니, 여행하면서 혼자 주문하는 첫 식사인 셈이다. 무엇을 주문하여야 하는지 몰라 사람들이 먹고 있는 것이 어떤 것인지 두리번거렸다. 그리고 먹을 만하다고 생각되는 메뉴 사진을 손가락으로 가리켰다. 단순히 고기와 감자인 것만 보고 주문을 했다. 일단 혐오스런 맛과 향이 나지 않는다면 배고 픔을 채우는 것이 우선이었기 때문에 불만은 전혀 없다. 불만을 가질 거라면 떠나지도 않았을 것이기에.

아무르 강변에서 사색

다시 배낭을 메고 아무르 강 근처에 위치한 성당과 2차 세계대전 참 전용사 기념관으로 향했다. 한 번 걸었던 길을 다시 걷기는 싫어서 이 번에는 전차를 탔다. 어디로 가는 전차인지 모른다. 그냥 전차가 향하 고 있는 방향이 아무르 강 방향이었다. 다른 사람들이 안내양 아주머 니에게 동전을 내는 것을 보고 있다가, 아주머니가 내 앞에 오자 주머 니에서 동전을 한주먹 꺼내 보였다. 아주머니가 정확하게 동전을 몇 개 집어 갔는지는 모르지만 요금이 아주 저렴했다. 이 동전 아끼려고 걸었 던 것일까 라고 생각이 들 만큼 쌌던 것 같다.

전차가 몇 정거장을 갔을까? 큰 길이 갈라지는 곳에서 사람들이 많 이 내렸다. 아까 커피를 마시고 레닌광장으로 걸어가던 길 중간이다. 20분쯤은 걸어서 갔던 길을 전차를 타고 돌아온 것 같다. 다시 배낭을 메고 걸어가야 한다는 사실에 어깨는 무거워졌지만 나쁘지 않은 선택 이었다. 30여 분 동안 내리막길과 오르막길을 걸어서 도착한 곳은 황금 색 지붕을 한 프리오브라젠스키 성당이었다. 오전에 콤스몰 광장에서 본 우스펜스키 성당보다 멋진 성당이다. 그러나 성당 내부는 보수 공사를 하는지 문이 닫혀 있어서 들어가지 못했다.

성당 앞쪽에는 거대한 병풍과 같은 벽이 있었다. 바로 2차 세계대전 참전용사 기념관이다. 정확히 말을 하자면 실외에 있으므로 기념관보다는 기념비가 맞을 것 같다. 거대한 검은 돌벽에는 2차 세계대전에서 희생된 수많은 사람들의 이름이 새겨져 있다. 한국인 이름도 새겨져 있다고 하여 찾아보려고 하였으나, 찾지 못했다. 한국 군인도 아니고 소련 군인으로 2차 세계대전에 참전하였을 운명을 생각하니 안타깝기만 하다.

▲ 2차 세계대전 참전용사 기념관. 뒤에 보이는 황금색 돔은 프리오브라젠스키 성당

▲ 석양이 지는 아무르 강

　이미 시간은 4시를 넘어섰다. 아직 5시간 50분 시간이 남았으나, 더 이상은 갈 곳도 힘도 남아있지 않아 다시 아무르 강변으로 걸어왔다. 아무르 전망대에 다시 올라가 보고 아무르 동상도 다시 보다가, 석양이 질 때쯤이면 황금빛 강으로 변한다기에 강변에 앉아 해가 지기를 기다렸다.
　석양을 기다리며 페이스북을 열어보았다. 어제 첫 기차를 타기 전에 시베리아 횡단을 시작한다는 짧은 글과 사진을 올렸는데, 여러 개의 댓글이 있었다. 대단하다. 무슨 돈으로 갔냐? 회사는 그만두었냐 등등 시베리아 횡단이라는 여행에 놀라는 반응들이다. 사실 걱정은 앞섰지만 시작해 보니 두려움만 가질 것이 아니라 도전해볼 만한 여행인 것 같은데 말이다.

오래된 철도

미지근해지고 김도 빠진 콜라를 한 모금 마셨다. 글쎄 그러고 보면 정말 내가 무슨 생각으로 여기에 왔을까? 혼자 여행을 하다 보면 생각에 생각이 꼬리를 물고 늘어진다. 물론 그 생각들은 단편적인 생각들로 끝나는 것이 대부분이다. 깊은 생각으로 좀 더 몰입하고자 할 때는 생각이 깊어지는 것이 아니라 상상으로 변질되어 버린다. 여행을 하면서 너무 깊은 생각을 바라는 것일까? 기대하는 만큼 깊이 있는 생각에 몰입되지 못한다는 아쉬움으로 고민과 번뇌를 계속하는 동안 해는 뉘엿뉘엿 지며 아무르 강을 황금빛으로 물들이고 있었다.

생각에 생각이 꼬리를 무는 동안 서서히 하바롭스크를 떠날 시간은 다가오고 있었다.

북한 노동자 도움을 받을 줄이야

오전에 고려인 소년을 만났던 카페에 다시 들렀다. 소년은 다시 찾아온 나를 보더니 깜짝 놀란다. 저녁식사로 먹을 케이크 두 조각과 커피 한잔을 주문했다. 케이크를 다 먹을 때쯤 블라디보스토크에 있는 원구에게 전화했다. 구글 지도에서 캡처한 현재 위치를 보내주고 하바롭스크 공항까지 갈 택시를 호출해 달라고 했다(하바롭스크에는 공항이 두 개 있다). 잠시 후 원구는 350루블에 택시를 예약했다고 택시 예약내역을 보내왔다.

고려인 소년에게 정말 마지막 인사를 하고 거스름돈을 손에 쥐여주었다. 누군가에게 돈을 주는 것은 바람직한 일은 아닐 수 있다. 그러나 충분한 가치와 고마움을 느꼈고 그에 대한 정당한 대가라고 생각했다. 그리고 무엇보다도 한국 사람이 따뜻하다는 것도 전해주고 싶었는데, 사탕 말고는 무엇인가 전해줄 수 있는 것이 없었다. 소년은 당황하며 고마운 듯 서로 작별 인사를 하고 헤어졌다.

원구가 공항까지 예약해 준 택시가 왔다. 아주 거친 여자 택시기사였다. 택시를 탄 지 몇 분쯤 지났을까? 택시기사가 공항에 가는 것이 맞느냐고 물어보는 것 같아서 이르쿠츠크에 간다는 의미로 하바롭스크, 이르쿠츠크 단어를 이야기했다. 그런데 택시기사는 잘 이해를 못 했는지 무엇인가 계속 물어보는데, 무슨 말인지 통 알아들을 수 없었다. 내가 알아듣지 못하자 택시기사의 말은 더 거칠어지기 시작했다. 도저히 의사소통이 안 된다 싶어 블라디보스토크에 있는 원구에게 전화를 걸어 택시기사와 통화하도록 해주었다. 그런데 원구도 택시기사가 무슨 말을 하는지 도저히 알아들을 수 없다는 것이다. 이제 더 화를 내는듯한 말로 물어보기 시작했다. 아니, 이쯤 되면 거의 따지기 시작했다고 표현하는 것이 맞을 것이다.

택시기사의 마음은 더 급해진 듯했다. 차를 달리다가 멈추다가, 차선을 바꾸다가를 반복했다. 뒷자리에 앉은 나의 마음도 불안해졌다. 그러다가 갑자기 차선을 급격하게 바꾸며 건널목에서 신호를 기다리는 사람 앞으로 차를 대더니 보조석 창문을 내렸다. 우리나라 사람하고 비슷하게 생긴 허름해 보이는 중년 남자에게 러시아 말로 무슨 말을 하더니, 그 사람이 나에게 말을 했다. "혹시 잔전(잔돈) 좀 있으시냐고 물어봅네다." 말투나 외모로 보아 북한사람이다. 아마도 하바롭스크에 와 있는 북한 노동자인 것 같다.

나는 그 순간 공항까지 350루블에 택시를 예약했는데, (하바롭스크에

　　　　　　　　　　　　　　　　　　　　　오래된 철도

있는 두 개 공항 중 원구가 택시를 예약해준 공항이 이르쿠츠크에 가는 공항과 다르니)
택시비를 더 달라는 의미로 알아들었다. 그래서 지갑에서 500루블 지
폐를 한 장 꺼내 보이면서 걱정 말라는 듯이 손짓을 해 보였다. 그제야
택시기사는 아무 말 없이 조용히 운전하기 시작했다. 여행은 여행인가
보다. 내가 북한 노동자 도움을 다 받다니… 많은 생각들이 스쳐지나
가는 짧지만 짧지 않은 순간이었다. 물론 그 생각들은 깊이 있는 생각
이라기보다는 만감이 교차하는 순간의 연속에 더 가까울 것이지만.

'도대체 나한테 얼마를 택시비로 더 내라고 요구할까….' 요금도 걱정
이었고 공항으로 제대로 가는 것인지도 걱정되었다. 나도 이제는 구글
지도를 켜고 택시기사가 공항으로 제대로 가는지 지켜보았다. 택시가
공항에 도착하자 350루블에 택시를 예약했으니, 일단 500루블 지폐를
건넸다. 그러자 택시기사는 150루블을 거슬러 주는 것이다. 조금 전까
지 돈을 더 달라고 난리를 치던 사람이라고 생각했기에 순간 당황했지
만, 일단 거스름돈을 준다는데 붙잡고 이야기할 필요는 없기에 조용히
내렸다.

택시에서 내려 배낭을 길바닥에 내려놓고 가만히 생각해보니 택시기
사는 택시비를 더 달라고 한 것이 아니라, 공항까지 갈 수 있는 택시비
가 있는가 물어본 것이다. 아마도 북한 사람에게 택시비를 못 받아본
경험이 있는 것 아닐까 하는 생각이 들었다. 그리고 나를 북한 사람으
로 착각했을 수도 있다. 어제저녁 이후로 씻지도 못하고 배낭을 메고
강행군하여 마치 북한 노동자처럼 초라해 보였을 수 있다. 북한 사람에
게 택시비를 못 받아 본 경험이 있었기에, 북한 사람과 똑같이 생긴 한
국 사람이 택시에 타고 말도 못 알아들으니까 마음이 급해졌던 것 같
다. 한편으로는 택시를 운전하다가 어떻게 한눈에 북한 노동자를 알아

보고 통역까지 부탁했을까? 택시기사의 절박했던 마음을 생각하다 혼자 피식 웃었다.

공항에 도착한 시간은 19시 55분으로 비행기 출발까지는 약 2시간이 남았다. 만감이 교차하는 가운데 적막감마저 흐르는 회색빛 공항으로 천천히 걸어 들어갔다.

▲ 아무르 강 전망대 바로 뒤에 위치한 아무르스키 장군 동상

바이칼호수로 가는
이르쿠츠크

▲ 길 건너에서 바라 본 이르쿠츠크 역

비행기가 하바롭스크 공항에서 이륙하자 쓰러지듯 잠이 들었다. 하루 종일 배낭을 메고 걸어서 강행군하였기 때문에 비행기에서 도저히 눈을 뜰 수가 없었다. 한참을 꿈속에서 깨어나지 못하다가 비행기가 이르쿠츠크 공항 활주로에 착륙하는 흔들림에 눈을 떴다. 하바롭스크에서 이르쿠츠크까지 기차로 이동하면 약 2일이라는 시간이 걸리는데 비행기로 3시간 35분 만에 온 것이다. 블라디보스토크 공항에서 처음 만나 나보다 반나절 먼저 혼자 이르쿠츠크로 출발한 여자도 아직 이곳에 도착하지 못했다.

배낭을 찾아 공항을 나가기 위해 문을 열고 밖으로 나갔다가 너무 추워서 다시 공항으로 들어갔다. 아직 9월인데 벌써 겨울이 온 것 같았다. 핸드폰으로 날씨를 보니 현재 이르쿠츠크 기온은 섭씨 0도이다. 게다가 아주 매서운 바람까지 불었다. 오래전 회사에서 부장님이 해주신 이야기가 생각났다. 리비아에 근무하기 위하여 비행기를 타고 갔는데, 트리폴리 공항에 착륙한 비행기에서 내리려던 순간 너무 더워서 다시 비행기 속으로 들어가고 싶은 마음이 간절했었다고 한다. 시베리아는 시베리아인가 보다. 나 역시 갑자기 밀려오는 추위를 뚫고 나갈 용기가 나지 않았다.

새벽 1시에 공포의 호텔 찾기

이르쿠츠크 시간으로 밤 23시 30분쯤 되었으니, 블라디보스토크 시간으로는 새벽 1시 30분이다. 하바롭스크에서 비행기를 타기 전 원구에게 잠들지 말고 기다렸다가 공항에서 호텔까지 가는 택시를 불러 달라고 했다. 공항에서 전화하자 다행히 원구는 잠들지 않고 기다리고 있다가 미리 알려준 주소로 호텔까지 가는 택시를 호출해줬다. 한밤중에 이르쿠츠크에 도착하기 때문에 호텔은 공항에서 멀지 않은 곳으로 예약했다.

택시가 공항을 빠져나와서 5분 정도 달렸을까? 구글 지도에 호텔 위치라고 알려준 골목 입구가 나온다. 그런데 택시는 구글 지도와 달리 한 블록 더 지나가서 좌회전을 했다. 택시기사에게 스마트폰을 보여주며 구글 지도가 가리키는 골목으로 데려다 달라고 했다. 골목 입구에 이르자 구글 지도에서는 골목 안으로 들어가라고 나오는데, 택시가 들어갈 수 없는 길이다. '이런 골목 안에 호텔이 있다니… 예약을 잘못했는걸' 하는 후회 속에 택시에서 내려 무섭지만 가로등 하나 없는 골목으로 걸어 들어갔다.

여행하면서 무서움을 넘어 공포심을 느껴 본 적이 3번 있었다. 한번은 중국 운남성 외딴 섬에서 20여 명의 어린아이들이 삽과 낫, 곡괭이 등을 들고 뒤를 쫓아왔을 때,* 두 번째는 남아프리카공화국에 갔을 때 키가 2m는 되어 보이는 흑인들이 담배를 달라며 나를 둘러쌌을 때,**

* 아무리 어린이라고 하더라도 20여 명이 흉기나 다름없는 농기구들을 들고 계속 쫓아왔을 때 생명에 위협을 느끼지 않을 수 없다. 더 이상 안 되겠다 싶어서 뛰었는데 어린이 모두 뛰면서 쫓아왔다. 한참을 뛰다가 외부와 연결된 물가에 이르러 뒤를 돌아보자 그제야 언제 그랬냐는 듯이 한 명도 남지 않고 사라졌다.

** 겁 없이 떠난 남아프리카공화국 배낭여행이었다. 남아프리카공화국이 여행하기에 아주 위험한 나라라는 것을 바보같이 그곳에 가보고 나서야 알았다. 아직 하늘의 운이 다하지 않았는지, 운이 좋게 현지에서 사업하시는 교포를 만나 도움을 받았다. 그분이 20년 넘게 남아프리카공화국에 살았지만, 혼자 배낭여행을 온 사람은 처음 봤다고 했다.

그리고 마지막은 바로 이르쿠츠크에서 호텔 찾기를 하던 순간이다. 한밤중이라 정확하게 보이지는 않았지만 골목 안은 낡은 빌라, 공사장, 그리고 허름한 판잣집이 있었다. 상식적으로 호텔이 있을 만한 곳이 절대 아니었다. 그럼에도 구글 지도는 계속 그 자리를 가리키고 있는 것이다. 그때 갑자기 한밤중에 산속에서 야생동물을 만난 것처럼 한쪽 구석에서 바스락 소리가 났다. 깜짝 놀라 바라보니 남자 2~3명이 구석에서 무엇인가를 하고 있었다. 소름이 등줄기를 타고 전신을 내려왔다. '40년 가까이 운 좋게 살아남았는데 오늘 운이 다하는 것은 아닐까?' 하는 생각부터 온갖 공포에 휩싸였다. 일단 도망치듯 골목을 나와서 호텔 바우처에 있는 번호로 전화를 걸었다. 이미 시간은 새벽 1시를 넘어선 지 오래지만 다행히 호텔에서 전화를 받았다. 호텔 위치를 찾아갈 수 없다고 얘기를 했지만, 무엇이라고 계속 이야기 하는데 무슨 말인지 알아들을 수가 없었다. 몇 번을 설명해도 내가 알아듣지 못하자 호텔에서 먼저 전화를 끊어버렸다. 다시 전화해서 물어봤다. 이번에도 못 알아듣자 또 전화를 끊는다. 다시 전화하자 이제는 받지도 않는다.

이러한 상황에서 이제 내가 선택할 수 있는 대안은 두 가지가 있었다. 하나는 예약이 가능한 다른 호텔을 예약하고 택시를 타고 가는 방법, 다른 하나는 춥지만 적당히 안전한 곳에서 몸을 숨긴 뒤 아침을 맞이하는 방법이다. 내 마음을 아는지 모르는지 구글 지도는 여전히 골목 안으로 가라고 하고 있다. 하늘을 바라보니 오장원에 지는 별(제갈량별)처럼 지는 별은 없었다. 아직 내 운이 다하지 않았다고 생각하고 마지막으로 다시 골목에 들어갔다. 골목 가장 안쪽에 커다란 철문이 보이고, 구글 지도는 철문을 가리키고 있는데 문은 굳게 닫혀 있었다. 갑자기 이 문에 대해 궁금함과 오기가 발동하기 시작했다. 골목을 나와 차 한 대도 지나가지 않는 적막한 거리를 따라 처음 택시가 찾아가려고 했던 곳으로 갔다.

순간 깜짝 놀라지 않을 수 없었다. 택시기사가 처음 나를 내려주려고 했던 곳이 호텔이었다. 호텔이면 네온 간판 등으로 사람들이 찾아오기 쉽도록 커다랗게 'HOTEL'이라 쓰여 있을 것이라고 생각했다. 그러나 산장과 비슷했던 호텔은 나무로 둘러싸여 있었고, 호텔 입구에는 조그만 철문과 그 옆에 1m가 채 되지 않는 소박한 간판만이 호텔임을 알려주는 유일한 표지였다.

구글 지도를 다시 보니 구글 지도가 가리키고 있던 골목 안에 위치한 거대한 철문은 호텔 후문(문의 크기로 보았을 때 정문일 수 있다)이었다. 무엇이 어디서부터 잘못되었던 것일까? 후문 위치를 예약사이트에 주소로 올려놓은 호텔? 아니면 길도 없는 막다른 골목까지 친절히 안내한 구글 지도? 그것도 아니면 택시기사가 제대로 내려주었음에도 불구하고 구글 지도만을 맹신하고 호텔을 찾지 못한 나? 누구의 잘못도 아닌 것이지만 굳이 따지자면 내 잘못인 듯싶다. 이 글을 쓰고 있는 지금 순간에도 그 날의 공포를 생각하면 소름이 돋는다. 그러나 한편으로는 큰 문제가 발생하지 않았고 결국은 해결되었기 때문에 그때를 생각하며 이 글을 쓰고 있는 것 아닐까?

▲ 이르쿠츠크 호텔. 나무로 둘러싸인 산장과 같은 호텔로 외부에서 잘 보이지 않는다

오래된 철도

천우신조(天佑神助)와 같은 기차의 기다림

호텔에서 잠자리에 누웠을 때는 이미 새벽 2시가 넘었다. 잠시 눈을 붙이고 일어나 오전 9시 22분에 '바이칼스크'라는 곳으로 가는 기차를 타야 한다. 이르쿠츠크에서 알혼섬, 슬류단카도 아니고, 바이칼스크는 어딘가라고 의아하게 생각할 것이다. 나 역시 처음 들어본 곳이다.

하바롭스크에서 이르쿠츠크로 비행기를 타고 왔기 때문에 바이칼호수를 보지 못했다. 아쉬움을 달래기 위하여 여행 계획을 세울 때 이르쿠츠크에서 바이칼호수 방향(동쪽)으로 거꾸로 기차를 타고 갔다가 돌아오기로 계획한 것이다. 슬류단카까지만 갈 경우에도 바이칼호수는 보겠지만 달리는 시베리아 횡단열차 창밖으로 펼쳐진 바이칼호수는 바라보지 못한다. 구글 지도에서 보니 바이칼스크역이 바이칼호수에서 가장 가까이 있고(마치 동해바다에 가장 가까운 정동진역 같이), 기차가 바이칼호수를 따라 30분 이상 달리면서 창밖 풍경도 바라볼 수 있다. 또한 도착 후 약 2시간 이후에 이르쿠츠크 방향으로 되돌아오는 기차를 탈 수 있다는 종합적인 계산에 따라 목적지로 결정한 것이다.

아침 7시 요란하게 울리는 알람소리에 잠에서 깨어났다. 구멍 난 양말은 농구 하듯 휴지통에 집어넣고, 8시쯤 호텔을 나왔다. 체크아웃하면서 호텔 직원에게 혹시 이르쿠츠크 역까지 가는 택시를 불러줄 수 있느냐고 물었더니, 흔쾌히 불러주겠다고 한다. 택시를 부르는 문제도 해결되었기에 가벼운 마음으로 호텔 정원에서 곰돌이 조각상과 사진도 찍으면서 여유로운 시간을 보냈다. 그런데 20분이 넘게 지났는데도 택시는 오지 않았다. 살짝 긴장되는 마음으로 호텔 직원에게 택시를 부른 것이 맞는지 다시 물었다. 직원은 5분 이내로 택시가 올 것이라고 했다(아마 깜빡하고 택시를 부르지 않았던 것 같다). 호텔 밖을 보니 머피의 법칙처럼 빈 택시들이 손님을 찾아 질주하고 다닌다. 지난밤 호텔을 찾던 순간부터 호텔을 나서는 아침 순간까지 이 호텔은 나와 인연이 아닌 것 같다.

이르쿠츠크 역은 앙가라 강 건너편에 있다. 택시에 탔을 때는 기차 출발시간까지 1시간이 채 남지 않았지만 구글 지도에는 40분이면 도착 가능한 것으로 표시되었다. 40분이면 그다지 여유는 없지만 기차 탑승은 가능한 시간이다. 그런데 출근 시간이라서 그런지 도로가 막혔다. 마음은 급한데 말은 못하고 택시기사에게 기차표를 보여주며 시간이 없다고 했다. 그러나 택시기사가 빨리 가기 위해 이 골목 저 골목 여기저기를 왔다 갔다 할수록 시간은 더더욱 늦어지는 것 같았다. 아니 정확히 표현하자면 늦어졌다. 머피의 법칙처럼 막히는 골목만 찾아들어 갔다.

앙가라 강을 건너는 다리 위에서 이미 기차 출발시간인 9시 22분을 넘어서며 자포자기했다. 그래도 시베리아를 횡단하는 기차를 놓친 것이 아니라 바이칼호수에 다녀오는 기차를 놓친 것이 얼마나 다행인지 모른다며 아쉬워하는 내 자신을 애써 달래고자 했다. 횡단하는 기차를 놓친다면 다음 기차까지 기다려야 하고 자칫하면 여행 일정이 도미노처럼 무너지며 망가질 수 있다. 그런 것과 비교하면 바이칼호수를 보지 못한 것은 아쉽지만 그래도 전체 일정에 차질이 생기지 않은 것만 해도 얼마나 다행이랴. 기차역 길 건너편에 도착했을 때는 이미 출발시간이 4분이나 지났다. 늦게 온 택시기사가 야속하고, 화라도 내고 싶었는데 택시 요금마저 더 내라고 한다.

허전한 마음을 안고 돌아섰다가 아무리 늦었어도 내 눈으로 떠난 기

오래된 철도

차를 확인해야만 미련 없이 단념할 수 있다는 생각이 들었다. 배낭을 메고 뛰기 시작했다. 그런데 이상하게도 기차 플랫폼을 안내하는 전광판에 아직 기차 표시가 남아 있었다. 혹시나 하는 희망으로 엑스레이 짐 검사대를 통과해서 얼마나 죽기 살기로 뛰었는지 모른다. 불혹이 되어가는 나이에 배낭을 메고 이렇게까지 뛸 수 있는 내 자신이 대단했다. 이미 출발시간을 7~8분은 족히 지났을 텐데, 정말 기차가 출발하지 않고 플랫폼에 그대로 있는 것이다.

내 탑승 객차가 어디인지도 모르고 일단 기차에 뛰어올랐다. 객실 승무원은 자신이 관리하는 객실 승객도 아닌데 갑자기 뛰어오른 나에게 깜짝 놀라 뭐라고 했지만, 중요하지 않았다. 나에게는 기차를 탔다는 사실만 중요했다. 아랑곳하지 않고 올라탄 곳에서 내 객실을 찾아 옮겨가기 시작했다.

기차는 내가 탑승하자 왜 기다려 주었는지 말을 해주지 않은 채, 정시에 출발한 것처럼 뻔뻔하게 아무 일 없었다는 듯 서서히 그리고 당당하게 플랫폼을 빠져나가고 있었다.

바이칼호수에 발 담그기

기차에서 자리를 찾아 주저앉자 긴장이 풀리며 배가 고파 오기 시작했다. 자리에 앉은 지 얼마 되지 않았는데 언제 뛰었냐는 듯이 여유를 부리면서 슬슬 식당 칸으로 갔다. 메뉴판에서 계란 프라이 그림을 보고 주문을 했는데, 정말 계란 프라이 두 개 외에는 아무것도 나오지 않았다. 실망스러운 마음에 음료도 주문하지 않고 호텔에서 갖고 온 생수를 마셨다. 생수 이름은 바이칼이고, 생수 라벨에도 바이칼호수가 그려져 있다. 그런데 생수 맛이 보통 생수와 다르게 깔끔하지 않은 맛이다. 계란 두 개와 물 한 모금으로 배고픔을 달래기엔 부족하지만, 아침식사는 이 정도로 해결하고 나머지 배고픔은 이르쿠츠크로 돌아오는 기차에서 채워야겠다고 생각했다.

◀ 바이칼호수로 향하는 기차 식당 칸에서 주문한 계란 프라이
▶ 이르쿠츠크 호텔에서 제공한 생수. 바이칼호수 물을 그대로 담은 맛이다

기차는 한 시간 남짓 숲속을 달리더니 어느덧 꼬불꼬불한 산길을 내려가고 있었다. 어느 정도 산길을 내려가자 드디어 저 멀리 바다와 같이 끝이 보이지 않는 바이칼호수가 보이기 시작했다. 기차에서 바이칼호수를 따라 달리는 풍경은 정말 멋진 풍경이다. 침엽수와 전봇대를 배경으로 끝없이 펼쳐진 바이칼호수를 보며 달리는 기분을 무엇이라고 표현해야 할지 모르겠다.

오래된 철도

▲ 바이칼호수를 달리는 기차

30여 분 지났을까? 구글 지도를 보니 바이칼스크 마을에 가까워지
는데 기차가 정차할 생각을 하지 않고 지나쳤다. 잠시 후 객실 승무원
이 이상하다는 듯이 나를 바라보며 내릴 준비를 하라고 알려준다. 아
니나 다를까 이번에도 정말 당황스런 일이 발생했다. 바이칼스크 역에
내렸는데 기차에서 내린 사람은 나밖에 없었다. 기차가 출발하고, 역무
원도 역사 안으로 들어가자 드넓은 기차역에 나만 혼자 남았다. 시베리
아 벌판 위에 고아가 된 느낌이다. 이르쿠츠크에 온 지 불과 12시간도

되지 않았는데 사건의 연속이다.

 기차표를 예약할 때 우리나라 읍사무소 소재지만 한 바이칼스크 마을에 있는 Baikalsk Psss 역이 바이칼스크 역이라 생각하고 예약했다. 그런데 기차가 정차한 곳은 바이칼스크 마을을 지나 정말 정직하게도 집도 몇 채 없는 외딴곳 Baykalsk 역이었다.[8] 사람보다는 화물열차가 교차하는 역에 여행객이 내리겠다니 객실 승무원이 나를 이상하게 본 것은 어쩌면 당연한 일이다.*

---

 * 남아프리카공화국 케이프타운에서 요하네스버그로 돌아올 때 당황했던 것과 비교하면 이 정도는 그다지 특별한 일도 아니다. 케이프타운에 있는 여행사에서 요하네스버그로 돌아오는 국내선 비행기 표를 구입했다. 비행기가 착륙하기 전까지 내가 원하는 목적지에 잘못 왔다는 사실을 깨닫지 못했다. 짐을 찾고 공항을 나갔을 때 내가 가야하는 공항이 아니라는 것을 알았다. 알고 보니 요하네스버그에는 공항이 두 개 있었다. 케이프타운으로 출발할 때는 O.R. 탐보 국제공항에서 출발했는데, 돌아올 때는 란세리아 국제공항으로 돌아온 것이다. 서울로 말하자면 하남 미사 신도시에 위치했음직한 공항으로 돌아왔어야 하는데 일산 신도시에 위치해 있는 다른 공항으로 간 것이다. 위험한 나라에서 해는 저물어가고 이러지도 저러지도 못하고 얼마나 망설였는지 모른다. 돈도 돈이지만 치안이 아주 불안한 요하네스버그에서 장시간 택시를 타는 것은 매우 위험한 행동이다. 한참을 고민하다가 하는 수 없이 여권에 비상금으로 접어 둔 100불짜리 달러로 O.R. 탐보 국제공항까지 택시를 탔다. 다행히 착한 택시기사를 만나서 무사히 살아서 돌아왔다.

---

8) 내가 간 곳은 Baikalsk Pass(Байкальск Пасс) 역이 있는 바이칼스크라는 작은 마을에서 동쪽으로 7km 정도 떨어진 Baykalsk(Байкальск) 역이다(구글지도 표기 기준). 이유는 모르겠지만 Baikalsk Pass 역에는 기차가 정차하지 않고, Baykalsk 역에 기차가 정차한다.

이번에도 정말 운이 좋았던 것일까? 구글 지도를 보니 기차역 바로 옆에 바이칼호수가 있다. 문제가 하나 있다면 바이칼호수는 바로 옆에 있는데 호수로 갈 수 있는 길이 없다는 점이다. 바로 옆에 있는 호수가 화물기차와 높은 침엽수에 가려져 전혀 보이지도 않고 갈 수도 없었다. 역에서 철로 작업을 하는 인부에게 바이칼호수를 물어보자 잘못 알아 들었는지 아무것도 없이 기차로 둘러싸인 기차역 안쪽을 가리킨다. 바이칼호수를 물어봤는데, 바이칼스크 역으로 알아들었나 하는 생각으로 역 앞으로 나와 바이칼호수로 가는 길을 찾아 나섰다.

▲ 화물기차만 있는 바이칼스크 역

▲ 배낭을 숨겨 두고 간 철길 끝

　역 바로 옆에는 기차 도착시간에 맞춰 비포장 길을 달리는 버스가 정차해 있었다. 아마 Baikalsk Psss 역이 있는 바이칼스크 마을로 가는 버스인 것 같다. 타야 하나 말아야 하나 망설이는 순간 버스는 출발해 버렸다. 기차가 지나온 Baikalsk Psss 역까지 걸어가려고 검색을 해보니 40~50분은 족히 걸린다. 이르쿠츠크로 돌아가는 기차가 2시간 뒤에 출발하니, 2시간 동안 쉬지 않고 걸어갔다가 돌아오면 가능한 시간이다. 걸어갈 것인지 말 것인지 잠시 고민했다. '그래! 기차 타고 오면서 바이칼호수를 본 것만으로 만족하자. 나는 차마 못 간다. 이러다 발병, 골병 다 난다.' 다시 역으로 걸어 들어왔다.

　플랫폼 벤치에 홀로 앉았다. 한국에서도 이런 무전여행은 영화에나 나올 법한 것 같다. 이르쿠츠크로 돌아가는 기차를 타려면 아직 1시간 30분도 더 남았다. 그때 아까 역 인부가 가리킨 방향을 무심코 바라보다가 갑자기 '인부가 왜 저 방향을 가리켰을까?'라는 생각이 들었다. 그래! 시간도 남는데 한번 가보자는 생각으로 걷기 시작했다. 그런데 철

오래된 철도

길 위를 걷는 것이라 5분도 걷지 않았는데 도저히 힘이 들어서 못 걸어가겠다. 배낭을 철길이 끝나는 곳을 막기 위해 설치한 콘크리트 벽 옆에 살짝 숨겼다. 배낭이 눈에 보이는 거리까지만 철길을 따라 걸어갔다가 시야에서 배낭이 사라지기 전에 돌아올 생각이었다. 그런데 배낭이 보일락 말락 할 때쯤 나무 사이에 조그만 길이 보이기 시작했다. 길 사이로 조금 들어가 보니 호수 방향으로 통하는 좁은 길이 있었다. 역 인부가 손가락을 가리킨 이유를 그제야 알았다. 다시 돌아와 배낭을 메고 바이칼호수로 달려갔다. 그리고는 배낭을 내려놓고 에베레스트 산이라도 정복한 사람처럼 뿌듯한 마음을 가눌 곳 없이 즐거워했다.

운동화와 양말을 벗고, 바지를 걷어 올리며 포말이 부서지는 조약돌 위에 섰다. 아직 9월임에도 불구하고 물은 발을 담그지 못할 정도로 차가웠다. 두세 번 정도 찰싹이는 파도를 맞이하다가 뒤로 물러서 차가워진 발을 손바닥 온기로 녹여야 했다. 손으로 호숫물을 담아 먹어 보았다. 호수 물맛은 아까 맛본 바이칼 생수 그 맛이다. 생수가 아니라 바이칼호수 물 그 자체를 생수병에 담아서 팔고 있던 것 같다.

호수에는 다양한 돌들이 있었다. 다들 오랜 세월 호수의 파도에 닳고 닳아 둥글둥글한 돌들이다. 그러다가 문득 하얀 돌이 눈에 들어왔다. 백지처럼 하얗고 백사장 모래처럼 반짝임도 있는 납작한 타원형 돌이다. 호수를 잘 들여다보면 많지는 않지만 심심치 않게 찾을 수 있었다. 예쁘다고 생각하는 돌을 한 개, 두 개 줍다 보니 주머니가 불룩해졌다. 돌들을 배낭에 담기 시작했다. 돌을 너무 담은 탓인지 기차를 타러 플랫폼으로 돌아오는 그 짧은 시간에도 배낭의 무게가 엄청난 압박으로 느껴졌다. 간신히 떠 있는 배 위에 돌 하나 올리면 배가 가라앉듯이 내 자신이 가라앉을 것 같았다.

▲ 무엇인가 신비함을 간직하고 있을 것 같은 고요하고 잔잔한 바이칼호수
◀ 바이칼호수에 발 담그기. 9월 말이지만 발을 오래 담그고 있지 못할 정도로 물이 차갑다
▶ 바이칼호수에 있는 하얀 돌. 오랜 세월동안 호수의 비밀을 간직하고 있는 듯 둥글다

오래된 철도

플랫폼으로 돌아와서 벤치에 앉아 배낭에서 돌을 꺼내 보았다. 열 개가 넘는 돌을 담았다. 예쁘기는 하지만 차마 이 돌들을 데리고 시베리아를 횡단할 용기는 나지 않았다. 결국 나를 침몰 시켜 버릴지 모른다는 걱정에 욕심을 버리고 떠나기로 했다. 돌을 원래 있던 곳으로 가져다 놓지는 못했지만 마음을 비우고 앉아 있는 벤치 옆에 살포시 내려놓았다.

이르쿠츠크의 가로수길

오전과 달리 이르쿠츠크 방향으로 가는 기차를 기다리는 사람은 몇 명 있었다. 그리고 정시에 기차가 플랫폼으로 들어왔다. 시베리아 장거리를 운행하는 기차들이지만 시간 약속은 정확하게 잘 지킨다. 돌아가는 기차도 바이칼호수를 옆에 끼고 달렸다. 덜커덩덜커덩 철길 위를 달리는 기차 바퀴소리가 잔잔한 바이칼호수에 울려 퍼지는 것 같다. 어느덧 기차는 타이가(Taiga) 숲으로 빨려 들어갔다. 나보다 먼저 태양이 시베리아를 횡단하고 갔을 무렵 이르쿠츠크에 도착했다. 역 앞에 나와 시계를 보니 벌써 저녁 6시가 다 되었다.

▲ 이르쿠츠크로 돌아오는 기차에서 바라 본 앙가라 강 다리

　노보시비르스크로 떠나는 기차는 새벽 1시 46분에 출발한다. 몸은
이미 녹초가 되었지만, 두 번 다시 오기 어려운 이곳에서 아직 나에게
주어진 8시간을 의미 있게 보내야 한다. 역 앞에 다니는 전차는 강을
건너 도심 방향으로 가는 전차인 듯싶다. 체력적인 한계로 도심까지 걸
어서 다녀올 용기는 나지 않았기에, 어디로 가겠다는 생각도 없이 무작
정 전차에 올라탔다. 전차가 강을 건너자 슬슬 어디쯤에서 내려야 할
까 고민하고 있었다. 두세 정거장쯤 갔을까? 사람들이 우르르 내리자
어딘지는 모르지만 무작정 따라 내렸다.
　구글 지도를 보니 근처에 도심이라고 생각되는 공원과 성당이 있었
다. 정해진 목적지가 없었기 때문에 일단 그곳으로 걸어갔다. 그곳에는

넓은 공원(Kirov Square)과 관공서로 쓰일 만한 아주 큰 건물이 보였다. 호텔도 보이고 성당도 보였지만, 다른 어떤 것보다 눈에 들어온 것은 호텔 옆에 샌드위치 프랜차이즈 서브웨이(Subway). 아침에 바이칼호수 방향으로 가는 기차에서 먹은 계란 프라이 2개가 오늘 식사의 전부다. 나도 사람인지라 배가 고플 수밖에 없었다. 러시아 대학생쯤 되는 사람들 뒤에 줄을 서서 샌드위치를 주문했다. 그리고 코젤 병맥주도 한 병 주문했다. 100루블도 되지 않는 가격이었으니 블라디보스토크 해양공원에서 마신 맥주 가격의 절반도 되지 않는다. 허겁지겁 샌드위치와 맥주로 배고픔을 달래고 보니 공원은 이미 어둠에 잠겼다. 눈 앞에 성당도, 교회도 있었지만 어디든 가기에는 이미 너무 늦은 시간이었다.

그렇다고 샌드위치만 먹고 기차역으로 돌아가서 무작정 기다릴 수 없었기에 공원을 등지고 그냥 어딘가로 걷기 시작했다. 어딘지는 모르지만 방향은 내가 지나오지 않는 곳으로 아까 내렸던 전차의 진행방향이다. 역으로 돌아갈 때는 반대 방향으로 가는 전차를 그대로 타면 될 것이라 생각했기 때문이다. 20분쯤 걸었을까? 레닌동상이 나온다. 그리고 호랑이처럼 보이는 동물이 입에 사냥감을 물고 있는 동상이 보였다.[9] 동상 안쪽으로 이르쿠츠크에서 보지 못한 화려함이 펼쳐져 있었다.[10] 젊은이들이 있는 예쁜 카페와 레스토랑이 길을 따라 자리 잡고 있고, 대형 쇼핑몰도 보였다. 쇼핑몰 앞에는 커다란 아이러브 이르쿠츠크 조형물이 있다. 시베리아 한복판에 이런 화려함이 있을 줄이야.

---

9) 바브르(Babr)라는 호랑이로 이르쿠츠크 상징이라고 한다.

10) 이르쿠츠크 130지구이다. 어떤 블로거는 이곳을 이르쿠츠크의 가로수길이라고 표현하였다.

▲ 이르쿠츠크 130지구 입구에 있는 바브르
조각상
◀ 이르쿠츠크 130지구 안에 있는 아이러브
이르쿠츠크 조형물

　전차를 타고 다시 역으로 돌아온 것은 밤 9시가 조금 지난 시간이었
다. 이르쿠츠크의 밤은 이미 어두워졌음에도 기차 출발까지 아직 4시
간이 넘게 남았다. 기차역 길 건너 맥주가게에 들어가서 혼자 맥주를

　　　　　　　　　　　　　　　　　　　　　　　　오래된 철도

마시며 의자를 빙빙 돌리며 시간을 보냈다. 창밖을 바라보며 하루를 회상해 보니 정말 다사다난하게 보냈다. 마치 삼 년 정도 산전수전을 겪었는데 꿈에서 깨어나 보니 하룻밤밖에 지나지 않은 것 같다.

두 시간쯤 지났을까? 지겹기도 하고 가게에 자리도 많지 않아 배낭을 메고 나왔다. 맥주가게 바로 옆에 있는 슈퍼마켓에 들러서 팔도 도시락과 초콜릿, 생수 등 먹을 것 한 봉지 사서 역 대합실로 들어갔다. 이 깊은 밤에 무슨 사연을 안고 어디로 떠나가는 사람들이 그리 많은지 대합실은 빈자리를 찾을 수 없는 만석이었다. 앉을 자리가 없어서 한쪽 구석에 쭈그리고 앉았다. 꾸벅꾸벅 졸다가 새벽 1시가 넘어 사람들 우르르 움직이는 소리에 배낭을 메고 플랫폼으로 향했다.

아직 9월이었지만, 이르쿠츠크 역 플랫폼에서 기차를 기다리던 그날 밤도 내가 시베리아에 있음을 잊지 않고 소중히 기억할 수 있도록 차가운 바람이 온몸에 스며들었다.

04

시베리아의 심장과 같은
노보시비르스크

▲ 호텔에서 바라 본 노보시비르스크 역

면벽수양 하는 노숙자

플랫폼에 도착한 기차는 블라디보스토크를 출발하여 모스크바까지 가는 시베리아 횡단열차이다. 그리고 시베리아를 횡단하는 기차 가운데 가장 노후 된 기차 중 하나이다.[11]

이르쿠츠크에서 노보시비르스크까지는 31시간이 넘게 걸린다. 허리가 아프도록 잠을 자고, 고개가 아프도록 창밖을 바라봐도 기차는 그자리에 그대로 서 있는 것처럼 풍경은 변함이 없다. 한국에서 갖고 온 도스토옙스키의『죄와 벌』책을 꺼냈다. 배낭 무게를 최대한 줄이기 위해 읽으면서 찢어버릴 생각으로 글씨는 작지만 한 권으로 된 중고 책을 챙겨왔다. 책을 읽다가 창밖을 멍하니 바라보다가 다시 책 읽기를 수차례 반복했다.

시베리아에서는 스마트폰 인터넷이 잘 연결되지 않는다. 조그만 마을이라도 지나가야 잠시나마 신호가 잡힌다. 창 너머 기차 방향 저 멀리 마을이 보이는 것 같으면 잠시나마 인터넷에 접속하기 위하여 스마트폰을 손에 들고 기다린다. 마을을 지나가는 그 짧은 몇 초 동안 카카오톡, 뉴스를 볼 준비를 하여야 하는 것이다. 때로는 마을이 너무 작아서 헛수고일 때도 있지만, 간이역에 정차하면 먹을 것을 사고, 담배도 한대 피우고 그러고도 시간이 남으면 여유 있게 스마트폰을 열어본다.

장시간 면벽수양 하는 내 자신을 카메라로 찍어 보았는데, 노숙자라고 해도 부정할 수 없을 것 같다. 정확한 모습이 사진으로 나왔는데,

---

11) 기차번호가 높은 숫자일수록 노후 된 것이라고 한다. 001, 005 번호로 시작되는 기차는 비교적 상태가 양호했다. 반면 099, 105 번호로 시작되는 기차는 매우 낡고 사람도 많았다.

오래된 철도

내 모습이 아닌 것 같다고 부정하며 사진을 지워버린다. 나의 면벽수양도 수양이지만 옆자리에는 진정한 면벽수양을 하는 두 남자가 있었다. 두 남자의 침대는 내 옆쪽에 자리 잡은 할머니, 엄마, 딸 3대로 이루어진 삼대(三代) 모녀[12] 침대의 2층에 자리 잡고 있다. 삼대 모녀는 외부로부터 빛과 간섭을 받지 않고자 객실 승무원이 나누어준 이불로 커튼을 만들었다. 기차에서 2층 침대에 탄 사람들 대부분은 낮에는 1층에 내려와 있는데, 삼대 모녀가 낮에 자는 아이를 위해서 커튼을 치고 있었기 때문에 꼼짝없이 2층에만 있어야 했다. 또한 아이는 낮에는 자고 밤에는 자지 않고 칭얼댔다. 두 남자는 낮에는 2층에만 누워 있어야 하고, 밤에는 아이 우는 소리에 잠을 설쳐야 하는 고통에 시달렸다. 그러나 두 남자 모두 마치 송장과 같이 아무 불평도 없이 묵묵히 버텨낸다. 대단한 인내심이다. 만약 내가 그 자리에 있었다면 폭발하였을지도 모른다.

삼대 모녀와 2층 두 남자가 어디서부터 어디까지 가는지 모르겠다. 삼대 모녀와 2층 두 남자가 다 같이 블라디보스토크에서 모스크바까지 가는 것이라면, 두 남자는 6박 7일 동안 그 고통을 참고 견뎌야 한다. 불평을 숙명으로 받아들이는 것이 시베리아를 여행하는 사람이 가져야 하는 자세라고 가르쳐 주는 것 같다. 나 역시 넓은 마음을 키우는 기회로 삼고자 창밖을 바라보았지만 불평의 마음은 온전히 가시지 않는다.

---

12) 할머니라고 했지만 나와 나이 차이가 크지 않은 것 같다. 엄마가 20대 초중반 되어 보이고, 할머니는 40대 중반쯤 되어 보였다.

▲ 시베리아를 달리는 기차가 간이역에서 쉬어 가는 모습. 승객들은 잠시 플랫폼에 내려 식료품
  도 구입하고, 스마트폰으로 인터넷에도 접속한다
▼ 노보시비르스크로 향하는 기차에서 삼대(三代) 모녀의 공간. 이불로 주변을 가려 놓았다

오래된 철도

KFC를 외면하는 레닌

노보시비르스크 역에 내릴 때쯤 피곤함과 3일 동안 씻지 못하여 몰골은 절정에 달하였다. 아침에 도착한 도시는 시베리아 한복판 도시답게 찬바람이 불어 쌀쌀하기만 하다. 몰골도 말이 아니었지만 어디로 가겠다는 목적도 없었기에 역을 나오자 시베리아의 미아(迷兒)가 되었다. 하염없이 걷기 시작했다. 호텔에라도 들어가서 씻고 잠시 쉬고 싶었지만 체크인하려면 오후까지 기다려야 한다.

러시아를 여행하면서 어디를 가야 할지 모를 때 좋은 방법을 하나 찾았다. 바로 레닌동상을 찾아가는 것이다. 레닌동상은 대부분 도시 중심부에 있기 때문에 구글 지도에서 레닌동상과 그 주변을 살펴본다면 최소한 나쁜 선택은 되지 않는다.[13]

노보시비르스크 역에서 레닌동상은 도보로 20분 이내에 있기에 그리 멀지 않았다. 이르쿠츠크 레닌동상이 손을 들고 대중을 가르치는 침착한 지도자 이미지 동상이었다면, 노보시비르스크 레닌동상은 풍파를 이겨내고 세상을 뚫고 나가는 행동하는 혁명가 이미지 동상이다. 레닌동상 뒤에는 큰 오페라하우스 건물이 있고, 오른쪽 건물 옥상에는 우리나라 기아자동차 'KIA' 옥외 광고판이 붙어 있다. 그리고 정면 길 건너편 오른쪽에는 KFC가 있다. 레닌동상과 그 앞의 미국 패스트푸드점 KFC… 그래서 그런지 레닌은 고개를 돌려 KFC 반대편을 바라보고 있다.

---

13) 물론 도시에 레닌동상이 한 곳만 있는 것은 아니다. 지도를 보고 주변 분위기를 살펴보면 중심에 있는 레닌 동상인지 알 수 있다.

▲ 노보시비르스크 레닌동상

레닌동상 옆 벤치에 한참을 앉아 있다가 KFC 햄버거로 배를 채우기 위하여 일어섰다. 이르쿠츠크 역에서 기차를 타기 전 슈퍼마켓에서 산 팔도 도시락과 간이역에 정차했을 때 구입하여 먹은 빵 등이 그동안 먹은 전부이다.

KFC 앞에 거의 도착했을 무렵 중국인(또는 몽골인)으로 보이는 여자 한 명이 DSLR 카메라를 들고 여행하고 있었다. 그 여자는 몰골이 바

오래된 철도

닥으로 치닫고 있던 나를 발견하고서는 나에게 잠깐 서 보란 듯이 손
짓을 했다. 내가 순간 멈칫하자, 그 여자는 연신 카메라 셔터를 눌러대
며 나를 찍었다. 시베리아에서 보기 드문 동양인 여행객을 만나서 신기
하다는 듯이 마구 사진을 찍는 것인지, 동물원에서 특이한 동물을 발
견했을 때처럼 생각하고 사진을 찍는 것이지 잘 모르겠다. 마치 동물
원 원숭이가 된 것 같았지만 그렇다고 뭐라고 할 수도 없었고 할 힘도
없었다. 지금쯤 그 여자는 노보시비르스크에서 만난 힘겨운 배낭여행
자 정도로 사진 속 주인공인 나를 기억하고 있지 않을까 싶다.

시베리아 미술관의 보물

정오가 다 되어 다시 노보시비르스크 역 앞으로 갔다. 아침에 역 앞
에서 스마트폰으로 예약해 두었던 호텔에 체크인하기 위해서이다. 호텔
옆 건물에도 KFC가 있었다. 체크인 시간을 기다리다가 내 뱃속은 아
침도 KFC, 점심도 KFC로 채워졌다. 다만 아침에는 햄버거, 점심에는
치킨이다. 블라디보스토크를 떠나 쌀을 씹어본 적이 없는 것 같다. 그
럭저럭 시간 버티기를 하다가 오후 1시쯤 호텔로 갔다.

호텔에서는 오후 2시 체크인 시간이 되지 않았는데 아무 말 없이 일
찍 체크인을 해주었다. 그런데 체크인을 위해서 여권을 맡겨 두고 가라
고 한다. 많은 곳을 여행하면서 수많은 호텔에 투숙해 봤지만 여권을
맡기라고 요구하는 경우는 처음이었다. 여권을 맡긴다는 불안함에 호
텔 예약을 취소하는 것까지 생각했다. 한참을 망설이다가 다른 사람들

도 다들 여권을 맡기고 있었는지, 여권이 수북하게 쌓여있는 것을 보게 되었다. 매우 불안했지만, 다른 호텔을 찾아 나서기도 그렇고 저녁 기차를 타기 위한 체크아웃 시간까지 그리 길지 않았기 때문에 결국 여권을 맡기고 체크인을 했다.

호텔 방은 노보시비르스크 역과 오비 강이 그림처럼 내려다보이는 전망 좋은 방이었다. 다만 삭막한 회색빛 시베리아의 도시가 내려다보인다. 호텔에 배낭을 내려놓고 샤워와 양치를 하고 옷도 갈아입고 새 사람이 되었다. '이제는 아침처럼 나를 찍으려는 사람은 없겠지…'

가벼운 발걸음으로 호텔을 나와 카페에 들러 한동안 마시지 못한 커피를 마셨다. 무거운 배낭을 메고 제대로 둘러보지 못한 레닌동상과 오페라 하우스 일대도 다시 둘러보았다. 그러다가 문득 미술관 (Novosibirsk State Art Museum) 앞에 다다르게 되었다. 유럽 여행을 하면 성당과 미술관은 너무 많이 가게 되기 때문에 정말 유명한 곳이 아니면 가지 않는다. 그런데 시간도 남고 입장료도 매우 저렴하였을 뿐 아니라, 무엇보다도 미술관 정문 앞에 걸린 커다란 사진이 나를 이끌었다.

오래된 철도

▲ 길을 걷다가 발견한 노보시비르스크 미술관

▲ 파괴되고 나락으로 떨어지는 인간을 표현한 그림
▼ 눈 내린 시베리아 도시에 기차가 지나가는 모습을 그린 그림

▲ 귀족 모녀와 꽃을 다듬는 소녀들. 소녀의 눈빛이 잘 표현된 것 같다

   유명한 미술관은 아닌 것 같았지만 적어도 나에게는 충분한 매력을 주는 미술관이다. 내가 무엇보다 보고 싶어 했던 것은 시베리아 사람들 삶의 모습을 닮은 그림이다. 시베리아에서 살아가는 사람들의 모습과 고뇌에 찬 노동자들의 모습을 보고 싶었는데, 그 미술관에서 그러한 느낌의 그림들을 볼 수 있었다. 미술관을 관리하는 사람은 내가 그림에 관심을 보이자 웃으며 사진을 찍어도 좋다고 친절한 안내까지 해주었다.

   특히 어딘지 모르는 나락으로 떨어지는 인간들을 표현한 그림, 눈이 내린 시베리아 공장과 기차역, 그리고 날카롭게 쳐다보는 귀부인 모녀와 꽃을 만지며 눈치 보는 가난한 소녀들 그림이 마음에 와 닿았다. 그림을 잘 모르는 문외한의 아주 자의적인 해석이지만 그림들에서 삶의 애환에 대한 특별한 무엇인가가 느껴졌다. 첫 번째 그림은 공산주의 몰락 또는 현대사회의 인간성 소멸, 두 번째 그림에서는 척박한 시베리아 옛 모습, 마지막 그림은 신분제와 자본주의로 인한 태생적 삶의 차이 등이 느껴진다.

시베리아에서 꽃이란?

블라디보스토크를 떠나 이르쿠츠크, 노보시비르스크 등 시베리아 한복판에 가까워질수록 도시는 척박함을 점점 더해갔다. 그리고 노보시비르스크는 그 척박함의 절정에 있다는 느낌이 든다. 러시아에서 세 번째 큰 대도시이지만 도시 분위기는 시베리아 공업 도시답게 여행자에게 따뜻하고 정감 있게 다가서는 도시가 아니다. 호텔 전망은 훌륭했지만 전망 속에 채워진 모습이 그리 훌륭하지 않다고 느낀 이유이기도 하다.

블라디보스토크와 하바롭스크에서도 꽃을 파는 가게와 사람들을 조금 보기는 했지만 그리 많이 보지 못했다. 그냥 단순하게 '꽃 가게가 있구나…'라는 생각이 드는 정도였다. 그런데 이르쿠츠크에서부터는 여기저기에서 꽃을 파는 것을 쉽게 볼 수 있었다. 그리고 시베리아의 심장인 노보시비르스크에서는 꽃을 파는 많은 가게와 사람들이 절정에 달하였다. 서울 도심에서 편의점 또는 카페가 보이는 것처럼 이르쿠츠크와 노보시비르스크에서 꽃을 파는 가게와 노점이 보였다고 표현하면 금세 와 닿을 것이다.

▲ 시베리아 꽃 가게

　꽃들이 어디서 재배되어 오는 것인지 잘 모르겠지만 노란색, 빨간색 등 아주 화려한 색깔의 꽃들이다. 나를 포함한 많은 사람들이 생각하기에 시베리아는 척박한 기후로 꽃과 어울리지 않는다는 선입견을 갖고 있다. 그러나 그러한 생각은 지식에 해당할지 모르지만 지혜에는 해당하지 않는 것 같다. 시베리아에서 꽃이란 척박한 땅에서 밝고 환한 마음을 전해주는 이곳 사람들의 지혜인지도 모른다.

생쌀을 씹어 먹을듯한 쌀고픔

노보시비르스크를 떠나는 기차는 저녁 6시 50분에 출발한다. 그 전에 저녁식사도 하고 샤워도 한 번 더 해야 한다. 그동안 기차에서 팔도 도시락과 빵만 먹었고 오늘은 KFC로 채웠다. 무엇을 먹을 것인지 고민하던 와중에 길거리 과일가게에서 사과 두 개를 샀다. 그리고 호텔로 돌아오는 길에 대형 슈퍼마켓에 들렀다.

우리나라 마트에 비유하자면 젓갈, 김치, 반찬 등을 담아 파는 식품 코너 같은 곳에서 기름에 볶아 파는 냉장 밥을 발견했다. 블라디보스토크를 떠나 밥을 한 번도 먹어보지 못했다. 일단 차가워 보였지만 한 번 익혔던 밥이고, 볶음밥처럼 기름에 볶았기 때문에 반찬이 없더라도 먹을 수 있을 것 같았다. 나중에 알았지만 이 밥은 중앙아시아에서 먹는 쁠롭(плов)이라는 기름밥이라고 한다. 우리나라 밥은 물을 붓고 쌀을 익혀 만들지만, 중앙아시아에서 먹는 쁠롭은 기름을 붓고 쌀과 고기를 함께 익힌다고 한다. 다만 내가 먹은 쁠롭은 고기가 전혀 없고 하얀 쌀에 가까웠다. 종업원 아주머니에게 밥을 달라고 했더니 하얀색 스티로폼 도시락 용기에 밥을 담아줬다. 밥과 함께 콜라와 기차에서 먹을 초콜릿, 컵라면 등을 사서 호텔로 돌아왔다.

호텔 방에서 쁠롭과 사과 두 개, 그리고 콜라를 꺼내 놓고 한상 차렸다. 쁠롭을 젓가락으로 먹기 시작했으나, 기름에 볶은지라 밥알이 알알이 흩어졌다. 결국 스티로폼 도시락을 들고 입 앞에서 젓가락으로 밀어 넣었다. '아… 생쌀이다.' 어렸을 때 엄마가 떡을 하시려고 방앗간에 가시기 전날 밤 빨간색 다라에 쌀을 담아 놓았던 것을 한주먹 주워 먹었을 때 느껴보았던 반 생쌀 느낌이다. 게다가 냉장 보관 하던 차가움에 더욱 생쌀로 느껴졌다. 그래도 며칠 만에 처음으로 씹어 보는 쌀의 맛인지 밥의 맛인지 모르지만, 콜라와 함께 꼭꼭 씹어서 남김없이 먹었다. 후식으로 두 개의 사과까지 모두.

　불과 몇 시간 전에 샤워했지만 기차를 타면 앞으로 한동안 샤워를 하지 못할 것이라는 생각에 또 다시 씻었다. 씻고 난 뒤에는 찢어진 양말, 속옷 등을 버리며 짐을 줄였다. 하루 종일 불안하게 만들었던 여권 반납은 의외로 아주 간단했다. 체크아웃을 한다고 하니 여권 더미에서 당연하다는 듯이 내 여권을 찾아서 돌려준다. 호텔에서는 당연한 일이었는지 모르지만 여권을 맡기고 하루 종일 느꼈던 기분은 그리 깔끔하지 않았다. 그리고 다시 느끼고 싶지 않은 기분이다.

▲ 호텔로 돌아오던 길에 있던 과일 노점상

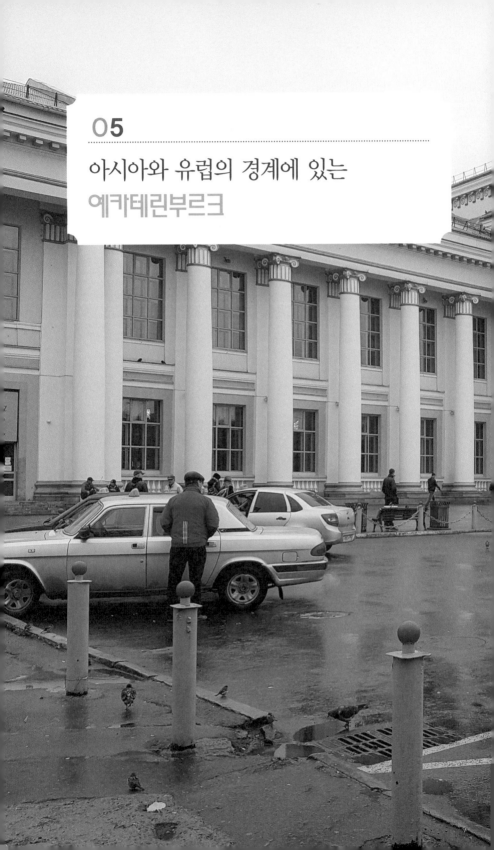

05

아시아와 유럽의 경계에 있는
예카테린부르크

▲ 광장에서 바라 본 예카테린부르크 역

우울한 도시로 떠난 여행

노보시비르스크 역에서 해 질 무렵 석양을 바라보며 기차에 올랐다. 이번 면벽수양은 의외로 길지 않게 느껴졌다. 우선 기차도 지난번 보다 덜 낡았고, 삼대 모녀처럼 인내심을 시험하는 사람도 없었다. 약 20시간 30분 정도 비교적 짧지 않은 시간 기차를 탔지만, 해 지는 창밖을 바라보다가 곤히 잠도 들었다.

▲ 기차에서 어린 동생을 달래기 위해 업고 다니는 형

오래된 철도

아침에 일어나 팔도 도시락으로 배를 채우고 도스토옙스키의 『죄와 벌』을 읽다 보니 창밖에 비가 내리기 시작한다. 시베리아를 깊은 가을로 안내하는 비 같다. 이 비들이 그치고 나면 시베리아는 이제 겨울을 준비할 것이다. 비 내리는 창밖의 시베리아를 바라보다 책 읽다가를 수차례 반복했다. 한편으로는 걱정도 되었다. 예카테린부르크를 여행하는 도중에 비가 오면 발이 묶일 수밖에 없다. 비가 내리는 것은 당연한 자연의 순리이지만, 여행하면서 맞이하는 비는 자연이 주는 고난인 경우가 많다. 특히 나와 같은 배낭여행을 하는 사람에게 내리는 비는 발 묶임과 고생이라는 선물을 선사한다. 걱정과 독서를 반복하는 사이 오후 1시 16분 기차는 비 내리는 예카테린부르크 역 플랫폼에 들어섰다. 빗방울은 힘을 잃어가고 있었으나, 하늘은 여전히 온통 구름으로 덮여 있었다.

예카테린부르크란 이름은 여성스러우면서도 참 예쁘다. 표트르 1세의 부인이며, 후에 여제(女帝)가 된 예카테리나 1세를 기념한 이름이라고 한다.[14] 반면 예카테린부르크는 예쁜 이름에 어울리지 않는 슬픈 역사를 갖고 있는 도시이다. 1918년 러시아의 마지막 황제 니콜라이 2세와 그의 가족이 볼셰비키에 의해 유폐되었다가 사살된 도시이기 때문이다. 슬픈 역사에 비까지 내리고 있어서 그런지 더 서글픈 도시로 느껴졌다.

---

14) 예카테린부르크는 표트르 대제의 우랄지역 광물 자원 개발계획의 일환으로 1723년 공장 진지로 건립되었다. '예카테리나'라는 이름은 표트르 대제의 부인과 러시아 광산의 수호성인의 이름이라고 한다.

한 시간 동안 독방수감

노보시비르스크에서는 피곤함을 견디지 못하고 현지에서 호텔을 예약했지만, 예카테린부르크에서 쉬어갈 호텔은 한국에서 예약했다. 잠시 쉬어가는 호텔에 5만 원이라는 돈을 지불한다는 것은 매우 아까운 일이기는 하지만 호텔에서 샤워하고, 배낭을 내려놓고 여행할 수 있다는 것은 정말 신이 내린 휴식이다. 배낭을 메고 씻지도 못하고 2~3일 동안 돌아다니는 고통은 겪어보지 않으면 모른다. 남자 혼자 하는 여행이라 깨끗하고 위치가 좋으면 될 뿐 좋은 호텔이 필요한 것도 아니다.

▲ 예카테린부르크 역 광장 바로 앞에 위치해 있는 호텔

오래된 철도

호텔 예약 사이트에서 본 호텔 사진은 원하는 모든 조건을 충족시키기에 충분했다. 심지어 밤의 야경사진은 아름답기까지 했다. 예카테린부르크 역에서 도보 3분 거리에 있었기에 배낭을 메고 걸어야 하는 거리도 아주 짧고, 밤에 카잔으로 떠나는 기차를 타기 위해 역에 일찍부터 나와서 기다릴 필요도 없다. 호텔에서 편안하게 기다리다가 기차 시간이 가까워질 때 역으로 가면 된다.

이러한 기대감은 호텔에 체크인하고 방에 들어섰을 때 무참히 부서지며 당황스러움으로 바뀌었다. 호텔에 대한 높지 않은 기대치를 갖고 있음에도 불구하고, 호텔 방은 이러한 최소 요구치마저 충족시키기 어려웠다. 마치 남아프리카공화국 케이프타운에 여행 갔을 때 보았던 넬슨 만델라 독방처럼 생겼다. 가로 1m, 세로 2m도 되지 않은 작은 침대에 오래된 탁자와 의자, 그리고 먼지 가득한 선풍기가 벽에 달려 있었다. 화장실 상황도 별반 다르지 않다.

당황스러움의 절정은 샤워를 한 뒤 발생했다. 머리를 말리려는데 헤어드라이기가 없었다. 그렇다고 먼지 낀 선풍기로 머리를 말릴 수도 없는 노릇이다. 호텔 카운터에 전화를 해서 헤어드라이기를 요청하자 곧 가져다주겠다고 한다. 그러나 곧 가져다주겠다던 헤어드라이기는 30분을 기다려도 갖고 오지 않는다. 혼자 방문을 열어보았다가 닫았다가, 복도에 나갔다가 들어왔다가 젖은 머리로 여기저기 방황하고 다녔다. 카운터에 다시 전화하자 또 다시 곧 가져다주겠다고 했지만, 이번에도 역시 가져다주지 않는다. 결국 참지 못하고 슬리퍼를 끌고 젖은 머리 휘날리며 1층까지 내려갔다. 그제야 호텔 직원은 별거 아닌데 왜 가지러 왔냐는 듯 또 다시 가져다주겠다고 한다. 다시 속는 셈 치고 방으로 돌아왔다. 이미 머리는 기다림에 지쳐 제멋대로 말라가고 있었다. 결국 머리를 말리는데 1시간 가까이 지나버렸다. 그나마 불행 중 다행이라고 한다면 머리를 말리려고 기다리던 1시간 동안 빗줄기가 약해지고 있었다.

아시아와 유럽의 경계에서

머리를 말리느라 오후 3시가 가까워오는 늦은 시간이 되어서야 점심 식사로 호텔 옆에 있는 맥도널드에서 햄버거를 먹었다. 그리고 보니 아침은 팔도 도시락, 점심은 맥도널드 햄버거, 그리고 저녁에는 노보시비르스크에서처럼 기름밥 쁠롭을 먹었다. 어제와 별반 다르지 않은 식사 메뉴이다. 굳이 다른 점을 찾는다고 한다면 어제는 KFC이고 오늘은 맥도널드라는 점이다.

날씨가 궂어서 그런지 맥도널드는 젊은 학생들로 북적거렸다. 지금은 KFC, 맥도널드 둘 다 러시아 젊은이들이 좋아하는 패스트푸드점으로 자리매김했다. 만약 공산주의 경제체제의 소련이 지금까지 붕괴되지 않고 남아 있었더라도, 미국 자본주의에 물들어 가는 흐름을 막을 수 있었을지 의문이다. 마치 지구상에서 마지막까지 사회주의를 고수하는 북한마저 거대한 세상의 흐름을 거부하지 못하고 물들어가는 것처럼 말이다.

창밖이 보이는 한쪽 구석에 앉아 햄버거 세트를 먹으면서 빗줄기가 완전히 멈추기를 기다렸다. 그러나 완전하게 멈출 때까지 기다리다가는 예카테린부르크에서 허락된 단 하루가 다 지날 것 같았다. 배낭도 메지 않았는데 우산을 쓰고 걸어가면 이런들 어떻고 저런들 어떠하랴 라는 생각으로 단숨에 미련을 털어내고 일어섰다.

언제였는지 정확히 기억나지는 않지만 중학교 시험문제였던 것 같다. 아시아와 유럽을 나누는 산맥의 이름은 무엇인가? 정답은 우랄산맥이다. 오래도록 이 문제를 기억하는 이유는 틀렸기 때문이다. 예카테린부르크는 아시아와 유럽을 나누는 우랄산맥 근처에 있다.[15] 우랄산맥에 있는 풍부한 광물자원을 개발하기 위하여 예카테린부르크라는 도시가 만들어졌다고 한다. 맥도널드에서 나와 걷기 시작하자 제일 처음 눈에 들어온 것은 건물 한가운데 시계가 걸려있는 대기업 본사 같은 커다란 최신 사각 건물이다. 인터넷에서 검색해 보니 'Gazprom Transgaz Yekaterinburg'라는 회사이다. 아마도 우랄산맥 근처 자원을 개발하는 에너지회사인 것 같다.

◀ 예카테린부르크에서
운행하는 버스

---

15) 예카테린부르크는 우랄산맥 동쪽에 있으니 지리적으로는 아시아에 속한 도시라고 보는 것
이 맞을 것이다. 2018년 러시아 월드컵이 개최된 도시들 가운데 예카테린부르크는 유일한
비 유럽도시인 셈이다.

▲ 가을비에 낙엽이 떨어진 거리. 아직 9월 말이지만 깊은 가을을 재촉하는 비에 벌써 낙엽이 떨어지기 시작했다

또한 정확하게 말하자면 이곳은 더 이상 시베리아가 아니다.[16] 유럽이 시작되는 곳이라서 그런지 노보시비르스크와 달리 여기저기에서 유럽과 같은 분위기가 느껴진다. 자연환경도 척박하게 느껴지지 않고, 강과 호수도 많은 도시이다. 이슬비 내리는 이세티 강에 피어오르는 물안개를 보는 기쁨은 우산을 쓰는 것에 대한 귀찮음을 씻어주기에 충분했다. 특히 비 내리는 강변에서 마시는 커피 한잔의 호사는 여행의 조미료와 같다.

---

16) 예카테린부르크에서 약 300Km 떨어진 튜멘 근처에서 시베리아가 시작된다.

오래된 철도

예카테린부르크에도 도심 한 복판 1905 Square에 레닌동상이 어김없이 자리 잡고 있다. 이곳 레닌은 오른손을 옆으로 들어 올리고 왼손으로 옷깃을 잡고 있다. 레닌동상 주변은 도심 중심가로 도로 한가운데에는 트램이 다니고, 쇼핑몰과 관공서 등이 있다. 건물들 중에는 마치 서유럽의 어느 도시에 와 있다는 착각이 들게 할 정도인 것들도 제법 있다. 그러나 예카테린부르크에서 무엇

▲ 멀리서 구름 속으로 솟은 첨탑을 바라보며 찾아온 공연장

보다도 인상적이었던 건물은 예카테린부르크 서커스(Екатеринбургский Государственный Цирк) 건물이다. 하얀색 돔 모양 건물과 그 옆에 오벨리스크와 같은 높게 솟은 첨탑은 멀리서 보면 무엇인지 궁금증을 자아낸다. 결국 나 역시 멀리서 첨탑을 바라보다 궁금증 해소를 위하여 그곳으로 이끌려갔다.

마지막 황제 가족의 총살

▲ 비 내리는 예카테린부르크

    처음 이곳을 지나갈 때에는 이 교회가 피의 교회라는 사실을 알지 못했다. 시내를 한참 돌아다닌 후 피의 교회에 가려고 구글 지도를 검색해 봤을 때 아까 무관심하게 지나쳐 온 그 교회가 니콜라이 2세 가족이 처형된 장소에 세워진 피의 교회라는 것을 알게 되었다. 결국 시내에서 호텔로 돌아오면서 피의 교회를 다시 보기 위해서라도 지하철을 타지 않고 걸어와야만 했다.

    처형되는 왕은 인생이 얼마나 무상하게 느껴질까? 그것도 어느 순간 세상이 바뀌는 혁명에 의해서 온 가족이 함께 처형된다면 말이다. 처형되는 사람 입장에서야 죽는다는 사실 외에는 그 원인이 시민혁명이든 볼셰비키 혁명이든 그다지 중요하지 않을 것이다. 니콜라이 2세는 볼셰비키에 의해서 온 가족이 함께 처형되었다는 것과 러시아의 마지막 황

오래된 철도

제라는 안타까운 타이틀을 두 개나 갖고 있다. 그리고 가족과 함께 처형되었던 장소가 바로 피의 교회가 세워진 곳이다.[17]

▲ 가슴 아픈 과거를 갖고 있는 자리에 건립된 피의 교회

---

17) 니콜라이 2세는 피의 교회에서 처형된 것이 아니고, 군사건축기술자 이파티예프의 저택 지하실에서 처형되었다. 그리고 그 자리에 2003년 피의 교회가 세워졌다.

모든 것에는 의미를 부여하기 나름인 것 같다. 처음 피의 교회를 지나갈 때는 그냥 특별할 것이 없는 평범한 교회라고 생각했다. 그러나 니콜라이 2세가 처형된 장소에 세워진 교회라는 사실을 알고 다시 그곳을 찾았을 때는 서글픔과 적막감까지 느껴졌다. 피의 교회 계단 옆에는 십자가를 여러 사람이 둘러싸고 있는 동상이 있다. 1991년 니콜라이 2세 가족이 총살당한 자리에 만든 황제의 가족 동상인 것 같다. 교회 지하로 내려가서 스산함을 느끼고 싶기도 했지만 아쉽게도 해가 저물어 교회가 문을 닫았다.

오래된 정원 같은 도시

예카테린부르크를 하루 돌아본 사람의 선입견일 수도 있지만, 도시에 유명한 무언가가 있거나 가볼 만한 곳이 많은 도시는 아닌 것 같다. 나에게 예카테린부르크란 특별한 도시라기보다는 호수와 같은 강, 미술관, 교회까지 오래된 예술 정원과 같은 느낌으로 다가온다. 레닌동상이 있던 1905 Square에서 서커스장으로 향하는 길 주변에 있는 대부분 건물에는 하나하나 조각들이 새겨져 있다. 때로는 조각들이 부서져 나가기도 한 평범하고 오래된 건물들이지만, 이러한 건물 하나하나로 인하여 정성이 가득 담긴 예술작품과 같은 도시라는 느낌이 들기에 충분했다.

호텔로 돌아오다가 가게 전체가 모자를 파는 상점에 들어갔다. 장군의 아들 김두한이 쓰던 중절모든, 닥터 지바고에서 나온 털모자든 추운 시베리아 여행을 기념하기 위한 모자를 하나 구입해 보고 싶은 마음에 여러 가지 써보았다. 그러나 수많은 모자 가운데 나의 두상에 어울리는 모자는 단 하나도 없었다. 역시 나는 모자가 어울리지 않는다는 확신만 갖게 되었다.

역 근처에 있는 카페테리아에 들러 또 다시 기름밥 쁠롭을 먹었다. 노보시비르스크에서 먹은 쁠롭은 마트에서 판매를 위하여 냉장 보관하던 밥이었지만, 이곳 쁠롭은 식당에서 판매를 위한 음식으로 차갑지 않았다. 화려하지는 않지만 오늘 저녁은 식판과 숟가락, 그리고 콜라까지 갖췄다.

▲ 평범한 건물에 새겨진 조각들.
예카테린부르크가 예술작품인 것처럼 건물마다 조각이 새겨 있다

기름밥을 먹고 호텔로 돌아
와 샤워하고 짐을 챙겼다. 해가
서쪽으로 넘어간 지 오래되었지
만 아직 기차가 출발하려면 한
참을 기다려야 했다. 기차는 예
카테린부르크 시간으로 밤 22
시 20분에 출발한다. 미리 역에
나가지 않고 호텔 커피숍에서
편안하게 커피를 마시며 기다렸

▲ 백화점 안에 있는 조각상

다. 교도소 독방과 같았던 호텔 방과 달리 커피숍은 분위기도 좋고 커
피 맛도 나쁘지 않았다.

어느덧 시간이 흘러 배낭을 메고 역으로 왔다. 예카테린부르크 역에
서 바라본 호텔 야경은 예약사이트에서 본 호텔의 모습과 똑같다. 조명
의 역할이 이렇게 중요할 수가… 예카테린부르크 역도 낮에는 미처 느
껴보지 못한 아름다운 자태를 뽐내고 있었다. 기차역이라기보다는 마
치 그리스 신전 모습을 한 미술관이나 오페라 하우스 같은 아름다운
모습이다.

예카테린부르크는 낮보다 밤이 더 아름다운, 그래서 더 여성스러운
도시로 느껴졌는지 모른다.

오래된 철도

▲ 예카테린부르크 역 야경

▼ 예카테린부르크 역에서 바라본 호텔 야경

06

볼가 강을 따라 이슬람교와
러시아정교가 공존하는
카잔

▲ 카잔 역 야경

아우슈비츠행 기차

 밤 열 시가 되자 플랫폼으로 갈 수 있는 게이트가 열렸다.[18] 카잔으로 향하는 기차번호는 105번으로 이르쿠츠크에서 탔던 99번 기차번호보다도 늦다. 기차번호가 느릴수록 노후 된 기차일 가능성이 높아 이르쿠츠크에서 노보시비르스크까지 탔던 기차에서와 같은 불편함을 감수해야 한다. 한편 '기차번호가 100번대로 넘어가면서 혹시 다르지 않을까?'라는 기대를 조금 갖기도 했다. 그러나 플랫폼으로 들어오는 기차를 바라다보며 모든 희망의 끈을 내려놓았다. 역시 돈은 거짓말하지 않는다는 평범한 진리가 작용하는 순간이다.

 기차는 사람들로 가득 차 있었다. 무엇보다도 실내가 습기로 가득해 앞으로 갈 수 없을 만큼 안경이 뿌옇게 변했다. 마치 영화에서처럼 나치에 의해 어딘가로 끌려가는 유태인들 사이에 낀 것 같다는 착각이 들 정도이다. 이미 밤이 깊어 잠자리를 펴고 누운 사람들은, 한 명씩 새로운 사람들이 객실 복도에 입장할 때마다 측은한 눈빛으로 바라보는 것 같다. 기차에서 내 자리를 확인한 뒤 배낭을 내려놓고 다시 플랫폼으로 내려왔다. 가스실처럼 뿌옇게 변해 있는 기차에서 밤새 버틸 생각을 하니 답답했다. 조금이라도 상쾌한 공기를 더 마시고 싶다는 생각에 기차 승무원이 기차에 올라가라고 소리치는 순간까지 플랫폼을 서성였다.

 역시 열악한 순간을 이기는 최고의 해결사는 피곤함이다. 기차에서

18) 블라디보스토크에서 출발하는 횡단열차는 카잔을 거치지 않고 예카테린부르크에서 페름을 거쳐 모스크바로 간다.

138   오래된 철도

눕자마자 잠이 들었다가 다시 눈을 떴을 때 이미 해는 머리 위로 떠오르고 있었다. 그리고 모든 것이 바뀌었다. 어제 가득했던 사람들이 다들 어디로 갔는지 모두 사라지고 한적함까지 느껴졌다. 살짝 불안한 마음에 배낭과 짐들을 살펴보았지만 모든 것이 그대로이다. 습기로 가득 찼던 기차 실내는 쾌적함까지 느껴질 정도로 바뀌어 있었다. 마치 잠든 사이에 나를 다른 기차로 옮겨 놓았을 것 같은 착각이 들 정도로 말이다.

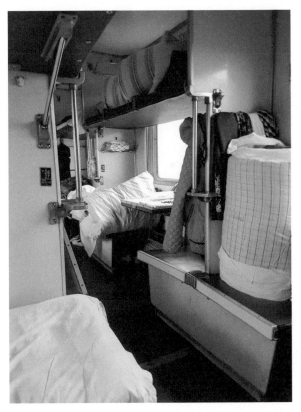

▲ 자고 일어나니 깔끔하게 바뀐 기차

시간이 지날수록 기차는 점점 더 서쪽을 향해 갔다. 기차는 11시 15분 카잔 역 플랫폼에 들어섰다. 붉은 벽돌로 지은 카잔 역은 고급스러운 느낌보다는 깔끔하다는 느낌이 들었다. 예카테린부르크 역이 낡았지만 오래된 명품의 느낌이었다면, 카잔 역은 비싸지는 않지만 새로 구입한 깔끔한 폴로스타일의 캐주얼 같은 느낌이다.

이슬람교와 러시아정교의 공존

이제 새로운 도시에 도착하면 호텔에서 샤워를 하고 배낭을 내려놓고 돌아다니는 것이 당연한 것이 되었다. 돈이 아깝기는 하지만 그렇게 하지 않는다면 힘들어서 더 많은 것을 포기해야 할 것 같았다. '나도 곧 마흔이다'라는 말로 모든 변명을 대신하고 싶다.*

---

* 중국대륙을 여행하던 때 기차는 딱딱한 좌석(硬座) 내지 입석이었고, 더운 여름날 씻지 않고 모든 것을 참으면서 여행하더라도 체력적으로 가능한 나이였다. 그러나 솔직히 이제는 나이를 먹어간다는 세상의 평범한 진리를 거부할 명분이 없다. 더욱이 여름방학 중 여유 있게 여행하던 때와 달리 연차휴가와 반차까지 쪼개서 더해가며 하는 여행에서 시간적 압박은 또 다른 체력적 부담이다.

오래된 철도

카잔 역 앞에서 스마트폰으로 호텔을 검색했다. 노보시비르스크에서 처럼 대형 호텔은 아니지만 몇 개 호텔이 검색된다. 스마트폰으로 호텔을 예약하고 들어가려다가 갑자기 '아차' 하는 생각에 예약을 중단했다. 대부분 호텔은 오후 2~3시가 되어야 체크인이 가능하다. 그런데 지금 11시 반 정도밖에 되지 않았으니, 자칫 운이 없으면 2시 또는 3시 이후에 다시 오라고 할 수도 있다. 돈은 돈대로 쓰고 고생은 고생대로 하게 되는 최악의 상황이 발생할 수 있다는 생각이 들었다. 스마트 폰으로는 가격과 객실 상태만 확인하고 예약은 하지 않은 채 호텔로 직접 갔다.

역시 불길한 예감은 틀린 적이 없다. 호텔 카운터에 체크인은 2시 이후에 가능하다고 쓰여 있었다. 호텔 직원에게 모스크바로 떠나는 기차 표를 보여 주면서 오늘 저녁에 기차로 떠나야 하니 일찍 체크인해서 잠시 쉬었다가 갈 수 있도록 해달라고 요청했다. 호텔 직원은 나의 말을 알아듣고 여기저기에 전화를 해본다. 그러더니 일찍 체크인할 수 있는 방을 찾아주었다.

나는 전공, 직업 등과 전혀 관련 없지만 동서 문화교류사와 중앙아시아 역사에 대하여 관심이 많다. 아시아와 유럽의 경계에서 멀지 않은 볼가 강 지역은 민족의 이동 및 교류와 관련하여 역사적으로 중요한 곳이다. 카스피해로 흘러들어가는 볼가 강은 그 길이만 해도 3,700km이고, 강 주변에는 오래전부터 많은 도시들이 자리하고 있다.* 카잔은 그 도시들 가운데 볼가 강 중간쯤에 자리 잡고 있다.

2018 개최 된 러시아 월드컵 11개 도시 가운데 니즈니노브고로드, 카잔, 사마라, 볼고그라드 등 4개 도시가 볼가 강 주변에 자리 잡고 있다. 볼가 강 인근에 있는 돈 강 지역에 새롭게 만들어진 로스토프나도누까지 더한다면 절반 가까운 5개 도시가 볼가 강 주변이다. 그만큼 볼가 강이 러시아에서 중요한 비중을 차지하고 있다는 의미일 것이다.

카잔은 1552년 이반 4세에게 점령당한 이후 오랫동안 러시아 일부가 되었다. 그러나 아직까지도 카잔은 러시아 내 자치공화국인 타타르스탄 의 수도로 남아 있다. 타타르스탄이라는 이름에서 느껴지듯이 카잔에 서는 어렵지 않게 이슬람의 흔적을 찾을 수 있다. 민족 구성도 타타르 인 40.5%, 러시아인 54.7%라고 한다. 그래서일까? 크렘린 궁이 있는 곳 에는 러시아정교 교회와 이슬람교 모스크가 사이좋게 자리 잡고 있다.

아무것도 들지 않고 가벼운 발걸음으로 호텔을 나왔다. 호텔 옆 건물 에 있는 패스트푸드 겸 피자집에 들렀다. 다른 사람들이 먹는 것처럼 피자 한 조각과 콜라를 주문했다. 아침 팔도 도시락, 점심 햄버거, 저 녁 기름밥 이라는 순환 고리가 깨어지는 순간이라서 그런지 맛이 제법 훌륭했다. 피자로 요기를 채운 뒤 크렘린 쪽으로 걸어갔다.

10여 분 걷자 저 멀리 마치 보리밭 같은 파란 잔디 위에 하얀색 성벽 과 그 위에 크렘린, 쿨 샤리프 모스크 등 아름다운 건물들이 보인다. 한눈에 봐도 이슬람 분위기가 느껴진다. 크렘린 궁 성벽 입구에서 입 장료를 받을 것 같아서 잠시 눈치를 살피며 서성거렸으나, 예상과 달리 무료이다.

오래된 철도

▲ 쿨 샤리프 모스크
▼ 볼가 강이 내려다보이는 언덕에 자리 잡은 카잔 크렘린

▲ 볼가 강
▼ 카페들이 있는 볼가 강변

오래된 철도

감사하는 마음으로 성안에 들어가니 마치 아름다운 궁궐에 들어온 것 같은 느낌이다. 하얀색 건물에 파란색, 금색으로 장식된 돔이 있는 교회, 오래된 벽돌 탑, 볼가 강이 내려다보이는 곳에 자리 잡은 크렘린 궁 그리고 무엇보다도 높은 4개의 첨탑이 있는 쿨 샤리프 모스크까지 모든 것 하나하나에 아름다움이 녹아 있다. 모스크에서 고급스런 느낌은 나지 않지만, 하얗고 파란 돔과 첨탑, 그리고 둥글고 뾰족함의 조화가 아름답다. 건물이 타일로 되어 있음에도 낡지 않은 느낌이 들어 이상하다고 생각했는데, 아니나 다를까 모스크는 최근에 다시 지었다고 한다. 모스크 옆 성벽에 올라 볼가 강과 카잔시내를 내려다보았다. 정말 아름다운 도시이다. 러시아는 추운 나라로만 생각했지 이렇게 아름다운 도시가 있을 것이라고는 상상하지 못했다.

 성벽에서 내려와 하얀 성벽과 잔디밭 사이에 있는 길을 따라 볼가 강변으로 나갔다. 우리나라 한강공원과 같은 강변공원이기는 하지만, 잔디밭 공원이라기보다는 카페 등과 함께 잘 어우러진 곳이다. 그리고 이곳 자체도 아름답지만 무엇보다도 백미는 앞으로 드넓게 펼쳐진 볼가 강이다.

중국 향신료까지 맛있게 한 쌀고픔

경복궁을 나와서 삼청동이나 인사동으로 향하는 것처럼 크렘린을 나와서 사람들이 즐비한 번화가로 나왔다. 아름다운 카페와 기념품 상점들로 가득 채워진 카잔의 아르바트 거리이다. 기념품 상점들을 들락거리며 기념할 만한 물건들을 찾았으나, 마음에 드는 걸 찾지 못한 채 터벅터벅 내려왔다. 막상 길 끝까지 내려오고 나니 길을 잃어버린 미아가 된 것처럼 어디로 가야 할지 몰라 방황하고 서 있었다. 그렇다고 내려온 길을 다시 걸어 올라가는 것은 싫었다. 차라리 옆길로 다시 올라가는 것이 더 낫다고 생각했다.

내려온 곳에서 왼쪽으로 돌아서 한 블록 간 다음에 다시 왼쪽으로 돌아서 올라가면 크렘린 방향이라고 생각했다. 생각한대로 바로 다음 골목에서 카잔대학교 방향으로 돌아서 올라갔으면 되는데, 왜 그랬는지 순간 착각으로 그 골목을 지나쳤다. 그 뒤로 한참 동안 골목길이 나오지 않아 레닌정원까지 걸어 올라갔다. 정원에 도착해서야 이건 아닌데… 왜 이렇게 오게 되었는지 지도를 보다가 알게 되었다. 아르바트 길, 푸시킨 길(Pushkin St), 레닌정원 이렇게 삼각형 모양으로 걷고 있던 것이다.

크렘린이 보이기 시작하고 다시 길을 찾았다는 생각이 들자, 이번에는 식당을 찾기 위해 애썼다. 점심때 먹은 피자는 이미 소화가 다 된지 오래된 것 같고, 차가운 기름밥만 아니면 되었다. 그때 마침 생각지도 않은 중국어 간판을 발견했다. 카잔에 거주하는 화교가 운영하는 식당이었다. 그림으로 그려진 메뉴판을 보고 밥과 고기가 섞인 요리를 주문했다. 중국음식 특성상 향신료 맛이 날 것 같았지만 따뜻한 쌀밥

오래된 철도

을 먹을 수 있다는 생각에 그리 중요하지 않았다. 블라디보스토크를 떠나던 날 원구가 해준 밥을 먹은 이후에 여행 막바지에 도달해서야 드디어 처음으로 밥 다운 밥을 먹어 보는 순간이다.

▲ 카잔 크렘린보다 웅장한 카잔 농림부 건물

마지막은 시베리아 새마을호

카잔에서 도보여행을 성실히 마무리하고 체크아웃했다. 오랜만에 뱃속에 따뜻한 밥이 들어가서 그런지 밥을 먹은 지 얼마 지나지 않았음에도 불구하고 소화가 다 되었다. 역시 사람은 밥 배와 빵 배가 따로 있다는데 맞는 말 같다. 아주 배가 고픈 것까지는 아니었지만 먹을 만한 것이 있을 때 먹어두어야 한다는 생존본능이 발동했다. 그냥 기차에 올랐다가는 내일 아침까지 배가 고파도 먹을 것이 애매할 수 있다. 점심에 들렀던 가게에서 다시 피자 한 조각을 주문했다. 그런데 사람 입맛이 참 간사하다. 점심 때 배고픔에 먹던 피자는 그렇게 맛있었는데… 밥도 먹고 배도 그다지 고프지 않으니 똑같은 피자임에도 별맛이 없다.

이제 모스크바까지 내가 타고 갈 마지막 기차가 남아 있다. 마지막 기차는 001번 기차로 시베리아를 달리는 기차 중에서 가장 좋은 시베리아의 새마을호이다. 19시 45분에 기차를 타면 내일 아침 7시 10분 종착지 모스크바에 도착한다. 기차라면 지긋지긋하기도 하지만 마지막 기차라고 생각하니 감회가 새롭다.

붉은 벽돌로 만들어진 역 위 머리띠처럼 걸려있던 'STATION' 글자에 조명이 들어온다. 낮에는 아름답기보다는 소박하고 깔끔한 역이라고 생각했는데, 밤이 되어 조명을 비추니 붉은 벽돌 역이 황금빛 궁전처럼 화려하게 보인다.

오래된 철도

▲ 쿨 샤리프 모스크와 성벽이 아름답게 조화를 이루고 있다

07

시베리아 횡단열차가 종착하는
모스크바

▲ 시베리아 횡단열차가 종착한 모스크바 카잔 역

마지막 기차는 카잔에서 출발하여 모스크바까지만 가는 단거리 기차이다. 우리나라로 말하면 서울에서 부산을 갔다가 다시 서울로 돌아오는 거리이지만 시베리아에서는 명함을 내밀기도 힘든 단거리노선이다. 카잔과 모스크바라는 대도시를 연결하는 시베리아의 새마을호 001번 기차답게 깔끔했다. 사람들도 여유가 넘쳤다. 승무원에게 홍차를 주문해 마시면서 한껏 여유들을 즐기고 있었다. 전날 밤 예카테린부르크에서 탔던 아우슈비츠로 끌려가는 듯 습기가 가득했던 기차와는 사뭇 다르다.

아침이 되어 눈을 뜨자 기차는 시베리아 횡단철도 마지막 결승선을 향하여 전력질주 하고 있었다. 창밖으로 재빠르게 사라져 가는 빼곡한 회색 건물들을 바라보며 모스크바에 가까워지고 있다는 것을 느낄 수 있었다. 종착역인 모스크바를 앞두고 너나 할 것 없이 모두 짐 챙기기 바빴다. 오직 나만 달랑 배낭 하나 옆에 두고 창밖을 바라보며 생각에 잠겼다. 아직 해가 본격적으로 떠오르기 전이라서 그런지 창밖이 흐렸다.

기차를 타고 여기까지 오는 것도 정말 힘이 들었는데… 9,288km 철길을 만들던 사람들 고생이야 오죽했겠는가 싶다. 노보시비르스크 미술관에서 본 나락으로 떨어지는 노동자 그림과 눈으로 가득한 시베리아 기차역 그림이 생각난다. 나도 40년 가까운 인생을 살면서 원하는 것과 하고 싶었던 것들을 모두 다하고 살지는 못했다. 그러나 적어도 정말 좋은 시대에 자식에게 모든 열정을 쏟으셨던 부모님에게 태어나서 뜻한 '바람'을 '이룸'으로 만들 수 있도록 도전할 수 있는 여건은 되었다. 이룸으로 만들지 못한 것은 단지 내 노력이 부족해서 이루지 못한 것일 뿐이다. 수많은 사람들이 고생해서 만든 철길을 따라 이곳까지 오는 것도 그러한 이룸 중에 하나가 아닐까 싶다.

기차가 종착지에 도착하자 사람들은 제각기 갈 길을 재촉했다. 급할 것 없는 나는 마지막까지 무사히 모스크바에 데려다준 기차를 바라보았다. 무사히 이곳까지 오게 된 감사하는 마음과 며칠간 고생, 그리고 새로운 세상을 배운 것에 대한 감회가 스쳐지나가는 아침이다.

버스에서 뺨 맞고 지하철로

플랫폼을 나오자 우리나라 역과 마찬가지로 대합실에 식당 몇 개가 보인다. 아침식사를 위해 식당에 들어가 햄버거와 모닝커피 세트를 주문했다. 목적지에 도착한 이상 이제 급할 것이 없다. 호텔에 체크인하려면 아직 반나절이나 남았고, 한국으로 돌아가는 마지막 비행기만 제때 타면 된다. 설령 모스크바에서 가보지 못하는 곳이 있다고 하더라도 시베리아와 달리 다시 가볼 수 있는 기회가 또 있다(2017년 유럽 횡단).

주문한 햄버거는 맛이 있었지만, 아침이라서 그런지 배고픔이 덜한 것인지 다 먹지 못했다. 종이에 잘 싸서 배낭 옆구리에 끼워 넣고 나왔다. 식사를 마치고 모스크바 카잔(Москва Казанская) 역을 나와 대로변에 섰다. 아직 아침 8시가 채 되지 않아서 특별히 어디 갈 곳도 없었다. 카잔 역에서 멀지 않은 도보 30분 거리에 있는 호텔에 배낭부터 맡기기로 했다.

▲ 호텔에서 바라 본 모스크바 스콜니키 지역

  구글 지도를 보니 호텔까지 계속 직진이다. 한 십 분쯤 걸었을까? 힘에 겨워질 때쯤 버스들이 줄지어 정거장을 향해 달려오고 있었다. 주머니에 동전은 충분히 있고, 호텔까지 중간에 갈라지는 길은 없을 것 같다. 일단 아무 버스에 올라탔다. 그러나 앞문으로 올라타서 버스 기사에게 동전을 내밀면 되는 것이 아니었던 것 같다. 뭐라고 이야기하는 것인지 알아들을 수 없지만 버스 기사한테 한소리 제대로 들었다. 단지 두 정거장 지나서 스콜니키(Sokolniki) 역 근처에서 내렸기 때문에 뭐가 잘못된 것인지도 정확하게 모르겠다.

오래된 철도

▲ 모스크바 지하철 역 내부

　호텔은 기대했던 것보다 매우 훌륭했다. 루블화 환율이 폭락했다고 하지만, 우리 돈 5~6만 원에 어떠한 찬사도 아끼고 싶지 않은 호텔이다. 짐 보관소에 배낭을 맡기고, 화장실에 들어가서 양치질과 세수를 하고 새 사람이 되어서 나왔다. 이번에는 조금 전 쓴맛을 본 버스 말고 지하철에 도전해 보기로 했다.

　모스크바 지하철의 가장 큰 특징을 찾는다면 똑같은 지하철역이라고 하더라도 노선에 따라 역 이름이 다르다. 예컨대, 우리나라는 2호선 교대역과 3호선 교대역 이름이 같다. 그러나 모스크바는 같은 역이라도 지하철 라인에 따라 역 이름이 다르다. 또한 지하철역은 마치 거대한 예술 공간 같다. 소련시절에 만든 것 같은 벽화, 조각과 같은 훌륭한 예술작품들이 지하철역을 장식하고 있다. 모스크바 여행에서 지하철 예술작품만 돌아보는 사람이 있다는 얘기가 있을 정도다.

스콜니키 역에서 처음 지하철에 도전을 해봤다. 남들이 하는 것처럼 자동판매기에 돈을 넣고 표를 사서 게이트를 통과하고 지하로 내려갔다. 지하철은 우리나라처럼 4분 이상 간격이 아니라 거의 2분마다 수시로 다닌다. 지하의 철길을 거침없이 전투적으로 달리는 지하철로 인하여 고음의 쇳소리와도 같은 소음이 들려온다. 헝가리 부다페스트에서 지하철을 타면서 들었던 소리와 비슷하다.

시베리아 횡단을 마치고 처음 도착한 모스크바 카잔 역 근처 지하에 있는 콤소몰스카야(Komsomol'skaya) 역에서 붉은광장 주변으로 가는 지하철로 환승했다. 원래 지하철 노선대로라면 환승을 하지 않고 계속 가도 되지만, 그날 콤소몰스카야 역에서부터 붉은광장 방향으로 가는 지하철이 운행하지 않았다(다음 날은 운행했다). 어떻게 환승을 해서 갔는지 정확히 기억은 나지 않지만 붉은광장 주변이라고 생각되는 역까지 찾아갔다.

테트리스 기념관

붉은광장 주변 지하철역을 나와서 방향 감각을 상실한 채 어느 방향으로 가야 하는지 망설였다. 한참 주변을 두리번거리다 광장을 발견하고 그쪽으로 걸어갔다. 붉은광장에 첫발을 내딛은 시간은 아침 9시 10분이었다. 아직 사람들이 돌아다니지 않는 일요일 아침이라서 그런지 광장은 깨끗하고 조용했다.

오래된 철도

▲ 성바실리 성당

　눈앞에 처음 붉은광장이 펼쳐졌을 때 그 어떤 무엇보다도 나의 눈을 먼저 사로잡았던 것은 성 바실리 대성당이다. 실제로는 처음 보는 것이 었지만, 화면으로는 30년 넘게 보아왔다. 초등학교 때 엄마 몰래 시작하여, 대학교 때 누군가를 기다리며 시간을 보낼 때, 또는 버스 탈 잔돈을 오락실에서 바꾸고 그냥 나오기 미안했을 때 늘 하던 오락이 테트리스이다. 초등학교 길 건너편 지하 오락실에 책가방을 메고 주위를 살피다가 몰래 들어가서 테트리스를 하던 생각, 미팅시간보다 일찍 나와 대학교 앞에 있는 오락실에서 테트리스로 시간을 보내던 생각, 인천 큰아버지 댁에 가는 버스를 갈아타기 위해 주안역 건너편 오락실에서 동전을 바꾸던 생각 등… 테트리스와 관련된 기억들이 아직도 생생하다.

테트리스의 배경이 성 바실리 대성당이기 때문에 처음 만났지만 30년을 만난 오래된 친구 같다. 어렸을 적부터 꼭 한번 와보고 싶었던 성당이다. 성당 때문에 테트리스가 유명해진 것인지, 테트리스 때문에 성당이 유명해진 것인지 잘 모르겠지만, 적어도 나에게는 후자가 더 맞는 것 같다.

▲ 모스크바 크렘린 시계탑

오래된 철도

▲ 크렘린과 모스크바 강을 바라보며

반백년 살다가 한 세기 누운 레닌

공산주의는 종주국이었던 소련에서마저 몰락하면서 이유와 과정이야 어찌 되었든 결과론적으로 레닌이 꿈꾸던 이상적인 경제 체계는 전 세계에서 공통적으로 실패하였다. 레닌동상 앞에는 자본주의 천국이라고 할 수 있는 미국의 패스트푸드점 KFC가 자리 잡고 있고, 레닌 묘 건너편에는 자본주의 꽃이라고 할 수 있는 굼 백화점이 자리하고 있다. 다만, 공산주의는 실패했지만 레닌에 대한 예우는 있는 것 같다. 아침 10시에 가까워질 무렵 사람들이 크렘린 옆으로 줄을 서기 시작했다. 모두 레닌 묘를 참관하기 위한 사람들이다. 길게 늘어선 줄은 붉은광장 입구까지 이어졌다. 나도 줄을 서서 들어가 볼까 잠시 망설이다가 말았다. 줄을 서기 싫어서가 아니라, 굳이 방부제 처리되어 유리관 속에 누워 있는 오래된 레닌을 봐서 뭐하나 하는 생각이 들었다. 죽어서도 자연으로 돌아가지 못하고 자신이 살아온 날보다 더 오랜 세월을 유리관 속에 누워 사람들을 맞이해야 하는 레닌의 운명이 그리 좋아보이지는 않는다.[19]

---

19) 레닌은 1870. 4. 22에 태어나 1924. 1. 21까지 약 55년을 살았다. 반면 1924년에 죽었으니 지금까지 거의 백년을 유리관 속에 누워 있는 것이다.

오래된 철도

▲ 레닌 묘
▼ 주코프 원수 동상과 러시아 역사박물관

카잔 성당 옆에는 러시아 푸틴 대통령과 비슷하게 생긴 사람이 서 있다. 돈을 받고 관광객과 함께 사진을 같이 찍어주는 사람인데, 내가 보기엔 별로 비슷하게 생긴 것 같지 않았다. 아마 정말 비슷했으면 나도 돈을 주고 같이 사진을 찍었을지 모른다. 어느 날 자신과 닮은 유명인이 있다고 생각해 보면 그것도 참 큰 행운이다. 물론 우리나라 5공화국 때 대통령과 외모가 비슷하게 생겼다는 이유로 방송출연을 정지당했던 연예인에게는 불행이었을지 모르지만 말이다. 한편 나는 딱히 닮은 유명인사가 없으니 열심히 노력해서 돈을 벌어야 하는 운명이다.

삶의 무게가 느껴지는 도스토옙스키 동상

붉은광장 앞에는 포시즌(Four Seasons) 호텔 등 최고급 호텔들이 자리 잡고 있고, 수많은 인파로 가득했다. 서울을 떠나 처음 북적이는 인파에 빠져드는 순간이었다. 광장을 나와 찾아간 곳은 시베리아를 횡단하면서 읽었던 『죄와 벌』 저자 도스토옙스키의 동상이다. 붉은광장 길 건너편에 위치해 있다.

도스토옙스키만큼 극적인 인생을 산 사람도 없을 것이다. 많은 사람들에게 인생과 시간의 소중함을 일깨워주기 위해 인용하는 사형수의 이야기가 있는데, 그 이야기의 주인공이 바로 도스토옙스키이다.

도스토옙스키는 1894년 봄 페트라셰프스키 사건에 연계되어 사형선고를 받았는데 총살이 집행되기 전 5분이라는 시간이 주어졌다. 가족과 사랑하는 사람을 위해 기도하는 사이 사형집행 순간이 다가왔다.

신부에게 고해성사를 하고 머리에 하얀 두건이 덮이고 총살을 기다리던 그 순간 황제 니콜라이 1세의 특사가 달려와 극적인 순간에 사형집행을 중지시켰다. 그 후 도스토옙스키는 시베리아 유형(流刑)에 처해져 4년이라는 시간을 보냈다. 이 사건 말고도 도스토옙스키의 인생은 시련과 극적인 사건의 연속이었다.

도스토옙스키에 대하여 인터넷을 검색해보면 자신의 인생이 얼마나 평범하고 다행스런 인생인지 알게 된다. 그렇게 극적인 인생을 살았기에 도스토옙스키는 인류가 사랑하는 문학을 남긴 것이고, 평범한 인생을 살고 있는 나는 평범한 직장인으로서 삶을 살아가고 있는 것인지도 모른다. 그러나 대단한 명성이 주어진다고 하더라도 도스토옙스키와 같은 극적인 인생은 살고 싶지 않다.

▲ 도스토옙스키 동상. 힘겨웠던 삶의 무게가 동상에서도 그대로 느껴지는 것 같다

인생에 너무 많은 고난과 시련이 있었기 때문일까? 힘겹게 의자에 앉아 있는 도스토옙스키 동상을 보고 있노라면 삶의 무게가 그대로 묻어나는 것 같다. 마치 노년이 되어 힘겨웠던 자신의 인생을 돌아보는 것 같다. 상트페테르부르크에 가면『죄와 벌』의 배경이 된 곳에 가보기로 했다.

無소유를 통한 有소유 실현

어느덧 시간은 오후 1시를 넘어서고 있었다. 붉은광장 앞 노점상에서 긴 줄을 기다려 샤슐리를 샀다. 얼마나 맛이 있어서 사람들이 이렇게 줄을 서나 싶었는데, 솔직히 아주 맛이 있었다. 내가 배가 고프다는 사실을 떠나 객관적으로 블라디보스토크에서 먹었던 샤슐리보다 훨씬 더 맛있다. 샤슐리로 간단하게 배를 채운 뒤 호텔로 가서 체크인했다. 언제나 그랬듯이 배낭을 내려놓고 샤워하고 나니 그것만으로도 나는 새 사람으로 다시 태어난 것 같다. 여행의 마지막을 기념하기 위하여 옷도 말끔하게 차려입고 마지막 길을 나섰다.

가장 먼저 찾아간 곳은 멋진 레스토랑과 기념품 그리고 예술품들을 판매하는 상점들이 가득한 젊음의 아르바트 거리이다. 시베리아 횡단을 위해 떠나오면서 오지에서 돈이 부족하면 낭패가 될 수 있다는 생각으로 여유 있게 환전을 해왔는데 실제로는 돈을 거의 사용하지 않았다. 노보시비르스크와 카잔에서 예정에 없던 호텔에 묵었던 것과 몇 번의 대중교통, 최소한의 식료품과 먹을 것이 전부였던 무소유 여행이었다. 어쩌면 콜라를 사는데 가장 많은 돈을 사용했는지도 모른다. 고난의 행군 끝에 거의 사용하지 않은 돈을 여행의 전리품으로 바꾸어도 되는 시점이 온 것 같았다. 전리품 유소유를 실현하기에 기념품 상점들이 즐비한 아르바트 거리는 최적의 장소였다.

고등학교 때 같은 반 친구가 우크라이나에 다녀온 적이 있었다. 친구는 기념품으로 사온 마트료시카를 학교에 갖고 온 적이 있었는데 오뚝이 같은 통 안에서 똑같이 생긴 인형이 계속 나오는 모습이 참 신기했다. 우선 먼저 기념품 상점에 들러서 마트료시카부터 살피기 시작했다. 예쁘고 정교한 것과 평범한 것들 가격 차이가 천차만별이다. 보통 저렴한 것들은 500루블이고 사이즈가 작은 것들은 100~200루블도 있었지만, 크고 고급스러운 것은 가격이 한도 끝도 없었다. 언젠가 TV 프로그램에서 마트료시카 만드는 과정에 대해서 잠깐 본 적이 있는데, 정말 좋은 마트료시카는 예술작품처럼 만들어지고 있었다. 여행을 기념하기 위하여 마트료시카 중에서 고급스러워 보이는 것을 하나 구입했다. 그리고 지인들에게 선물하기 위한 마트료시카를 몇 개 더 샀다.

브론즈 조각상도 사고 싶어졌다. 레닌, 마르크스, 푸틴 등의 조각상은 많았지만, 내가 무엇보다도 사고 싶었던 것은 시베리아 노동자 조각상이다. 조각상을 사기 위하여 아르바트 거리 상점들을 돌아다녔지만, 단 한 군데도 찾지 못하고 포기해야 했다. 성 바실리 대성당이 정성스럽게 조각된 목걸이 시계와 나침반으로 아쉬움을 대신했다.

▲ 붉은광장에 있는 굼 백화점 야경

오래된 철도

러시아 미래가 담긴 모스크바대학교

모스크바에서 마지막 밤은 잠들기 어려운 밤이었다. 여행도 인생처럼 시작이 있는 모든 것은 결국 끝이 있기 마련이다. 지난 며칠간 경험했던 많은 일들과 생각했던 많은 것들이 머릿속에 스쳐지나간다. 결국 복잡한 머릿속을 잠으로 빠져들 수 있게 한 해결사는 피곤함이었다.

한국으로 돌아가는 비행기는 2016년 10월 3일 18시 55분 대한항공이다. 늦잠을 자며 충분한 휴식을 취하고도 아직 5시간 정도 시간적 여유가 있었다. 마지막으로 가봐야 할 곳이 한 곳 더 있다. 바로 러시아에서 가장 유명한 대학교인 모스크바대학교이다. 과거 러시아 역사의 중요한 순간들이 모스크바대학교 출신 엘리트들에 의하여 만들어졌을 것이고, 앞으로도 만들어 가게 될 미래가 모스크바대학교 속에 집중적으로 녹아 있다고 생각하기 때문이다. 호텔을 체크아웃하고 호텔 짐 보관소에 배낭을 맡기고 모스크바대학교로 향했다.

모스크바대학교는 1755년 모스크바 중심가에 설립되었는데, 1940년대 말 스탈린에 의하여 이전되어 현재의 대학교가 만들어지게 되었다고 한다. 노랗게 물든 단풍 낙엽을 밟으며 길을 따라 걸어 들어가자, 숲속에 숨겨 놓은 것 같은 웅장하고 거대한 대학교 건물이 나온다. 이 웅장한 대학교 건물은 죽기 전에 꼭 봐야 할 세계 건축물 1,001개 중에 하나라고 한다. 건물 높이만도 240m로 우리나라 63빌딩의 높이(274m)와 비슷하다. 1988년까지는 유럽에서 가장 높은 건물이었다고 한다. 2017년 바르샤바에 들렀을 때 모스크바대학교 건물과 같은 모양으로 지은 '문화과학궁전'을 보았다. 폴란드가 공산권에 있을 때 소련의 영향을 받아서 지은 건물이라고 한다.

▲ 모스크바대학교 건물

대학교 주차장에는 가끔 현대차와 기아차가 보였다. 러시아에서 한
국 자동차를 이렇게 많이 본 것은 모스크바대학교가 처음이다. 아마도
지금 모스크바대학교 엘리트들이 세상에 나갔을 때는 한국과 러시아
가 조금 더 가까워질 수도 있을 것 같다는 생각도 해본다.

푸시킨에게 작별인사를 하며

호텔 짐 보관소에서 배낭을 찾아 푸시킨 동상 앞으로 갔다. 푸시킨은 머리가 복잡한 것인지, 때로는 머리를 숙이라는 삶의 지혜를 가르쳐주는 것인지 고개를 살짝 숙이고 있다. 그리고 그 머리 위에 비둘기 한 마리가 남의 고민은 나의 고민이 아니라는 듯 아랑곳 하지 않고 앉아 있다.

푸시킨, 도스토옙스키, 톨스토이는 러시아 3대 문호(文豪)라고 한다. 그 가운데 시대적으로 가장 앞섰던 푸시킨은 도스토옙스키와 톨스토이에게도 많은 영향을 미쳤다고 한다. 푸시킨 작품 가운데 '삶이 그대를 속일지라도'라는 시는 누구에게나 마음에 와 닿는 시가 아닐까 생각한다.

　삶이 그대를 속일지라도

　삶이 그대를 속일지라도
　슬퍼하거나 노하지 말라!
　우울한 날들을 견디면
　믿으라, 기쁨의 날이 오리니

　마음은 미래에 사는 것
　현재는 슬픈 것
　모든 것은 순간적인 것, 지나가는 것이니
　그리고 지나가는 것은 훗날 소중하게 되리니

이제 여행을 마칠 시간이다. 그리고 내년에 다시 시작될 여행을 준비해야 할 시점이기도 하다. 시베리아 횡단을 마치고 유럽 횡단을 시작하는 기준 지점을 푸시킨 동상 앞으로 삼았다. 2016년 푸시킨 동상 앞에서 여행을 마치고, 2017년 푸시킨 동상 앞에서 새롭게 여행을 시작할 것이다.

공항에서 체크인하고 여권 하나만 들면 되는 홀가분한 몸이 되었다. 반면 다시 현실로 돌아가야 한다는 생각에 머릿속은 복잡해지고 있다. 인천공항에 도착하면 오전 9시쯤일 텐데 집에서 옷을 갈아입고 오후에 출근할 걱정부터 해야 한다. 어쩌면 그것이 나에게 가장 적합한 현실적인 삶일지도 모른다. 마지막으로 블라디보스토크에 있는 동생 원구에게 전화를 걸었다. 원구가 아니었다면, 없었다면 나는 아직 시베리아 횡단을 꿈꾸고만 있을 뿐 실행하지 못했을 것이다. 고맙다 원구야.

▲ 모스크바 푸시킨 동상

Ⅲ 시베리아 횡단 정리

무엇이든지 시작이 중요한 것 같다. 처음 시베리아 횡단을 꿈 꿀 때
는 막연한 두려움이 있었다. 그 두려움의 벽을 깨는데 무려 15년이라
는 긴 세월이 걸렸다. 그러나 막상 그 벽을 깨고 나오자 더 이상 시베
리아 횡단은 두려움의 대상으로 느껴지지 않았다. 두려움이 나를 속일
지라도 한 번 깨진 두려움은 더 이상 나를 가로막을 수 있는 두려움이
아니었다.

나이를 먹고 시간이 흐를수록 체력은 떨어지고, 현실에 짊어진 짐은
무겁다. 내 귀에는 세상 모든 일을 순응과 편안함으로 받아들이라는
달콤한 속삭임으로 가득하다. 그러나 시베리아 횡단을 통하여 하늘을
날던 본능을 잃어버리고 현실이라는 새장 안에서만 움직이는 것을 당
연하게 생각하고 있던 내 자신을 발견하게 되었다. 도전과 열정이 없다
면 배고픔, 추위, 지루함, 더러움…. 이러한 불편은 삶의 부수적인 것에
불과하다. 시베리아 횡단을 통하여 나는 부수적인 것은 본질적인 것으
로 생각하고, 본질적인 것을 부수적인 것으로 생각하고 살아가지 않겠
노라고 다짐하게 되었다.

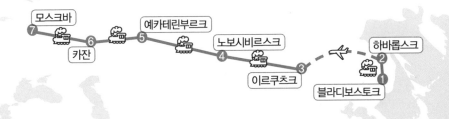

▲ 시베리아 횡단 경로

영국은 섬나라이지만

유로스타로 대륙과 같은 나라가 되었고,

우리나라는 섬나라가 아니지만

남북 분단으로 인하여 섬나라가 되었다.

하느님이 우리나라에게

더 훌륭한 환경 조건을 만들어 주셨음에도 불구하고 말이다.

3장

유럽 횡단
– 모스크바에서 런던까지

| 유럽 횡단 준비

유럽 횡단 일정 만들기

 유라시아 횡단을 준비하면서 일정과 계획을 만들고 준비하는 것이 가장 쉬웠던 구간은 유럽 횡단 구간이다. 우선 여행에 필요한 휴가를 만들기 어렵지 않았다. 2017년 5월 1일 월요일 근로자의 날, 2일 화요일 회사 선택적 공동연차 사용일, 3일 수요일 부처님오신날, 4일 목요일 회사 의무적 공동연차 사용일, 5일 금요일 어린이날, 9일 화요일은 생각지도 못한 대통령 선거일까지 생기면서 8일 월요일 하루만 휴가를 내면 11일 동안 장기 황금연휴가 만들어졌다. 게다가 이미 유럽여행에 대한 경험이 다수 있었고, 욕심을 갖자면 끝도 없겠지만 상대적으로 이동하는 구간이 짧아서 코스와 일정 선택의 여지도 많았다. 반면 시베리아 횡단 때는 러시아는 처음 가보는 지역이었고 절대적인 이동거리가 길어 많은 시간이 필요하였다. 시베리아 횡단철도를 따라 이동하다 보니 목적지에 대한 선택의 여지도 거의 없었다. 다만, 러시아는 하나의 국가이고 러시아 철도청 홈페이지를 통하여 필요한 모든 교통편의 예약이 가능하였지만, 유럽구간은 다양한 교통편 가운데 이용할 교통수단을 선택해야 했다.

유럽 횡단 코스 결정에서 가장 고민을 했던 부분은 모스크바에서 바르샤바 방향으로 바로 기차를 타고 갈 것인지, 상트페테르부르크 방향으로 갈 것인지에 대한 고민이었다. 시간적인 여유가 없었다면 바르샤바 방향으로 바로 갔을 테지만, 조금 서두른다면 상트페테르부르크와 발트3국까지 여행이 가능한 일정이라고 판단하였다. 결국 최종 여행 코스는 모스크바-상트페테르부르크-헬싱키-탈린-리가-빌뉴스-바르샤바 방면으로 이동하기로 결정하였다. 그런데 발트3국을 여행코스에 넣으면서 가장 난관에 봉착한 것 가운데 하나는, 발트3국은 기차로 이동하는 것이 어렵다는 점이다. 물론 기차가 없는 것은 아니지만, 운행편도 매우 적고 시간을 맞추기도 어려웠다. 대신 버스 교통이 매우 발달되어 있고, 한국에서도 어렵지 않게 버스표를 예약할 수 있었다.

그다음으로 고민했던 부분은 중요한 것은 아니지만, 쾰른을 넣을 것인지 말 것인지에 대한 것이다. 바르샤바-베를린-브뤼셀은 횡단을 위해서 반드시 거쳐야 하는 도시이지만, 쾰른을 반드시 거쳐야 하는 것은 아니다. 쾰른 대신 다른 대안이 있는지 여러 가지로 고민을 해 보았지만 특별한 대안이 없었다. 베를린에서 프라하를 거쳐 브뤼셀이나 파리 방면으로 갈 경우 시간적으로 촉박하고, 본(Bonn)에서 라인 강 배를 타고 쾰른까지 내려오는 코스를 선택하기에도 무리가 따랐다. 만약 하루 정도 시간이 더 있었다면 두 가지 중에 하나를 선택했을 것이다.

모스크바로 가는 비행기는 블라디보스토크를 경유하기로 했다. 정확하게 말하자면 경유 항공권을 구입한 것은 아니다. 4월 28일 금요일 퇴근 후 블라디보스토크행 비행기를 타고 가서, 블라디보스토크에서 원구와 새벽에 맥주를 한잔한 뒤 29일에 러시아 국내선으로 모스크바까지 이동하는 것이다. 블라디보스토크를 경유하고자 하는 목적도 명확했고, 항공권 비용도 짧은 구간 국제선 편도와 러시아 국내선 편도를 각각 구입하는 것이 모스크바 장거리 경유 항공권을 구입하는 것보다 저렴했다. 런던에서 돌아오는 비행기는 파리를 경유하는 에어프랑스를 예약했다. 런던-파리 구간은 에어프랑스를 탑승하고, 파리-인천 구간은 대한항공을 탑승하는 항공권이다.

여행 일정에서 반드시 런던을 넣은 이유는 간단하다. 브뤼셀에서 런던까지는 도보해협이 있지만, 유로스타라는 기차로 사실상 대륙처럼 이동할 수 있기 때문이다. 이렇게 하여 런던까지 11박 12일 최종적인 여행 일정이 만들어졌다.

유럽 횡단을 출발하기 전 준비해야 할 것들

여행 일정이 결정되자 교통편을 예약하기 시작하였다. 시베리아 횡단과 달리 다양한 교통수단과 교통편에 대한 선택이 가능하다. 선택의 가능성이 많다는 것은 일반적으로는 좋은 것이기는 하지만 때로는 선택에 대한 고민도 해야한다. 여행일정을 확정하여야 하기 때문에 교통편은 출발하기 전 한국에서 모두 예약을 하였다.

우선, 모스크바에서 상트페테르부르크까지는 러시아 철도청 홈페이지에서 고속열차를 예약했다. 우리나라 KTX와 같은 초고속열차는 아니지만 약 3시간 50분이면 상트페테르부르크에 도착할 수 있고, 이용할 수 있는 기차도 매우 많았다. 가격은 3,515루블(약 6만원)로 부산행

KTX 비용과 비슷하다. 상트페테르부르크에서 헬싱키까지도 약 3시간 30분이면 도착할 수 있는 고속열차를 예약했다. 버스 등 다른 교통수단 대안도 있었지만, 이용할 수 있는 기차도 많았고 가격도 2,642루블(약 5만원)로 부담스럽지 않았다. 그리고 달리는 기차 안에서 유럽 입국 심사까지 받을 수 있었다.

북유럽 바다에는 다양한 크루즈 선박들이 국가들을 연결하고 있다. 헬싱키에서 탈린 구간은 발트 해를 운항하는 TALLINK 크루즈 여객선을 예약했다. 한국에서도 한국어로 된 홈페이지(www.siljaline.co.kr)를 통하여 쉽게 예약 할 수 있으며, 필요하다면 한국인 직원과 전화로 궁금한 사항에 대하여 상담도 가능하다. 탈린에서 바르샤바까지는 LUX라는 버스를 예약하였다. 한국에서도 예약이 가능하고 각종 여행블로그에 LUX 버스에 대한 이용 후기들에서 대체로 긍정적인 평가들이 많았다. 특히 LUX 버스는 내가 탑승하여야 하는 3번의 이동 구간을 모두 원하는 시간대에 운행했다.

바르샤바에서 런던까지는 기차를 이용하지만, 유레일패스는 이용하지 않았다. 여행기간이 단기간이고 학생 신분이 아니라 유레일패스의 장점이 없다고 판단했다. 특히, 정확히 계획된 일정대로 횡단해야 하기 때문에 저렴한 패스보다는 정확한 시간에 움직일 수 있는 기차표 확보가 더 중요했다. 베를린 이후 쾰른-브뤼셀-런던 구간 기차표는 레일유럽이라는 유럽기차표 구매 대행 사이트를 통하여 예약하였다. 그러나 바르샤바에서 베를린 구간 기차표는 국내 대행사를 통하여 구입할 수 없었기 때문에 독일 철도청 DB 홈페이지(www.bahn.de)에서 직접 구입했다.

호텔도 출발하기 전 대부분 예약을 했다. 5~10만원 이내에서 고급스

오래된 철도

러운 호텔보다는 깨끗하고 위치가 좋은 호텔을 예약하였다. 다만, 바르
샤바에 도착할 때까지 쾰른에서 숙박할 호텔은 예약하지 못했다. 쾰른
호텔 숙박 요금은 대부분 1박에 20~30만원 수준으로 너무 비쌌다. 쾰
른에 도착하기 직전까지 가격이 내려가기를 기다리다 바르샤바에서 더
는 버틸 수 없어서 약 15만원이라는 여행기간 중 가장 높은 가격을 지
불하고 허름한 호텔을 예약할 수밖에 없었다.

유럽 횡단에 대한 부담은 덜 했기 때문에 일정과 교통편에 대한 고민
들을 주로 했고, 나머지 사항에 대해서는 크게 고민을 하지 않았다.[20]
유럽 구간은 기차와 숙박비용 등이 제법 필요로 했기 때문에 그나마
가장 고민을 많이 한 것이라고 한다면 비용에 대한 걱정이다. 시베리아
횡단 때처럼 부수적으로 해결해야 하는 고민들이 많지 않았다. 시베리
아 횡단 때와 달리 유럽에는 팔도 도시락이 없기 때문에 컵라면 6개를
챙긴 것이 전부였다.

---

[20] 북유럽 구간을 통과하기 때문에 추위에 대한 걱정을 조금은 했어야 한다. 날씨가 좋은 날
은 괜찮았지만, 날씨가 좋지 못한 날에는 제법 추웠다. 상트페테르부르크에서 비가 온 다
음 날 아침 기온이 섭씨 0도까지 내려갔고 바람도 제법 불었다.

이어진 숙제를 위하여 출발

2016년 처음 시베리아를 횡단을 떠날 때 마음가짐은 오래된 숙제를 하러 간다는 조금은 비장한 마음으로 길을 나섰다. 그러나 두 번째 유럽 횡단도 오래된 숙제는 맞지만 부담감 있는 숙제라는 생각이 강하게 들지는 않았다. 오래된 숙제를 하러 간다는 생각과 유럽 배낭여행을 한다는 생각이 겹쳐서 그런 것 같다.

이제는 다 찢어져 가는 배낭을 다시 꺼냈다. 배낭은 오랜 세월 동안 내가 너무 혹사시킨 나머지 만신창이가 되었다. 이미 지퍼 부근이 다 찢어져 어머니가 대전 재래시장에 있는 수선집에서 박음질해 오셨다. 배에 차고 다니던 복대도 마찬가지이다. 복대에는 주머니가 2개 있는데, 이미 주머니 하나는 터진 지 오래되었다. 비록 사람은 아니지만, '배낭도 복대도 나의 여행을 위해서 정말 헌신적으로 많은 고생들을 해 주었구나! 이제 조금만 더 버텨다오.'

4월 28일 금요일 퇴근 후 22시 15분 블라디보스토크행 비행기를 타기 위하여 공항으로 달려갔다. 그러나 허겁지겁 공항으로 달려간 것을 비웃기라도 하듯이 비행기는 연결 문제가 발생했다며 출발 게이트에 도착해 있지도 않았다. 블라디보스토크에 있는 원구는 게스트하우스까지 올 수 있는 택시를 불러 준다며 언제 출발하는지 계속 묻는다. 결국 비행기는 새벽 2시가 되어서야 출발했다. 2시간이라는 단거리 비행을 위해서 새벽에 공항에서 4시간이 넘는 시간 동안 노숙을 해야 했다.

문제는 블라디보스토크 도착이었다. 한국과 한 시간 시차를 감안하면 새벽 5시에 블라디보스토크 공항 도착이다. 입국 수속을 받고 수하물을 찾아 나오니 새벽 5시 반이다. 택시를 타고 원구 게스트하우스에 도착했을 때는 이미 아침 해가 떠오르며 날이 밝아오고 있었다. 블라디보스토크를 거쳐 가면서 동생 원구와 맥주라도 한잔하려고 했는데… 기다리다가 잠을 설친 원구는 새벽에 문 앞까지 나와 형 오시느라 고생하셨다며, 일단 얼른 주무시라고 한다. 모스크바행 비행기는 13시 55분으로 늦어도 11시 30분에는 공항으로 출발하여야 했다. 비행기 연착 때문에 첫날부터 잠을 거의 설쳤지만, 짧은 시간이라도 원구와 함께하기 위해서 눈만 잠시 부쳤다가 일어났다.

9시쯤 일어나서 샤워를 하고 블라디보스토크 역으로 나갔다. 마치 전쟁에 출전하기 전 하늘에 고하는 의식을 거행이라도 하는 듯 9288 기념비 앞에 섰다. 7개월 전에 9288이라는 숫자가 새겨진 기념비 앞에서 출발하여 모스크바까지 무사히 다녀왔다. 그리고 그 연장선에 있는 또 다른 여행을 준비하는 아침이다.

원구와 아침식사를 하고 원구가 직접 만들어 준 커피를 한잔 마시는 사이에 공항으로 떠날 시간이 되었다. 불과 5시간이라는 짧은 만남이었고, 그나마 잠을 잤던 시간을 빼면 두 시간 남짓 만남을 마무리하고 블라디보스토크 공항으로 향했다.

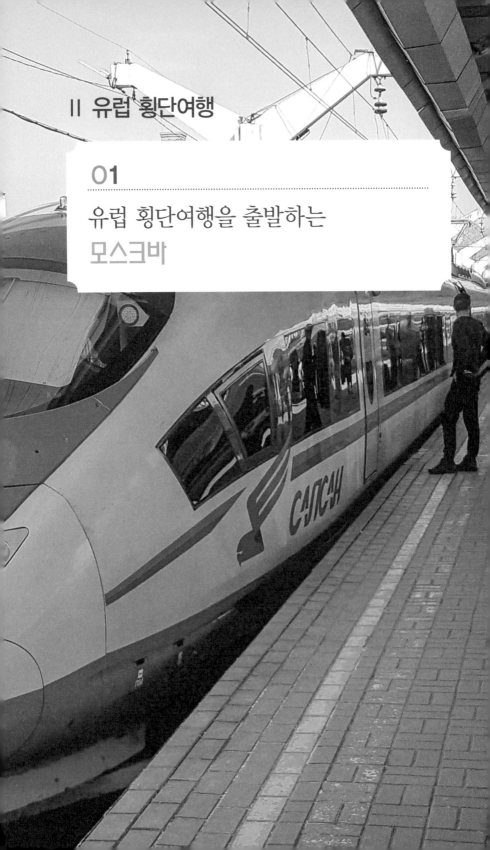

01

유럽 횡단여행을 출발하는
모스크바

▲ 모스크바 레닌그라드 역에서 상트페테르부르크로 향하는 기차

블라디보스토크를 출발한 비행기는 시베리아 횡단철도가 지나가는 지역보다 더 추운 툰드라 지역을 날아 모스크바로 향했다. 국내선이기는 하지만 세계에서 가장 영토가 넓은 나라답게 블라디보스토크에서 모스크바까지 비행시간은 9시간이나 걸린다. 인천공항에서 모스크바행 직항을 타면 9시간 내지 9시간 15분이 걸리는 것과 별반 차이가 없다. 러시아 내에서 국내선을 탄다는 생각에 멀리 간다는 부담이 덜 했으나, 심리적으로 나만 그렇게 가깝게 느낀 것 같다. 비행기가 모스크바 셰레메티예보 공항 활주로에 안전하게 착륙하자 기내에 탑승한 사람들은 박수를 치기 시작했다. 안전하게 공항에 도착한 것을 축하하기 위한 박수인지, 장시간 비행이 끝난 것을 기뻐하는 것인지는 모르겠다.

셰레메티예보 공항에서 아에로익스프레스를 타고 모스크바 시내로 향했다. 불과 7개월 만에 다시 찾은 길인데 공항에서 시내로 들어와서 벨라루스 역에서 환승하는 길을 찾지 못하여 어리둥절 한참을 헤맸다. 나름 길눈이 밝음에도 불구하고 러시아에서 이렇게 길을 헤매는 이유는 러시아어 글자가 눈에 전혀 익지 않아서인 것 같다. 즉, 길을 찾을 때 러시아어 글자를 읽지 못하고 지도나 방향만으로 길을 찾기 때문인 것 같다.

호텔은 셰레메티예보 공항에서 들어오는 벨라루스 역과 상트페테르부르크행 기차를 타는 레닌그라드 역(Leningradsky Railway Station) 중간에 위치한 모스크바 아지무트 호텔(Azimut Moscow Olympic Hotel)로 예약했다. 모스크바 외 다른 러시아 주요 도시에도 있는 아지무트 호텔들은 화교자본이 투입된 호텔 같다. 호텔 내 중국어도 종종 보였고, 이용하는 사람 가운데 상당수는 중국인이었다.

다시 푸시킨 동상 앞에서

호텔에 배낭을 내려놓고, 가장 먼저 향한 곳은 7개월 전 시베리아 횡단을 마친 카잔 역(Kazansky Railway station)이다. 카잔 역을 다시 보기 위해서이기도 했지만, 내일 아침 상트페테르부르크로 출발하는 길 건너편에 있는 레닌그라드 역을 확인하기 위해서이다. 기차를 타는 날 아침에 배낭을 메고 기차역에 왔다가, 상트페테르부르크로 가는 기차를 타는 역이 아니라면 낭패를 볼 수 있기 때문에 미리 확인하기 위하여 온 것이다. 정확한 시간에 따라 움직여야 하는 여행에서 시간이나 장소에 대하여 주의를 기울이지 않고 자칫 설마 하는 생각을 하거나 또는 어떠한 착각에 휩싸여 작은 실수를 하는 경우에는 큰 곤혹을 치를 수도 있다.* 내일 아침에 출발하는 기차번호까지 꼼꼼히 확인한 후에야 안심하고 시내를 둘러보기 시작했다.

---

* 2013년 가을 밀라노에서 인천으로 돌아오는 중간 환승지 도쿄에서 일이다. 환승대기시간 동안 도쿄시내에 잠시 나왔다가 나리타공항으로 돌아가는 길이었다. 그런데 '나리타공항'으로 가는 전철을 탔어야 함에도 불구하고 주의 깊게 살피지 않고 '나리타'로 가는 전철을 탄 것이다. 즉, 우리나라로 말하자면 인천공항으로 가는 전철을 탔어야 했는데 인천으로 가는 전철을 탄 셈이다.

전철을 타고 한참을 가도 전철에 여행 캐리어를 든 사람도 없는 등 무언가 느낌이 이상해졌다. 그리고 도쿄 시내에 나올 때 풍경과는 사뭇 다른 눈에 익지 않은 풍경의 연속이었다. 어느 순간 직감적으로 무엇인가 잘못되고 있다는 것이 느껴졌다. 전철에 있던 다른 사람에게 물어보자 지금 내가 타고 있는 전철은 나리타공항에 가는 전철이 아니라고 한다. 순간 머릿속이 하얗게 변했다. 더욱이 밀라노에서 인천공항에서 찾는 것으로 위탁한 배낭은 이미 비행기 수화물 칸에 실려서 나를 기다리고 있을 시간이었다.

불행 중 다행이었던 것은 몇 정거장만 더 가면 나리타공항으로 환승하는 전철역이 있었다. 전철이 환승역에 도착하자 일단 어딘지도 모르고 뛰었다. 운이 좋았던 것일까? 약 20분마다 운행하는 나리타공항으로 가는 전철이 몇 분 기다리지 않았는데 도착했다. 발을 동동 구르며 전철에서 초조해 하고 있었지만, 이미 비행기 출발시간이 20~30분밖에 남지 않았기 때문에 모든 것을 내려놓을 수밖에 없었다. 오히려 고민은 다음 단계로 넘어가 있었다. '다음 비행기 빈 좌석이라도 잡아주려나? 저가에 구입한 항공권이라서 다시 돈을 내고 비행기 표를 사야하나? 오늘 이륙하는 마지막 비행기는 아니겠지? 나의 배낭은 지금쯤 비행기에서 내려졌을까? 아님 인천공항으로 먼저 가 있으면 어떻게 되는 것일까?' 등등 몸과 마음과 이성은 각자 분리되어 있었다.

전철이 나리타공항에 도착한 것은 비행기 출발시간이 15분도 남지 않는 때였다. 전철이 도착한 곳이 몇 층이었는지 정확하게 기억나지는 않지만 직립 보행을 시작한 이후 그렇게 열심히 뛰어 본 적은 처음이다. 대한항공 탑승수속카운터에 도착했을 때 이미 비행기 출발 10여분 남겨둔 시간이었고 직원들조차 일이 다 끝난 것처럼 없었다. 대한항공 여직원을 찾아 비행기를 타야한다고 하니, 직원이 당황해 했다. 그런데 나의 배낭이 이미 비행기에 화물로 실려 있다고 하니 더 묻지 않았다. 나를 도와주기 위한 것이었는지, 아니면 나의 짐이 비행기에 이미 실려 있었기 때문에 나를 태우지 않는다면 다시 짐을 내려야 해서 시간이 더 지체된다고 생각했던 것인지 잠시 고민하던 항공사 직원은 탑승권을 발권해 주었다. 보안검색대를 지나 비행기 탑승구까지 또 다시 뛰었다. 나리타공항에는 사람이 거의 없었기 때문에 다행히 출발시간에 임박하여 마지막으로 비행기에 오를 수 있었다.

기차역을 확인하고 아르바트 거리로 향했다. 아르바트 거리에 도착했을 때 해는 이미 서쪽 하늘로 넘어가고 있었다. 비행기에서 먹은 기내식이 마지막 식사였으니 슬슬 배가 고파 오기 시작했다. 화장실도 이용할 겸 맥도널드와 비슷한 패스트푸드점에서 햄버거 세트를 먹었다. 아르바

오래된 철도

트 거리 카페에서 행복한 담소를 나누고 있는 사람들을 구경하며 작년에 기념품을 사기 위해 돌아다니던 곳들을 둘러보았다. 아르바트 거리는 잠깐 동안만 둘러보고 붉은광장에 가려고 생각했는데, 여기저기 둘러보다 보니 붉은광장에 도착했을 때는 이미 밤 9시 30분이 넘었다.

여행하기에 가장 좋은 날씨는 조금 덥게 느껴지면서 맑고 쾌청한 날씨이다. 모스크바에 도착한 2017년 4월 29일은 바로 그러한 날씨였다. 늦은 저녁 시간임에도 불구하고 아주 좋은 날씨에 광장 주변은 관광객, 연인 등 많은 사람들로 북적였다. 작년 가을에 처음 보았던 성 바실리 대성당, 크렘린, 레닌 묘 등은 마치 시간이 멈춘 것처럼 모든 것이 그대로였다. 마치 달라진 모습을 숨은 그림 찾기라도 해야 할 정도다.

▲ 다시 찾은 푸시킨 동상

모스크바를 떠나기 전 반드시 가야 할 곳이 있다. 지난 가을 시베리아 횡단을 마무리하면서 다음번 여행을 푸시킨 동상 앞에서 이어가기로 결심했었다. 내일 아침 새롭게 시작하는 유럽 횡단에 앞서 7개월 동안 묶어 두었던 여행의 고삐를 다시 풀기 위해서 푸시킨 동상을 찾았다. 붉은광장 주변은 그동안 변한 것이 없다고 생각했는데, 그러한 생각을 금방이라도 깨듯이 푸시킨 동상 앞은 많이 변해 있었다. 공사를 위해서 동상 주변에 높은 펜스를 설치하였기 때문에 조금은 멀리 떨어져서 푸시킨 동상을 바라볼 수밖에 없었다. 붉은 광장에서 푸시킨 동상으로 향하는 길에 찾은 도스토옙스키 동상도 작년과 달라졌다. 작년 가을에는 도스토옙스키 동상이 있던 건물이 보수 공사 중이었는데 공사가 마무리되면서 도스토옙스키는 여전히 힘겨워는 하지만, 조금 더 깔끔해진 모습으로 나를 반겨주었다.

오래된 철도

▲ 말끔해진 모습의 도스토옙스키 동상

02

러시아 문학과 예술의 도시
상트페테르부르크

▲ 상트페테르부르크 핀란드 역에서 헬싱키로 향하는 기차

모스크바에서 상트페테르부르크로 향하는 기차는 러시아에서 타는 마지막 기차이다. 이 구간은 대도시와 대도시를 연결하는 구간답게 고속열차가 다니고 있다. 일반열차라면 10시간은 족히 걸리는 거리지만, 고속열차는 3시간 50분 만에 도착한다.

기차 출발시간은 9시 30분으로 8시 30분 전에만 호텔에서 체크아웃하고 역으로 출발하면 충분하다고 생각했다. 그런데 너무 여유를 부렸던 것일까? 한 시간 전에 도보 30분 거리에 있는 역으로 출발했음에도 기차 출발 10여 분 전에야 겨우 역 플랫폼에 도착했다. 이미 플랫폼에는 많은 사람들이 기차가 떠나기만을 기다리고 있었다.

기차 안은 우리나라 KTX와 많이 다르지 않았다. 비싼 기차요금 때문이라서 그런지 제법 빈자리가 많았다.[21] 느림을 미덕처럼 보여주던 시베리아 횡단열차에 익숙해진 탓인지, 기차는 마지막 목적지를 향하여 참 빠르게도 달린다. 점심식사 시간이 되어 요기를 채우고자 식당 칸으로 갔다. 식당 칸 테이블 위에는 맛있는 음식 사진들이 종이에 인쇄되어 있었다. 사진들을 보자 기차 안에서 식사를 해야겠다는 생각이 들었다. 그런데 밥이 포함된 음식을 주문하자 사진과 다르게 플라스틱 그릇에 담겨 있는 즉석식품을 전자레인지에 돌려준다. 아침에 먹은 컵라면이 더 훌륭한 식사였던 것 같다는 생각이 들 정도로 양도 적고 맛도 형편없었다.

---

21) 고속열차 티켓은 3515루블(약 6만원)이었으니, 시베리아에서 탑승했던 다른 기차와 비교하면 이동거리 대비 두 배 이상 비싼 가격이다.

오래된 철도

상트페테르부르크 속 모스크바

기차는 어느덧 러시아의 마지막 종착지를 향해 달려가고 있었다. 이미 블라디보스토크와 모스크바를 지나왔지만, 상트페테르부르크는 유럽 횡단의 새로운 첫 도시인 셈이다. 시베리아를 달리던 기차들과 비교하면 3시간 50분이라는 탑승시간은 아주 짧은 시간이기는 하지만, 서울에서 KTX를 타고 부산을 가고도 한 시간 이상 더 걸리는 시간이다.

상트페테르부르크 모스크바 역(Moscow station)에 가까워지자 여느 기차역과 마찬가지로 사람들은 우르르 짐을 들고 내리기 위해 줄을 섰다. 모스크바에서도 모스크바 역을 보지 못한 것 같은데, 상트페테르부르크에서 모스크바 역을 보니 신기하다. 또한 핀란드 헬싱키로 떠나는 역의 이름도 핀란드 역이다. 상트페테르부르크에 모스크바와 핀란드가 있는 것이다. 역 이름을 역이 위치한 지명이 아닌 역에서 달려가야 하는(혹은 달려오는) 목적지를 넣어 만든 것이다. 우리의 이름 짓는 방식과는 조금 다르다. 그러고 보니 시베리아 횡단을 마치고 마지막으로 모스크바에 도착한 역의 이름도 카잔 역이었다.

인파에 섞여 배낭을 메고 기차역을 나왔다. 어제 모스크바 날씨와 달리 상트페테르부르크 날씨는 흐리고 춥기까지 했다. 온몸에 스며드는 찬기에 겉옷을 꺼내 걸치기 위해 등 뒤에 메고 있던 배낭을 앞으로 돌렸다. 그때 핸드폰을 바지 뒷주머니에 넣고 이어폰으로 음악을 듣고 있었는데, 배낭을 돌리면 이어폰 줄에 배낭이 걸린다는 것을 미처 생각하지 못했다. 배낭은 이어폰을 건드리고, 이어폰은 바지 뒷주머니에 있는 핸드폰을 잡아당겼다. 그 순간 핸드폰은 바지 뒷주머니에서 나와 이어폰과 분리되어 콘크리트 바닥 위에 떨어졌다. 바닥에 떨어진 채 고요히 뒤집혀 있는 핸드폰을 설마 하는 생각으로 주웠는데, 순간 깜짝 놀랐다. 핸드폰 아랫부분 액정이 깨져 있었다. 핸드폰이라는 값비싼 물건이 부서지는 것이 아깝기도 하지만, 여행에서 핸드폰은 모든 정보와 사진, 음악을 책임져야 하는 절대적인 역할을 담당하고 있다. 여권과 지갑, 안경과 함께 중요한 것이 핸드폰이 아닐까 싶다.* 불행 중 다행인 것은 액정은 깨졌지만, 화면을 보거나 핸드폰이 작동하는 데 지장은 없었다. 액정마저 볼 수 없을 정도로 깨졌을 경우를 생각하니 아찔하다.**

* 안경을 쓰지 않은 사람들에게는 안경의 중요성이 실감나지 않을 수 있지만 여권만큼이나 중요한 것이 안경이다. 2001년 중국으로 처음 배낭여행 갔을 때 안경이 깨졌다. 눈이 그리 좋지 못한 편이라 안경이 없으면 할 수 있는 것이 많지 않다. 여행을 같이 갔던 동료들 도움으로 몇 시간 고생 끝에 현지에서 겨우 안경을 구할 수 있었다. 안경을 새로 구할 때까지 불편함과 안경을 구하지 못하면 주변 동료들 여행까지 망칠 수 있다는 생각에 걱정이 태산이었다. 그 일을 겪은 후 혼자 배낭여행을 갈 때면 항상 배낭에 오래된 안경을 하나씩 더 챙겨간다.
** 2015년 스페인 그라나다에 갔을 때 핸드폰 액정 유리가 완전히 깨진 적이 있다. 핸드폰을 실수로 손에서 떨어뜨렸는데 우연히 액정 화면이 콘크리트 자갈을 바라보고 떨어진 것이다. 떨어진 순간 액정이 깨지지 않을 수 없다는 것을 직감적으로 느꼈다. 그나마 운이 좋았던 것은 액정 유리는 완전히 깨졌지만 액정 자체가 깨지지는 않아서 화면을 볼 수 있었다.

#『죄와 벌』의 무대를 찾아

시베리아를 횡단하면서 기차 등에서 장시간 기다림을 달래기 위해 읽던 책이 도스토옙스키의 『죄와 벌』이다. 도스토옙스키는 제정러시아 시대 상트페테르부르크에서 암울한 생활을 하고 있는 평민들을 배경으로 한 『죄와 벌』이라는 소설을 집필했다. 아마 소설에서처럼 암울한 시대적 배경이 있었기 때문에 러시아에서 레닌에 의한 볼셰비키 혁명이 성공했는지도 모른다. 호텔에 체크인하고 배낭을 내려놓은 뒤 가장 먼저 『죄와 벌』의 배경이 되었던 무대를 찾았다. 관광객이 주로 찾는 상트페테르부르크 도심은 그리 넓지 않아서 어디든지 도보 30분이면 도착할 수 있다.

가장 먼저 센나야 광장 쪽으로 향했다. 『죄와 벌』에서 센나야 광장은 주인공 라스콜니코프가 세상과 만나는 공간이다. 그리고 소설의 마지막 가운데 중 하나가 센나야 광장을 중심으로 펼쳐진다. "그는 센나야 광장으로 들어갔다. 그는 사람들과 부딪치는 것이 불쾌했다… 문득 소냐의 말이 생각났다. '사거리에 가서 모든 사람에게 절을 하고 대지에 입을 맞추세요. 당신은 대지에 대해서도 죄를 범한 거예요. 그러고 나서 온 세계에 들리도록 말하세요. 내가 죽였습니다.' 하고요… 광장 한 가운데에 무릎 꿇는 그는 이마를 비벼대고 환희와 행복에 벅찬 감격을 느끼면서, 더럽혀진 대지에 입을 맞췄다."

센나야 광장에서 운하를 건너 소냐의 집으로 향했다. "라스콜니코프는 곧장 운하 옆에 있는 소냐의 집으로 갔다. 집은 3층짜리 오래된 녹색 건물이었다… 그는 마당 구석에서 좁고 어두운 층계로 들어가는 입구를 발견하고 마침내 2층으로 올라왔다." 현재도 남아 있는 소냐의 집은 증축되어 지금은 4층짜리 누런색 집이 되어 있다. 소냐가 실존 인물이지는 않겠지만 누군가 도스토옙스키에게 영감을 제공하거나 모티브가 된 사람이 있을 것이다. 그리고 앞에 보이는 저 20개쯤 되는 창문들 가운데 하나에는 안타까운 삶을 살았을지 모르지만 도스토옙스키가 위대한 문학작품을 남기는 데 영감을 제공하였던 이가 살았을 것이다.

소냐의 집에서 도스토옙스키가 『죄와 벌』을 집필한 7번 아파트로 갔다. 도스토옙스키는 이 집에서 1867년까지 살면서 1866년 『죄와 벌』을 발표했다. 도스토옙스키는 아내와 형이 사망한 시점에 가눌 수 없는 고통과 번뇌와 갈등을 문학작품으로 승화시킨 곳이라고 한다.

▲ 『죄와 벌』 여주인공 소냐가 살았던 집

오래된 철도

마지막으로 라스콜니코프의 하숙집으로 향했다. 도스토옙스키는 자신이 라스콜니코프가 되어 센나야 광장으로 나가고, 하숙집으로 돌아가는 길에 소냐의 집 앞을 지나간 것은 아닐까. 누런색 4층 건물 모서리에는 1999년 7월에 만들어진 도스토옙스키 부조가 있다. 모스크바에 있던 동상에서도 느낀 것이지만 '삶의 무게가 그리도 무거웠을까?'라고 생각될 만큼 부조에 새겨진 도스토옙스키도 여전히 힘겨운 모습이다.

▲ 모스크바 도스토옙스키 동상과 마찬가지로 삶의 무게가 느껴지는 부조

아쉬운 에르미타주 미술관

라스콜니코프 하숙집을 등 뒤로 하고 니콜라이 1세 동상을 지나 성이삭 성당으로 향했다. 니콜라이 1세 동상 앞부터 도로는 관광버스로, 인도는 관광객으로 북적이기 시작했다. 사람들은 동상과 성당 사이에 있는 잔디밭에서 성 이삭 성당을 배경으로 사진을 찍고 있다. 엄청난 규모의 성 이삭 성당 위로 사람들이 줄을 서서 힘겹게 올라가고 있는 모습을 멀리서 바라보니 벽을 따라 줄지어 올라가는 개미들처럼 보인다.

성당 뒤에는 '브론즈 호스맨'이라는 말을 타고 있는 사람의 동상이 하나 있다. 러시아 전성기를 이끌었으며 상트페테르부르크라는 도시를 만든 표트르 대제의 동상으로, 예카테리나 여제가 표트르를 기념하기 위해 만든 동상이다. 금방이라도 달려나갈듯이 앞다리를 올리고 뒷다리로만 지탱하고 있다.

▲ 상트페테르부르크 도시를 만든 표트르 대제의 동상 브론즈 호스맨

오래된 철도

▲ 에르미타주 미술관
▼ 에르미타주 미술관 앞 궁전 광장

동상을 지나 강변을 걷다가 에르미타주 미술관으로 향했다. 강변에 자리 잡은 미술관은 에메랄드빛 바탕에 하얀색 기둥을 만들어 놓은 것 같은 모습이다. 웅장하지는 않지만 마치 조용하게 아름다운 빛을 내는 고급스러운 고려청자와 같은 분위기이다. 미술관 입구를 찾아 궁전 광장(Palace Square) 쪽으로 들어갔을 때 엄청난 규모의 광장 모습에 깜짝 놀랐다. 광장 한가운데는 알렉산드르 원주가 자리 잡고 광장 주변에는 노란빛 건물들이 병풍처럼 있었다. 노란색 병풍 건물과 에메랄드빛 미술관의 조화도 매우 인상적이다.

미술관 정문을 지나 안으로 들어갔다. 미술관 입구에 도착했을 때 오후 5시가 넘었는데 미술관은 6시까지만 한다고 하기에 관심이나 재능이 있는 것도 아니고 굳이 30~40분 남짓 작품 관람하자고 들어갈 필요는 없다고 생각했다. 그런데 에르미타주 미술관은 영국 런던 대영박물관, 프랑스 파리 루브르 박물관과 함께 세계 3대 박물관에 손꼽힌다는 것이다.*

* 일반적으로 세계 3대 박물관이라고 하면 영국 런던 대영박물관, 프랑스 파리 루브르 박물관, 바티칸의 바티칸 박물관을 포함시킨다. 간혹 뉴욕의 메트로폴리탄 박물관을 포함시키는 경우도 있다. 에르미타주가 세계 3대 박물관에 포함될 수 있는지 모르겠지만, 꼭 가봐야 할 미술관이라고 한다. 유라시아 횡단을 마치고 마지막으로 영국 런던에 도착했을 때 대영박물관 앞을 지나갔다. 인천행 비행기를 타기 위해서 파리에 경유했을 때도 루브르 박물관 앞에서 사진을 찍었다. 만약 에르미타주 미술관이 세계 3대 박물관이라면, 유럽 횡단여행에서 세계 3대 박물관을 한 번에 다 지나만 간 셈이다. 대영박물관(2015년)과 루브르박물관(2006년)은 이미 가본 곳이지만, 에르미타주 미술관은 아직 가보지 못한 곳이라 아쉬움이 남는다.

오래된 철도

에르미타주 미술관이 세계 3대 박물관 중 하나라는 글을 보자 갑자기 아쉬움이 남기 시작했다. 그러나 후회하기 시작했을 때는 이미 늦었다. 내일 아침에라도 잠깐 올 수 있을까 시간을 확인해 보았으나, 내일은 월요일이라서 휴일이란다. 휴일이 아니더라도 10시 30분에 문을 열고 헬싱키로 떠나는 기차는 11시 30분이라 갈 수가 없다.

다음 날 아침에도 아쉬움은 여전히 남았다. 새벽에 일찍 일어나서 도시를 산책할 때도 미술관 주변을 돌며 아쉬운 마음에 미술관 외관이라도 열심히 사진 찍었다. 마치 나도 미술관에 다녀왔다는 것을 무시당하지 않기 위한 것처럼 말이다. 그러나 정말 아쉬워해야 하는 것은 그 안에 있었을 텐데….

육신과 영혼의 배고픔 사이

에르미타주 미술관에서 멀지 않은 곳에 있는 푸시킨 박물관으로 걸어갔다. 그런데 푸시킨 박물관을 찾던 와중에 한식당을 발견했다. 러시아의 동쪽 끝 블라디보스토크에서 아침식사 이후 러시아 서쪽 끝 상트페테르부르크에 도착할 때까지 날짜로는 불과 하루밖에 안 되지만 시간상으로는 이틀 가까이 제대로 된 밥을 먹어보지 못했다. 그러나 밥을 먹으면서 시간을 지체하다가는 푸시킨 박물관에서도 에르미타주 미술관 같은 경우가 발생할 수도 있다. 순간 고민을 했으나, 최종 선택은 배고픔을 달래는 것이었다.

7개월 전 시베리아 횡단 때 먹은
차가운 기름밥이 생각나서 이번에
는 뱃속 따뜻한 여행을 해보겠노라
고 돌솥비빔밥을 주문했다. 커다란
돌솥에 5가지 반찬까지 푸짐하게
나왔다. 나는 그다지 배가 고프지
않고 다만 허기가 조금 있을 뿐이
라고 생각했는데 깔끔하게 다 비운
그릇을 바라보니 그것은 착각이었

▲ 상트페테르부르크 한식당에서 먹은
돌솥비빔밥

다. 타국에서 먹는 따뜻한 밥은 없던 식욕도 만들어낸 듯 돌솥은 물론
다섯 가지 반찬 그릇 모두 설거지가 필요 없을 만큼 깨끗하게 비웠다.

육신의 배고픔을 달랬으니, 영혼의 배고픔도 달래주기 위해서 서둘
러 푸시킨 박물관으로 향했다. 박물관이라고는 하지만, 우리가 흔히 보
는 형태보다는 개인 주택의 모습이었기에 구글 지도가 없다면 찾아가
기 어려웠을 것이다. 노란색 외벽으로 만들어진 건물 안으로 들어가자
가운데 정원에 푸시킨 동상이 보였다. 동상 아래에는 누군가 두고 간
빨간 꽃, 하얀 꽃이 가지런히 놓여 있었다. 모스크바에 있던 푸시킨 동
상이 번뇌와 고민을 안고 생각에 잠겨 있는 모습의 동상이라고 한다
면, 상트페테르부르크 푸시킨 동상은 누군가에게 자신의 이야기를 말
하고 싶어 하는 모습의 동상이다. 모자를 벗어 왼손에 들고 오른손 손
바닥을 펴서 마치 자신의 결백이라도 주장하고 싶어 하는 모습이다.

오래된 철도

▲ 푸시킨 박물관 정원에 있는 푸시킨 동상

동상에서 이런 모습이 떠오르는 것에도 이유가 있다. 푸시킨은 희곡, 시, 소설 등 다양한 문학작품을 남기고 1837년 서른여덟 나이에 아내를 탐하는 남자로부터 명예를 지키려고 능력이 부족함에도 결투를 벌이다 세상을 떠났다. 자신의 결투 능력이 부족한 것을 알면서도 결투장에 나간다는 것은 죽으러 가는 것에 가깝다고 한다. 그럼에도 명예를 지키기 위해 나간 것 같다.*

* 미국 10달러 지폐에 등장하는 미국 건국의 아버지 중 한 명이자 초대 재무장관인 알렉산더 해밀턴(1755~1804)도 푸시킨과 마찬가지로 결투 끝에 세상을 떠났다. 해밀턴도 자신이 결투할 수 있는 능력이 부족하다는 것을 알면서도 신념을 지키기 위해 결투를 받아들였고, 결국 사망했다. 역사에 만약이라는 것은 없지만 유능한 젊은이였던 해밀턴이 결투에 응하지 않았거나, 결투에서 승리하였다면 미국은 조금 다른 역사가 펼쳐졌을지 모른다.

명예도 중요하지만 합리적인 것을 조금 더 강조하는 현대 사고방식에 따른다면 조금 무리한 행동이 아닐까 싶기도 하다.

푸시킨은 길지 않은 삶을 살다가 사랑과 명예를 지키기 위해 러시아는 물론 세계가 사랑하는 문학작품을 남기고 떠났는데, 나는 이미 서른여덟을 넘어 마흔이다. 서른여덟은 넘겼으니, 이미 푸시킨보다는 오래 살았지만, 그만큼 의미 있는 삶을 살고 있지 못하다는 아쉬움에 한숨이 나온다.

오래된 철도

새벽에 구멍 난 운동화를 신고

저녁식사를 하고 푸시킨 박물관에 들렀다가 양치를 위해 잠시 호텔에 들렀다. 돌솥비빔밥을 아무것도 남기지 않고 싹 쓸어 먹은지라 포만감에 배도 부르고 슬슬 졸음이 몰려오기 시작했다. 아주 잠시라는 생각으로 침대에 누웠다. 정말 딱 5분만 쉬다가 나갈 생각이었는데, 잠깐 눈을 깜빡거리고 나서 시계를 보니 순간 4시간이 찰나와 같이 지나 자정이 되어 있었다. 배불리 밥을 먹은 포만감과 피곤함, 그리고 한국을 출발한 지 3일밖에 되지 않아 시차적응이 되지 않은 탓도 있을 것이다. 백야(白夜)로 창밖은 그다지 어둡지 않았으나, 시간이 너무 깊어 다시 나갈 수도 없고 하는 수 없이 제대로 씻고 잠자리에 들었다.

지난밤 너무 일찍 잠자리에 들어서 새벽 일찍 일어났다. 조식을 먹으려면 아직 시간이 많이 남았고, 그렇다고 새벽에 무엇인가 특별히 할 수 있는 것이 없었다. 멍하니 창밖을 보니 유럽 어느 도시보다 아름다운, 그리고 살면서 다시 올 수 있을지 없을지 모르는 상트페테르부르크가 펼쳐졌다. '그래 나가자. 야경을 보지 못했으니 새벽 산책이라도 즐기자'라고 생각하며 자리를 박차고 거리로 나왔다.

용기 있게 새벽 거리로 나섰으나, 새로 산 운동화 때문에 여건은 그리 만만하지 않았다. 장시간 도보 여행을 하려면 발이 편해야 된다는 생각과 여행 중에 맞이할 내 생일 선물로 한국을 떠나오기 전에 운동화를 새로 구입했다. 에어쿠션도 있고, 발에 땀도 차지 않는 제법 가격이 나가는 나이키 운동화이다. 봄날이 한창인 4월 말 한국의 나이키 매장에서 판매하는 운동화는 공기 순환이 잘 되도록 구멍이 송송 난

재질의 천으로 만들어졌다.

블라디보스토크와 모스크바 기온은 20도가 넘었기 때문에 운동화로 인한 특별한 불편을 느끼지 못하였다. 그러나 상트페테르부르크는 춥고 비까지 내렸고, 새벽 산책을 하던 때 기온은 0도였다. 그리고 그 아침이 바로 내 생일이다. 생일 선물로 산 운동화 때문에 발이 시린 고통을 느끼게 되었다.

발이 시려 울 정도로 서늘함이 발등에 전해졌다. 운동화를 벗어 발등에 화장지를 몇 장 덮고 다시 신어 보았지만 화장지가 밀려서 제대로 신어지지 않는다. 외부 기온이 0도까지 내려간 비 개인 새벽에 슬리퍼를 신고 산책을 떠났다고 생각하면 어떠한 느낌인지 알 수 있을 것이다.

나 홀로 도시에

도시는 조용했다. 청소하는 사람, 그리고 나처럼 외국에서 와 시차가 적응이 안 되어 돌아다니는 것 같은 사람들 몇 명만 있을 뿐이다. 어제 하루 종일 사람들로 북적이던 피의 구원사원 앞에도 나와 인도에서 온 것으로 보이는 사람뿐이다. 유명한 곳에서 사진을 찍으면 항상 북적이기에 사람들이 사진에 함께 찍힌다. 그러나 새벽에 돌아다니니 유명한 곳에서 나 혼자 조용히 사진을 남길 수 있는 좋은 기회이기도 했다.

▲ 사람들이 거의 없는 새벽시간 피의 사원

새벽에 일찍 문을 연 조그만 슈퍼마켓에 들러 콜라와 초콜릿을 샀다. 새벽에 먹는 콜라와 초콜릿이 몸에는 안 좋을지 몰라도 부드럽고 맛도 좋았다. 나를 둘러싼 모든 것이 새로운 새벽기운으로 가득하여 힘이 넘치고 기분도 좋았다. 이 기분 좋은 새벽 산책을 어제의 아쉬움을 달래는 나만의 시간으로 만들기로 했다. 다른 사람들은 에르미타주 미술관에는 들어갔을지라도 강변을 따라 에르미타주 미술관을 비롯한 상트페테르부르크의 고요한 새벽을 느껴보지 못했을 것이다.

궁전다리(The Palace Bridge)를 건너가 강 건너편에서 건너온 곳을 바라보았다. 건너온 곳을 가까이서 보다가 멀리서 바라보고, 강 건너편을 멀리에서 보다가 가까이 바라보니 그 아름다움도 바라보는 곳에 따라 다르게 느껴진다. 강 건너편에는 상트페테르부르크대학교도 있다. 상트페테르부르크대학교는 노벨생리의학상을 받은 메치니코프, 러시아 푸틴 대통령 등 유명인을 배출한 명문대학교이다. 잠시 학교에 들러보았으나, 모스크바대학교에서 느껴 본 아름다운 분위기는 느껴보지 못했다.

새벽의 고요함이 지나고 다시 강을 건넜다. 에르미타주 미술관이 있는 곳으로 향하려고 하는데, 경찰인지 군인인지 제복을 입은 사람들이 궁전 광장을 가로막고 출입을 통제하고 있었다. 궁전 광장뿐만 아니라 넵스키 대로에도 가득 차 있다. 아마도 유명한 누군가가 이곳을 방문하는 것 같다. '설마 푸틴 대통령이 이곳에 오는 것은 아닐까?'라는 생각에 푸틴 관련 뉴스를 검색해 보았으나, 상트페테르부르크에 왔다는 뉴스는 찾을 수 없었다.

▲ 새벽시간 차와 사람의 왕래가 거의 없는 궁전다리

　　새벽 도심을 3시간 정도 산책하고 9시가 다 되어 호텔로 돌아왔다. 아침식사를 하고 헬싱키로 떠날 준비를 해야 한다. 레스토랑으로 갔는데 앉을 자리가 없었다. 떠나야 하는 시간은 다가오고 마음은 급해지는데, 유럽에서 온 것 같은 느긋한 할머니들은 시간 가는 줄 모르고 아침식사를 즐기고 있다. 내가 급한 것인지, 할머니들이 느긋한 것인지는 모르지만 말이다. 사람들이 줄을 서 있음에도 천천히 커피 맛까지 즐기면서 일어설 생각을 하지 않는다. 나 역시 더 이상은 기다릴 수 없어서 일부러 식사를 거의 마친 가장 느긋한 할머니들 테이블 바로 옆에 주저앉았다. 생일날 아침에 미역국은 고사하고 쭈그려 앉아서 식사하게 되었다. 그러나 쭈그려 앉은 것은 나였을 뿐, 할머니 자신들이 아니었기에 그들은 전혀 신경 쓰지 않는다. 결국 자리에 대한 우선권과 시간을 가진 할머니들이 승리한 셈이지만, 나 역시 전혀 신경 쓰지 않고 꿋꿋하게 커피와 후식까지 먹었다. 생일날 아침식사를 호텔 방에서 대충 먹기 싫어서 조식이 제공되는 호텔을 예약했는데, 결국 쭈그려 앉아 먹었다.

03

자작나무와 사우나의 고향 핀란드
헬싱키

▲ 길 건너에서 바라본 헬싱키 역

자작나무숲 국경을 넘어

모스크바 또는 상트페테르부르크에서 폴란드 바르샤바 방면으로 가는 코스를 선택했더라면 횡단 시간이 단축되어 동유럽에서 다른 도시를 더 가 볼 수도 있었을 것이다. 그러나 나중에라도 동유럽은 여행할 기회가 분명히 올 것이라고 생각했지만, 북유럽은 자신이 없었다. 그래서 핀란드와 발트3국을 거쳐서 폴란드 바르샤바 방면으로 향하는 조금은 복잡한 길을 택했다.

상트페테르부르크에서 출발하는 기차는 러시아-핀란드 국경을 통과하여 헬싱키까지 가는 고속열차 알레그로(ALLEGRO)이다. 블라디보스토크에서 모스크바까지 9,288km와 모스크바에서 상트페테르부르크까지 약 1만km에 달하는 러시아 횡단을 마무리하고, 드디어 핀란드로 넘어간다. 러시아-핀란드 국경에 이르자, 기차 안에서 출국심사와 입국심사가 진행되었다. 산타클로스처럼 수염을 길게 기른 성격 좋아 보이는 입국심사관은 승객들 자리를 지나가며 몇 가지 간단한 질문을 하고 인심 좋게 여권에 도장을 찍어주었다.

국경을 통과하여 핀란드로 넘어가자 끝없는 숲들이 보였다. 온통 사방에 비슷한 나무만 계속해서 보이자 혹시 저 나무가 자작나무 아닌가 싶었다. 우리나라에서도 '자일리톨'이라는 껌 때문에 핀란드 자작나무는 아주 유명하다. 스마트폰으로 자작나무 사진을 검색해 보니 자작나무가 맞는 것 같은데 정확하게는 모르겠다.

▲ 상트페테르부르크에서 알레그로 기차를 타고 도착한 헬싱키 역 플랫폼

내가 몽상에 빠져 있는 틈을 타서, 기차는 끝없이 펼쳐진 자작나무 숲을 달려 조금씩 사람들이 살고 있는 도시로 향하고 있었다. 가끔 작은 역에도 정차하고 반타에도 정차했다. 우리나라 서울에 들어오는 공항이 인천에 있는 것처럼, 헬싱키 공항은 반타에 있다. 반타부터는 드넓은 자작나무 숲 대신 그리 복잡하지 않은 도시가 펼쳐지기 시작했다. 그 도시를 달려 기차는 마지막 종착지 헬싱키로 향하고 있었다.

헬싱키를 품은 대성당

자작나무 숲을 바라보며 망중한을 얼마 즐기지 않은 것 같은데 기차
는 벌써 헬싱키 역에 도착했다. 이미 시간은 오후 1시 반을 넘어서고
있었다. 헬싱키 역사를 빠져나오자 많은 사람들이 여기저기 무리를 지
어 걸어 다니고 있는 것을 보았다. 무리 사람들 대부분은 검은색 테두
리가 있는 하얀색 모자를 쓰고 다녔다. 무리를 지어 같은 모자를 쓰고
다니는 것으로 봤을 때 무슨 축제나 기념일 행사를 하는 것은 분명한
것 같다. 그러나 어떠한 행사를 하는 것인지 그리고 모자의 의미가 무
엇인지는 끝내 알지 못하였다. 그날이 5월 1일, 근로자의 날이었으므로
근로자와 관련된 행사가 아닐까 하는 생각도 들었지만 참가자들 상당
수는 학생들이었기에 아닌 것 같기도 하다.

헬싱키를 돌아다니기 전, 가장 현실적인 삶의 무거운 짐을 내려놓기
위해서는 먼저 호텔에 체크인해야 한다. 헬싱키의 호텔을 예약할 때 가
장 중점을 둔 것은, 도심에서 가까운 호텔보다는 다음 날 에스토니아
탈린으로 출발하는 배를 타는 곳에서 가까운 호텔이다. 구글 지도를
보니 호텔은 헬싱키 역에서 도보로 40분 정도 거리에 있다. 아직 충분
한 힘이 남아 있었기에 시내도 눈에 익힐 겸 걷기 시작했다.

호텔 가까이 이르자 엄청난 규모의 공원묘지가 있다. 지금까지 내가
보아 온 공원묘지 가운데 가장 크고, 가장 잘 관리된 공원묘지인 것
같다. 묘지만 아니었다면 마치 뉴욕의 센트럴파크처럼 느껴졌을지 모
른다. 그러나 아무리 잘 관리된 공원묘지라도 호텔 방에서 보이지는 않
았으면 했다. 누구나 그렇겠지만 나 역시 늦은 밤 묘지를 바라보며 잠
이 들고 싶지는 않았다. 다행히 호텔 방에서는 창밖을 바라보니 바다

와 고속도로만 보일 뿐 공원묘지는 잘 보이지 않았다.

　호텔에 배낭을 내려놓고 걸어왔던 길을 다시 돌아갔다. 돌아다니며 여행을 할 곳은 헬싱키 역에서 멀지 않은 곳들이다. 배낭을 내려놓기 위해 오랫동안 걸은 것이 합리적인 선택이었는지, 배낭을 메고 쉬면서 여유 있게 돌아다니는 것이 더 현명한 선택이었는지는 모른다. 후자가 더 편했을 수 있지만, 나의 선택은 전자였다. 호텔로 걸어갈 때는 40분 이라는 시간이 힘들고 고되었는데, 다시 시내로 돌아오는 길은 배낭이 없으니 발걸음이 아주 가벼웠다. 음악 몇 곡을 듣지 않았는데 벌써 도 착했다고 느낄 정도였다.

▲ 호텔 창밖으로 보이는 전경

▲ 헬싱키 대성당

    시티공원을 지나 에스플라나디(Esplanadi) 공원에 도착했다. 화려한 공원은 아니지만, 사람들로 북적이는 공원이다. 북적이는 사람들을 보니 드디어 헬싱키 중심에 도착했다는 생각이 든다. 공원을 지나 언덕 위에 붉은 벽돌로 지은 우스펜스키 성당(Uspenski Cathedral)으로 갔다. 언덕 위에서 바라보니 그리 멀지 않은 곳에 웅장하게 홀로 우뚝 솟은 헬싱키 대성당도 보인다. 핀란드 하면 항상 상징처럼 떠오르는 건물이 바로 헬싱키 대성당이다. 그도 그럴 것이 헬싱키에서 가장 중심에 있고, 가장 큰 건물 가운데 하나이기 때문이다. 대성당은 사람의 마음을 끌어들일 만큼 특별한 매력이 있는 건물은 아니지만, 헬싱키와 세네트 광장(Senate Square)을 양팔로 감싼 것 같다. 마치 헬싱키를 품은 어머니와 같은 성당이라는 느낌을 갖게 해준다.

    성당 계단에는 사람들이 삼삼오오 앉아 있다. 특히 휴일을 즐기러 나온 학생들이 많았다. 학생들은 마치 중고등학교 때 친구들과 어디든 놀러 가면 특별한 것 없이도 깔깔대고 놀던 것처럼 성당 주변에서 친구들과 어울려 웃기에 여념이 없다. 계단을 올라가서 광장을 내려다보니 도시와 건물들은 상트페테르부르크와 크게 다르지 않다. 성당이 없는 사진만을 본다면 헬싱키인지 상트페테르부르크인지 구별이 가지 않을지도 모른다. 성당 안은 깔끔하고 조용하며 환한 등불이 빛나고 있었다. 성당 안과 밖 모두 화려하지는 않지만 깔끔하고 밝은 빛을 비추는 것이, 무엇이라고 정확하게 설명하기는 어렵지만 마치 이런 것이 핀란드라는 느낌을 갖게 해준다.

힘이 모두 소진될 때까지 이곳저곳을 돌아다니다가 해 질 무렵 호텔로 향했다. 어두워진 저녁, 거대한 공원묘지를 바라보지 않기 위해서 일부러 공원묘지 반대편 길로 걸어갔다. 호텔에 거의 도착했을 무렵 건물 안에서 사람들이 식료품을 사 갖고 나오는 것을 발견했다. 자세히 살펴보니 건물 안에 대형 슈퍼마켓이 있었다. 나는 여행하면서 그 나라의 재래시장이나 대형 슈퍼마켓을 구경하는 것을 아주 좋아한다. 그곳에 가면 그 나라 사람들이 살아가는 진짜 모습을 가장 가까이에서 볼 수 있다고 생각하기 때문이다. 그리고 여행하면서 한동안 맞지 않았던 입맛을 달랠 수 있는 곳이기도 하다.[22] 슈퍼마켓에서 2~3일 동안 먹을 것 걱정을 하지 않아도 될 만큼 빵, 사과, 초콜릿, 치즈, 맥주, 주스 등을 한 바구니 사서 호텔로 돌아왔다.

호텔에 체크인할 때 사우나를 무료로 이용할 수 있다는 안내를 받았다. 안내를 받았던 곳에 가서 사우나를 이용하고 싶다고 이야기를 하니, 1층 복도 끝에 사우나가 있다며 카드키를 건네준다. 한국에 있는 사우나 상당수는 핀란드식이라고 해서 핀란드식 사우나가 유명하지만 정작 나는 핀란드식 사우나가 무엇인지 잘 몰랐다. 그런데 핀란드 헬싱키에 와서 진짜 핀란드 사우나를 즐기게 될 줄이야. 그것도 무료로 말이다. 이런 것이 여행의 진정한 맛이고 매력 아닌가 싶다.

사우나에는 다른 남자와 단둘이 앉아 있었다. 그 남자는 스테인리스 그릇에 담긴 물을 국자로 퍼서 달궈진 돌 위에 뿌렸다. 물이 돌 위에

---

[22] 대형슈퍼마켓에는 가끔 신라면 등 한국식품을 접할 수 있는 기회도 있다.

뿌려지자 순식간에 말라서 수증기가 되고 그 열기는 사우나 벽을 타고 등 뒤에서 느껴졌다. 남자는 수차례 물을 뿌리더니 그릇에 물을 담아 오기 위하여 나갔다. 물을 가득 담아 와서 나에게도 해보지 않겠냐며 국자를 건넸다. 국자를 받아 물을 뿌려보니 재미있다. 물을 뿌리면 앞에서도 열기가 느껴졌지만 등 뒤로 확 열기가 달아오르는 느낌이 땀도 나고 좋았다. 이런 것이 핀란드식 사우나구나. 서로 말은 많이 하지 않았지만 충분히 웃으면서 사우나를 즐기고 있었다.

　얼마쯤 지났을까? 둘이 조용히 앉아서 주거니 받거니 하듯이 물을 뿌려대며 사우나의 열기를 충분히 느끼고 있을 무렵 사우나 밖에서 시끄러운 소리가 들렸다. 중국인 단체 관광객이 들어온 것이다. 열기 가득한 사우나 안 고요함은 그것으로 막을 내렸다. 조용히 그들에게 자리를 넘기고 나왔다.

▲ 호텔에서 무료로 이용할 수 있는 핀란드 사우나

홈쇼핑에 나오는 크루즈

아침에 다시 사우나에 들러서, 어제 아쉬웠던 사우나를 좀 더 즐겼다. 에스토니아 탈린으로 가는 10시 30분 크루즈를 타기 위해서는 9시 이전에 호텔에서 체크아웃해야 했다. 헬싱키에는 항구가 몇 군데 있는데, 만약 내가 간 항구가 탈린으로 가는 크루즈를 탈 수 있는 항구가 아니라면 낭패를 볼 수 있다. 만약 그런 일이 발생하면 어떻게든 대처할 수 있도록 여유 있게 출발했다.

하늘은 청명한 가을날처럼 맑았다. 그러나 항구로 향하는 길은 공사장이 많아서 청명한 하늘 아래 먼지를 마시며 걸어가야 했다. 항구에 도착할 무렵 멀리서 바라봐도 한 눈에 보일만큼 거대한 타이타닉과 같은 크루즈가 항구에 정박해 있다.

▲ 탈린으로 향하는 크루즈를 타는 항구로 가는 길

오래된 철도

헬싱키와 탈린 구간을 운항하는 크루즈는 탈링크실자라인(TALLINK SILJA LINE) 크루즈이다. 크루즈는 크기도 어마어마하고, 호화스럽기까지 하다. 최근 우리나라 홈쇼핑에 북유럽 여행상품들이 많이 소개되면서 북유럽 국가 이동시에 호화 크루즈를 탄다고 쇼호스트가 엄청난 자랑을 한다. 매우 고급스럽고 값비싼 가격의 크루즈가 상품에 포함되어 있는 것처럼 말이다. 고급스러운 크루즈라는 점은 부정할 수 없지만, 가격은 북유럽에서 일반대중 교통수단이나 다름없는 역할을 하는 만큼 그리 비싸지 않다.[23] 헬싱키는 물가가 비싸고 탈린은 상대적으로 저렴하기 때문에, 많은 헬싱키 사람들이 크루즈를 타고 탈린에 가서 쇼핑을 하고 돌아온다고 한다.[24]

크루즈를 예약하는 과정은 조금 독특했다. 탈링크 웹사이트에서 예약을 하자 결제도 하지 않았는데 이메일로 바우쳐를 받았다. 요금 결제도 하지 않았는데, 탑승 바우쳐를 받는 시스템은 잘 이해가 되지 않는다. 혹시 무효인 탑승권이 되거나, 현장에서 다시 결제해야 할 수도 있어서 탈링크 한국지사에 문의하였다. 한국지사에서는 바우쳐가 발송된 이후 12시간 이내에 결제를 하여야 유효한 바우쳐로 남는다고 한다. 즉, 예약하면 먼저 바우쳐를 보내주고 결제를 하면 유효한 바우쳐가 되는 것이고, 하지 않으면 무효인 바우쳐가 된다는 말이다. 일반적인 우리나라 결제시스템에서는 잘 납득이 가지 않는 방식이다. 혹시 잘못되지

---

[23] 운항 시간대 및 운항사에 따라 가격이 조금 차이 나기는 하지만, 헬싱키 탈린 구간을 38유로에 예약했다. 아주 저렴한 가격은 아니지만, 멋진 크루즈로 국가 간을 이동하기 때문에 그리 비싼 가격은 아닌 것 같다.

[24] 스웨덴에서 배를 타고 물가가 싼 에스토니아 탈린에 가서 담배를 밀수하여 스웨덴 조직에 팔아넘긴 스웨덴 주재 북한대사관의 1996년 담배 밀수사건도 바로 이런 북유럽의 배를 이용한 것이다.

앞을까 하는 노파심에 신용카드로 결제하고, 유효한 바우쳐가 되었다는 한국지사의 확답을 듣고서야 마음이 놓였다.

항구에 도착하자 크루즈는 곧 떠나갈 준비를 마친듯했다. 사람들도 이미 대부분 탑승을 완료한 상태라 항구는 한적했다. 미리 출력해 온 바우쳐를 탑승권으로 바꾸고 크루즈에 올랐다. 한적했던 항구와 달리 크루즈 안에는 모든 층마다 사람들로 가득 차 있었다. 출발시간이 다 되자 크루즈는 고요하게 미끄러지듯 헬싱키를 떠나 탈린으로 향하였다.

▲ 탈린으로 향하는 크루즈 내부

▲ 헬싱키 시내 중심

04

북유럽 아름다움의 백미 에스토니아
탈린

▲ 탈린 버스터미널

헬싱키를 출발한 지 두 시간쯤 지나 크루즈는 탈린항에 도착했다. 거대한 크루즈에서 사람들이 한꺼번에 몰려나오자 항구는 인산인해를 이루었다. 탈린의 호텔은 항구에서 도보 5분 이내에 있는 곳으로 예약했다. 호텔에 도착했을 때는 오후 1시 정도로 체크인하기 이른 시간이었지만 다행히 아무 말 없이 체크인을 해주었다.

호텔에 배낭을 내려놓고 가장 먼저 향한 곳은 내일 라트비아 리가로 떠나는 버스를 타는 터미널이다. 발트3국에도 기차가 있기는 하지만 이용하기 불편해서 사람들이 잘 이용을 하지 않는다. 오히려 버스가 매우 고급스럽고 편리하여 대부분 사람들은 버스를 이용한다고 한다. 발트3국에 여행을 다녀온 사람들의 여행 후기를 보니 버스 안에 화장실까지 갖춰져 있어 매우 편리하다는 평가가 많았다. 그러나 나는 버스를 탔다가 두 번 정도 참기 어려운 고통을 이겨내야만 했던 경험이 있었기 때문에 가급적 버스 타는 것을 좋아하지 않는다.

첫 번째 경험은 1996년 12월 수원에서 대전으로 가는 시외버스를 탔을 때이다. 수원역 앞 시외버스터미널에서 출발한 버스는 오산, 평택을 지나 경부고속도로에 진입했는데 그때까지는 화장실에 가는 것이 절박하지 않았다. 대전 버스터미널에 도착하고서 가도 괜찮을 것 같았다. 그런데 1996년 12월 25일 크리스마스 새벽에 국회에서 통과시킨 노동법에 반대하는 시위가 그 날 경부고속도로에서 벌어졌다. 5시간 동안 화장실도 가지 못하고 고속도로 위에서 버텨내는 수밖에 없었다. 하지만 이 정도 참은 것으로는 인고의 고통까지 느끼지 못했다.

▲ 탈린항구에 정박해 있는 크루즈

두 번째 진정한 고통을 느낀 것은 2002년 중국 소림사에 갔다가 정저우행 버스를 탔을 때이다. 소림사에서 점심식사로 마파두부 덮밥을 먹고 버스를 탔는데, 출발한 지 얼마 되지 않아 배가 아프기 시작했다. 소림사는 산속에 있기 때문에 도로 포장 상태가 그리 좋지 않아 달리는 버스는 수시로 덜컹거렸고, 버스가 덜컹거릴 때마다 내 뱃속도 같이 덜컹거렸다. 2002년 중국 지방도로에 휴게소라는 것은 없었다. 필요하면 잠시 정차해서 여기저기 흩어져 사람들이 대충 소변을 보는 정도였으니, 내가 가진 큰 문제를 해결할 곳은 없었다. 스마트폰도 없던 시절이라 언제 버스가 목적지에 도착할 것인지 알 수도 없다. 정저우에 도착할 때까지 약 3시간을 손으로 배와 엉덩이를 부여잡고, 버텨내야 했다. 남자라서 산고의 고통이 어떠한 고통인지는 모르겠지만, 덜컹거리는 반 비포장도로에서 3시간 동안 배 아픔을 참아 본 고통도 이에 못

지않을 것이라 생각한다. 정저우 시내에 진입하여 버스가 교차로에서 신호를 대기하기 위해 정차하였는데, 길 건너편 주유소 간이화장실에서 사람이 나오는 것을 보았다. 버스 운전기사에게 버스 문을 열어달라고 간청하여 그 간이화장실로 뛰어갔다. 벌써 17년이나 지난 경험이지만 그 날 이후 마파두부는 절대 먹지 않는 음식이 되었다.

이러한 경험이 낳은 장거리 버스 이동에 대한 두려움 때문에 기차를 예약하기 위해 많은 노력을 하였으나, 결국 버스를 이용하는 것이 편리하다는 결론을 내렸다.

여행하면서 대형 이동수단인 비행기, 기차, 배가 아닌 버스로 이동하는 것은 처음이기 때문에 상대적으로 더 불안했다. 기차로 여행할 때는 기차역이라는 명확한 존재가 철길 위에 있기 때문에 역을 찾는 것에 대한 부담감이나 두려움은 없다. 그러나 버스는 우선 터미널이 맞는지부터 걱정이 된다. 이러한 걱정을 빨리 해결하기 위하여 배낭을 내려놓고 제일 먼저 향한 곳이 버스터미널이었다. 호텔을 나와 구글 지도를 따라 35분 정도 걸어가자 시내 외곽에 버스터미널이 보인다. 오렌지색 글씨로 선명하게 탈린 버스터미널이라고 쓴 것 같다. 터미널에 들어가서 내일 출발하는 버스 시간표와 승차장까지 완벽하게 확인하고 나서야 마음이 놓였다.

오래된 철도

버스터미널에서 승차장까지 완벽하게 확인하고 걸어온 길을 다시 돌아갔다. 30분쯤 걸어가자 탈린 구시가지가 나온다. 교차로를 건너 골목 안에는 14세기 중세에 만들어진 붉은색 삿갓을 쓴 것 같은 성문 비루 게이트가 있다. 비루 게이트를 통과해서 HANSA라고 표시된 건물에서 오른쪽으로 돌자 큰 구 시청광장이 보인다. 마치 벨기에 브뤼셀 그랑플라스(Grand Place in Brussels)와 비슷한 느낌이다.

카타리나 골목은 탈린의 상징으로 한국에도 소개되는 유명한 곳이라고 한다. 광장에 들어서서 카타리나 골목을 찾았으나, 비루 게이트 근처에서 그냥 지나쳐 온 것을 뒤늦게 알았다. 카타리나 골목을 찾기 위해 다시 성문으로 내려갔다.

비루 게이트 옆 성벽을 따라 골목으로 걸어가자 카타리나라고 쓰여 있는 파란 깃발을 발견했다. 카타리나 골목에 들어서자 잘 정돈된 벽돌 길과 벽돌 건물이 보인다. 잘 정돈된 벽돌 길 위로는 세월의 흔적은 어쩔 수가 없다는 듯 건물과 건물 사이에는 앙상한 기둥만 남아 있다. 카타리나 골목을 지나 여행안내 책에 소개된 순서에 따라 구시가지 전망대가 있는 곳까지 걸어가기 시작했다.

탈린 시내를 걷기 시작한 지도 어느덧 2시간이 넘었다. 싸늘한 날씨에도 불구하고 하늘에서 내리쬐는 태양은 따갑기만 하다. 얼굴이 따갑게 타는 것 같다. 전망대까지는 S자 모양으로 걸어가는 길이다. 아주 힘든 길은 아니었지만 제법 오르막이 있는 길이었다. 40분쯤 걸어가자 철제 난간이 있는 좁은 계단이 나왔다. 계단을 통과해 올라가자 비루 게이트와 같은 삿갓 모양 기둥이 온전히 남아 있는 성벽이 나왔다.

▲ 탈린 구시가지 입구 비루게이트
▼ 중세의 흔적이 그대로 남아 있는 카타리나 골목

오래된 철도

▲ 전망대로 올라가는 길 중간에 있는 성벽

　성벽에는 중세 영화에 나오는듯한 검은 사제복을 입은 마법사 같은 동상이 있다. 성벽을 통과해 들어가서 조금 더 걷자 탈린 시내가 그림처럼 내려다보이는 전망대가 나왔다. 처음에는 전망대를 찾지 못해서 내려오려다가 사람들 여러 명이 골목에서 나오는 것을 보고 그 길을 따라 들어가자 전망대가 나왔다. 전망대에서 내려다본 탈린의 모습을 무엇이라고 표현해야 하는지 언어의 한계에 부딪힐 만큼 아름다웠다. 이러한 아름다운 전망을 본 사람이라면 누구나 에스토니아 탈린 예찬론자가 될 것이다.

▲ 탈린 전망대에서 내려다본 시내
▼ 탈린 전망대 벽

오래된 철도

사람들 모두 탈린 시내를 내려다보며 사진 찍기 바빴다. 한쪽 벽면에는 "The Times we had."라고 쓰여 있다. 다들 같이 온 친구, 연인들과 다정하고 재미있는 포즈의 사진을 찍는다. 나는 혼자 여행 온 여행자답게 혼자 오른손으로 셀카 사진을 찍었다. 전망대에서 동쪽보다는 서쪽이 더 아름다운 전망이 보였으나, 역광이 비추는 시간이라 서쪽 탈린 항구를 배경으로 한 셀카 사진은 잘 나오지 않는다.

한참을 서성이다가 발길을 아래로 향했다. 태양이 서쪽 하늘에서 역광으로 비출 만큼 시간이 흘러 오후 5시가 넘었으나 아직 점심식사조차 하지 못했다. 구 시청광장에 있던 멋진 레스토랑에서 맛있는 것을 먹을 생각을 하며 터벅터벅 길을 내려왔다. 올라갈 때처럼 S자 길이 아니라 바로 내려오니 경사는 급하였지만 그리 멀지는 않았다.

다시 보면 비로소 보이는 것들

구 시청광장에서 전망이 가장 좋다고 생각되는 레스토랑 야외 테이블에 앉았다. 다른 사람들이 무엇을 먹는지 두리번거리다가 옆 테이블에서 먹고 있던 것과 같은 스테이크와 감자튀김을 주문했다. 한참 배고픔을 달래고 있을 무렵, 갑자기 한국 여자 두 명이 나에게 다가와 카타리나 골목을 어떻게 찾아가느냐고 물었다. 오랜만에 보는 한국 사람이다. 나도 처음에 카타리나 골목을 잘 찾지 못했기 때문에 내가 갖고 있던 지도를 주며, 자칫 지나치기 쉬우니 카타리나 깃발이 걸린 골목을 잘 찾아보라고 일러주었다.

늦은 점심식사를 마치고 남은 시간 동안 무엇을 할 것인지 생각했다. 이미 구시가지는 돌아보았고, 곧 해가 서쪽으로 넘어갈 것 같아 다시 특별한 곳을 찾아가기도 애매했다. 그렇다고 호텔로 들어가기에는 남은 시간이 너무 아까웠다. 구시가지 밖에 위치한 대형 쇼핑몰에 가보았으나 특별한 것이 없다. 그러다가 정말 갈 곳이 없어서 카타리나 골목부터 전망대까지 다시 걷기 시작했다.

두 번째 전망대에 올라가는 길은 새로운 목적지에 찾아가야만 한다는 부담 없이, 주변을 즐기면서 찾아가는 여유 있는 길이었다. 그러자 처음에는 보지 못한 많은 것들이 보이기 시작한다. 아마 인생도 그런 것 아닌가 싶다. 새로운 것보다는 익숙한 것이 많아지면 무엇인가를 찾아가는 의욕과 열정은 예전 같지는 않겠지만, 마음의 여유가 생기면서 그동안 보지 못한 것들도 보일 것이다. 여기저기 여유를 갖고 주변을 돌아보며 전망대에 도착했을 때 이미 해는 서쪽으로 넘어가고 있었다.

길을 따라 내려오다가 탈린 여행을 기념할 수 있는 기념품을 사고 싶어졌다. 언젠가부터 새로운 국가나 도시를 여행하면 그곳을 상징하는 미니어처를 하나씩 모으고 있다. 기념품 가게에 들러 탈린을 상징하는 HANSA 건물 모양 기념품을 샀다. 깨지기 쉬운 자기로 된 것이라 한국까지 무사히 갖고 갈 자신은 없었지만, 너무 갖고 싶어서 단단히 포장을 요청했다. 포장을 맡기고 다른 기념품을 둘러보는데 종도 너무 예쁘다. 다시 종까지 추가했다. 배낭여행에서 깨지기 쉬운 물건을 사다니… 스스로 근심을 더한 것이 되었지만 다행히 근심 덩어리를 서울까지 성공적으로 갖고 왔다.

오래된 철도

▲ 구 시청광장

자유의 여신상이 지켜주는 라트비아
리가

▲ 리가 버스터미널에 정차한 LUX버스

리가로 향하는 첫 버스

리가로 가는 버스는 탈린 버스터미널에서 아침 8시 30분에 출발한다. 버스터미널에 8시까지는 도착하여야 하고, 배낭을 메고 걸어가는 것을 감안한다면 7시 20분 이전에는 호텔에서 출발해야 한다. 호텔 조식은 6시 30분부터 제공되기 때문에 먼저 체크아웃 준비를 마친 다음 레스토랑 문이 열리기를 기다렸다. 가장 먼저 입장해서 먹는 조식이라서 그런지 레스토랑 전체가 마치 나를 위해 화려한 아침식사를 준비한 것 같은 느낌이 든다. 평소에는 아침식사를 조금만 먹지만 훌륭한 조식이 제공되는 날에는 언제 배고픔이 찾아올지 모른다는 생각으로 배부르게 먹어둔다.

배낭을 메고 있었기 때문에 택시를 탈까도 고민했으나, 이번에도 그냥 걸어가기로 했다. 나는 왜 택시나 버스를 잘 타지 않는 것일까? 우선 돈 때문은 아니다. 그리고 새로운 것에 도전할 용기가 없어서도 아닌 것 같다. 나도 내 자신을 정확하게 잘 모르겠지만, 목적지에 잘못 가거나, 시간이 촉박하여 도착하게 되어 발을 동동 구르는 등 일이 잘못되는 것이 싫어서인 것 같다. 상대적으로 예측 가능한 지하철은 잘 타는 것을 보면 말이다. 어제 걸었던 길을 그대로 다시 걸어 버스터미널에 도착했다. 너무 일찍 도착했기 때문인지, 정시에 버스가 도착하는 것인지는 잘 모르지만 승차장에 버스가 보이지 않았다.

버스는 출발 10분 전 승차장으로 들어왔다. 큰 금액 차이는 아니지만 탈린-리가 구간 버스요금이 리가-빌뉴스 구간 대비 비싸다고 생각했는데, 버스에 타서 보니 우리나라 우등고속과 같은 비즈니스 클래스 좌석을 예약한 것이다. 버스는 비즈니스 클래스 좌석인 앞자리와 일반

오래된 철도

좌석인 뒷자리가 작은 커튼으로 분리되어 있다. 앞자리는 모니터도 넓고 의자도 편했다. 인터넷이 된다고 쓰여 있었지만 실제 연결이 되지는 않았다. 버스에는 화장실도 있어서 급한 용무도 해결할 수 있었기 때문에 2002년 중국 소림사 버스 트라우마를 떠올리지 않고 나름대로 편안하게 이동을 할 수 있었다.

탈린이 서울처럼 넓은 도시도 아니고, 버스터미널도 탈린 시내 외곽에 있기 때문에 버스가 탈린 시내를 빠져나가는 데는 그리 오랜 시간이 걸리지 않았다. 출발한 지 얼마 되지 않아 입체 교차로를 지나더니 이내 침엽수가 있는 도시 외곽 도로를 달리고 있었다. 4시간쯤 지나자 버스는 라트비아 리가에 가까워 왔음을 느낄 수 있었다. 30여 분 도심으로 향하며 대학교, 기차역, 마침내 시장을 끼고 돌더니 목적지인 버스터미널에 도착했다.

내일 아침에는 오늘 아침보다 더 이른 아침 7시에 다시 이 버스터미널에서 리투아니아 빌뉴스에 가는 버스를 타야 한다. 내일 새벽에 리가를 출발하여 오전에 빌뉴스에 도착해서 구시가지를 돌아보고, 오후에 폴란드 바르샤바로 가는 버스를 타서 자정에는 바르샤바에 도착해야 한다. 어제와 같이 터미널에서 내일 타야하는 버스 시간표와 승차장을 정확하게 확인했다. 버스를 한 번 타봤기 때문에 어제보다 걱정은 덜했다. 게다가 호텔은 내일 아침 이른 버스 출발시간을 감안하여 버스터미널에서 도보 10분 이내의 거리에 있는 가까운 곳으로 예약했다.

국민이 만든 자유의 여신상

자유의 여신상이라고 하면 가장 먼저 뉴욕이 떠오른다. 뉴욕의 자유의 여신상은 프랑스가 미국 독립 100주년을 축하하기 위하여 선물했다. 그리고 프랑스 파리에도 뉴욕보다는 작지만 같은 모양의 자유의 여신상이 있다. 파리에 처음 여행을 갔을 때 베르사유 궁전으로 가는 기차를 잘못 탄 적이 있었는데, 그때 우연히 창밖으로 멀리서 파리의 자유의 여신상을 본 적이 있다. 자유의 여신상은 뉴욕에만 있고, 파리에 자유의 여신상이 있다는 것을 몰랐기 때문에, '왜 파리에 작은 자유의 여신상이 있지?'라고 생각했다.

뉴욕과 파리에 있는 자유의 여신상과 모양은 다르지만 리가에도 자유의 여신상(Brīvības piemineklis)이 있다. 리가의 자유의 여신상은 42미터 높이의 가늘고 기다란 탑 끝부분에 자유의 여신이 금색으로 된 별 3개를 들고 있다. 여신상은 세계 1차대전 이후 잠시나마 독립을 이루었던 1935년에 라트비아 독립전쟁에서 숨진 군인들을 추모하고, 라트비아 주권과 자유를 위해 국민이 성금을 모아 만들었다고 한다. 그러나 라트비아의 독립은 다시 오래가지 못했고, 소련이 붕괴되면서 진정으로 독립했다.

리가 자유의 여신상은 뉴욕 자유의 여신상이라는 거대한 기념물에 길들여진 우리 눈으로 본다면 왜소해 보이고 별것 아니라고 생각할 수 있겠지만, 조국의 자유와 독립을 기념하기 위한 마음이야 다르지 않을 것이다. 라트비아 사람들은 우리나라 사람이 광화문광장에서 큰 칼을 차고 대한민국을 보호해 주시는 이순신 장군을 바라보는 마음처럼 리가의 자유의 여신상을 바라 볼 것이다.

오래된 철도

▲ 리가 자유의 여신상과 여신상 상단

코카콜라와 펩시콜라 형제

자유의 여신상을 지나 구시가지로 방향으로 갔다. 리가 구시가지의 성벽은 다시 보수하여 만든 것인지는 모르겠지만 탈린의 성벽보다는 좀 더 온전한 모습으로 남아 있다. 어느 성벽 모퉁이를 돌자 성벽이 부서져 돌이 튀어나온 곳에 누군가 빈 캔을 올려놓았다. 바로 콜라의 두 형제 코카콜라와 펩시콜라

▲ 누군가 리가 성벽 위에 올려놓은 코카콜라와 펩시콜라

캔이다. 항상 무심코 지나치는 쓰레기라고 생각하던 캔이었는데, 두 캔이 서로 의지하며 기대는 듯 올려놓은 모습에 특별할 것 없는 캔을 사진까지 찍게 된다.

탈린과 리가도 코카콜라와 펩시콜라 형제 같은 도시가 아닐까 싶다. 탈린의 건물들은 붉은색 지붕에 하얀색과 노란색 건물들이 많았지만, 리가의 건물들은 제각각 파스텔색 느낌의 화려한 건물들이 많았다. 탈린은 전망대에서 바다가 내려다보이지만, 리가 구시가지는 바다로 흘러 들어가는 강변과 맞닿아 있다. 전체적인 전망은 항구와 붉은 지붕들이 적절히 잘 조화를 이룬 탈린이 아름다웠다고 할 수 있지만, 아기자기한 아름다움은 리가의 손을 들어주고 싶다. 탈린이 남산에 올라 서울의 아름다운 야경을 바라보는 모습과 같다면, 리가는 북촌 한옥마을 골목들을 산책하는 기분을 느꼈다고 표현하는 것이 적절할지 모르겠다.

오래된 철도

의회와 삼형제 건물을 돌아 나오자 탈린과 같이 구시가지 중심에 광장(Dome square)이 펼쳐졌다. 피곤한 몸을 쉬어가고자 광장 끝자락에 있는 카페에 들렀다. 관광객들이 찾는 고급스러운 카페라는 느낌보다는 현지 학생들이 주로 찾는 곳 같다. 혼자 이어폰으로 음악을 들으며 휴식을 취하고 있는데, 라트비아 학생들은 시간이 가는 줄 모르고 재미있게 웃고 즐기고 있다. 무슨 얘기를 그리 재미있게 나누고 있는지 모르겠지만, 스무 살 전후한 나이 때는 뭐를 해도 재미있는 나이인 것 같다. 나 역시도 그랬지 않은가.

리가 성당 뒤로 돌아가니 하우스 오브 더 블랙헤드(House of Blackheads)라는 독특한 건물이 나온다. 2013년 리가성 화재를 수리하는 동안 대통령이 이곳에 거주했다고 한다. 독특한 외관에 상징적인 건물이기는 하지만, 그다지 크지 않고 외부에 노출이 너무 많이 되는 건물이라 대통령이 거주할 만한 곳은 아니지 않나 싶다. 한국에서 대통령과 국회를 너무 먼 존재로만 느껴 온 나의 부적응에 따른 착각일지도 모르지만.

다우가바 강변에 나갔다. 드넓은 강은 평화로운 지금 이 순간을 대변하기라도 하듯 잔잔하기만 하다. 강 위에는 잠수교처럼 낮은 다리가 놓여 있다. 지도를 보니 강 건너에는 신시가지가 있는 것 같다. 강을 건너가기보다는 강가에 앉아 이런저런 생각에 빠져들기 시작했다. 고요한 생각을 깨우는 비둘기들의 날아오르는 날갯짓 소리에 생각의 방향을 현실로 돌려놓았다.

▲ 하우스 오브 더 블랙헤드
▼ 성 피터 성당

오래된 철도

▲ Cat house 건물 앞 광장과 성 피터 성당

　강을 등지고 성 피터 성당(St. Peter's Church)으로 향했다. 투박해 보이기도 하지만 리가를 상징하는 대표적인 성당이라고 한다. 성당의 녹슨 청동 첨탑이 오랜 세월의 흐름을 묵묵히 말해 주고 있는 것 같다. 성당을 지나 어느 골목인지 모르게 미로 같은 길을 돌고 돌아보니 공원과 같은 광장이 펼쳐졌다. 잔디밭과 붉은 지붕의 파스텔색 건물들 그리고 그 사이로 성 피터 성당의 높은 첨탑이 보였다. Cat house라 불리는 반대편 건물 꼭대기에서는 고양이 한 마리가 금방이라도 뛰어내릴 듯 자세를 취하고 있다. 리가의 모습은 마치 탈린에게 뒤지지 않는 외모를 가꾸려고 예쁜 고양이 머리핀까지 하고 곱게 차려입은 아가씨 같다. 그리고 생각해 보니 탈린은 코카콜라 아가씨, 리가는 펩시콜라 아가씨와 같다. 같은 듯 다르고, 다르지만 항상 같은 곳을 향하고 있는 영원한 친구이자 선의의 경쟁자처럼 말이다.

시간은 어느덧 5시를 향해 가고 있었다. 코카콜라와 펩시콜라 캔이 있던 골목 안의 작은 레스토랑에 갔다. 마치 서울 인사동이나 익선동에 가면 골목 안에 숨어 있는 신비주의 레스토랑 같은 곳이다. 여행하면서 평소에는 뱃속에 대한 의무감으로 채워 넣었었는데, 왜 그런지 리가에서는 평소 행동과 다르게 훌륭한 곳에서 식사를 하고 싶었다. 혼자서 소고기 음식과 레드와인을 주문해서 식사하며 여행 중 처음 여유라는 것을 부려 보았다. 때로는 이러한 여유도 필요한데, 너무 앞만 보며 달리고 있는 것 같다. 언젠가는 모두 끝이 있다는 것을 알면서도 말이다. 여행도 그리고 인생도.

식사를 하다가 탈린에서 샀던 미니어처와 같은 기념품을 리가에서도 사야겠다는 생각이 들었다. 기념품 상점에 들러 탈린에서 샀던 것과 비슷한 집 모양 미니어처를 샀다. 탈린과 리가에서 구입한 미니어처 둘 다 본래 용도는 작은 초를 넣어서 불을 밝히는 것이라고 한다. 내친 김에 탈린에서처럼 종도 하나 샀다. 리가 사람들은 남자들이 배를 타고 나가면 지붕 위에 풍향계에 걸린 닭이 움직이기만 기다린다고 한다. 바다에서 리가 방향으로 바람이 불어야지 배가 리가 항으로 들어오고, 바람이 부는 것은 지붕 위에 닭 모양 풍향계 움직임으로 알 수 있다고 한다. 배를 타고 나간 남자들이 어부일 수도 있고, 바이킹일 수도 있겠지만 가족들이 기다리던 마음은 매한가지였을 것이다.

오래된 철도

Take Six

구시가지 산책을 마치고 마지막으로 향한 곳은 버스터미널 옆에 있는 재래시장이다. 해 질 무렵 이미 시장은 문 닫을 준비를 하고 있었다. 마지막 물건을 팔지 못한 몇몇 상인들만 남아 있었다. 그중 유독 눈에 들어온 것은 제사상에 올라가는 배 정도 크기의 오렌지이다. 오렌지 천국이라고 할 수 있는 캘리포니아에서도 보지 못한 엄청난 크기이다. 호텔에서 혼자 라트비아 맥주와 함께 안주로 먹을 생각으로 2유로에 오렌지를 하나 샀다.

해는 이미 서쪽으로 길게 드러누워 어두워지고 있었지만, 아직 호텔로 들어가서 하루를 정리하기에는 아까운 시간이다. 한 손에는 오렌지를 들고 구시가지 반대편 현지인들이 많은 곳으로 향했다. 이어폰으로 노래를 들으며 혼자 걸어가는데, 서태지가 부른 'Take Six'라는 노래가 흘러나온다. '봐 이제 난 또 다시 일어서는 거야. 난 힘 있게 다시 만들 거야. 머나먼 길을 떠나 내가 찾은 곳은 낯설은 세상이였지. 거리를 하루 종일 걸어 다녀봐도 내겐 아무 관심도 없어…'

'Take Six'는 한 때 최고의 인기를 누렸던 서태지가 가수를 그만두고 혼자 외국에서 생활하면서 느꼈던 자유로움을 노래한 곡이라고 한다. 물론 나를 서태지와 비교하기는 어렵겠지만, 나 역시 삶의 무게만큼은 무겁게 느끼고 살고 있다. 혼자 여행하면서 삶의 무게와 책임감을 잠시 내려놓고 자유로움이 느껴질 때면 이 노래를 듣는다. 어느 곳을 꼭 가겠다는 목적도 없이 그냥 홀로 거리를 돌고 돌았다. 해가 완전히 어둠 속에 날 남겨두고 사라질 때까지.

06

우즈피스 공화국이
숨어있는 리투아니아
빌뉴스

▲ 빌뉴스 버스터미널에서 오래된 벤츠 버스에 탑승하는 사람들

아침 라트비아, 점심 리투아니아, 저녁 폴란드

아침은 라트비아, 점심은 리투아니아, 저녁은 폴란드에서 식사를 하는, 하루에 3개국을 이동하는 고난의 행군 날이다. 빌뉴스로 떠나는 버스는 리가 버스터미널에서 아침 7시 정각에 출발한다. 항상 긴장과 긴장이 연속되는 횡단여행이지만, 늦잠이라도 자게 되지 않을까 특히 더 긴장되는 아침이다. 오전에 빌뉴스에 도착해서 구시가지를 둘러보고, 오후에 바르샤바로 넘어가기 위해서 일찍 출발해야 한다. 이동거리로만 계산한다면 리가에서 숙박을 하지 않고, 탈린에서 출발하여 리가를 당일 여행하고 빌뉴스에서 숙박을 했어야 하지만 탈린에서 이른 새벽에 첫 버스를 타는 것이 부담되었다.[25]

호텔에서 조식은 6시 30분부터 제공된다고 한다. 일찍 체크아웃해야 해서 조식을 먹기 어려우면 도시락으로 제공해 줄 수 있다고 한다. 그러나 도시락으로 받아 간다고 하더라도 먹을 곳이 마땅하지 않을 것 같다. 버스터미널이나 움직이는 버스에서 먹는 것보다, 차라리 아침 6시 20분쯤 미리 내려와서 레스토랑 한쪽에서 조용히 먹었다. 버스터미널까지는 10분 이내 가까운 거리로 시간이 촉박하지 않았는데 마음은 그렇지 않은가보다. 급한 마음에 발이 저절로 걷다가 뛰다가 빨라진다. 한국에서는 급하게 식사를 하거나 식사 후 뛰면 소화가 되지 않아서 배가 아프지만, 여행 중에는 항상 긴장해서 그런지 소화도 잘되고 아프지 않은 것 같다.

---

25) 탈린과 리가 약 4시간, 리가와 빌뉴스 약 4시간, 빌뉴스와 바르샤바 구간은 8시간 이상 소요되기 때문에 하루에 4시간 거리를 두 번 이동하는 것이 더 합리적이다.

어제처럼 LUX 버스 창가에 앉아 망중한을 즐겼다. 새벽 일찍 일어난 터라 망중한을 즐기다가 창밖의 햇살을 맞으며 꾸벅꾸벅 졸기도 했다. 버스는 오전 10시가 넘자 빌뉴스 시내로 진입했다. 시내에 진입하면서 가장 눈에 들어온 것은, 기아자동차의 빨간색 'KIA' 마크 옥외 광고판이다. 시베리아 횡단을 하면서 노보시비르스크 오페라하우스 옆에서 'KIA' 옥외 광고판을 보았고, 유럽 횡단을 하면서 여행의 중간에 또 다시 'KIA' 옥외 광고판을 만났다. 'KIA' 옥외 광고판 하나만으로 빌뉴스가 어쩐지 나를 반겨주는 것 같은 낯익은 도시로 느껴졌다. 버스는 어디인지 모르는 도심 한 지역에서 정차한 뒤 다시 버스터미널로 향했다.

딸기, 치즈, 생크림 케이크 같은 발트3국

빌뉴스 버스터미널에 도착해서 제일 먼저 한 일은 오후에 바르샤바로 출발하는 버스를 확인하는 것이다. 버스 출발시간, 목적지, 승차장까지 꼼꼼히 확인하고 배낭 맡길 곳을 찾았다. 다행히 버스터미널 내 짐 보관소가 있다. 배낭을 맡기고 나니 4시간 동안 빌뉴스 구시가지를 구석구석 돌파할 수 있을 것 같은 자신감과 여유로움이 느껴진다. 여행에서 배낭은 어디든지 자유롭게 이동할 수 있는 자유로움의 상징이기도 하지만, 힘겨울 때는 어깨에 묶인 족쇄와 같은 역할을 하는 것 같다. 아무리 좋은 것이라고 하더라도 필요한 시점에 적절한 만큼만 있어야 그 가치가 빛나는 것 같다.

▲ 구시가지로 들어가는 새벽의 문

　버스터미널에서 구시가지 입구인 '새벽의 문'까지는 도보로 이동해도 멀지 않은 가까운 거리에 있었다. 구시가지 입구인 새벽의 문을 들어서자 탈린, 리가에서와는 또 다른 느낌의 도시가 다가선다. 빌뉴스 구시가지에는 전체적으로 하얀색에 가까운 건물들이 많다. 세 도시의 구시가지를 여행하면서 받은 느낌을 케이크로 표현하자면, 전망대에서 바라본 붉은 지붕들이 인상적인 탈린은 딸기케이크, 노란색과 베이지색 건물이 많은 리가는 치즈케이크, 비교적 하얀색 깔끔한 건물들이 많은 빌뉴스는 생크림케이크로 표현할 수 있을 것 같다. 세 도시는 세 가지 다른 케이크처럼 각 도시 나름대로 맛을 지니고 있어서 딸기와 치즈, 생크림 케이크 등 좋아하는 여행자 선호에 따른 차이가 있을 뿐 어떤 곳이 더 아름다운 도시라고 단언하기 어려울 것이다. 한 도시에서 한 가지 맛을 오래도록 음미하는 것도 좋겠지만, 나처럼 3가지 맛을 한꺼

오래된 철도

번에 느껴보는 것도 나쁘지 않은 것 같다. 3가지 맛을 느껴본 김에 탈린과 리가에서처럼 빌뉴스에서도 집 모양 미니어처를 하나 사기로 했다. 발트 3국 집 모양 미니어처를 나란히 진열장에 올려놓는다면 오래도록 그 맛이 느껴질 테니까.

새벽의 문 속으로 산책

새벽의 문에 들어서자 도시는 마치 비 갠 아침처럼 깨끗하고 조용했다. 바르샤바로 출발하는 버스를 타기까지 빌뉴스 구시가지에서 나에게 허락된 시간은 약 4시간 남짓이다. 빌뉴스 전체를 돌아보기에는 턱없이 부족한 시간이지만, 구시가지만 돌아본다면 가능한 시간이다. 새벽의 문에서부터 시작하여 빌뉴스 성당 광장까지 구시가지를 구경하며 천천히 걸어갔다.

구시가지 중심에는 오래된 빌뉴스대학교가 자리 잡고 있다. 학교 주변에는 대학생 정도로 보이는 여학생들 삼삼오오 무리도 다수 보였다. 발트3국 그리고 그중에서 리투아니아는 세계적으로 여자 성비가 남자보다 월등히 높은 나라 중 하나이고,[26] 미인이 많은 나라로 유명하다. 남자들이 좋아할 요건을 모두 갖춘 나라인 셈이다. 인터넷을 검색해보니 1.5유로 정도만 내면 대학교 안에 들어가 볼 수 있다고 한다. 특히 빌뉴스대학교 도서관은 아주 유명한 도서관이라고 한다. 그러나 대

---

26) 리투아니아와 라트비아 성비는 여자 100명에 남자 85명 정도 수준이다.

학교를 지나간 뒤 한참 후에 대학교에 대하여 인터넷 검색을 해 본 것이다. 구시가지 내에서 대학교로 다시 가는 시간은 10분 내외겠지만, 4시간이라는 한정된 시간 동안 촌각을 나누어 쓰는 여정은 무엇인가를 수정할 여유를 허락하지 않았다.

▲ 리투아니아 대통령 궁
▼ 빌뉴스 대성당

오래된 철도

대학교 옆에는 대통령궁이 있다. 대통령궁에 대한 경호는 일부 있었지만, 사람들은 라트비아 대통령궁 때처럼 광장에서 자유롭게 사진도 찍고 구경하고 있다. 궁 앞 국기게양대에는 리투아니아 국기와 벨기에 국기가 나란히 게양되어 있다. 정확히는 모르겠지만 아마 벨기에 누군가가 리투아니아를 방문한 것 같다.

대통령궁을 등지고 조금 더 걸어가자 빌뉴스 성당이 나왔다. 아테네 파르테논 신전과 유사한 기둥과 아이보리색으로 이루어진 깔끔하고 아름다운 성당이다. 성당 앞 종탑도 마치 성당과 한 세트인 것처럼 같은 색으로 이루어져 있다. 유럽의 다른 성당들과 달리 화려하지는 않지만 순수함이 느껴지는 성당이다.

시간이 촉박한 대로 구시가지를 어느 정도 보고 난 뒤 점심식사를 위하여 식당을 찾았다. 여행하면서 놀라게 되는 것 중 하나가 전 세계 어느 도시에 가더라도 초밥 가게 한두 곳은 늘 발견하게 된다는 점이다. 초밥 가게는 일본인도 운영하지만, 현지인도 많이 운영하고 많이 찾는 것 같다. 반면 한식당은 대부분 한국인들이 운영하고 현지인도 찾지만 한국인이 많이 찾는 것 같다. 일식이 조금 더 세계화되었다고 생각할 수도 있겠지만 초밥이라는 비교적 단순한 음식과, 한식이라는 손맛이 매우 중요하고 복잡한 음식의 차이에 의한 것일 수도 있다.

여행을 하면서 초밥의 가장 좋은 점은 뱃속에 쌀을 넣을 수 있다는 것이다. 매일 빵과 면, 고기만 먹으면 쌀고픔이 생긴다. 이때 초밥은 발견하면 무조건 먹어 두어야 하는 음식이 된다. 아주 맛이 있는 초밥은 아니었지만 깔끔하고 다양한 초밥 세트가 나왔다. 무엇보다도 쌀을 뱃속에 채운다는 사실에 모든 것을 인내하고 맛있게 먹었다. 점심시간이 조금 지난 시간 손님들 대부분은 빌뉴스대학교 여학생들인 것처럼 보인다. 그들은 아마도 아무 말도 하지 않고 혼자 초밥을 먹는 나를 보고, 고국의 초밥이 먹고 싶어서 찾아온 일본인으로 생각했을 수도 있을 것 같다.

우주피스(UZUPIS) 공화국

빌뉴스 구시가지 옆으로 작은 냇물과 같은 물(유량이 좀 많은 계곡 정도가 더 적합한 표현일 것이다)이 흐른다. 로마에 바티칸 시티가 있는 것과 유사하게, 냇물 건너편에는 우주피스 공화국이라는 황당한 나라가 있다. 여행안내 책에서 보고 설마 하는 생각으로 인터넷을 검색해 보니 정말 우주피스 공화국이란 나라가 있다. 물론 정식국가는 아니고, 1년에 단 하루 바로 4월 1일 만우절에만 나라가 되는 가짜 나라이다.* 우주피스는 리투아니아어로 '강 반대편'이라는 뜻이라고 한다. 우주피스를 우리말과 영어에 끼워 맞추면 '우주+평화' 정도가 될 수도 있는 것 같다.

우주피스 공화국은 입구에서부터 재미있는 수수께끼를 던진다. 냇물을 건너가는 다리 옆에 리투아니아어로 우주피스 공화국이라고 쓰여 있고, 그 아래 파란색 스마일, 동그라미 속 숫자 20, 네모 속 모나리자, 삼각형 자동차 추락방지 표시가 있다. 아마도 우주피스 공화국에서는 웃어야 하고, 자동차는 20Km/h 이상 속도로 다녀서는 안 되며, 모나리자처럼 웃지 않고 사진을 찍는 것은 금지, 그리고 냇물로 자동차 추락위험이 있음 정도가 아닐까 싶다.

오래된 철도

* 우주피스(리투아니아어: Užupis)는 리투아니아의 수도인 빌뉴스 구시가지에 위치한 마이크로네이션으로 면적은 약 0.60km2(약 148 에이커)이다. 우주피스는 리투아니아어로 "강 반대편"을 뜻한다. 인구는 약 7,000명인데 약 1,000명에 달하는 예술가가 이곳에 거주한다. 1997년 4월 1일에 우주피스에 거주하던 몇몇 예술가들이 우주피스 공화국의 수립을 선언했다. 만우절인 매년 4월 1일에 24시간 동안만 나라가 된다. 마이크로네이션을 표방하기 때문에 자체적인 국기, 국가, 군대, 헌법, 화폐, 정부 조직, 내각을 두고 있으며 대통령을 국가원수로 한다. 2002년 4월 1일에는 우주피스 천사상이 들어섰다. 2009년에는 대한민국의 소설가인 하일지가 우주피스를 소재로 한 소설 《우주피스 공화국》을 발표했다. 우리나라에는 2016년 12월 18일 문화방송(MBC)에서 방송된 프로그램 신비한 TV 서프라이즈를 통해 세간에 알려졌다. (출처 : 위키백과)

▲ 우주피스 공화국으로 들어가는 입구 안내판

다리 아래로는 그네처럼 의자가 하나 걸려 있다. 또한 1881년에 만들어진 것으로 보이는 청동 인어공주는 냇물 옆에 간신히 매달려 있다. 뿐만 아니라 십자가에 달리셨을 것 같은 예수 그리스도께서는, 십자가 대신 마라톤을 달리고 들어오신 듯 두 팔을 벌리고 계신다. 모든 것이 만우절에 공화국을 선포한다는 이미지와 맞는 것 같다.

공화국 마을 안에도 예술가 마을다운 분위기가 곳곳에서 느껴진다. 공화국 중심부에는 황금색 공에 발을 딛고 올라선 천사가 나팔을 부는 동상이 있다. 동상이 높은 곳에 있어서 세세한 부분까지 살피지는 못하였지만 만우절 공화국답게 마치 무엇인가 재미있는 요소가 숨어 있을 것 같은 생각이 든다.

평생 문과(文科), 그것도 세상의 모든 것을 논리로 생각하고 이해하는 법학과 출신으로 20년 이상을 살아온 나에게 우주피스 공화국 예술인들의 예술작품이 잘 이해가 되지 않지만, 번뜩이고 재치 있는 아이디어가 많이 숨어 있는 것 같다.

오래된 철도

◀ 우주피스 공화국으로 들어가는 다리에 걸린 그네

● 방금 마라톤을 마치신 것 같은 예수님

▶ 금방이라도 미끄러져 떨어질 것 같은 인어공주

07

시련은 있어도
좌절은 없는 나라 폴란드
바르샤바

▲ 바르샤바 역 플랫폼

한류의 바람이 불어오는 곳

나에게 주어진 4시간을 알뜰하게 사용하고 버스터미널로 향했다. 짐보관소에 맡겨 둔 배낭을 찾아서 버스 승강장으로 갔다. 버스는 15시 45분 출발시간이 지났는데 오지 않는다. 아마 버스가 빌뉴스에서 출발하는 것이 아니고 리가 등 다른 곳에서 출발하여 빌뉴스를 경유하는데 늦어지는 것 같다.

바르샤바행 버스 옆 승강장에는 오래된 노란색 미니버스에 사람들이 타고 있었다. 버스는 아무리 젊게 봐도 20년은 족히 넘는 것 같다. 하지만 버스 정면 가운데 나이는 숫자에 불과하다는 듯 벤츠 마크가 자랑스럽게 빛나고 있다. 벤츠 마크가 붙은 것은 아무리 오래되었더라도, 그리고 그것이 버스라 하더라도 튼튼하다는 것을 증명하는 듯 말이다.

빌뉴스를 출발한 버스는 도심을 가로지르는 강을 건너 간이 정류소에서 한번 정차했다. 그리고 버스가 바로 바르샤바로 가는 줄 알았는데, 구글 지도를 보니 리투아니아 두 번째 도시 카우나스를 향해 가고 있었다. 카우나스를 거쳐 가더라도 시간이 많이 더 걸리는 것은 아니라서 큰 상관은 없었다.

버스에서 한참 창밖을 바라보며 망상에 젖어 가고 있었다. 지루함에 쑤셔오는 몸도 움직여 보고, 고개도 돌리는 도중에 우연히 앞자리에 앉은 여자의 핸드폰을 보게 되었다. 여자는 이어폰을 귀에 꼽고 핸드폰으로 무엇인가를 보고 있었다. 우연히 고개를 돌리다가 본 것이라서 관심 없이 다시 고개를 돌렸는데, 무엇인가 본 듯한 이상한 느낌이 들었다. 그것이 무엇인지 확인하기 위해 다시 핸드폰 방향으로 고개를 돌렸는데, 여자가 보고 있던 것은 다름 아닌 한국 드라마였다. 개인적으로

오래된 철도

드라마나 방송에 관심이 없어서 드라마 제목이나 배우가 누구였는지는 잘 모르지만, 분명 낯익은 배우가 출연하는 한국 드라마로 핸드폰 화면 상단에는 자랑스럽게 JTBC 마크가 찍혀 있었다.

외국을 다녀보면 한류가 정말 대단하다는 것을 실감할 수 있다. 태국에 가족여행을 갔을 때 이란에서 단체로 여행 온 여학생들이 우리 가족에게 어디에서 왔냐고 물어봐서 "KOREA"라고 대답하자 다들 좋아서 어쩔 줄을 몰라 했다. 페루에 갔을 때 자메이카에서 여행 온 자매는 더 이상 레게음악을 좋아하지 않는 것 같았다. 한국이 너무 좋아서 한국 노래, 한국 드라마 심지어 한국어까지 배우고 있었다. 덕분에 페루 마추픽추에서 자메이카 사람과 한국어로 대화하는 행운도 얻었다. 그리고 유럽에서도 한국인 한 명 만나기 어려운 리투아니아, 그것도 국경을 넘어가는 버스 안에서 현지 사람이 한국 드라마를 보면서 좋아하는 모습을 보게 될 줄은 꿈에도 상상 못 했다.

해 질 무렵 카우나스 버스터미널에 정차하여 사람들이 내리고 타는 동안 잠시 휴식을 취한 버스는 다시 달리기 시작했다. 빌뉴스에서 오후 4시에 출발하여, 꼬박 8시간을 다 채우고 바르샤바에 자정을 넘겨 도착했다.

국경을 넘어 해지는 폴란드 들판을 바라보다가 잠이 들었다. 다시 눈을 떴을 때 버스는 바르샤바 터미널 근처 도로에 날 내려놓았다. 바르샤바 도로 위에는 저녁 한때 소나기가 지나간 것처럼 습기가 피어오르고 있었다. 호텔은 버스터미널과 기차역에서 도보 5분 이내에 위치한 가까운 곳으로 예약하였기 때문에 자정이 넘은 늦은 밤 바르샤바와 첫 대면을 하였지만 두려움은 없었다.

베를린에서 상봉 준비

호텔은 버스터미널과 기차역에서 가까운 힐튼 호텔이다. 한국에 있는 최고급 힐튼 호텔과는 달리 아주 좋은 호텔은 아니지만, 우리 돈 약 8만원이 넘지 않는 합리적인 가격에 장시간 여행에 따른 여독을 풀기에 부족함이 없는 호텔이다.

따뜻한 물로 샤워하고 침대에 누웠다. 늦은 시간이었지만 버스에서 오랫동안 잠을 잔 터라 금방 잠이 오지 않았다. 그러다가 갑자기 큰고모 아들 즉, 사촌형 생각이 났다. 여행을 떠나오기 몇 주 전 다리 수술을 하신 큰고모 병문안을 다녀왔다. 이런저런 이야기들을 나누다가 셋째 사촌형이 독일로 3개월간 연수를 받으러 갔다는 이야기를 하셨던 것이 기억났다. 사실 사촌형들이라고 해도 자주 보기도 어렵고, 셋째 형은 전화번호도 모른다. 마지막으로 본 것이 2년 전 아버지 장례식 때였다.

큰고모가 자식 걱정에 말씀하신 '독일'이라는 단어 하나가 떠오르더니 갑자기 여러 가지 생각이 꼬리에 꼬리를 물기 시작했다. 나의 다음 목적지는 독일 베를린인데, 독일로 연수를 왔다면 수도인 베를린에 와 있을 가능성이 가장 높았다. 그리고 병문안을 다녀온 지 몇 주 되지 않았기 때문에 3개월 연수라면 아직 연수를 받고 있을 것이다. 전화번호를 알고 있는 다른 사촌형에게 카카오톡 메시지를 보내 셋째 형이 연수받는 곳을 물어봤다. 셋째 형이 연수를 받는 곳은 베를린이 맞았다. 셋째 형에게 카카오톡으로 메시지를 남기고 잠이 들었다. 한국은 낮이었지만, 바르샤바와 베를린은 새벽 2시가 가까운 밤이었다.

아침에 일어나자 베를린에 있는 셋째 형에게 연락이 와 있었다. 지금

오래된 철도

베를린에 있으니, 베를린에 도착하는 시간과 역을 알려주면 역으로 마중을 나오겠다고 했다. 유럽 횡단을 하면서 큰고모의 자식 걱정 한마디가 떠올라 정말 생각지도 못했던 베를린 상봉까지 하게 되었다.

약한 나라 그리고 강한 나라

호텔에서 체크아웃하면서 짐 보관소에 배낭을 맡기고 길을 나섰다. 유럽 횡단을 하면서 언제나 그랬던 것처럼 가장 먼저 해야 할 일은 오후에 베를린으로 떠나는 기차 타는 곳을 정확하게 알아보는 일이다. 기차역 플랫폼에 내려가서 출발하는 곳까지 정확하게 확인하고 나서 시내를 둘러보기 위해 길을 나섰다.

기차역을 확인하고 나오니 모스크바대학교 건물과 비슷한 문화과학궁전 건물이 보인다. 과거 소련에서 모스크바대학교와 비슷한 건물을 위성국가인 폴란드 바르샤바에도 지었다고 한다. 바르샤바의 상징이기도 하며 굴욕이기도 한 이 건물은 마치 우리나라의 옛 중앙청을 보는 것 같다. 모스크바대학교 건물도, 이 건물도 고딕양식으로 하늘을 찌르듯이 높게 솟아 멋지기는 하다. 하지만 아무리 멋진 건물이라 하더라도 소련의 그림자가 남아 있는 이 건물이 도시의 중심에 자리 잡고 있는 만큼 폴란드인들에게 그리 달갑지만은 않을 것이다. 폴란드 내에서도 소련의 위성국가 지배 역사를 담고 있는 이 건물의 존치와 관련하여 아직도 갑론을박이 많다고 한다.

◀ 바르샤바 문화과학궁전
▶ 코페르니쿠스 동상

　문화과학궁전을 지나 구시가지로 가는 도중에 중국인 단체 관광객들이 몰려 있는 동상이 하나 있었다. 바로 코페르니쿠스의 동상이다. 코페르니쿠스는 왜 지구가 둥글다고 주장을 했는지 잘 모르지만, 그 순간만큼은 나는 지구가 둥글다는 사실보다는 중국인 틈을 비집고 들어가 동상 앞에서 사진을 찍는 것이 더 중요했다. 폴란드 하면 코페르니쿠스 외에도 쇼팽, 퀴리부인, 요한 바오로 2세 등 생각보다 많은 유명한 사람들이 떠오른다. 반면 폴란드 사람들이 한국을 생각했을 때 떠오르는 사람이 누구일까? 그들이 기억할 만한 자랑스러운 한국인이 누군지는 딱히 떠오르지 않는다.

사진 같은 그림이 만들어 준 그림 같은 사진

코페르니쿠스 동상이 있는 곳부터는 바르샤바 대학, 대통령궁 등이
차례로 나타나며 바르샤바 중심부에 들어섰다는 확신을 주었다. 이번
유럽 횡단여행에서만 벌써 4번째(러시아 모스크바, 라트비아 리가, 리투아니아 빌
뉴스, 폴란드 바르샤바) 대통령이 집무하는 곳을 지나는 셈이다.

드디어 잠코비 광장(Zamkowy Plaza)이 나타났다. 광장 앞에서 바라본
구시가지는 차라리 파스텔로 그림을 그렸다고 하는 것이 적합할 표현
일 만큼 아름다웠다. 유라시아 횡단을 꿈꾸는데 촉매제가 되었던 부산
외대 김택모 교수님 강의에서 가장 인상 깊었던 내용 중 하나가 바로
바르샤바 구시가지에 관한 내용이었다. 구시가지가 아름답기 때문이기
도 하였지만, 구시가지에 얽힌 감동 깊은 사연 때문이다.

폴란드 스타니슬라스 2세(재위기간 1764~1795)는 당시 최고의 화가 가운
데 한 사람으로 손꼽히던 베르나르도 벨로토(1720~1780)를 바르샤바로
불러 그림 작업들을 맡겼다고 한다. 베네치아 출신의 베르나르도 벨로
토는 바르샤바의 아름다움이 너무 마음에 들어 궁전, 구시가지 골목,
비스와 강 등 많은 풍경화를 그렸다. 그리고 그의 사후 그림들은 그냥
창고에 쌓이게 되었다. 그 후 약 150년이 지나 2차 세계대전이 일어나
고, 독일 나치에 의한 바르샤바 초토화 작전으로 바르샤바 왕궁과 시
가지는 완전히 파괴되었다. 폴란드에서는 완전히 폐허가 된 바르샤바를
떠나 수도를 옮기려는 생각도 하였으나, 폴란드인들은 수도 이전보다
는 재건을 택했다.[27] 바르샤바를 복원하려고 했던 건축가와 기술자들

---

27) 폴란드 국가 제목은 『폴란드는 아직 죽지 않았다.』로 결연하고 독특한 국가제목이다.

은 이때 골목 하나까지도 사진처럼 세세하게 그린 베르나르도 벨로토의 사진 같은 그림을 발견하고 매우 기뻐하며 그림을 보며 바르샤바를 재건했다고 한다.

사진 같은 그림을 보고 재건한 구시가지는 그림 같은 사진을 카메라에 담을 수 있는 곳이다. 누군가 나에게 유라시아를 횡단하면서 가장 아름답다고 느낀 곳 중 한 곳을 꼽으라면, 주저하지 않고 바르샤바 구시가지를 선택할 것이다. 스마트폰으로 대충 사진을 찍고 다니기에는 눈앞의 아름다운 현실이 너무 아까웠다. 만약 18세기 화가 베르나르도 벨로토에게 스마트폰 카메라가 있었다고 하더라도, 현실의 아름다움을 충분히 담아내지 못하는 사진보다는 아름다움을 잘 표현할 수 있는 그림이 더 편했을지 모른다.

구시가지에 있는 기념품 가게에서 가격이 제법 나가는 고급 오르골을 하나 샀다. 횡단하면서 구입했던 기념품 가운데 가장 비싼 기념품이다. 쇼팽이 피아노를 치는 자세로 음악이 나오면서 돌아가는 오르골이다. 폴란드 여행도 기념하고, 딸 아이 피아노에 올려 놓아주면 좋아할 것 같다는 생각이었다. 그러나 딸 수인이는 첫날 쇼팽을 보고 그 이후 보지 않는다. 오르골은 지금도 책장 위에서 나의 폴란드 여행만을 기념하고 있을 뿐이다.

오래된 철도

▲ 그림 같은 잠코비 광장과 바르샤바 왕궁

▲ 사람들이 많이 찾는 구시가지의 마켓광장

오래된 철도

머피의 법칙

오늘도 바르샤바에서 허락된 시간은 그리 많지 않았다. '눈에 넣어도 아프지 않을 것 같은 아름다운 모습들을 4~5시간 동안 보고 떠나야 한다니…' 이런 아쉬움을 느껴야 한다는 것이 횡단여행의 가장 큰 단점인 것 같다. 혼자 구시가지 골목을 들어갔다 나왔다 몇 번을 반복하며 허락된 시간을 모두 사용하고 발걸음을 돌렸다. 돌아오는 와중에도 좀 더 새로운 것을 보고 싶다는 욕심에 구시가지로 올 때와는 다른 폴란드 국립미술관 뒷길을 택했다.

구시가지에서 점점 멀어져갔지만, 거리는 마치 서울 청담동 거리처럼 깔끔하고 정갈했다. 얼마 가지 않아 제법 맛있을 것 같은 초밥 가게가 눈에 들어왔다. 순간 배고픔은 달래고 가야 하지 않겠나 싶은 생각이 들었다. 시계를 보며 걸어왔던 시간과 남은 시간을 계산하니 빨리 먹고 걸어가면 될 것 같은 생각에 가게로 들어섰다. 그러나 주문한 음식을 너무 정성스럽게 준비해서 그런지 바로 나올 줄 알았던 초밥은 생각했던 시간보다 오래 걸렸다. 엉덩이가 들썩이고 마음이 급해지기 시작했다. 주문한 곳에 가서 종업원에게 시간이 없어 급하다고 재촉과 부탁을 하니, 알겠다고 빨리 준비해 주겠다고 한다.

재촉과 부탁에도 불구하고 초밥이 나왔을 때는 이미 기차 시간이 40분도 남지 않았다. 초밥을 먹는 것인지 입에 몰아넣는 것인지 모르게 불과 2~3분 만에 입에 몰아넣었다. 빌뉴스에서 먹은 초밥과 달리 맛있고 정성스러운 초밥이었으나, 맛을 느끼기는커녕 체하지 않을까 걱정을 해야 했다. 종업원들은 주문한 음식을 정성스럽게 준비해 준 잘못밖에 없는데 괜히 미안한 눈빛으로 나를 바라보았다.

초밥을 일단 입에 가득 몰아넣고 씹지도 못한 상태로 뛰었다. 그런데 마음이 너무 조급했던 탓이었는지 호텔로 돌아가는 길 방향을 잘못 잡았다. 택시를 타고 싶어도 유로화밖에 없었다.[28] 지하철을 타기 위해 지하로 내려갔다가 신용카드로 지하철 표를 구입하는 방법을 몰라 다시 지상으로 뛰어 올라왔다. 그런데 또 지상으로 올라오는 출입구를 잘못 올라온 것 같다. 마음이 급해지자 구글 지도를 켜도 어느 방향

---

28) 폴란드 공식 화폐는 PLN이다. 바르샤바에서만 잠시 머무르면서 필요하다면 신용카드를 사용할 생각이기 때문에 별도 환전을 하지 않았다.

오래된 철도

인지 알 수가 없었다. 한번 꼬이기 시작하자 걷잡을 수 없이 번져나갔다. 그러다가 건물들 틈 사이로 저 멀리 구세주처럼 문화과학궁전 꼭대기가 보이자, 꼭대기를 바라보며 뛰기 시작했다. 이미 기차 출발시간은 30분도 남지 않았다. 30분 동안 호텔에서 배낭을 찾아 기차역까지 다시 가야 한다. 초밥을 먹다가 기차를 놓쳤다면 내 자신이 얼마나 한심할까?

기차표를 구입할 때 기억으로는 바르샤바에서 베를린으로 가는 기차는 많지 않았던 것 같다. 만약 기차를 놓치면 다음 기차가 언제인지도 모르고, 일정은 줄줄이 지장을 받게 되어 여행을 망치게 될 것 같은 두려움이 들었다. 20여 분 동안 뛰다 걷다 반복하고, 무단횡단까지 거침없이 했다. 밥을 먹고 뛰면 배가 아픈데, 아픈 줄도 모르고 호텔까지 뛰었다. 호텔에서 배낭을 찾아 나오니, 기차 출발시간까지 겨우 10여 분이 남았다. 아주 부족한 시간은 아니지만 안심하기에는 아직 이르다. 다시 뛰었다. 다행히 오전에 기차 플랫폼까지 봐 두었기 때문에 기차역과 플랫폼은 쉽게 찾을 수 있었다. 기차 출발 5분이 남지 않은 시간에 가까스로 역에 도착했다. 플랫폼에 아직 기차가 도착하지 않은 것을 확인하고 난 뒤에야 모든 긴장을 내려놓을 수 있었다.

08

베를린 장벽이 남아 있지 않은 독일

베를린

▲ 독일 초고속 열차가 정차해 있는 베를린 중앙역 플랫폼

기차에는 DB라는 독일 철도 회사 마크가 선명하다. 세계적인 선진국인 독일 기차는 맞지만 낡고 오래되었다. 마치 우리나라에 KTX가 다니지만, 오래된 무궁화호를 탄 것 같은 느낌이다.

일단 기차에 올라타기는 했으나, 문제는 끝나지 않았다. 기차표를 보고서도 내 자리가 어디인지를 모르겠다. 낫 놓고 'ㄱ' 자도 모른다는 말을 이런 경우에 하는 것 같다. 전 세계에서 수많은 기차를 타보았지만 이런 경우는 처음이다. 현지 언어를 모르더라도 대부분 나라 기차표에는 날짜와 시간, 객차와 자리번호가 아라비아 숫자로 쓰여 있어서 직감적으로 찾아가는 데 불편함이 없었지만, 이 기차에서만큼은 도무지 알 수 없었다.[29] 사람들에게 묻고 또 물어 기차 반대편 객실까지 걸어갔다. 마지막으로 기차 승무원이 승차권 검사를 하는데 아무 말이 없고 나서야 그때서야 내 자리를 제대로 찾은 것이 맞구나 라고 생각하게 되었다.

기차는 오래되었지만, 독일 기차답게 시원시원하게 들판을 달렸다. 창밖으로 철길과 나란히 숲들이 펼쳐져 있고, 마을을 지날 때마다 보이는 푸른 들판 위의 집들은 그림 같았다. 내가 본 것은 빌뉴스에서 바르샤바 가는 길, 바르샤바에서 베를린 가는 길 등 폴란드의 일부이지만, 폴란드가 이렇게 아름다운 나라일 줄 몰랐다. 만 하루가 되지 않는 짧은 시간 동안 폴란드 예찬론자가 된 것 같다.

---

29) 기차표에는 "EC 42, 1 Sitzplatz, Wg. 267, Pl. 25, 1 Fenster, Großraum, Nichtraucher …." 라고 쓰여 있다.

▲ 달리는 기차 안과 폴란드 들판

기차는 서쪽으로 부지런히 달려 해가 뉘엿뉘엿 저물어 갈 무렵 베를린에 도착했다. 기차가 종착한 곳은 베를린 동쪽 외곽 Berlin-Lichtenberg station 역이다. 폴란드 등 동쪽에서 들어오는 기차는 이 역에 정차한다고 한다. 마치 서울 동쪽에서 들어오는 기차가 청량리역에 정차하는 것과 같다. 내일 서쪽 도시 쾰른으로 출발하는 기차가 베를린 중앙역에서 출발하기 때문에 호텔은 베를린 중앙역 앞으로 예약했다.

만나고 헤어지는 일상들

사촌 형은 베를린 중앙역에서 만나기로 했다. 형은 멀리서 오는 동생을 맞이하기 위해 일찍부터 역에 나와 기다리고 있었다. 한국에서도 자주 보지 못한, 아니 좀 더 정확하게 말을 하자면 성인이 된 이후에는 집안 경조사가 아니면 군이 약속하고 만난 적은 없다. 그런데 이렇게 같은 시기에 베를린에 와서 만나게 될 줄이야….

▲ 베를린에서 만난 사촌 형과 맥주 한잔

베를린 중앙역 뒤에 있는 호텔에 먼저 체크인을 하고 저녁을 먹으러 갔다. 형은 나에게 뭐가 먹고 싶은지 물어봤다. 그러고 보니 국물을 먹어본 지 오래되었다. 여행하는 동안 먹어 본 국물이라고는 컵라면 국

오래된 철도

물이나 초밥에 따라 나오는 미소장국이 전부였다. 나의 대답은 소박하게도 국물이 많은 것이면 무엇이든 좋다고 했다. 결국 국물을 가장 마음껏 많이 먹을 수 있는 베트남 쌀국수를 먹으러 갔다. 그동안 배고픔을 달래기 위하여 시간에 쫓기며 먹었던 것이 거의 전부였던 것 같은데, 쌀국수와 맥주로 오랜만에 편안한 배부름을 느꼈다.

형은 짧지만 내일 베를린을 같이 돌아보는 것이 어떠냐고 물어봤다. 그러나 나는 내일도 한정된 시간에 시내를 돌아보고 쾰른행 기차를 타야 한다. 나에게만 익숙한 여행방식으로 형에게 불편을 주고 싶지는 않았다. 형은 한국을 떠나 멀리 독일에서 만난 동생에게 무엇인가 계속 더 해주어야 하는데, 해주지 못하여 미안해하는 것 같았다. 형과 아쉬운 만남을 뒤로하고 혼자 터벅터벅 20여 분 베를린 밤거리를 걸어서 호텔로 돌아왔다. 이미 저녁을 먹으면서 맥주를 마시고 왔지만, 맥주의 본고장 독일에 왔다는 생각에 호텔로 맥주를 사들고 돌아왔다.

아침에 일어나 보니 2001년 중국 배낭여행을 하다가 서안(西安)에서 만나 16년 동안 친하게 지내 온 성미 누나에게서 문자 메시지가 와 있었다. 성미 누나 남편인 범주 형 아버지가 돌아가셨다는 부고 문자였다. 어떻게 해야 할지 잘 생각이 되지 않았다. 26개월 전 나의 아버지가 돌아가셨을 때는 범주 형, 성미 누나 그리고 아들까지 대전에 내려와서 위로해 주었는데, 지금 나는 아무것도 할 수가 없었다. 몸은 독일에 있기 때문에 조문은 당연히 불가능하고, 가족들은 어린이날 연휴 기간이라 광주에 내려가 있었다. 부의금이라도 전달을 해야 하는데 개인적으로 인연을 이어온 사이라서 부탁할 사람도 없었다. 혼자 호텔 방에서 안절부절하다가 미안한 마음이 담긴 문자 메시지를 보낼 수밖에 없었다.

영원하지 못한 콘크리트

나는 서독 가톨릭 재단의 도움을 받아 설립된 대전성모초등학교를 졸업했다. 1990년 동독과 서독이 하나의 독일로 통일되자, 베를린 장벽 콘크리트 덩어리 하나가 학교에 왔다. 콘크리트 덩어리는 초등학교 로비 1층 유리관 속에 정성스럽게 모셔졌다. 평화가 좋기는 좋은 것 같다. 동과 서를 가로막으며 분단의 상징이자 선과 악을 나누던 경계에 있던 콘크리트가, 평화가 찾아오니 귀하신 몸이 되어 극진한 대접을 받게 된 것을 보면.

이러한 기억 때문일까? 독일 여행에서 가장 가보고 싶었던 곳은 베를린 장벽이 남아 있는 곳이다. 베를린에는 장벽 중 일부를 공원으로 만들어 남겨 둔 곳이 몇 군데 있다. 호텔 로비에서 무료로 제공되는 지도를 보니 도보 30분 내외로 멀지 않은 Berlin Nordbahnhof 역 근처에 베를린 장벽(Berlin Wall Memorial)이 남아 있었다. 호텔에서 체크아웃하며 짐 보관소에 배낭 보관을 부탁하고, 베를린 중앙역에 들러 오후에 쾰른으로 가는 기차표를 발권했다. 그리고 30여 분 구글 지도를 따라 걸어가자, 잔디밭이 깔린 그리 크지 않은 공원에 남아있는 콘크리트 장벽이 보였다.

콘크리트 벽면에는 페인트로 평화를 바라는 글자들이 쓰여 있고, 다른 한쪽은 오랜 세월을 버티고 서 있어서 그런지 철골 뼈대만 앙상하다. 이제 베를린 장벽은 아무것도 아닌 콘크리트 덩어리에 불과하지만, 분단국가에 살고 있는 나에게는 무엇인가 말로 표현할 수 없는 생각들이 가득하게 만들었다.

오래된 철도

▲ 남아 있는 베를린 장벽, 한 면은 글자가 다른 한 면은 앙상한 기둥만 남아 있다

기념품 상점에 들러 베를린 장벽 콘크리트를 기념품으로 샀다. 콘크리트는 베를린 장벽의 조각임을 증명이라도 하듯이 플라스틱 거치대 속에 넣어 팔리고 있었다. 베를린 장벽이 얼마 남아 있지 않은데 진짜 베를린 장벽 조각인지는 모르겠다. 하긴 정말 베를린 장벽 조각이 아니면 어떠랴? 그냥 장벽의 한 조각이라고 믿고 사면 그만인 것을…. 우리나라도 통일된다면 남과 북을 가로막고 있는 철책이 전 세계로 팔려 나갈 수 있을 것이다. 휴전선 길이 250km에 남과 북 양측을 합치면 500km가 넘으니, 우리나라가 통일된다면 독일 베를린 장벽 콘크리트처럼 부족하거나 가짜 걱정은 하지 않아도 될 것 같다. 그런데 콘크리트도 아니고 철조망이라서 녹슬지도 않고 손에 찔리지도 않게 팔려면 어떻게 팔아야 할까?

나의 힘, 독일의 힘

베를린 장벽을 뒤로하고 알렉산더 광장까지 걷기 시작했다. 베를린이 다른 도시들처럼 아름다운 도시라고 말하기에 부족한 것은 사실이지만, 높은 방송탑, 강가에 자리 잡은 오래된 아름다운 대성당, 사람 냄새가 묻어나는 거리마다 간간이 펼쳐진 바자회 등 한 번쯤은 꼭 와볼 만한 곳이라는 생각이 든다.

베를린 대성당 근처의 루스트 정원(Lustgarten) 옆 도로에는 관광버스들이 정차되어 있다. 버스 앞유리 한편에는 한글로 하나투어, 노랑풍선이라고 쓰인 종이가 붙어 있다. 사람들이 버스에서 내려와 베를린 대성당

오래된 철도

을 배경으로 사진을 찍는다. 아마 한국을 떠나서 본 가장 많은 한국 사람들인 것 같다. 여행하면서 힘들고 배고프고 시간에 쫓길 때면, 나도 가끔은 저렇게 가이드와 버스가 준비된 단체 패키지 관광을 하고 싶다는 생각도 든다. 그러나 비록 몸은 예전 같지 않고 힘이 들지만, 난 이렇게 여행하면서 내가 살아 있음을 느낀다. 배낭여행을 하지 못할 만큼 아직 나이가 들지 않았다는 것을 강제로 주입이라도 하려는 듯, 배고프고 힘들어도 어느 대학생보다도 멋지고 완벽한 여행을 하고 싶다. 이것은 나의 무모함이기도 하지만 동시에 나의 힘이라고 생각한다.

브란덴부르크 문을 통과해 나오자, 왼쪽에 수많은 네모난 돌들이 세워져 있는 베를린 홀로코스트 메모리얼(Memorial to the Murdered Jews of Europe)이 보인다. 유럽에서 죽은 유대인을 기념하기 위하여 2005년 2,711개의 비석을 미로처럼 세워 만들었다고 한다. 자신들이 전쟁에서 죽인 유대인들의 영혼을 위로하기 위하여 만들었다니… 특별히 아름다운 모양의 돌도, 조각도 아니지만, 그것을 만든 마음만큼은 특별한 것 같다. 이런 것이 바로 유럽을 이끌고 세계 경제를 움직이는 독일의 힘이 아닐까 싶다. 우리의 이웃 나라와 사뭇 비교되는 것 같다.

▲ 브란덴부르크 문 앞과 뒤

오래된 철도

▲ 사람들 쉼터가 된 독일 의사당 잔디밭

　베를린 홀로코스트 메모리얼을 지나 베를린 중앙역 방향으로 걸어
갔다. 베를린 중앙역을 기준으로 베를린 장벽, 알렉산더 광장, 브란덴
부르크 문, 베를린 중앙역 이렇게 튜브 형태로 도보 투어를 한 것이다.
나름대로 최적의 코스를 택한 것 같다. 베를린 중앙역으로 걸어가는데
크고 오래된 석조 건물이 보였다. 건물 모퉁이를 돌자 수많은 사람들
이 잔디밭에서 휴식을 즐기고 있었다. 어떤 건물인가 했더니, 바로 독
일 의사당이었다. 우리나라 국회의사당에 해당하는 이곳이 통일 독일
을 이끌고 세계에서 모범적인 구성원으로서 역할을 하는 곳이다. 분단,
정쟁, 갈등을 상징하는 우리나라 국회와 분위기가 사뭇 달랐다. 물론
그들 나름대로 애환과 아쉬움, 그리고 비판도 있겠지만, 국민들이 찾아
오고 외국인이 찾아오는 의사당이었다. 의사당 앞 잔디밭은 잘 가꾸어
진 우리나라 국회의사당 잔디와 달리 사람들 발길로 여기저기 패여 있
다. 비록 아름다운 잔디밭은 포기하였지만, 국민에게 쉼터를 제공하고
국민의 마음을 얻은 곳이라는 생각이 들었다.

09

라인 강과
쾰른 대성당이 어우러진 독일
쾰른

▲ 퀼른 대성당과 나란히 있는 퀼른 역

호텔 짐 보관소에 맡겨 둔 배낭을 찾아 베를린 중앙역으로 갔다. 바르샤바에서처럼 기차 시간을 맞추기 위해 분초를 다투지 않아도 되는 날이다. 역 안에 있는 빵가게에 들러 기차에서 먹을 빵과 커피를 사서 플랫폼으로 내려갔다. 한국에서 미리 예약한 기차는 독일 첨단기차의 상징인 바로 ICE, 그리고 1등석이다. 기차표를 예약할 당시 2등석과 1등석의 가격 차이가 별로 없었다. 평생 한 번도 1등석이라는 곳을 타 본 적이 없는 내 자신에 대한 선물이라고 생각하며 1등석을 선택했다. 시베리아를 달리는 오래된 기차의 3등석 객실에서 독일 첨단 ICE 1등석으로 극과 극 체험이다.

기차가 플랫폼으로 들어오고 1등석 객실이 있는 기차 제일 앞부분으로 걸어가는데, 방금 전에 구입한 빵을 바닥에 떨어뜨렸다. 바로 줍기는 하였지만, 이미 바닥에 떨어진 빵이다. 그렇다고 떨어진 빵을 먹지 않으면 쾰른에 도착할 때까지 굶어야 한다. 1등석 손님 체면이 구겨지기는 하였지만 떨어진 빵을 주어서 아무렇지 않다는 듯 손으로 털었다.
1등석 객실에는 승객이 5명도 채 되지 않았다. 1등석 손님답게 의자를 뒤로 젖히고 창밖을 바라보며 음악을 즐기고 있었다. 2시간쯤 지났을까? 승무원이 기차표를 검사하러 왔다. 나는 당당하게 1등석 기차표를 내밀었다. 그런데 승무원은 내가 갖고 있는 것은 기차표가 아니라고 한다. 자리를 지정한 것은 맞지만, 운임이 표시되지 않은 기차표라고 한다. 따라서 1등석 운임에 해당하는 200유로를 내야 한다고 했다. 우리 돈 약 26만원을 다시 내야 한다니… 마른하늘에 날벼락 같은 말이다. 다른 기차표(쾰른-브뤼셀 구간 탈리스, 브뤼셀-런던 구간 유로스타)들을 보여주면서 이것들도 요금을 지불하지 않은 것이냐고 물었다. 승무원은 나머지 표들은 살펴보더니, 다른 것들은 요금을 지불한 것이 맞는데, 본 기차표는 요금을 지불한 것이 아니라고 했다. 내 눈으로 봐도 발권받은 기차표에 운임이 정말로 0유로로 표기되어 있다.

순간 머릿속에 독일 기차표 발권받는 방법에 대하여 상세하게 적혀 있던 설명서가 생각났다. 그 설명서에는 기차역에 설치된 발권기에서 기차표를 발권받는 방법이 복잡한 단계에 따라 설명되어 있었다. 그런데 나는 버튼 몇 개로 간단하게 기차표가 나오자 생각보다 간단하다고 생각하며, 더 이상 설명서를 보지 않고 그냥 표를 들고 돌아섰다. 아차! 싶었으나, 이미 때 늦은 후회이다. 나의 자만과 건방이 남긴 결과물이다.

결국 승무원에게 2등석 요금을 지불하고 2등석으로 가겠다고 했고, 승무원도 이에 동의했다. 신용카드로 120유로를 추가 지불했다. 큰돈이기도 하지만 나의 자만이 남긴 참 가슴 아픈 결과물이다. 요금 지불을 마치고 2등석 객실과 자리를 지정해 달라고 요청하자, 승무원은 내가 안 되어 보였는지 그냥 1등석에 앉아서 가도 좋다고 했다. 하긴 기차표를 두 번 구입했으니, 1등석 요금을 지불한 셈이기는 하다. 한국에 돌아와 최종적으로 카드명세서에 120유로가 지불된 것을 확인하고 다시 한 번 안타까웠다. 내 자리 찾기가 이렇게 힘들 줄이야.

쾰른은 시작부터 달갑지 않은 도시이다. 베를린에서 브뤼셀로만 가면 되고 반드시 쾰른을 거쳐 가지 않았어도 상관은 없었다. 룩셈부르크 또는 프랑크푸르트를 경유하여 가거나, 아니면 바로 브뤼셀로 갔다가 런던에서 여유 있는 시간을 보내는 방법 등 다른 여러 가지 대안들도 있었다. 많은 대안들 가운데 쾰른을 선택했는데, 쾰른 도착 전날까지 호텔도 예약하지 못했다. 블라디보스토크에서 베를린까지 모든 도시에서 만족스러운 호텔도 5~10만원이 넘지 않는 금액을 지불했는데, 유독 쾰른만 다른 도시의 2~3배 요금이다. 숙박 전날까지 버티고 버티다가 더 이상 미룰 수 없어 약 15만원을 지불하고 허름한 호텔을 예약했다. 그리고 마지막으로 기차에서 가슴 아픈 120유로를 지불함으로써 쾰른에 대한 부정적 인상은 정점을 찍게 되었다.

많은 경유지 대안들 가운데 쾰른을 선택한 이유는 아주 오래전 중학교 1학년 사회 수업시간의 기억 때문이다. 중학교에 입학하여 첫 사회 수업시간에 사회선생님은 다른 선생님들과는 달리 교과서 제일 앞부분 컬러사진부터 설명하셨다. 당시 교과서에는 제일 앞부분에 3~4장 정도 매끄러운 종이에 컬러사진이 실려 있었다. 그때 그 종이에 컬러로 인쇄되어 있던 사진 가운데 하나가 거대한 쾰른 대성당이다. 사회선생님께서는 유럽여행을 상상도 하지 못하던 시절에 독일 쾰른이라는 지역에 있는 대성당에 대하여 설명해 주시며, 나중에 여러분이 어른이 되면 가볼 수 있을지도 모른다는 희망을 심어주셨다. 그 생생한 기억을 찾아 많은 대안 중에서 선택한 것이다.

　쾰른을 선택한 의도와 다르게 도착하기 전부터 쌓이게 된 부정적인 이미지는, 기차가 라인 강 철교를 건너가기 시작하면서 급격하게 사라지기 시작했다. 라인 강 철교 끝에 자리 잡은 쾰른 역에 도착하는 순간 왼쪽에 거대한 검은 무언가가 모습을 드러웠다. 마치 영화에서 보면 거대한 UFO나 공룡이 나타나 그림자를 드리우면 주변 사람들은 움직이지도 못한 채 어두운 그림자를 멍하니 바라볼 수밖에 없듯이, 거대한 것이 나에게 다가왔다. 바로 어마어마한 규모의 쾰른 대성당이다. 또한 쾰른 역은 주변과 아름답게 조화를 이루고 있다. 라인 강변에 거대한 아치를 그린 철교가 있고, 철교 끝 부분에 역 전체가 거대한 유리로 되어 있다.

쾰른 역 플랫폼에서 내려오자 지하 통로는 대성당 입구까지 바로 연결되었다. 쾰른 역과 대성당 사이에는 2~3층 높이의 스탠드 계단이 펼쳐지고 계단 위에 대성당이 있었다. 대성당 규모가 어마어마해서 성당 전체가 카메라에 한 번에 잡히지 않는다. 또한 특별한 축제를 하고 있었던 날도 아닌 것 같은데, 쾰른은 역에서부터 축제 분위기 그 자체였다. 쾰른 대성당과 라인 강, 철교와 기차역이 환상의 조합을 이루고 있었고, 행복하고 즐거워하는 사람들로 분위기는 무르익어 있었다.

이런 것이 여행의 맛

대성당을 가로질러 호텔에 체크인하러 갔다. 호텔에서 편안한 잠을 자고 쉬기 위해 온 여행은 아니지만, (예카테린부르크에서 호텔과 함께)유라시아 횡단 중에 숙박했던 호텔 가운데 가장 열악했다. 유일하게 만족스러운 점이라고 한다면 대성당이 도보 1~2분 거리에 있다는 것이다.

호텔 밖으로 나왔을 때는 어느덧 저녁 8시가 다되어 해가 뉘엿뉘엿 서쪽 하늘로 넘어가기 시작했다. 시간이 흐를수록 쾰른 야경의 가치는 점점 더 올라가고 있었다. 철교를 건널 때쯤에는 이미 백만불 정도 되는 가치의 야경이 된 지 오래이다. 전 세계 유명한 각 도시마다 나름대로 멋진 야경이 있지만 라인 강 철교에서 바라본 야경도 세계 어느 도시의 야경과 견주어도 결코 뒤지지 않을 만큼 아름답다.

오래된 철도

▲ 석양이 지는 쾰른 역 철길과 쾰른 대성당

▲ 라인 강 철교에 채워져 있는 자물쇠
▼ 라인 강 반대편에서 바라본 쾰른 야경

오래된 철도

사람들을 따라 라인 강 철교를 건너갔다. 철교 위에는 지키고 싶은 약속이 얼마나 많은지 수많은 자물쇠가 빈틈없이 빼곡하게 매달려 있다. 철교에는 더 이상 자물쇠를 채울 자리가 없어서, 철교에 채워진 자물쇠 위에 다시 자물쇠가 열매 맺은 듯 줄줄이 채워진 곳도 있다. 철교를 건너 라인 강 반대편에서 바라본 쾰른 역과 대성당 야경은 단언컨대 최고이다. 오랜 횡단 끝에 이곳까지 온 나를 환영하듯 불꽃놀이도 펼쳐졌다. 아무리 멋진 글을 쓴다고 하더라도 단 몇 줄의 글로 쾰른 야경의 아름다움을 표현하기에는 표현의 한계에 부딪히는 것 같다.

밤 10시가 넘어 다시 철교를 건넜다. 쾰른 역 지하에 있는 대형 슈퍼마켓에서 닭다리와 맥주, 그리고 아침에 먹을 빵을 샀다. 다른 사람들처럼 쾰른 역과 대성당 사이에 있는 스탠드에 앉아 맥주를 마시며 닭다리를 뜯기 시작했다. 기차를 타고 집으로 돌아가기 위해 역으로 분주하게 들어가는 사람, 스탠드에 앉아서 밤 분위기를 즐기는 사람, 대성당 주변을 돌아다니며 사진 찍는 사람 등 다들 제각각 서로에 대해 아무도 신경 쓰지 않고 마음껏 자유를 누린다. 비록 길거리에서 먹는 음식이지만, 멋진 야경이라는 최고의 양념이 가미된 것 같았다.

호텔로 돌아왔을 때는 이미 자정에 가까운 늦은 밤이었다. 허름하고 값비싼 호텔에 대하여 불만이 많았는데, 창밖을 바라보는 순간 불만스러운 마음 상당 부분이 사그라졌다. 창밖에는 손에 잡힐 것 같은 쾰른 대성당이 이제 섭섭한 마음을 그만 가지라는 듯이 나를 위하여 환한 불빛을 발하고 있었다. 그날 쾰른에서의 밤은 대학교 축제 마지막 날 같은 열기와 아쉬움이 가득했다.

지난밤 늦게 잠자리에 들었음에도 불구하고 아침 일찍 일어났다. 쾰른 역에서 샀던 빵으로 간단히 아침식사를 마치고 거리로 나왔다. 시곗바늘은 9시를 향해 달려가는데, 거리는 축제가 끝난 아침처럼 고요하고 조용했다. 단지 거리를 청소하는 사람과 쾰른을 떠나기 위해 역으로 향하는 사람만이 적막을 깨울 뿐이다. 전날은 해 질 녘쯤 쾰른에 도착했기에 미처 보지 못한 낮의 모습을 보기 위해 다시 라인 강 철교로 갔다. 지난밤에는 유람선들이 반짝이는 불빛을 뿜내며 강 위를 유유히 거닐더니, 낮에는 화물을 실은 배 몇 척이 급하게 라인 강을 거슬러 올라가고 있다.

여행을 가면 날짜에 대하여는 관심을 갖고 정확하게 기억하지만, 요일에 대하여는 민감하게 기억하려고 노력하지는 않는다. 쾰른 대성당 앞을 지나갈 때 미사가 한참인 것을 보고 나서야 지난밤은 토요일이고, 오늘은 일요일이란 것을 알았다. 어제 저녁의 축제 분위기와 오늘 아침의 고요한 분위기가 이해가 되었다.

성당 내부는 물론 미사까지 직접 참석해 볼 수 있는 운수 좋은 날이 된 것이다. 나의 종교는 기독교이지만, 천주교 재단에서 설립한 초등학교를 다니면서 미사에 참석한 경험이 몇 번 있다. 그러나 여행을 하면서 많은 성당에 가 보았지만 직접 미사에 참석해 본 것은 쾰른 대성당과 페루 쿠스코 대성당이 유일하다. 성당 안에 들어서자 관광객 일부는 직접 미사를 드리고 일부는 조용히 뒤에서 미사를 지켜보고 있었다. 나도 뒤에 서서 성당과 미사를 번갈아 바라보았다.

▲ 조용한 일요일 아침 쾰른 시내

10

초콜릿과 와플의 나라 벨기에
브뤼셀

▲ 런던으로 향하는 유로스타를 타는 브뤼셀 미드 역 플랫폼

어제처럼 오늘도 다시 기차역 플랫폼에 섰다. 이제 쾰른을 떠나면 여행의 팔부능선을 넘어 점점 횡단여행의 종착지로 향한다. 횡단을 선택한 사람으로서 기차역 플랫폼에 서는 것은 어쩌면 숙명처럼 너무도 당연한 일상이 되어 버렸다. 또 너무도 익숙한 것이 되었다.

다가오는 기차를 기다리며 조금은 두려운 생각도 들었다. 탈리스 비즈니스 좌석을 35유로(국내 예약수수료 7유로 포함 42유로)라는 생각보다 저렴한 금액으로 예약했기 때문이다. 베를린에서 쾰른으로 향하는 기차에서 추가 요금 지불이라는 달갑지 않은 경험이 되풀이되지 않으란 법이 없다. 다만, 어제 추가요금을 징수한 ICE 승무원이 ICE는 요금이 포함되지 않았으나 탈리스는 요금이 포함된 것이라고 했고, 쾰른에서 브뤼셀까지는 거리가 짧으니 추가 요금을 지불하게 되더라도 어제 추가 지불한 요금의 절반 수준이라는 등 기차를 기다리며 끊임없이 나 자신을 합리화하기 위한 논리를 만들어냈다.

기차에 오르면서 일부러 승무원에게 자리를 안내해 달라고 표를 보여 주었는데, 승무원은 기차표를 보고 특별한 이야기 없이 친절하게 자리를 안내해 준다. 탈리스 비즈니스 좌석은 ICE 1등석만큼은 아니지만 편안했다. 추가 요금을 지불하더라도 어쩔 수 없다고 각오하고 있는 터라 담담하게 자리에 앉았다. 잠시 후 검표하는 승무원이 지나갔으나, 기차표를 보고서도 아무 말도 하지 않는다. 그제야 머릿속 근심이 사라졌다.

쾰른을 출발한 기차가 30분쯤 지나 아직 독일 국경을 빠져나가지 않았을 때이다. 승무원이 기내식을 카트에 담아 손님들에게 제공하기 시작했다. 잠시 후 승무원은 내 자리까지 왔고 나에게도 식사를 하겠느냐고 물었다. 생각보다 훌륭한 식사인 것 같고 아직까지 기차에서 제공하는 기내식을 먹어 본 경험이 없었기에 승무원에게 가격이 얼마인지 물어보았다. 승무원은 "business free"라고 가볍게 답변했다. 배는 그다지 고프지 않았지만, 공짜는 줄 때 먹어야 한다. 커피까지 제공되는 비행기 기내식보다도 훌륭한 식사였다.

식사를 마치고 창밖의 망중한을 즐기고 있을 무렵, 어느덧 기차는 브뤼셀 시내에 접어들었다. 이윽고 2006년 첫 유럽여행에서 각별한 추억을 남긴 브뤼셀 센트럴 역을 지나간다.*

머릿속을 스쳐지나가는 11년 전 기억에 감개무량하다. 브뤼셀에 온 것은 유로스타를 타기 위한 목적도 있었지만, 11년 전 추억을 찾아보고 싶기도 했다. 추억 속에 잠길 무렵 기차는 브뤼셀 미드(Bruxelles-Midi) 역 플랫폼에 도착했다. 브뤼셀 미드 역은 내일 런던으로 가는 유로스타를 타는 곳이기도 하다.

---

* 2006년에는 학교 도서관에서 『이지유럽』이라는 여행안내 책 하나 빌려서 무작정 첫 유럽여행을 떠났다. 9월 초 암스테르담 스키폴 공항에 도착했는데, 비행기에서 내리자마자 때 이른 추위를 만났다. 나는 반팔을 입고 있는데, 다른 사람들은 패딩까지 입고 있었다. 게다가 어쩌다 보니 대중교통 시스템을 이해하지 못하고 기차에 무임승차까지 하게 되어 곤혹을 치렀다.
스키폴 공항에서 암스테르담과 헤이그를 거쳐 집시처럼 흐르고 흘러 브뤼셀까지 오게 되었다. 네덜란드와 달리 브뤼셀 센트럴 역 플랫폼에 내려서자 온화하게 풍겨오는 따뜻한 온기에 '이제 살았구나.'라는 생각이 들었다.

11년 전 추억 찾기

　브뤼셀에서 숙소는 미드 역 바로 앞에 있는 이비스 호텔이다. 다음 날 새벽 6시 56분에 런던으로 가는 유로스타를 타기 위해서는 6시까지 역에 도착해야 한다. 새벽에 역으로 오는 가장 쉬운 방법은 역에서 가장 가까운 곳에 숙소를 잡는 것이다. 그러면 배낭을 메고 돌아다녀야 하는 거리도 짧아지게 된다. 호텔 체크인을 마치고 추억 찾기에 혈안이 된 사람처럼 11년 전 추억을 찾아 나섰다.

　첫 추억 찾기 장소는 '그랑플라스'이다. 호텔이 있는 브뤼셀 미드 역에서 브뤼셀의 중심이라고 할 수 있는 그랑플라스까지는 도보 30분 정도로 그리 멀지 않은 거리에 있다. 여행을 다니기 시작하면서 노래방 화면에 나오는 여행지를 완전정복하는 것이 목표이기도 한 적이 있다. 브뤼셀에 다녀간 이후 노래방 화면에 그랑플라스가 배경으로 나올 때면 2006년 여행의 추억을 떠올리기도 했다.

　2006년 9월 브뤼셀 센트럴 역에 도착해서 지도를 보며 유스호스텔 도미토리를 찾아갔다. 지금 생각해 보면 참으로 무모했던 첫 여행이었던 것 같다. 다음 날 아침 유스호스텔에 마련된 공용 컴퓨터에서 고생스런 첫 유럽여행 사진을 자랑처럼 싸이월드 개인 홈페이지에 올렸다. 그리고 배낭을 메고 브뤼셀 중심 그랑플라스를 찾아 나섰다. 골목이 많은 길을 여행안내 책에 있는 작은 지도를 보며 찾아가다 보니 그랑플라스가 어딘지 한참을 찾았다. 그렇게 헤매다가 어느 골목 끝자락에서 눈 앞에 펼쳐진 멋진 모습에 놀랐다.

▲ 그랑플라스 광장과 백조의 집

그랑플라스로 들어서는 7개의 골목 가운데 어느 골목이었는지 정확하게는 기억이 나지 않는다. 다만 그때 눈앞에 처음으로 펼쳐졌던 그랑플라스 첫인상을 생각할 때 아마도 시청을 등지고 10시 방향(브뤼셀 증권거래소에서 들어오는 쪽)에 있는 골목이 아닐까 생각한다. 그때 그 기억과 표정, 그리고 느낌까지 생생히 되살아났다.

두 번째 추억 찾기 장소는 브뤼셀에서 묵었던 유스호스텔을 찾아가는 것이다. 그때 다녀간 유스호스텔이 정확히 어디였는지 기억은 나지 않는다. 대충 기억나는 것들을 생각해냈다. 그랑플라스에서 도보 20~30분 이내 거리에 있었고, 오른쪽 멀지 않은 곳에서 기차 소리가 들렸고, 낮은 2~3층 건물에, 유스호스텔 앞 방향에 있는 오르막에서 아이들이 스케이트보드를 타고 있었다.

구글 지도에서 브뤼셀에 있는 모든 유스호스텔들을 검색하고, 기준에 따라 선별하기 시작했다. 가장 큰 기준은 기찻길에서 멀지 않은 곳에 있는 유스호스텔이어야 한다. 그리고 건물 모양이 내 기억과 비슷해야 했다. 구글 지도에 있는 위치와 사진을 보며 한참을 고민하다가 최종적으로 11년 전 간 곳으로 추정되는 유스호스텔을 선택했다. 확신은 없었지만 그랑플라스에서 도보 30분 정도 거리에 있는 곳까지 기꺼이 찾아갔다.

그러나 그곳은 11년 전 내가 하루를 묵었던 곳이 아닌 것 같다는 생각에 한숨지으며 돌아섰다. 마치 전설의 고향에서처럼 과거시험을 보기 위하여 한양에 가다가 길을 잃었던 젊은 선비 같다. 선비가 십 년 이상 시간이 흐른 뒤 고향으로 돌아가면서 산속에서 자신을 하룻밤 재워주었던 민가를 찾아갔으나, 세월의 무상함과 기억의 흐릿함에 찾지 못하고 한숨지으며 돌아서는 것처럼 말이다.

오래된 철도

▲ 브뤼셀 센트럴 역

　세 번째 추억 찾기 장소는 브뤼셀 센트럴 역이다. 2006년 가장 먼저 도착한 곳이기도 했지만, 유스호스텔을 찾아보고 오는 길에 마지막으로 갔다. 플랫폼에서 역사 계단을 올라오면서 느꼈던 따스함이 아직도 생생하게 느껴진다. 또한 계단과 역 주변에 가득했던 노숙자들 모습이 아직도 눈에 생생하다. 그러나 2016년 브뤼셀에 테러가 발생한 이후 센트럴 역에는 군인과 무장한 경찰들의 경계가 삼엄해졌고, 역내 노숙자도 없어졌다.

　유럽이 테러에 대한 공포를 느끼는 것은 어쩌면 당연한 것일지도 모른다. 11년 전 유럽에 왔을 때 사람들은 대부분 백인과 흑인이었다. 그러나 지금은 백인과 흑인 외 상당수 난민 등 이주민(북아프리카, 시리아 등)이 함께 살고 있다. 난민과 이주민은 날씨가 비교적 좋지 않은 베를린이나, 일자리가 상대적으로 적은 바르샤바에서는 많이 보지 못했으나,

브뤼셀(마지막에 잠시 들르는 파리 포함)에서는 거리에서 무서움을 느낄 정도로 많았다.[30] 이러한 사람들 가운데 일부 잘못된 생각을 가진 사람들에 의하여 테러가 일어나니, 사람들이 공포심을 가질 수밖에 없을 것이다.

11년 후 추억 만들기

뉴욕, LA, 런던, 파리, 북경, 상해, 도쿄 등 세계적인 대도시는 이미 두세 번씩 다녀봤다. 그러나 앞으로 남은 생을 살아가면서 브뤼셀에 또 올 수 있을지는 모르겠다. 하긴 11년 전 그때도 다시 브뤼셀에 올 것이라고는 생각하지 못했다. 만약 내가 몇 년 혹은 몇십 년이 지나고 다시 이곳을 찾아온다면 무엇을 생각할까?

왜 그랬는지 잘 기억은 나지 않지만 11년 전에는 오줌싸개 동상을 보지 못하고 지나쳤다. 뒤늦게 오줌싸개 소년을 보지 못한 것을 인지하고 돌아가려고 했지만 이미 너무 멀리 가 버린 뒤라서 포기했었다. 그때 지나쳐버린 한을 풀기 위하여, 이번에는 그랑플라스로 돌아온 후 오줌싸개 동상부터 찾아갔다. 그리고 기념품 가게에 들러서도 집에 가지고 갈 오줌싸개 동상을 하나 샀다.

---

30) 내가 느끼는 무서움은 사람 자체에 대한 무서움도 일부 있지만, 그것보다는 11년 만에 도시를 구성하는 사람이 바뀌었다는 점이다. 우리가 사는 서울이 공존을 넘어 11년 후 거리의 상당 부분을 다른 나라 사람들이 채우고 있다고 생각하면 그리 유쾌한 상상만은 아닐 것이다.

오래된 철도

▲ 와플을 광고하는 오줌싸개 소년
▶ 벨기에 와플가게

　벨기에 하면 떠오르는 것 중 하나가 와플이라기에 평소에는 여행하면서 하지 않았던 맛있는 현지 음식 먹기도 해봤다. 사람들이 가장 많이 줄을 서 있는 와플가게에 줄을 섰다. 한국 사람들이 많이 오는지 친절하게 한글로 "여기 최저 가격"이라고 쓰여 있다. 하늘색 오줌싸개 소년이 와플과 1유로라는 가격표까지 들고 서 있다. 기본 와플 가격은 1유로였지만 와플의 본고장에 왔으니 제일 비싸고 맛있는 와플로 주문했다. 브뤼셀에서 먹어 본 와플에 대한 기억이 오랫동안 머릿속에 남을 수 있도록.

한참을 그랑플라스 시청 맞은편에 걸터앉아 망중한을 즐기다가 해가 서쪽으로 넘어가고 한참 후 일어섰다. 내일 새벽에 늦잠을 자는 실수를 하지 않아야 하고, 런던과 파리를 거쳐 밤에는 귀국하는 비행기를 타야 하기 때문에 잘 쉬어야 한다. 또한 집으로 돌아갈 배낭도 기념품들이 깨지지 않도록 잘 꾸려야 한다. 그랑플라스에서 미드 역 방향으로 걸어가는 길에는 흑인과 난민들이 무리지어 어두운 밤거리를 돌아다니고 있었다. 조금은 무서운 마음이 들어 가장 도로 쪽 인도로 붙어서 걸어왔다. 유라시아 횡단의 마지막 밤을 자축하기 위하여 맥주도 하나 샀다. 호텔에 돌아와서 샤워를 하고 각 층에 놓여 있는 다림판으로 갔다. 깔끔한 모습으로 유라시아 횡단 종착지인 런던에 도착하기 위해서 배낭에 오랫동안 넣어왔던 셔츠와 바지를 정성스레 다림질했다.

오래된 철도

▲ 행운을 불러오는 조각상. 동상을 쓰다듬으면 행운이 온다고 한다

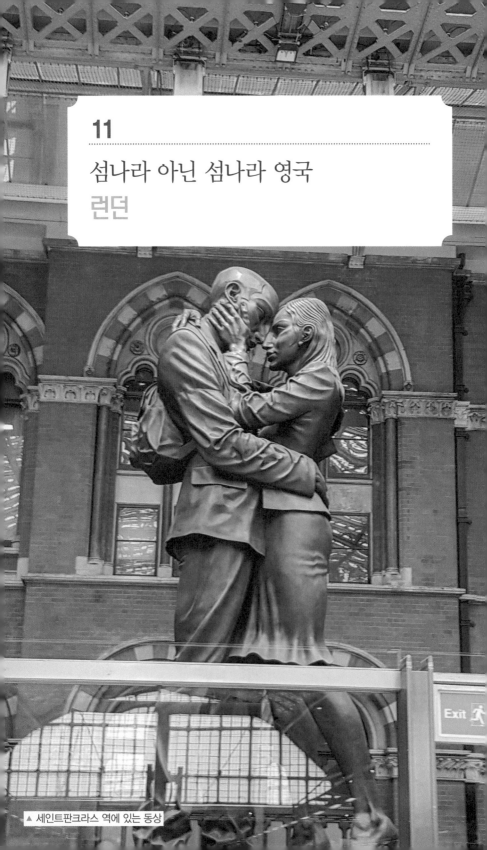

11

섬나라 아닌 섬나라 영국

런던

▲ 세인트판크라스 역에 있는 동상

유라시아 대륙 횡단 종착지로

브뤼셀에서 유라시아 횡단 마지막 종착지로 향하는 날이 밝았다. 이른 새벽 호텔 로비에 있는 레스토랑에서 한국에서부터 갖고 온 마지막 컵라면에 뜨거운 물을 부었다. 어젯밤 정성스레 다림질한 옷을 입고 신성한 의식을 치르는 사람처럼 미드 역으로 향했다. 새벽 6시가 조금 넘은 시간이지만, 이미 입국심사대 앞 사람들이 줄을 길게 늘어섰다. 역에서 영국 입국심사까지 모두 마쳐야 유로스타 탑승이 가능하다.

2003년 '유럽문화답사기행'이라는 부산외대 김택모 교수님 강의에서 유로스타가 시험 문제로 나왔다. "영국이 섬나라이지만 사실상 배나 비행기를 타지 않고 갈 수 있는 대륙과 같은 나라가 되었다. 파리와 브뤼셀에서 출발하여 프랑스 릴(Lille)에서 만나 도버해협의 해저터널을 지나 런던으로 가는 기차의 이름은 무엇인가?" 정답은 바로 유로스타이다. 영국은 섬나라이지만 유로스타로 대륙과 같은 나라가 되었고, 우리나라는 섬나라가 아니지만 남북 분단으로 인하여 섬나라가 되었다. 영국에서는 비행기나 배를 타지 않고 프랑스나 벨기에로 갈 수 있지만, 우리나라에서는 비행기나 배를 타지 않고서는 베이징이나 블라디보스토크에 갈 수 없다. 하느님이 우리나라에게 더 훌륭한 환경 조건을 만들어 주셨음에도 불구하고 말이다.

이른 새벽시간 기차라서 그런지 빈자리가 많았다. 특별한 목적이 없다면 새벽 6시까지 역으로 와서 기차를 탄다는 것은 매우 번거로운 일이다. 브뤼셀을 출발한 유로스타는 밤비에 물안개 피어오르는 평원을 달려 프랑스 릴(Lille)에 도착했다. 릴에서 잠시 숨 고르기를 한 유로스

타는 도보해협을 향해 달려갔다. 구글 지도에 위치 표시가 유로터널
(Euro tunnel)이라고 표시된 칼레를 마지막으로 사라졌다. 잠시 후 도버해
협을 건너 도버 남쪽에서 다시 나타나기 시작했다. 그리고는 종착지인
런던을 향해 혼신의 힘을 다하듯 달려갔다.

잠시 후 기차는 마지막 종착지 런던 세인트판크라스(St Pancras
International) 역에 도착했다. 드디어 지구에서 가장 큰 대륙을 횡단해서
도착하는 순간이다. 시베리아 횡단여행을 마치고 모스크바 카잔 역에
도착했을 때처럼, 유럽 횡단을 마치고 런던 세인트판크라스에 도착했
을 때도 말로 형용할 수 없는 뿌듯함을 선물로 받았다. 세인트판크라
스 역 플랫폼 가장 안쪽에는 남자와 여자가 만나는 모습의 동상이 서
있다. 유로스타를 타고 도착하는 남자를 여자가 마중 나와 서로 포옹
하는 모습의 동상이다.

그들만 만나랴?

블라디보스토크에서 동생 원구의 작별을 받으며 출발한 여행의 마
지막 종착지 런던에는 또 다른 동생이 나를 기다리고 있었다. 바로 스
포츠조선 신문사에서 축구 전문기자로 서울에서 근무하다가 런던에서
근무하고 있는 기자 '이건'이다.

대학교 재학 중 남들 다 하는 고시공부는 하지 않고 축구에 광적으
로 빠져있던 두 사람이 있었다. 한 명은 '김전진'이라는 나보다 한 살 많
은 형이고, 다른 한 명은 '이건'이라는 두 살 아래 동생이다. 둘 다 축

구를 광적으로 좋아했지만, 실제로 축구를 하는 것을 본 사람은 아무도 없다고 한다. 정확히 말하자면 축구에 빠진 것이 아니라 축구응원에 빠져 있었다고 보는 것이 더 맞을 것이다. 그런데 2002년 한·일 월드컵이 시작되기 바로 직전 건이는 소리 없이 사라졌다. 나중에 알게 된 사실에 의하면 다른 친구에게 비디오테이프 60여 개를 맡기고 군대에 입대했다고 한다. 훈련소에서 한·일 월드컵도 보지 못하고 훈련을 받았을 모습이 안쓰럽기도 했지만, 그 열정이 결국 우리나라 최고 축구 전문기자로 확실하게 자리매김하게 한 것 같다.

런던에 도착했을 때는 아침 8시 출근시간이었다. 밤새 내리던 비는 다행히 그쳤지만 찬바람에 몸이 움츠러드는 쌀쌀한 아침이었다. 세인트판크라스 역을 나가자 건이가 기다리고 있었다. 런던 외곽에 사는 건이는 나를 만나기 위해 평소 출근시간보다 더 일찍 일어나서 역으로 마중 나왔다고 한다. 몇 년 만에 건이를 다시 만난 것인지조차 기억이 잘 나지 않는다. 서로 어떻게 지내는지 이런저런 이야기를 나누며 트라팔가 광장 방향으로 걸어왔다. 트라팔가 광장 주변은 런던 중심이기도 하지만, 광장 뒤에서는 히스로 공항으로 가는 피카딜리(Piccadilly) 라인 전철을 탈 수 있다. 건이는 2018년 러시아 월드컵 취재를 위해 내가 여행한 러시아 도시들을 가봐야 한다며 이곳저곳에 대해 물어보았다.

비교적 최근인 2년 전에도 런던에 왔었기 때문에 런던에서는 더 보려고 애쓰지는 않았다. 물론 애쓴다고 해도 달라질 것이 별로 없었다. 차라리 나를 만나기 위해 새벽에 일어나서 아침식사를 굶고 역까지 마중 나온 건이와 따뜻한 커피 한잔 나누는 것이 더 보람 있다고 생각했다. 건이가 가끔 간다는 커피숍에 들러 샌드위치와 따뜻한 커피를 함께 했다.

얼마 이야기를 나누지도 않았는데, 시간은 쏘아 놓은 화살처럼 빠르게 지나가버렸다. 11시 50분 런던 히스로 공항에서 비행기를 타기 위해서는 아무리 늦어도 9시 30분에서 10시 사이에는 출발해야 한다. 건이는 런던에서 기자 생활을 하면서 많은 사람들이 방문했지만, 이렇게 짧은 시간 동안 방문하고 떠나는 사람은 내가 처음이라며 아쉬움을 표했다. 피카딜리 서커스 역(Piccadilly Circus Station)에서 두 시간도 되지 않는 짧은 만남을 아쉬워하며 작별을 했다.

마지막 보너스 파리

런던에서 인천으로 직접 들어오는 직항 항공권은 5월 초 연휴기간과 겹쳐서 가격이 매우 비쌌다. 그런 와중에 에어프랑스 항공으로 런던에서 파리를 경유하여, 대한항공으로 인천까지 오는 항공권을 비싸지 않은 가격에 예약할 수 있었다. 오히려 잘 되었다 싶었다. 파리에 오후 2시 10분 도착해서, 밤 9시 인천으로 출발하는 비행기를 탑승하기까지 시간이 촉박하기는 하지만 에펠탑과 개선문 정도는 보고 공항으로 돌아올 수 있는 시간이다. 파리 역시 브뤼셀처럼 11년 만에 다시 찾는 곳이기도 하다.

런던 히스로 공항에 도착하여 에어프랑스 카운터에서 파리행 수속을 마쳤다. 배낭은 파리에서 수하물을 찾지 않아도 되도록 런던에서 바로 인천까지 보냈다. 그러나 파리 드골공항에 도착하여 다시 EU 입국 수속을 하느라 생각보다 시간이 지체되었다.

오래된 철도

▲ 노트르담 성당

▲ 에펠탑

▲ 루브르 박물관

프랑스 파리는 유럽의 심장과 같은 도시 중 하나이다. 유럽에 반드시 백인만 살아야 하는 것은 아니지만, 공항에서 도심으로 향하는 전철 안에 백인이 없다. 내가 유럽에 온 것이 맞는가 싶을 정도이다. 흑인, 난민, 그리고 나와 같은 여행자가 승객의 전부였다. 11년 전 파리에 처음 왔을 때와는 완전히 도시 사람들이 달라졌다. 테러에 대비하고 치안을 바로 잡기 위하여 경찰도 많아졌다. 에펠탑 근처에서 아무 생각 없이 길을 가고 있는데 갑자기 메뚜기 떼 뛰듯이 후다닥거리는 소리가 났다. 길거리에서 에펠탑 모형을 팔고 있던 흑인들이 경찰 단속을 피해 보자기를 들고 도망가고, 경찰이 쫓아가는 소리였다. 이것도 참 진풍경이다. 사람들은 에펠탑보다 경찰 단속을 구경한다. 길 건너편 흑인들은 도망가지는 않았지만 다음은 자신일지 모른다는 생각 때문인지 경계심을 늦추지 않는다.

노트르담 성당을 시작으로 퐁네프 다리, 루브르 박물관, 콩코드 광장, 샹젤리제 거리, 개선문 그리고 에펠탑까지 파리에서 허락된 3시간 동안 그냥 하염없이 산책하듯 걸었다. 해가 지기 전까지 걸어서 돌아다닌 땅을 자신에게 주겠다는 약속을 받고 땅을 벌기 위해 죽을 때까지 걸었다가 정말 죽은, 톨스토이 소설『사람에겐 얼마만큼의 땅이 필요한가』의 주인공 바흠처럼 말이다. 샹젤리제 거리에서 화장실에 들어갔다가 다시 나왔다. 명품화장실이라고 한 번 이용하는데 비용이 2유로이다. 아무리 명품 화장실이라지만 소변 보는데 우리 돈 3천 원을 낼 수는 없다. 그냥 참았는데 결국 드골 공항에 도착할 때까지 화장실을 가지 못하고 참아야 했다.

오래된 철도

▲ 한국으로 돌아오는 비행기

해 질 무렵 에펠탑을 마지막으로 전철을 타고 다시 드골 공항으로 향했다. 드골 공항에 도착했을 때 파리는 이미 깊은 밤에 빠져들어 있었다. 보딩을 마치고 대한항공 탑승 게이트로 가자 하늘색 돌고래처럼 생긴 대한항공 A380 비행기가 기다리고 있었다. 비행기에 탑승하며 그렇게 나의 두 번째 유럽 횡단여행도 마무리되었다.

Ⅲ 유럽 횡단 정리

　시베리아 횡단에 이어 유럽 횡단까지 마침으로써 유라시아 대륙 횡단여행을 완성하게 되었다. 유럽 횡단도 고생스럽기는 마찬가지였지만, 시베리아 횡단 그리고 나중에 여행하는 동 시베리아·몽골 횡단과 비교하면 횡단 구간도 상대적으로 짧고 어려움이 적었던 여행이었다. 그리고 여행의 출발과 도착 그리고 중간에 형과 동생을 만났기 때문에 외로움도 덜했던 것 같다.

　철도가 만들어지기 이전부터 사람들은 초원길, 실크로드(사막길), 바닷길 등 동과 서를 잇는 수많은 길을 통하여 문물을 교류하여 왔다. 이처럼 우리나라도 통일된다면 서울역에서 기차를 타고 모스크바, 베를린을 넘어 런던까지 갈 수 있을 것이며 서로에 대한 교류를 통하여 좀 더 나은 미래를 만들어 갈 수 있을 것이다. 하지만 아직도 통일은 요원해 보이기에 유로스타로 연결된, 섬나라이지만 섬나라가 아닌 것 같은 영국과 휴전선으로 분단되어 섬나라가 아니지만 섬나라 같은 우리나라 모습이 사뭇 비교된다.

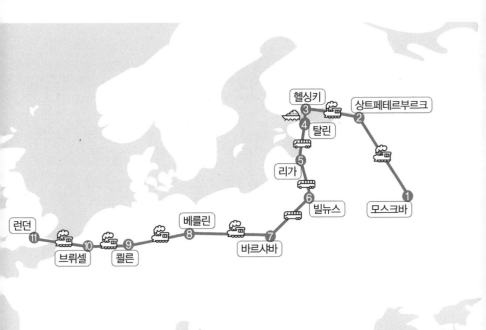

▲ 유럽 횡단 경로

기차는 언제나 묵묵한 기다림을 가르쳐준다.

하루 종일 서쪽으로 달려가더라도 쉬어 갈 생각조차 하지 않는다.

그리고 어느 순간 쉬어 가야 할 순간에는 역이 아닌 곳에서도

한 시간이 넘도록 미동도 없다.

오페라 또는 뮤지컬 공연이 시작하기 전 무대에 있던 장막이 걷히듯,

별똥별이 떨어지면서 하늘에 있던 구름 장막이 서서히 걷혔다.

별똥별이 무대에서 공연 시작을 알리는 조명처럼 비춰지자,

하늘은 구름을 걷어내고 나를 별들의 세상으로 안내했다.

4장

동 시베리아·몽골 횡단
− 하바롭스크에서 베이징까지

Ⅰ 동 시베리아·몽골 횡단 준비

동 시베리아·몽골 횡단 일정 만들기

유라시아 대륙 횡단을 한 뒤 가장 마음에 남았던 것은 2016년 시베리아 횡단 때 시간 부족으로 동 시베리아[31] 일부 구간을 비행기로 이동한 것이다. 한정된 휴가 일수에 맞추기 위한 어쩔 수 없는 선택이기는 하였지만, 스스로에게 유라시아 대륙 횡단을 완벽하게 마무리했다고 말할 수가 없었다. 2017년 12월 눈 내린 겨울 시베리아 남은 구간을 다녀오고자 하였으나, 결국 실행에 옮기지 못했다. 겨울에는 이르쿠츠크에서 한국으로 돌아오는 비행기 직항편이 운항하지 않아 중국이나 러시아 다른 도시를 경유하여 귀국해야 했고, 기차 운행편도 효율적으로 잘 연결이 되지 않았다. 아무리 고민해도 주말을 포함하여 5일 동안 다녀오기에는 불가능했다.

---

31) 동 시베리아와 서 시베리아를 나누는 기준은 이르쿠츠크와 노보시비르스크 가운데 크라스노야르스크를 흐르는 예니세이 강이다. 이 글에서는 정확한 지리적 시베리아 기준 보다는 나의 여행 기준에 맞추어 극동지구를 포함한 바이칼호수 동쪽의 시베리아와 바이칼호수 서쪽 시베리아를 구별하는 의미 정도로 사용하고자 한다.

2018년 새해가 밝아 오면서 남한과 북한 사이에 화해 분위기가 싹 트기 시작했다. 그리고 서울에서 육로로 유럽까지 갈 수 있는 철도들 (TSR, TCR, TMGR, TMR)에 대한 관심도 높아졌다. '만약 기차로 북한을 지나갈 수 있다면, 그리고 북한을 지나가는 첫 기차를 내가 탄다면, 나는 서울에서 런던까지 가장 먼저 횡단을 한 사람이 되지 않을까?'라는 엉뚱한 생각까지 하게 되었다. 비행기로 이동한 동 시베리아 짧은 구간 때문에 평생 마음의 짐을 남기는 것보다 차라리 2018년에는 어떠한 희생을 각오하고서라도 다녀오고야 말겠다는 결심을 하게 되었다.

2018년 여름휴가 일정을 계획하면서 동 시베리아만 다녀오는 것에 대하여 무엇인가 아쉬운 생각이 들었다. 이미 하바롭스크와 이르쿠츠크는 다녀왔고, 단지 두 도시 사이를 기차만 타고 와야 한다면 1년을 기다려온 휴가를 사용하기에는 무엇인가 아깝다는 생각이 들었다. 블라디보스토크에서 며칠 쉬었다가 올까도 생각해 보고, 기차를 타는 김에 블라디보스토크에서 모스크바까지 한 번에 끝까지 논스톱으로 다녀와 볼까도 생각했다.

침대에 누워 방에 걸린 세계지도를 보며 며칠 동안 이런 생각 저런 생각을 했다. 그러다가 갑자기 실크로드 횡단철도(중국 횡단철도 : TCR)를 탔던 경험이 떠올랐다. 시베리아 횡단철도(TSR)를 마무리하기 위해 떠나기로 결심했다면, 몽골 횡단철도(TMGR)까지 완벽하게 마무리하면 어떨까 하는 생각이 들었다. 그렇게 한다면 중국대륙(실크로드) 횡단, 시베리아 횡단, 유럽 횡단, 그리고 몽골 횡단까지, 유라시아 대륙을 잇는 오래된 대륙 횡단철도 여행을 마무리 할 수 있다. 무엇인가 내가 생각해 온 유라시아 횡단의 큰 그림에 화룡점정을 그리듯 멋지게 완성할 수 있을 것 같다는 느낌을 받게 되었다.

오래된 철도

그런데 문제가 있었다. 러시아 울란우데에서 몽골 울란바토르로 가는 국제열차는 매일 운행되는 것이 아니었다. 울란우데에서 2018년 8월 13일(월), 15일(수), 17일(금) 출발하는 기차 중에서 선택하여야 했는데, 8월 13일(월)과 17일(금)은 여행 일정에 도저히 맞출 수 없었다. 8월 16일(목)이 가장 적합하지만, 목요일에는 기차가 없다. 결국 가능한 방법은 15일(수)에 기차를 탈 수 있도록 일정을 맞추는 것이다. 일정을 맞춘다는 것은 결국 동 시베리아 횡단 일정을 하루 단축시켜야 하는데, 촘촘히 짜여진 일정에서 하루를 단축시키는 것은 그리 수월하지 않았다.

여러 가지 방법들에 대하여 고민 후 시간을 단축할 수 있는 몇 가지 대안을 생각해 냈다. 첫째, 블라디보스토크에서 하바롭스크 구간 기차는 2016년에 이미 탔었기 때문에, 시간 단축을 위하여 블라디보스토크 역에서 기차를 타지 않고, 하바롭스크 역에서 기차를 타는 방법이다. 둘째, 시간을 최대한 절약하기 위하여 8월 10일(금) 퇴근 후 밤에 인천공항에서 출발하여 새벽에 블라디보스토크를 잠시 경유하여 11일(토) 오전에 하바롭스크에 도착하는 비행 편을 선택하기로 했다. 마지막으로 이르쿠츠크에서 바이칼스크 구간도 2016년에 기차를 탔었기 때문에 (이르쿠츠크까지 가지 않고) 바이칼스크까지만 갔다가 울란우데로 되돌아오기로 했다. 이 모든 방법을 감안하고 일정을 다시 만들어보니 8월 15일(수) 오후에 울란우데에서 출발하는 기차를 탈 수 있는 일정이 만들어졌다.

이렇게 하여 2018년 마지막 횡단여행은 하바롭스크-치타-바이칼스크-울란우데까지 동 시베리아 구간 보충학습을 마무리하고, 울란우데-울란바토르-베이징까지 몽골 구간을 여행하기로 했다.

어렵게 여행 일정을 확정했지만 또 다른 난관이 남아 있었다. 바로 기차표 예약이다. 시베리아 횡단은 모든 구간을 러시아 철도청 홈페이지를 이용하면 예약에 문제없었고, 유럽은 국내에 있는 다수의 대행사를 통해서 예약 가능하였다. 그러나 러시아 울란우데에서 몽골 울란바토르로 가는 기차표와 울란바토르에서 베이징으로 가는 기차표는 현지 구입 외에는 딱히 방법이 없었다.

우선 울란우데에서 울란바토르로 가는 국제열차는 인터넷으로 검색은 할 수 있었지만, 예약 및 발권은 현지 울란우데 역에서만 가능하였다. 항공권, 기차표, 호텔, 휴가 등 모든 것이 정확한 일정에 따라 이루어지는 횡단여행에서 현장 발권은 위험한 모험이다. 또한 8월 중순은 여름휴가 기간이라서 기차표가 남아 있다는 장담도 하지 못한다. 만약 울란우데에서 기차표가 없다고 한다면, 이틀 뒤 출발하는 기차를 기다려야 하고 그러면 그 뒤 여행 일정이 모두 망가진다.

기차표를 구입할 수 있는 방법을 곰곰이 생각하다가 혹시 블라디보스토크 역에서는 구입이 가능할지도 모른다는 생각이 들었다. 블라디보스토크에 있는 원구에게 연락해서 역에 가서 알아봐 달라고 부탁했다. 그러나 블라디보스토크 역에서도 발권이 안 되고 해당 기차역 즉, 울란우데에서 탈 거면 울란우데 역, 이르쿠츠크에서 탈 거라면 이르쿠츠크 역에서만 구입이 가능하다는 답변이 돌아왔다. 그러면서 원구는 시간을 좀 달라고 했다. 울란우데에 친구가 살고 있는 직원이 있다는 것이다.

울란바토르행 기차표를 구입하는 방법은 현실적으로 가능한 것이 이상할 만큼 아주 복잡했다.

나는 원구에게 내 여권을 사진 찍어서 카카오톡 메시지로 보내주고 (러시아 국제열차는 여권번호와 이름 필요), 원구의 직원은 울란우데에 살고 있는 친구에게 울란우데 역에 가서 기차표를 구입해 달라고 부탁하고, 직원의 친구는 울란우데 역에 가서 내 여권 이름과 번호로 기차표를 구입하고, 직원의 친구는 기차표를 블라디보스토크에 있는 직원에게 우편으로 보내주고, 나는 하바롭스크로 가는 비행기 경유시간 동안 새벽에 블라디보스토크 게스트하우스에 들러서 기차표를 찾아가는 방법이다.

두 번째로 울란바토르에서 베이징으로 가는 기차표를 구입해야 한다. 몽골 철도청 홈페이지(www.ubtz.mn)를 찾아서 구글 번역기로 몽골어를 번역해 가며 기차 시간을 검색했다. 울란바토르에서 베이징까지 직접 가는 기차는 일주일에 2번 있다. 그런데 국제열차라서 가격이 약 15만원(291,750투그릭)으로 매우 비싸다. 또한 출발시간도 아침 7시 30분 기차로 몽골을 여행하기에는 너무 시간이 촉박했다. 그러다가 인터넷으로 개인 여행블로그를 검색하다가 울란바토르에서 자민우드까지 기차를 타고 가서 국경을 넘어 중국 엘렌에서 베이징으로 버스를 타고 들어가는 방법을 알게 되었다. 울란바토르에서 자민우드까지 가는 기차는 매일 17시 20분에 있고, 가격도 약 1만원(19,500투그릭) 정도로 매우 저렴했다. 육로로 국경을 넘는 재미도 있을 것 같고, 시간도 가장 적합하게 맞는 것 같아서 이 방법을 선택했다.

그런데 몽골 철도청 홈페이지에서는 기차표 예약이 잘되지 않았다. 즉, 예약시스템은 갖추어져 있는데, 실제 예약이 안 된다. 안내 메시지로 뜬 내용을 구글 번역기로 찾아보니, 동일한 여권으로 두 개의 기차표를 예약할 수 없다는 안내 메시지만 계속 나왔다. '러브몽골' 네이버 여행 카페에도 예약이 잘 안 된다는 후기들이 제법 있었다. 결국 안 되는 것은 포기하고 가능한 방법을 생각해 보았다. 국제열차가 아니고 매일 기차가 출발하기 때문에 현지에서 기차표를 구하지 못할 가능성은 낮을 것으로 생각되었다. 또한 최악의 경우에는 침대칸이 아니고 좌석에 앉아서라도 이동할 수 있다. 그러나 가능하다면 사전에 불확실성을 줄일 수 있는 방안을 모색했다.

국내 및 현지 여행사들을 알아보았지만 기차표 구매를 대행해 주는 곳은 없었다. 결국 방법은 울란우데에서 울란바토르행 기차표를 현지에서 대신 구입해 준 것처럼, 누군가 대신 구입해 주는 방법을 택하기로 했다. 그런데 그 누군가를 찾아야만 했다. 몽골 여행과 관련하여 가장 많은 사람들이 모여 있는 '러브몽골' 네이버 여행 카페에 기차표 대신 구입해 줄 분을 찾는다는 글을 올렸다. 번거롭지만 구입해주신다면 노고에 대한 소정의 사례는 하겠다는 내용도 포함했다. 얼마 뒤 기차표를 대신 구매해 줄 수 있다는 연락이 왔다. 자신은 한국인이고 몽골 여행가이드라고 했다. 7월 말에 투어 일정이 있어서 몽골에 다녀오는데, 현지 여행사 직원에게 구입해 놓으라고 한 뒤 자신이 한국으로 돌아올 때 갖고 와서 나에게 우편으로 보내주겠다고 했다. 고마우신 분 덕분에 울란바토르에서 자민우드까지 기차표도 구할 수 있었다.

자민우드 행 기차표도 울란바토르 행 기차표만큼은 아니었지만 복잡했다. '러브몽골' 네이버 여행 카페에서 기차표를 대신 구해줄 사람을 찾았고, 대신 구해주신다는 사람은 내 여권의 사진을 받아서 현지 여행사에 넘겨주고, 현지 여행사에서는 기차표를 구입해서 그 사람이 몽

오래된 철도

골에 갔을 때 기차표를 넘겨주고, 그 사람은 한국에 돌아와서 나에게 우편으로 기차표를 보내는 방법이다.

마지막으로 엘렌에서 베이징까지 버스편은 중국 현지 여행사 携程旅行(Ctrip)에서 검색해봤다. 하루에도 수차례 버스 편이 있다. 예약까지 할 필요는 없을 것 같았다.

마지막 숙제를 위하여 출발

목요일 퇴근 후 저녁 약속이 있어서 식사를 하며 가볍게 소주를 한 잔했다. 다음 날 퇴근 후 공항으로 바로 가야 해서 미리 배낭을 점검해야 하는데, 길어진 저녁 약속을 뒤로하고 돌아올 수 없었다. 그런데 집에 돌아와 밤새 식은땀을 흘리며 제대로 잠도 자지 못했고, 급기야 아침에는 구토까지 했다. 아마 저녁식사로 먹은 것이 체한 것 같았다.

아! 시작부터 이런 시련이… 최근 몇 달 동안 몸이 아픈 적이 한 번도 없었는데, 왜 하필 오늘 아픈 것일까? 여행을 떠나지 말라는 하늘의 뜻인가? 정말 심각할 정도로 몸 상태가 좋지 않았다. 진통제, 소화제 등 무리하다고 생각될 정도로 약을 먹었다. 이렇게 약을 먹으면 몸에 좋지 않다는 것은 알지만, 어떻게든 단기간에 몸 상태를 회복해야 한다. 그렇지 않으면 저녁부터 시작되는 여행이 정말 고통스러운 고행(苦行)이 될 것이다. 아침에 구토까지 한 이후 다행히 점심식사도 조심스럽게 먹고 오후가 되니 조금씩 몸이 괜찮아지는 것 같음을 느꼈다.

이번 여행은 여행일정을 계획하는 것부터 시작해서 교통편 예약, 비자발급, 몸 상태 등 모든 것이 가시밭길이다. '제발 몸 건강하게 돌아와야 하는데…'라는 걱정이 앞설 정도이다. 걱정은 걱정이고, 떠나야만 하는 길에 복대를 차고 배낭을 메자 온몸은 다시 긴장 상태로 돌아섰다. 그렇게 우려 반, 기대 반으로 퇴근하는 인파에 묻혀 마지막 숙제를 마무리하기 위하여 인천공항으로 향했다.

▲ 하바롭스크로 가는 비행기에서 바라본 하늘

01

바다와 같이 넓은
아무르 강이 내려다보이는
하바롭스크

▲ 시베리아 횡단열차가 정차되어 있는 하바롭스크 역 플랫폼

술 취한 오뚝이 원구

인천공항 탑승구 앞에서 비행기 탑승을 기다리고 있는데, 블라디보스토크에 있는 동생 원구에게서 "형! 몇 시에 도착해요? 나 지금 술 먹고 있어요."라는 연락이 왔다. "형 갈 때까지 기다려. 형이랑 맥주 한잔해야지."라고 답장을 보냈지만, 어젯밤 앓던 몸 상태로 맥주를 마실 수 있을지는 의문이었다.

블라디보스토크 공항에 새벽 2시 도착해서, 입국 수속 후 시내에 들어가면 새벽 3시 30분쯤이고, 맥주 한잔 하면 새벽 5시 정도 된다. 블라디보스토크 공항에서 하바롭스크로 향하는 비행기는 오전 11시 15분이니, 9시 30분 전 공항에 도착해야 하고 8시 30분에는 게스트하우스에서 출발해야 한다. 그렇게 하려면 늦어도 7시 30분 정도에는 일어나야 하니, 사실상 잠을 거의 못 자게 되는 것이다. 원구와 맥주 한잔하고, 울란바토르 행 기차표를 받아서 씻고 나온다는 표현이 더 맞는 것 같다.

어젯밤 잠을 제대로 못 잤기 때문에 비행기가 인천공항을 이륙하자 정신을 잃듯 쓰러져 잠이 들었다. 블라디보스토크 공항 활주로를 미끄러져 내려가는 흔들림에 비로소 깨어났다. 입국심사를 마치고 원구에게 택시를 불러달라고 연락을 했으나, 메시지 확인도, 전화도 받지 않는다. 택시를 타고 게스트하우스에 도착해서 보니 원구는 큰소리로 불러도 모를 정도로 만취해서 코를 골며 자고 있었다. 인사불성에서 겨우 헤어나며 하는 첫 마디가 "형 술 한잔하러 나가요."라고 한다. 몸 상태도 많이 좋아진 것 같고, 거의 1년 만의 만남이니, 잠을 좀 덜 자더라도 맥주 한잔 해야겠다고 생각하고 밖으로 나갔다.

마지막으로 블라디보스토크에 간 것은 2017년 10월이었다. 그때 블라디보스토크에 가기 3일 전 원구에게 안타까운 일이 발생했다. 게스트하우스 바로 옆에 추가로 신관을 오픈하고 운영을 시작한 지 한 달 남짓밖에 되지 않았는데, 새벽에 전기 누전으로 화재가 발생했다. 원구는 술 마시고 자다 일어나서 불타고 있는 건물 안에 혹시 빠져나오지 못한 사람이 남아 있지는 않은지 불구덩이를 뒤집고 다녔다고 한다. 하늘도 감동했는지 다행히 인명 피해는 없었지만, 정작 원구는 재가 되어 무너지는 나무에 이마를 다쳤다. 자신이 노력해서 일군 모든 것이 정말 하루아침에 재로 변하는 순간이었다.

모든 것이 재로 변한 그 순간에도 원구는 미리 예약한 사람들에게 피해를 주면 안 된다고 예약 취소가 어려운 1주일 이내 여행객들 숙소를 본인이 직접 구해주기 위해 동분서주 하며 뛰어다녔다. "형! 신뢰를 잃으면 정말 끝나요."라고 말하며 모든 것을 태웠음에도 불구하고, 얼마 남지 않은 자신의 돈을 더 보태서 그 손님들에게 다른 숙소를 구해줬다. 그럼에도 불구하고 화를 내는 사람도 있었다. 부푼 기대를 안고 여행을 왔는데, 자신이 예약한 것과 다른 방에서 묵어야 하는 게스트 입장에서는 화가 날 수 있다. 하지만 모든 것을 날린 사람의 마음이야 오죽했겠나 싶다. 화재가 나고 3일 후 블라디보스토크에 갔으나, 같이 담배를 피우며 원구의 한탄을 들어주는 것 외에는 내가 도와줄 수 있는 것이 아무것도 없었다. '다시 일어설 수 있을까'라는 걱정만을 안고 돌아왔다.

그리고 1년 만에 다시 만나는 것이다. 맥주를 마시며 하염없이 이어지는 원구의 이야기를 들어보니, 지난 1년 동안 정말 많은 일들이 있었던 것 같다. 하지만 그 모든 어려움을 이겨내고 사고 이전보다 더 안정적으로 자리를 잡은 것 같아서 내 마음이 너무 좋았다. 늘 친동생처럼 생각하는 원구이기에 마음이 많이 아팠는데, 어려움을 잘 이겨내고 다시 우뚝 선 모습이 대견하기만 하다.

아! 비행기를 놓칠 뻔

새벽 5시 30분쯤 게스트하우스로 돌아와서 7시 30분으로 알람을 맞추어 놓고 잠깐 잠을 청했다. 울려대는 알람 소리에 일어나지 못하고 꿈과 현실을 반의식 상태로 오락가락하기만 했다. 잠을 자면서 알람이 울리는 소리를 들은 것 같지만, 조금만 더 조금만 더 하다가 일어나지 못했다. 간신히 일어나서 손목시계를 보았을 때 다행히 7시 50분으로 많이 늦지 않았다. 동 시베리아 도시 치타에 도착할 때까지는 샤워를 하지 못하기 때문에 따뜻한 물로 충분히 샤워를 하며 피로를 풀었다. 샤워를 마치고 방으로 돌아와 라면이나 끓여 먹자며 원구를 깨웠는데, 그때 원구의 말에 충격을 받았다. "형! 지금 9시가 넘었어요." 무슨 말인가 하고 시계를 다시 보니, 일어나면서 내가 본 시간 7시 50분은 한국시간이었던 것이다. 즉, 한국보다 한 시간 빨랐던 블라디보스토크 시간은 8시 50분이었다. 라면을 끓여먹자며 원구를 깨웠을 때는 비행기 출발시간이 2시간도 채 남아 있지 않은 때였다. 이미 공항에 거의 도착했어야만 하는 시간이다.

'아! 시작부터 이런 시련이 또…' 이번 여행은 시작부터 만만한 것이 하나도 없는 여행인 것 같다. 만약 예약한 비행기에 타지 못한다면 줄

오래된 철도

줄이 모든 계획이 물거품이 될 것이다. 젖은 머리를 말릴 틈도 없이 배낭에 모든 짐을 집어넣기 시작했고, 원구는 공항으로 가는 택시를 호출하기에 여념이 없었다. 배낭을 메고 뛰어나와 공항으로 가는 택시에 탔을 때는 이미 9시 30분이 넘었다.

두 시간 잠을 잘 거였으면 차라리 잠을 자지 말았어야 했는데… 후회해도 이미 소용없지만, 후회된다. 공항 가는 길이 막혔을 때 1시간 30분 넘게 걸려 본 적이 있는데, 다행히 이번에도 하늘이 도왔는지 길이 막히지 않았다. 10시 15분 가까스로 공항에 도착했다. 재빠르게 보안 검색대를 통과해서 공항으로 들어가서, 짐을 맡기고 탑승수속을 했다. 블라디보스토크 공항은 사람이 많지 않아 1시간 이내에 모든 수속을 마치고 비행기까지 탑승할 수 있었다.

▲ 하바롭스크로 떠나는 비행기에 무사히 탑승

▲ 하늘에서 바라본 아무르 강

 가까스로 탑승까지 마치고 긴장이 풀리고 나니, 슬슬 배가 고파오기 시작했다. '정말 이번 여행은 준비와 시작부터 순탄하지 않은 여행이구나…' 물론 그런 문제점들을 해결하고 이겨내는 것이 여행이고, 인생이겠지만. 그리고 때로는 좌절도 하지만 치명적인 것이 아니라면 언제나 해결해 나갈 수 있는 방법이 생기는 것 같다. 그것이 인생이고 그것이 여행이기도 하겠지만.

 비행기는 정시에 출발하여 그리 높지 않은 구름 위를 날았다. 그리고 한 시간 남짓 지나 구름을 뚫고 내려오자 하바롭스크 시내가 보이기 시작했다. 하바롭스크 시내와 더불어 보이기 시작한 것은 바로 세계에서 8번째로 긴 아무르 강이다. 아무르 강은 2년 전 시베리아 횡단 때도, 다큐멘터리 방송 프로그램 등에서도 많이 보았기 때문에 신비하다고 생각될 만한 것이 별로 남아 있지 않을 것이라 생각했다.
 그러나 그러한 예상을 정확하게 빗나가게 하리만큼 하늘 위에서 강을 바라봤을 때 놀라지 않을 수 없었다. 강물과 섬이 뒤엉켜 섞인 강폭

오래된 철도

만 해도 5km 이상은 족히 되는 것 같다. 서울을 흐르는 1km 내외 한강 폭과 비교하면 약 4~5배는 더 넓은 것이다. 강의 모습 또한 한강처럼 정돈된 모습이라기보다는 원시의 자연을 간직한 것처럼 강물과 섬이 섞이어 흐르고 있다.

2년 전 만난 고려인 소년 찾기

거대한 크기를 감상해 보라는 듯이 10여 분 동안 아무르 강 위를 몇 바퀴 돌던 비행기는 어느 순간 활주로를 미끄러져 내려갔다. 약 23개월 전 이르쿠츠크로 향하는 비행기를 타고 이륙했던 활주로에 다시 내려서는 순간이다. 스쳐가는 인연이었지만, 그때 공항으로 향하는 택시를 타고 오면서 북한 노동자의 도움을 받았던 기억도 생각났다.

비행기가 공항에 도착한 시간은 오후 12시 40분으로, 15시 18분 출발하는 기차를 타기까지는 약 2시간 40분 정도 시간이 있었다. 물론 공항을 나오고 기차역까지 이동하는 시간을 감안한다면 실제로 무엇인가를 할 수 있는 시간은 최대 1시간 30분 정도이다. 1시간 30분 동안 찾으러 가야 할 사람이 있다. (만날 수 있는 가능성은 매우 낮겠지만) 무엇보다 시간을 내서 찾아가 보고 싶은 사람이 있었다. 바로 2년 전 카페에서 만나 청포도 사탕에 쓰여진 한글을 읽었던 고려인 소년이다.

2016년 아무르 강변 카페에서 만났던 고려인 소년은 2년 정도 뒤에는 한국의 광주라는 도시에 가서 일하면서 공부하겠다고 했다. 아마 소년의 계획이 목표대로 진행되었다고 한다면 지금쯤 한국에 와 있어야 한다. 다시 카페에서 만날 가능성이 거의 없다는 것을 알면서도 혹시나 하는 마음으로 나에게 허락된 1시간 30분이라는 시간 동안 기꺼이 소년을 만나러 다시 그 카페에 가보기로 계획했던 것이다.

소년과는 시베리아를 횡단하면서 몇 차례 카카오톡 메시지도 주고받았다. 안부를 묻는 연락도 몇 차례 왔다. 그러다가 언젠가부터 카카오톡 상태 메시지에 '엄마 아프지 말자'라고 쓰여 있었고, 어느 순간 카카오톡 계정도 없어졌다. 스쳐가는 인연으로만 생각한다면 굳이 내가 신경 쓸 일도, 사람도 아닐 것이다. 그렇지만 이 소년은 블라디보스토크역에서 손을 흔들어 주던 원구와 헤어져 처음 만난 유라시아 횡단여행 첫 인연이다. 그리고 마지막으로 내가 인지한 소년의 상황이 '엄마 아프지 말자'라는 무엇인가 안타까운 사연이 있을 수도 있다는 불안한 마음이 남는 상황이다.

공항에서 시내로 들어오는 택시 호출이 늦어져 13시 30분쯤 콤소몰 광장에 도착했다. 콤소몰 광장 앞에서 카페를 바라보니 2년 전 모습 그대로이다. 급한 용무를 해결했던 간이 화장실도 광장 한쪽에 그대로 있다. 카페에 가기 전 아무르 동상과 전망대를 한 바퀴 산책했다. 만약 소년을 만난다면 반가움이 길어져 아무르 강변을 가보지 못하고 역으로 가야 할 것 같아서 먼저 한 바퀴 돌아보고 카페에 가기로 한 것이다.

여름에 하는 여행이라 그런지 가끔 한국 사람들도 보인다. 사람들은 기상관측 이래 가장 덥다는 한국을 떠나, 30도 이하의 참을 수 있을 정도의 더위만 느끼면 되는 하바롭스크로 온 것 같다. 2016년에는 아무르강 전망대 오른편 공원이 공사 중이라서 몰래 공사장을 넘어서 아무르 강변으로 왔어야 했는데, 이제는 아무르 강변이 공사 중이다. 강변으로 내려갈 수 없었고 강변 위에 있는 산책로를 따라 거닐어야만 했다.

산책을 마치고 오후 2시가 되어 카페로 향했다. 2시 30분 정도에는 택시를 타고 하바롭스크 역으로 출발해야 하니 약 30~40분 정도 시간이 있는 셈이다. 카페에 들어가서 앉을 자리를 살펴보기보다는 종업원들 얼굴을 먼저 살펴보았다. 한 사람 한 사람 종업원 얼굴들이 스쳐지나 갈 때마다 기대는 아쉬움으로 바뀌고 있었다. 마지막 종업원 얼굴까지 모두 확인하고서야 아쉬운 마음으로 빈자리에 앉았다.

2년 전처럼 아메리카노 커피 한 잔과 케이크 한 조각을 주문했다. 소년을 다시 만날 수 있을 것이라는 큰 기대는 하지 않았지만, 여행을 준비하는 기간 내내 마음속으로는 혹시나 하는 생각이 항상 자리 잡고 있었다. 만약 카페에서 소년을 다시 만났다면 하바롭스크 여행과 지금 쓰는 글, 그리고 소년과 인연이 조금 더 의미 있고 따뜻하게 남았을지 모른다. 아쉽지만 어쩔 수 없다. 인연이 거기까지인 듯싶다. 카페에 앉아 하바롭스크 역으로 데려다줄 택시를 불렀다.

▲ 아무르 강변으로 내려가는 계단에서 바라본 우스펜스키 성당

동 시베리아의 오래된 군사도시
치타

▲ 치타 역

어느 부부 이야기

택시에서 내려 역을 바라보자 2년 전 하바롭스크에 처음 도착했던 순간이 생각났다. 내 앞길도 제대로 분간 못 하고 있던 순간에, 회사에서 일 때문에 카카오톡 메시지로 연락이 와서 역 광장에서 통화하던 생각도 난다. 지하통로를 통해 플랫폼으로 가자 이미 기차가 도착해 있었다. 시베리아를 횡단하면서 이르쿠츠크에서 노보시비르스크까지 탔던 99번 기차와 같은 기차이다. 하바롭스크에서 치타 구간은 2박 3일을 기차에서만 보내야 하기 때문에 느리고 낡은 99번 기차는 가급적 피하고 싶었다. 하지만 하바롭스크에 도착하는 비행기 시간과, 그날 출발하는 기차 편, 치타 역에 도착시간까지 모두 만족할 수 있는 유일한 대안이었다.

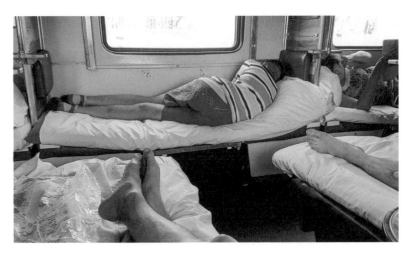

▲ 치타로 향하는 시베리아 횡단열차 내부

오래된 철도

기차에 승차하기 전 플랫폼에서 담배를 태우며 치타에 도착할 때까지 2박 3일 동안 이겨내야 하는 지루함을 담담한 현실로 받아들였다. 바로 옆에는 중년 부부가 여자아이를 데리고 담배를 태우고 있었다. 하바롭스크에서 시베리아 방향 어딘가로 가는 가족인 것 같았다. 기차에 올라 자리를 확인하고 보니, 부부 자리는 내 바로 윗자리였다. 남편은 내 옆자리 위 2층 침대, 아내는 내 위 2층 침대, 딸은 건너편 2층 침대였다. 부부는 내가 자신들 자리 아래라는 것을 확인하고서는 먼저 인사를 건넸다. 그리고 남편은 나에게 계속 말을 건네고 싶은 눈치였는데, 내가 전혀 알아듣지 못하자 몇 마디 하다가 포기하고 만다. 부부의 10살 남짓한 딸만이 건너편 2층 침대에서 나를 바라보며 말없이 계속 웃기만 한다. 아마 서울에 두고 온 내 딸과 비슷하거나 한 살 정도 더 많아 보였다.

부부는 몸이 나보다 훨씬 컸다. 큰 몸으로 좁은 2층 침대에 누워 있으려면 힘들기는 할 것이다.[32] 부부 역시 불편했는지 기차가 출발하자 보이지 않았다. 나는 조용히 앉아 어두워져 가는 창밖 시베리아를 멍하니 바라보기도 하고, 톨스토이 소설 『부활』을 읽기도 했다. 기차에서 저녁을 먹고 얼마나 시간이 흘렀는지 모른다. 창밖 시베리아는 완전히 어둠 속으로 빠져들었다. 덜컹거리는 기차 바퀴 소리만이 내가 타고 있는 기차가 어딘가로 향하고 있다는 것을 알려주는 징표인 것 같다.

부부가 자리로 돌아왔을 때 남편은 술에 가득 취한 상태였다. 기차가 출발하고 식당 칸에 가서 술을 한잔한 것 같다. 아내는 남편이 2층

---

32) 기차에서 자리가 2층인 경우 낮에는 1층으로 내려와 다른 사람 자리 한쪽에 부분 전세를 살듯이 앉아 있어야 한다. 나는 이러한 불편함을 피하고자 기차표를 예약할 때는 반드시 1층으로 예약한다. 가격도 1층이 2층보다 약간 비싸다.

침대로 올라갈 수 있도록 도와주는 것 같았다. 특별한 신경을 쓰지 않고 계속해서 음악을 들으며 창밖을 바라보고 있었다. 분명 이어폰을 통해서 음악을 듣고 있는데, 음악 소리를 뚫고 어디선가 '퍽' 소리가 났다. 처음에는 '어떤 물건이 바닥에 떨어진 것이겠지'라고 생각하며 신경을 쓰지 않았다. 그런데 계속해서 퍽퍽 소리가 나는 것이다. 이상하다는 느낌이 들어 고개를 돌려 보았는데 깜짝 놀랐다. 아내가 남편의 얼굴을 주먹과 손바닥으로 계속 때리고 있는 것이다. 그리고 딸은 건너편 2층 침대에서 그것을 그냥 외면하고 있었다. 그럼에도 불구하고 남편은 계속 술주정을 했고, 아내는 한참 동안 남편 얼굴을 때렸다. 부부가 말하는 이야기를 알아들을 수 없으니, 왜 아내가 남편을 때리는 것인지는 잘 모르겠다. 아마도 남편이 술주정을 한다고 때리는 것이 아닐까 싶었다.

그 날 이후 치타에 도착할 때까지 2박 3일 동안 남편이 술에서 깨어 있는 것을 본 적은 없다. 남편은 술이 조금 깨는 것 같으면 다시 식당 칸으로 갔고, 다시 술에 취해서 나타났다. 그러면 아내는 또 다시 남편을 때렸다. 하루에도 수차례 이러한 일이 반복되었다. 딸은 엄마가 아빠를 때리는 것을 항상 건너편 2층 자리에서 애써 외면하고 있을 뿐이

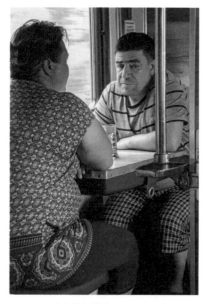

▲ 치타 역 도착을 기다리는 부부

오래된 철도

다. 나를 바라보며 간간이 웃어 보이는 것을 보면 아빠와 엄마의 행동에 대해 특별한 의식은 하지 않는 눈치이다. 아마도 아빠의 술주정도 엄마의 아빠 폭행도 한두 번 있었던 일은 아니었던 것 같다. 반면 주변 사람들은 외국인인 나를 보기가 민망했는지 어이가 없다는 듯 어깨를 으쓱해 보이기도 한다.

이틀 밤이 지나고 기차는 치타 역을 향해서 달려가고 있었다. 부부는 언제 그랬냐는 듯이 창가 자리에 앉아 홍차를 마시며 사뭇 진지한 표정으로 이야기를 나눈다. 드디어 3일 만에 술에서 깨어난 남편을 보는 것 같다. 치타 역에서 내려 각자의 길로 가기 전 아내는 나에게 살짝 웃어 보이며 투박한 인사를 건넸다. 3일 동안 나에게 민망하기도, 미안하기도 했을 것이다. 부부 때문에 불편하기도 했지만, 무엇보다 아내가 남편 얼굴을 수십 차례 때리던 모습은 오래 기억에 남는다. 그리고 언제 그랬냐는 듯이 기차 창가에 앉아 홍차를 마시고, 무거운 짐을 사이좋게 서로 도우며 기차에서 내려 나에게 작별인사를 건네던 모습도.

끝이 없는 147칸 화물기차

하바롭스크에서 치타까지 기차를 타고 가는 2박 3일 동안 많은 것을 보고, 많은 것을 생각하고, 많은 것을 느꼈다. 하지만 나도 평범한 사람이라서 그런지 생각이 어느 단계에 이르면 깊이 있는 다음 단계로 넘어가지 않고, 다른 생각으로 넘어간다. 그러다 보니 시간이 조금만 지나면 그때 무슨 생각을 하였는지조차 잘 기억나지 않는다. 마치 잠을 자면서 꿈을 꾼 것처럼, 여러 편의 단막극들 집합이 된다. 그리고는 잠에서 깨어나 꿈이 잘 기억나지 않는 것처럼 머릿속에서 지워진다. 기차를 타면 많은 생각을 하겠노라고 다짐했는데, 정말 많은 생각은 하지만 깊이 있는 생각은 하지 못한 것 같다.

도스토옙스키의 『죄와 벌』이나, 톨스토이 『부활』을 읽어보면 러시아 사람들이 시베리아 유형(流刑)을 아주 무서운 형벌로 인식하고 있었다는 것을 알 수 있다. 그만큼 시베리아는 척박한 땅이고, 끝이 없는 땅이다. 끝이 있을 것이라는 상상을 할 수 없을 정도로 워낙 넓은 곳이기에 비슷한 모습의 침엽수림은 지역에 따라 그 느낌이 조금씩 다르다. 또한 하바롭스크를 출발하여 처음 만나는 대도시는 기차가 3일을 달려가야 도착할 수 있는 이르쿠츠크이다. 그 사이에는 대도시는 고사하고 어느 정도 규모를 갖춘 도시라고 할 수 있는 곳은 울란우데와 치타 정도뿐이다.

기차를 타고 가면서 느낀 점은 바이칼호수 동쪽 시베리아가 바이칼호수 서쪽 시베리아보다 더 척박하다는 것이다. 동쪽 시베리아에는 기차를 타고 지나가면서 간간이 만나게 되는 조그만 소도시나 마을도 적다. 소도시와 마을은 사막에 있는 오아시스와 같이 시베리아 횡단에서 매우 중요한 역할을 한다. 그 이유는 시베리아 모든 곳에서 스마트폰 인터넷이 연결되는 것이 아니기 때문이다. 기차가 소도시나 마을에 정차하거나 지나가야만 인터넷에 접속할 수 있다. 동 시베리아에는 이러한 마을이 적다 보니 자연스럽게 인터넷에 연결하는 것도 어려웠다. 또한 중간중간 기차가 정차하는 역이 적어지게 된다. 아무래도 살고 있는 사람이 적다 보니 도시나 마을이 많지 않았고, 기차가 정차하는 역이

오래된 철도

줄어드는 것은 당연하다. 기차가 조그만 도시에라도 정차해야 잠시나마 기차에서 내려 스트레칭도 하고 필요한 물품도 살 수가 있다.

기차는 언제나 묵묵한 기다림을 가르쳐준다. 하루 종일 서쪽으로 달려가더라도 쉬어 갈 생각조차 하지 않는다. 그리고 어느 순간 쉬어 가야 할 순간에는 역이 아닌 곳에서도 한 시간이 넘도록 미동도 없다. 기차가 오랫동안 움직이지 않고 있으면 괜히 늦어지는 것 같고 마음도 조급해진다. 그러나 어차피 시간은 흐르게 되어 있고, 도착하는 시간은 정해져 있기 때문에 기차가 움직이지 않는다고 하더라도 내가 걱정할 것이 아니다. 지금까지 내가 타 본 기차들은 아무리 느림보로 가더라도 정해진 도착시간을 지나친 적은 단 한 번도 없다. 우리나라 철도는 단거리 육상 트랙이고, 시베리아 철도는 장거리 육상 트랙과 같다. 사전에 충분한 체력과 시간을 준비했기 때문에 비록 장거리라고 하더라도 정해진 시간 내에 트랙을 달리지 못하는 일이 없는 것 같다. 기차가 정차하여 있는 동안 책을 읽다가 창밖을 바라보다가를 반복한다. 창밖에는 화물기차가 한참 동안 덜컹덜컹 소리를 내며 지나간다. 나중에는 심심해서 몇 칸짜리 기차가 지나가는지 세어보기 시작했다. 혼자 마음속으로 화물기차 칸수를 세는 게임을 시작한 것이다.

대부분 화물기차는 70~80칸 정도이다. 그런데 어떤 화물기차는 70여 칸 뒤에 기관차 두 칸이 더 달려 있다. 그리고 두 칸의 기관차 뒤에는 다시 70칸이 넘는 화물기차가 달려 있다. 내가 숫자를 세기 시작한 기차 칸수만도 147칸이다. 아마도 앞에 있는 기관차 동력으로 달릴 수 있는 화물기차는 보통 70~80칸이고, 중간에 기관차를 추가하여 기차를 두 배 길이로 만든 것 같다. 147칸 기차 길이는 화물 한 칸이 15m(화물기차 한 칸에 실리는 40피트 컨테이너는 약 12.2m)라고 가정한다면 2km

가 넘고, 연결부위와 등을 감안하여 20m라고 가정한다면 3km에 달한다. 어쩌면 중간에 기관차를 또 연결한 200칸이 넘는 기차가 있을지도 모른다.

블라디보스토크에서 출발한 화물기차는 화물을 싣고 일주일이면 시베리아를 달려 우랄산맥을 넘어 유럽으로 넘어간다. 통일이 된다면 부산에서 출발한 화물기차는 열흘이면 서유럽까지 갈 수 있다. 배를 타고 한 달이 넘도록 자연재해를 걱정하며 희망봉을 돌아가거나 수에즈 운하를 지나가지 않아도 된다. 비행기로 보내기에는 비싸고, 배로 보내기는 너무 늦고… 철도만 연결된다고 우리에게 정말 좋은 기회가 될 수 있을 것이다.

▲ 간이역에 잠시 정차한 기차

오래된 철도

스마트폰 시계의 배신

기차가 치타 역에 도착하는 시간은 오전 9시 05분이다. 러시아는 지역 간 7시간 시차가 발생하기 때문에 시차까지 정확하게 반영하여 시간을 계산하여야 한다. 밤새 달리던 기차가 어떤 역에 도착한 것은 오전 8시 정도였다. 기차에는 하바롭스크를 출발한 이래 가장 많은 사람이 내리고 탔다. 치타에 도착하기 전에 어떤 도시가 있는지 머릿속에 지도를 떠올려보아도 특별한 도시가 없다. 불안한 마음에 스마트폰 시계를 다시 바라봤지만 시간은 분명 8시였다. 또한 시베리아를 횡단하는 기차에서는 승무원이 승객 자리에 와서 내려야 할 역에 도착하고 있음을 미리 알려주고 이불 커버도 회수해 간다. 그런 승무원의 알림도 없었다.

이틀 동안 기차에서 부부 싸움을 하던 부부도 내렸다. 부부가 갖고 있던 기차표에 표기되었던 목적지 도착시간도 나와 같은 시간이었던 것 같은데 말이다. 스마트폰을 다시 봐도 숫자 8이 선명한 8시이지만, 너무 많은 사람들이 내리기에 불안해졌다. 그러다가 문득 구글 지도로 현재 위치를 확인해 보아야겠다는 생각이 들었다. 그런데 구글 지도에 현재 위치가 치타 역으로 나오는 것이다. 순간 당황하여 배낭을 메고 짐을 들고 허둥지둥 내렸다. 먼저 기차에서 내려 다정하게 담배를 피우고 있는 부부를 플랫폼에서 만났다. 아내는 나에게 짧고 투박한 작별 인사를 건넸다.

하바롭스크(UTC+10)와 치타(UTC+9)는 1시간 시차가 발생한다. 기차를 타고 오면서 시차가 발생하는 경우에는 스마트폰이 이를 자동적으로 인식을 한다. 그러나 스마트폰이 이를 제대로 인식하지 못한 것 같다.[33] 그런 스마트폰 시계가 가르쳐주는 시간을 항상 성경 말씀처럼 믿고 있었다. 물론 계속 시간을 착각했었더라도 기차가 출발하기 전에 인지는 하였을 것이다. 기차에 물 등을 보충하기 위하여 1시간 이상 정차하면 9시가 넘었을 것이기 때문에 분명 이상하다는 생각을 했을 것이다. 또한 내 자리에 새로운 사람이 와서 자리를 비워 달라고 했을지도 모른다. 그러나 만약 도착하는 기차에서 시간 착오가 아니고, 출발하는 기차를 타기 위한 시점에 시간 착오였다면(즉, 기차를 타기 위해 한 시간 늦게 역에 도착했다면), 상상하기도 싫은 일이 벌어졌을 것이다.

빵과 1루블

치타에는 오전 9시 05분에 도착하여 17시 58분에 바이칼스크로 떠나는 기차를 타기 전까지 약 9시간 머무른다. 길지 않은 시간이기는 하지만, 기차에서 2박 3일 동안 제대로 하지 못한 샤워도 하고 바람도 쐴 수 있는 시간이다. 이를 위하여 서울에서 출발하기 전에 미리 저렴한 호텔을 예약해 두었다. 호텔이라고 하지만 우리나라의 여관 수준에도 미치지 못하는 숙박시설이다. 화장실과 욕실을 공용으로 사용하였지만, 가격이 우리 돈 1만 8천원이었으니 불만은 전혀 없다. 또한 치타에 도착한 오전에 바로 체크인을 할 수 있도록 방을 내어 주었기 때문

---

33) 시간 오류는 울란우데로 넘어가며 시차가 바뀔 때도 동일하게 발생했다. 아마도 러시아 유심을 넣는 과정에서 설정이 잘못되었던 것 같다.

오래된 철도

에 더욱 만족스럽게 생각한다.

내가 갖고 간 여행안내 책에는 '치타는 여행지로서 특별할 것이 없어서 여행자들이 많이 찾지 않는 도시'라고 소개하고 있다. 부정할 수는 없지만, 마치 물건을 팔고 있는 상인이 '내 물건은 별로 좋지 않아요.'라고 너무 정직하게 말하는 것 같다. 시간도 많지 않았지만 여행안내 책에서 그렇게 치타를 소개받고 나니 반드시 어디를 가봐야겠다는 생각도 들지 않았고 계획도 없었다. 그래도 일단 길을 나섰다. 치타는 새로 지은 건물이라고는 찾아볼 수 없는 오래된 군사도시이다. 동 시베리아의 삭막함을 도시의 건물들이 그대로 보여주고 있는 듯 흙먼지 날리는 도로와 회색 건물이 대부분이다. 그러나 치타도 소련시절에는 군사도시로서 제법 번영을 누렸을 것이다.

길거리 매점에서 콜라를 사서 한 모금 마시며 길을 걷기 시작했다. 그러다가 건물 모퉁이에서 간판도 전혀 없는 오래된 빵 굽는 가게를 발견했다. 빵 가게 앞은 아크릴판으로 막혀 있고, 아크릴판 아래로 빵과 돈을 주고받을 수 있는 작은 공간만 있었다. 가던 길을 멈추게 할 만큼 구수한 빵 냄새를 맡으니 갑자기 갓 구운 따뜻한 빵이 먹고 싶어졌다. 빵을 두 개 고르자 점원은 59루블이라는 의미로 계산기에 59라고 써 보여준다. 지갑에서 60루블을 꺼내어 내밀고 빵을 받았다.

빵을 받은 후 다시 귀에 이어폰을 꼽고 길을 걸어갔다. 그런데 어디서 이상한 소리가 들리는 것 같다. 처음에는 신경을 쓰지 않았는데, 계속해서 누군가 나를 큰 소리로 애타게 부르는 것 같아 뒤를 돌아보았다. 내가 빵을 사면서 60루블을 내고 그냥 온 것은 1루블을 받지 않아도 된다는 의미였다. 그런데 점원은 1루블을 나에게 주기 위해 아크릴 아래 구멍을 통해서 크게 부른 것이다. 이어폰을 낀 내가 알아듣지 못하자 주변 사람들이 대신 나를 불러서 뒤를 돌아보게 된 것이다. 1루블을 찾아주기 위해 점원과 주변 사람들이 나를 애타게 부른 것이다.

1루블은 우리 돈으로 약 17~18원 정도 한다. 거스름돈으로 1루블을 받아야 된다는 사실을 몰랐던 것이 아니라, 주머니에 잔돈도 많고 귀찮으니 10원짜리 동전 두 개에도 미치지 못하는 거스름돈은 그냥 받지 않겠다는 의미였다. 그런데 점원은 끝까지 나에게 1루블을 찾아주기 위해 애를 썼다. 갑자기 내 자신이 부끄러워지고, 점원에게 미안한 마음이 들었다. 거만함과 정직함이 충돌하는 순간이었다. 그리고 안타깝게도 그 거만함의 주인공이 바로 나였다.

근처에 있는 공원 벤치에 앉아 빵을 먹었다. 빵은 가운데 햄이 돌돌 말려 들어가 있고 온기가 식지 않아 맛이 있었다. 온기뿐 아니라, 점원의 정직한 마음까지 남아 있는 것 같다.

발에 열을 식히기 위해 운동화를 벗자 왼쪽과 오른쪽 서로 다른 양말을 신은 것이 드러났다. 짐을 줄이기 위해 버리는 양말을 모아서 갖고 왔기 때문이기는 하지만 왼발에는 파란색, 오른발에는 회색으로 양쪽이 다른 양말을 신었다. 같은 점이라고 한다면 양쪽 양말 모두 뒤꿈치에 구멍이 나 있었다는 점이다. 색깔도 다른 구멍 난 양말을 신으면서 적은 돈이라고 거스름돈을 하찮게 여겼다니….

전쟁과 평화

구글 지도에서 보면 치타는 크지 않은 도시임에도 활주로가 있는 공항이 3개나 있다. 또한 도시를 걷다 보면 전쟁과 관련된 조형물을 제법 볼 수 있다. 도심 한가운데 있는 레닌광장을 지나 광장 옆에 있는 시베리아 군 역사박물관(History Museum of the Siberian Military District)에 들렀다. 건물 내부에는 사진과 같이 비교적 작은 전시물이 있고, 공원으로 연결된 건물 외부에는 탱크와 같은 대형 전시물들이 있다.

전쟁과 냉전시대라는 전성기에 한참 전장을 누볐을 탱크들은 이제 노쇠한 몸이 되고 녹이 슬어 박물관 외부 공원에 전시되어 있다. 한참 탱크들을 바라보다가 '혹시 이 탱크들 가운데 한국전쟁에 참전했던 탱크는 없을까?'라는 생각이 들었다. 안내 표지판을 보니 한국전쟁 이후 생산된 탱크로 다행히 우리나라를 짓밟던 탱크는 아닌 것 같다. 아이들은 탱크 위에 올라가서 이 탱크에서 저 탱크로 건너뛰면서 놀고 있다. 벤치에 앉아 이제는 닫혀 버린 고철 탱크 뚜껑 위에서 노는 아이들 모습을 바라보다가 나 역시 아이들처럼 탱크에 올라갔다.

공원 안쪽에는 군복을 입은 남자가 양손에 비둘기를 앉히고 다정하게 바라보는 동상이 있다. 한국전쟁 때 소련군이라고 익숙해진 러시아 군인들도 평화의 상징인 비둘기를 손에 앉히고 바라보며 평화를 원했을 것이다. 우리와 관점이 달랐을 뿐 각자의 신념과 평화를 지키기 위한 마음은 매한가지 아니었을까?

이제는 오래된 탱크 뒤로 어린이 공원에 있는 대관람차가 돌아가는 모습이 보인다.

▲ 치타 시내 군사 조형물

◀ 어린이 놀이터가 된 탱크

▶ 두 손에 비둘기를 올려놓고 있는 군인

오래된 철도

라마사원으로 가는 길

'라마교(Lamaism)'라는 불교 종파는 티베트에 기원을 두고 있으며, 몽골로 전래되었다고 한다. 라마교가 전래 된 길이 고대 3대 간선 5대 지선 중 하나인 '라마로'이다.[34] 현재 몽골계통의 민족이 사는 지역은 크게 몽골, 중국 내 내몽고자치구, 러시아 내 부랴트 공화국 등 세 곳이다. 울란우데는 라마교를 믿는 몽골계 민족이 사는 부랴트 공화국에 속하지만, 치타는 부랴트 공화국에 속하지 않는다. 그럼에도 이곳에 라마교 사원이 있다. 구글 지도에서 검색해 보니 레닌광장에서 라마사원까지는 도보로 약 50분 정도 걸린다. 택시를 탈까도 생각해 보았으나, 아직 오후 2시 20분으로 특별히 더 가봐야 할 곳도 없는 상태에서 2시간 이상 여유가 있었다. 도시에 사람들이 살아가는 모습도 구경할 겸 걸어가기로 했다.

걸어가는 양쪽 길옆에는 네모반듯한 회색빛 건물들이 자리 잡고 있다. 도심을 조금 벗어나자 저층 아파트와 같은 많은 거주지들도 보인다. 버스 정류장 앞에 버스를 기다리는 사람들과 상점에서 내어놓은 가판대에 놓인 수박, 채소 등 치타 사람들이 살아가는 진짜 모습이 보인다. 물론 마냥 좋았던 것만은 아니다. 막상 길을 걷기 시작하자 차가 지나가면서 폴폴 일어나는 먼지에 답답함과 머리 위로 내리쬐는 직사광선이 따갑게 느껴졌다. 또한 사원으로 향하는 길은 급하지는 않지만 분명한 오르막길이다.

---

34) 유라시아를 연결하는 주요 길은 3대 간선과 5대 지선이 있다. 3대 간선은 초원로, 사막로(실크로드), 바닷길이다. 5대 지선은 마역로, 라마로, 볼타로, 메소포타미아로, 호박로이다.

▲ 시내에 남아 있는 오래된 저층 회색 건물

 라마사원이라고 해서 찾아갔지만 그냥 우리나라에 있는 조그만 크기의 평범한 절과 같다. 몇몇 사람이 사원을 방문해 있었는데, 사람들 생김새로 보아서는 백인보다는 몽골계통의 사람에 가까웠다. 사원에서 아무리 긍정적으로 무엇인가를 더 보려고 해도 10분 이상 특별히 볼 것이 없는 사원이다. 걸어온 시간과 비교하면 너무 아까웠다. 내리쬐는 직사광선에 날리는 흙먼지를 마시기 싫어 레닌광장 방향으로 돌아갈 때는 택시를 호출했다. 걸어갈 때는 50분이었으나, 돌아올 때는 채 10분도 걸리지 않았다.

 나름 더운 날씨에 오랫동안 걸었기 때문에 시원한 맥주가 생각났다. 레닌광장에 돌아와서 패스트푸드점에 들러서 코젤 맥주와 감자튀김을 주문했다. 무더운 여름날 땀 흘리고 마시는 맥주 한 잔의 시원함은 기분까지 좋아지게 만들었다.

오래된 철도

▲ 치타 역 광장에서 바라본 러시아정교 성당과 성당내부

03

바이칼호수의 정동진
바이칼스크

▲ 바이칼스크 역

시베리아에서 우연히 다시 만난 그 여자

치타 역에 도착하자 기차는 이미 떠날 준비를 마치고 역에 정차해 있었다. 기차에 탑승해 있는 사람이 아무도 없는 것으로 보아 치타에서 처음 출발하는 기차인 것 같다. 기차 출발 30분을 남겨두고 탑승 문이 열렸다. 기차에 탑승하기 전 신분확인을 하는 승무원이 어디선가 본 듯한 낯익은 얼굴이다. '시베리아 한복판에서 어디서 본 사람이겠어. 그냥 평범한 얼굴이라서 그런가 봐'라고 생각하며 내 자리를 찾아갔다. 가장 먼저 기차에 탑승해서 자리를 잡았다. 잠시 후 앞자리에 나이 든 할머니와 딸인 것 같은 아주머니가 들어왔다. 할머니는 들어오는 순간부터 힘들어 죽겠다는 소리를 연발한다. 아주머니는 할머니에게 잘 다녀오라는 작별 인사를 마치고 기차에서 내렸고, 잠시 후 할머니의 아들인 것 같은 남자가 그 자리를 대신했다.

기차는 정해진 시간이 되자 출발했고, 승무원은 자리를 돌아다니며 이불커버를 나누어 주었다. 그런데 아무리 생각해봐도 승무원이 분명 어디서 본적이 있는 낯익은 얼굴이다. 한참 뒤 그 정답이 생각났다.

2016년 처음 시베리아 횡단을 떠났을 때 하바롭스크에서 이르쿠츠크로 비행기를 타고 갔기 때문에 이르쿠츠크 동쪽에 있는 바이칼호수를 보지 못했다. 그래서 이르쿠츠크에서 바이칼호수가 보이는 바이칼스크까지 당일 기차로 다녀왔다. 그때 바이칼스크에서 이르쿠츠크로 돌아오던 기차에서 만난 승무원이다. 사람이 많지 않았던 기차에서 영어 한마디 하지 못하는 승무원과 몇 마디 의사소통을 한 적이 있다. 제대로 의사소통이 되지 않아 서로를 답답해했지만 그래도 그냥 웃으면서 이야기했다. 그리고 이르쿠츠크 역에 도착하여 기차에서 내릴 때

오래된 철도

승무원 정복을 입고 역 플랫폼에 내려 서 있던 승무원에게 청포도 사탕 3개를 주었다. 하바롭스크에서 고려인 소년에게 주고 주머니에 남아 있던 사탕이다. 바로 그 승무원을 2년이 지나 바이칼스크로 가는 기차에서 다시 만난 것이다. 다른 점이 있다면 그때는 바이칼스크를 출발하여 이르쿠츠크로 가는 기차를 탔고, 이번에는 치타에서 바이칼스크까지 가는 기차를 탔다는 점이다.

승무원에게 잘 통하지 않는 영어와 몸짓을 섞어가며 혹시 내가 기억나지 않느냐고 물었다. 승무원은 이번에도 웃으면서 내 말을 알아들으려고 애썼으나, 2년 전처럼 무슨 말인지 알아듣지 못한다. 주변 사람들도 재미있는지 내 앞자리 할머니를 모시고 탄 아들도, 옆자리 몽골계 아저씨도 다들 모여 들어 각자 알아들은 것들을 서로에게 통역하기 시작했다. 주변에서 한바탕 구경거리가 벌어졌다. 스마트폰을 꺼내어 2년 전 화면을 캡처해 두었던 기차 승차권을 보여주면서 그 때 기차에서 당신을 본 적이 있다고 말했다. 승무원은 기차표를 들여다보며 한참을 생각하였으나, 여전히 나를 기억하지 못한다. 스마트폰으로 청포도 사탕 사진을 찾아서 보여주었으나, 이 또한 기억하지 못한다.

어쩌면 기억하지 못하는 것이 당연할 것이다. 시베리아를 횡단하는 기차에 타는 것은 나에게는 특별함이지만, 그 승무원에게는 일상이니 말이다. 그리고 승무원에게는 당연할 수밖에 없는 일상 속에 있던 나를 기억해 주는 특별함을 기대하였던 것이다. 특별함을 경험하고 있던 나는 그 순간을 하나하나 기억을 하겠지만, 일상 속에서 일을 하고 있던 승무원에게는 아주 특별한 경험이 아니라면 기억하기 쉽지 않을 것이다. 나를 기억하지 못한다는 사실이 살짝 아쉽기는 하지만, 시베리아에서 일면식이 있던 사람을 다시 만났다는 신기함으로 섭섭함을 대신했다.

3일 동안 기차타고 병원에 가던 남자

승무원은 나를 알아보지는 못했지만 중간에서 의사소통을 도와주었던 사람은 기차에서 내 앞자리에 앉아 있는 러시아 남자였다. 그는 내 앞자리 할머니의 아들이다. 할머니는 2층 침대로 올라가셔서 피곤한 몸을 안고 잠을 청했고, 아들은 나와 이야기 나누기에 정신이 없었다. 영어와 번역기를 통하여 끊임없이 이야기했다.

할머니는 생물 선생님이셨는데 이제는 나이도 많이 드시고 아프셔서 때로는 본인 몸을 가누기조차 힘들다고 한다. 최근에는 몸이 더 많이 안 좋아져서 노보시비르스크에 있는 대형병원에 진료를 받으러 가기 위해 기차를 탔다고 한다. 그리고 처음 할머니를 모시고 기차에 탔던 사람은 자신의 누나라고 한다. 러시아가 넓은 나라이다 보니 항공편이 잘 연결되지 않는 도시에서 대형 병원에 다녀오려면 1주일은 잡아야 되는 것 같다. 2박 3일 동안 기차를 타고 가서 진찰을 받고 다시 2박 3일 돌아와야 하니 말이다.

남자는 자신의 직업은 변호사이고, 자동차에 관심이 많다고 했다. 나름 러시아 내에서는 여유 있는 삶을 살고 있는 것 같다. 얼마 전 러시아 소치에서 열렸던 자동차 전시회에 다녀왔던 사진들을 보여준다. 또한 치타에 집이 2채 있어서 시내에 있는 집에서는 평일에 일하면서 생활하고, 외곽에 새로 지은 집에서는 주말이나 쉴 때 생활한다고 한다. 이를 위해서 치타 시내에서는 렉서스 승용차를 타고, 외곽에서는 기아자동차 봉고 트럭을 탄다고 한다.

나는 하루 종일 치타 시내를 돌아다녔기 때문에 피곤해서 이제 그만 쉬고 싶은데, 남자의 이야기는 끊이지 않는다. 나와 함께 이야기를 하

오래된 철도

는 것이 신기하고 재미있는 것인지, 원래 말이 끝없는 성격의 사람인지는 모르겠다. 페이스북 아이디를 알려달라고 하더니 그 자리에서 친구신청도 했다. 자신의 페이스북에 올려놓았던 러시아 소치 사진, 자동차 사진, 아내 사진, 심지어 아프리카의 재미있는 동영상까지 보여준다. 그러다가 눈 덮인 바이칼호수 위에서 곰이 총을 맞고 사살된 사진까지 보여준다. 곰은 사람을 물어 죽여서 사살되었다고 한다. 거기까지는 좋았는데, 곰한테 얼굴과 가슴이 할퀴어 죽은 사람의 사진까지 보여준다.

나를 반갑게 맞이해준 마음은 고맙지만 이쯤 되면 이 친구에게서 어떻게 벗어날 것인지를 고민해야 할 시점이 온 것 같다. 그리고 무엇보다도 이제 밤도 깊어지고 있어서 저녁식사를 해야 했다. 고민하던 때에 2층에 계시던 할머니도 배가 고프신지 식사를 하시기 위해 내려오셨다. 나는 모자가 편하게 식사를 하시라며 자연스럽게 자리를 비켜 드리면서 남자와 이야기에서 빠져나왔다.

지도에서조차 찾기 힘든 간이역

사람이 한평생을 살아가면서 바이칼호수에 가볼 수 있는 기회가 몇 번이나 있을까? 뉴욕, 런던, 파리, 북경도 아니고 아마 대부분의 사람들은 바이칼호수와 인연을 맺지 못하고 살아갈 것이다. 그리고 바이칼호수와 인연이 닿았다고 하더라도 지도에서조차 찾기가 쉽지 않은 외딴 마을과 인연을 맺어본 사람은 얼마나 될까? 이르쿠츠크도 알혼섬도 슬류탄카도 아니고, '바이칼스크'라는 지도에도 잘 나오지 않는 조 그만 간이역이 있는 마을에 말이다. 시베리아 횡단을 계획하면서 전혀 의도하지 않았으나, 바이칼스크(Baykalsk, Байкальск) 역은 2016년 시베리 아 횡단과 2018년 동 시베리아·몽골 횡단을 연결해 주는 연결점이 되 었다. 이 모든 희박한 가능성을 뒤로하고 기차는 나와 바이칼호수의 두 번째 인연을 만들어 주기 위해 시베리아 횡단 마지막 구간을 달려가 고 있다.

새벽이 되고 날이 밝아오기 시작했다. 시베리아 횡단 마지막 구간이 얼마 남지 않았다. 언제부터였는지는 모르지만 눈을 떴을 때 기차는 바이칼호수를 오른쪽에 끼고 달리고 있었다. 바이칼스크는 조그만 마 을이라 식사를 할 수 있는 곳이 전혀 없다. 한국에서 준비해 간 전투 식량으로 아침식사를 했다. 맛은 없지만 물만 부으면 되고 어디서든 밥 을 먹을 수 있다는 장점이 있다. 2년 전 여행에서 생쌀과 같은 밥을 씹 어 먹던 추억을 되살리기 싫어서 인터넷으로 구입하여 준비해 온 것들 이다.

아침식사를 마칠 때쯤 승무원이 내 자리로 와서 내릴 준비를 하라고 알려줬다. 주변 사람들 때문에 조금은 귀찮기도 했지만, 평범하게 살 아가는 사람들에 대한 친숙함이 느껴지는 하룻밤이었다. 한 명, 한 명 악수하며 작별인사를 했다. 특히 아들과 함께 노보시비르스크에 가시 는 할머니께는 건강을 회복하셨으면 하는 마음에서 90도로 깍듯하게 인사를 했다. 승무원은 자신을 알아봤는데, 본인은 나에 대한 기억이 나지 않아서인지 미안한 듯 미소를 지으며 잘 가라고 인사를 건넸다. 2 년 전 이르쿠츠크 역에서처럼.

오래된 철도

▲ 바이칼스크 역 철길

어느덧 기차는 바이칼스크 역 플랫폼에 들어서고 있었다. 유라시아 전 구간 횡단을 모두 마치는 순간이다. 역시 이번에도 낯선 시골 기차 역에서 내리는 사람은 몇 명 되지 않았다. 나를 내려놓은 기차가 출발 하기도 전에, 아무것도 바뀔 것이 없을 것 같은 간이역에서 바뀌어 버 린 하나를 발견했다. 바로 역 앞에 있던 두 개의 낡은 벤치 중에 하나 가 없어진 것이다. 2016년 그때 지금은 없어진 벤치에 앉아 기차를 기 다리며, 바이칼호수에서 집에 갖고 가겠노라고 예쁘다고 집어 온 돌을 내려놓았었다. 욕심이 앞서 너무 많은 돌들을 들고 왔지만, 무거운 배낭을 서울까지 메고 갈 용기가 나지 않았다. 나에게 선택받았다가 버림받은 돌들이 망부석이 되어 나를 원망하며 기다리고 있었는지도 궁금했다. 그러나 벤치도 돌도 모두 흔적 없이 사라졌다. 하긴 기차역이 말을 하지 못해서 그렇지 만약 말을 할 줄 알았다면 간이역이 많이 변했다고 안타까워하는 나를 보며 지난 2년간 많이 힘들었냐고, 얼굴이 많이 상했다고 했을지도 모른다.

▲ 새벽 물안개가 아직 걷히지 않은 바이칼호수

오래된 철도

2년 전 갔던 길을 따라 바이칼호수로 향했다. 아직 이른 아침이라 호수에 물안개도 걷히지 않았다. 지도에서조차 찾기 힘든 이곳에 다시 오게 될 줄이야. 2년 전과는 또 다른 감동이 밀려온다. 굳이 말로 표현하지만 2년 전에는 '내가 이곳 바이칼호수에 드디어 올 수 있을 줄이야'라는 호수를 만날 수 있었다는 사실에 대한 감동이었고, 지금은 '내가 이곳에 다시 오게 될 줄이야. 참으로 대단한 인연이다'라는 신기한 인연에 대한 감동이다. 물안개 걷히는 바이칼호수 모습을 한참 동안 바라보다가 역으로 되돌아 왔다.

▲ 바이칼스크 마을

▲ 바이칼스크 역에서 봉사활동을 하는 소녀와 횡단철도

바이칼스크에서 울란우데로 가는 기차는 11시 57분에 출발한다. 아직 기차 출발시간까지는 한 시간 이상 남았다. 아무도 없는 역 플랫폼에서 이제는 혼자 남은 벤치에 앉아 『부활』을 읽었다. 벤치도 혼자이고 나도 혼자이다.

기차역에 벨 소리가 울려 퍼지면 화물기차가 다가온다는 알림이다. 어느 순간부터 벨 소리가 들릴 때마다 책을 읽다 말고 고개를 들어 나 혼자 화물기차 칸수 세어보기 게임을 했다. 혹시 지난번에 본 147칸이 넘는 기차를 볼 수 있을까 하는 기대감에서이다. 하지만 대부분 70~80칸 길이의 기차이고, 지난번처럼 중간에 기관차를 넣어 연장한 기차는 보지 못했다. 그러던 중 화물기차가 아닌 녹색 기차 한 대가 지나가는 것을 발견했다. 빠르게 지나가는 기차 옆면에는 울란바토르와 이르쿠츠크 목적지가 쓰여 있다. 바로 내가 내일 올라타는 기차이다. 기차는 이르쿠츠크에 도착하여 사람들을 내려놓고 내일 다시 울란바

오래된 철도

토르로 향할 것이고, 나는 울란우데에서 그 기차에 올라타고 울란바토르로 간다.

어느덧 나 혼자였던 기차역에 중학생쯤 되어 보이는 여자 둘이 나타났다. 역 직원 안내를 받은 후 안전조끼를 입고 풀을 뽑기 시작한다. 아마도 우리나라 학생들처럼 역에서 봉사활동을 하는 것 같다. 그렇게 바이칼스크에서 허락된 3시간이 모두 지나가자 울란우데로 향하는 기차가 플랫폼으로 들어왔다.

'바이칼스크와 인연은 지금 이 순간이 정말 마지막이겠지…' 그러나 모른다. 우연하게 시작된 질긴 인연이 시베리아 한복판 외딴곳 간이역을 세 번째 찾게 할지도.

04

러시아의 갈라파고스 부랴트 공화국
울란우데

▲ 울란우데 역

모든 것은 사람 마음먹기 나름인 것 같다. 바이칼스크에서 울란우데까지는 4시간 44분 걸린다. 한국에서라면 무궁화호를 타고 서울역에서 부산역까지 갈 수 있는 아주 멀고도 지루한 시간이지만, 시베리아에서는 바로 옆 동네에 가는 것처럼 가깝게 느껴진다. 기차에 타서 얼마 되지 않았는데 수면제를 먹은 듯 잠에 빠져들었다. 다시 눈을 떴을 때 기차는 바이칼호수와 인연을 끝내고 몽골에서 발원하여 바이칼호수로 흘러들어 가는 셀렝가 강을 따라 달리기 시작했다. 그리고 곧 울란우데역에 도착하였다.

울란우데 역은 도심이라고 할 수 있는 레닌광장에서 도보 15분 정도로 멀지 않은 곳에 위치해 있다. 역을 나와 배낭은 어깨에 짊어지고, 시베리아에 내리쬐는 태양은 머리에 짊어지고 호텔로 걸어갔다. 예약한 호텔은 레닌광장 주변에 있는 바이칼플라자(Baikal Plaza) 호텔이다. 바이칼플라자 호텔은 울란우데 레닌광장 및 관공서 바로 옆에 위치하고 있는 호텔로 예전에는 가격이 매우 비쌌다고 한다. 그러나 지금은 노후화되고 새로운 호텔들이 만들어짐에 따라 예전보다 가격이 많이 저렴해졌다고 한다. 한국을 떠나 단 하루도 제대로 쉬어본 적이 없었고, 다음날 몽골로 출발하면 베이징에 도착하기까지 제대로 된 곳에서 쉴 수없다. 하루라도 편안하게 쉴 수 있도록 울란우데에서 나름 고급이라는 이 호텔을 예약했다. 물론 고급 호텔이라고 해서 한국에 있는 고급 호텔과 같은 의미의 고급은 아니고, 약 6만 원 정도의 가격에 그리 비싸지 않은 곳이다. 마치 하얀 병원과 같은 작고 오래된 건물이지만, 울란우데 최고급 호텔로 군림했던 과거를 기억하고 간직하는 나름대로 명예를 지키기 위해서 절제된 멋을 내고자 한 호텔이다. 연세가 있으신 어르신들께서 이제는 오래되었지만 나름 깔끔하고 멋스러운 정장을 차려입고 외출하시는 것 같은 모습이랄까?

호텔에 체크인하기 위하여 직원에게 바우처를 내밀었다. 그런데 갑자기 직원이 바우처에 쓰여 있는 한글을 보자 한국말로 "한국 분이세요?"라고 말을 건넨다. 블라디보스토크를 떠나 처음으로 들어보는 우리말이었다. 깜짝 놀라서 직원을 바라봤지만 분명 한국 사람은 아니었다. 나는 "한국 분이 아니신 것 같은데 어떻게 한국말을 잘하세요?"라고 물었다. 직원은 쑥스러운 표정으로 "그냥 한국이 좋아서 한국어를 혼자 공부했어요."라고 대답한다. 그 직원은 자신은 러시아 내 부랴트 공화국 사람이고, 부랴트인(몽골계 민족. 정확하게는 몽골족과는 구별된다고 한다)이라고 한다. 가끔 한국 사람이 호텔에 오냐고 물어보자, 거의 오지 않는다고 한다. 한국 사람을 만난 것이 너무 반가웠던 것일까? 조식이 포함되지 않은 호텔을 예약했는데, 직원은 내일 아침을 먹을 수 있는 조식 쿠폰 하나를 웃으면서 넣어준다.

부랴트 공화국은 러시아 내에 독립하지 못하고 남아 있는 자치 공화국 가운데 하나이다. 면적은 한반도보다 약 1.5배 이상 넓은 351,300km²(남한 100,363km²·북한 120,538km²)이고 수도는 울란우데이다. 부랴트 공화국은 소련이 붕괴될 때 왜 독립하지 못했을까? 라는 의문이 들었다. 개인적인 생각이지만 일단 사람들 생김새로 보아 울란우데에는 부랴트족보다는 러시아 백인이 더 많은 것으로 보였다.[35] 러시아

---

35) 소련이 해체되던 1989년 기준으로 부랴트 공화국 인구 구성은 러시아인 69.9%, 부랴트족

백인들이 많은 상태에서 독립하기는 쉽지 않았을 것이다. 또한 러시아 내 부랴트족은 약 40만 정도로 절대적인 인구도 많지 않았다. 그리고 마지막으로 부랴트 공화국에는 시베리아 횡단철도가 지나간다. 만약 부랴트 공화국이 독립을 하게 된다면 러시아로서는 시베리아 횡단철도라는 대동맥의 허리가 끊어지는 나라가 될 것이기 때문에 절대로 독립을 허용하지 않을 것이다.

그리운 역사를 기억하는 개선 행진곡

호텔 방에서도 레닌광장에 있는 레닌 두상이 보인다. 해가 저물기 전 광장과 시내를 돌아볼 생각으로 길을 나섰다. 샤워하고 나선 길이라 발걸음도 가볍다.

레닌광장에 있는 레닌의 두상은 러시아에서 가장 큰 두상이라고 한다. 내가 유일하게 본 레닌 두상이기도 하지만, 가장 큰 두상이라고 표현하는 것을 보니 다른 도시에도 레닌 두상이 있는 것 같다. 레닌 두상 앞에서 사진을 찍고 두상 아래에 앉아 광장 주변을 바라보았다.

광장 건너편에는 패스트푸드점 서브웨이(Subway)가 있다. 러시아에는 미국계 패스트푸드점 가운데 서브웨이가 가장 많은 것 같다. 그런데 울란우데뿐 아니라 러시아 내 다른 도시들도 레닌광장 주변에 미국계 패스트푸드점이 있는 경우가 많다. 왜 그럴까? 광장에 홀로 앉아 곰곰이

24%이다(위키백과사전).

생각해 보았다. 내가 내린 결론은 러시아 사회주의의 상징이었던 레닌의 동상은 항상 도시의 가장 중심 광장에 자리 잡고 있다. 자연스럽게 레닌광장은 그 도시에서 유동인구가 가장 많은 지역이 된다. 미국계 패스트푸드점들은 유동인구가 많은 곳에 입점하다 보니 레닌광장 주변에 들어서게 되는 것이다. 결국 일부러 그렇게 만든 것은 아니지만, 사회주의 혁명을 한 레닌과 자본주의 상징인 미국 패스트푸드점이 서로를 바라보며 불편한 동거를 하는 결과가 되는 것 같다.

광장에서 길 건너편에 있는 분수대로 갔다. 분수대 주변 벤치에는 시베리아의 여름날 저녁을 즐기기 위하여 나온 사람들로 가득했다. 분수대 한쪽에는 오페라&발레 극장이 있고, 극장 위에는 깃발을 들고 말을 탄 사람 조각상 두 개가 있다. 극장 뒤로 난 길로 사람들 왕래가 끊이지 않는다. 길을 따라가 보니 울란우데에서 가장 번화한 길 중에 하나라고 할 수 있는 아르바트 길이다. 넓은 길 양쪽으로 상점들과 작은 마차 같은 곳에 예쁜 물건이나 아이스크림을 팔고 있는 사람도 있었다. 그리고 가운데에는 사람이 다니는 길이 있고 군데군데 꽃을 심어 놓았다. 백화점과 같은 상점 안에 들어가 보니 우리나라 화장품 미샤 (MISSHA) 가게도 눈에 보인다. 미샤 옆에 있는 작은 아이스크림 가게에서 65루블을 주고 콘으로 된 아이스크림을 하나 입에 물었다. 울란우데에서 가장 놀랐던 것 중 하나는 러시아 다른 지역 사람들과 달리 적은 돈이라도 현금을 사용하는 사람보다 신용카드를 사용하는 사람이 절대다수라는 점이다. 아르바트 거리 끝에 있는 서브웨이에서 샌드위치로 저녁을 먹고 호텔 방향으로 돌아왔다. 시간은 이미 저녁 8시가 넘어 어둠이 찾아오고 있었다.

▲ 브랴트 족 남매

　어디를 가보고 싶다는 특별한 목적지가 없었기에 호텔로 돌아가기 편하도록 분수대 방향으로 다시 돌아왔다. 분수대 주변에는 벤치에 앉아서 이야기를 나누는 사람, 유모차를 끌고 나온 가족, 친구들과 놀고 있는 사람 등 여름밤을 즐기는 사람들로 가득 차 있었다. 몸은 피곤하지만 호텔로 들어가기에는 너무 이른 시간이고 러시아에서 마지막 밤이라는 생각에 무엇인가 아쉬웠다. 그렇다고 특별하게 할 것도 없었기 때문에 분수대 주변 벤치에 앉아 사람 구경을 했다.

　벤치에 앉아 가만히 사람들을 살펴보니 울란우데에는 러시아 백인과 부랴트 족이 함께 살아가기는 하지만 같이 어울리는 것은 많이 보지 못했다. 남녀가 연인처럼 함께 어울리는 것은 두 번 정도밖에 보지 못했고, 부부인 것처럼 보이는 경우는 한 번도 보지 못했다. 물론 그렇다고 서로에게 적대감을 가진 것도 보지 못했다.

어느덧 해가 완전히 서쪽 하늘로 넘어가고 어둠이 찾아오자 분수대에 조명이 들어왔다. 주변에서는 웅장하게 개선 행진곡 같은 음악이 흘러나오고, 분수대는 화려한 춤을 추는 듯 음악과 조명에 맞추어 높다랗게 물을 뿜어낸다. 분수대를 비추는 보라색과 초록색 조명 사이로 보이는 오페라&발레 극장 위에 있는 말에 탄 두 명이 개선장군 같아 보인다. 나도 전쟁에서 승리하고 고국으로 돌아오는 개선행진에 참석한 것 같은 느낌이다. 어쩌면 칭기즈칸 같은 조상들의 개선 행진곡이 울려 퍼지던 그 순간이, 러시아 내 소수민족으로 살아가고 있는 부랴트족들이 가장 기억하고 싶은 그리운 역사가 아닐까 싶다.

호텔에 체크인을 할 때 한국말을 할 줄 아는 직원에게 울란우데에서 가볼 만한 곳을 추천해 달라고 부탁했다. 직원은 예상치 못한 질문에 수줍게 망설이더니, 혹시 종교가 불교이시면 라마사원에 가보셔도 좋을 것 같다고 한다. 종교를 떠나 이미 치타에 있던 라마사원에서 실망했기 때문에 굳이 또 가봐야 할까라고 생각했다. 그러나 인터넷에서 울란우데에 있는 라마사원을 검색해 보니 나름대로 방문자가 있는 곳 같다. 호텔에서 체크아웃하기 전 아침 일찍 라마사원에 다녀올 생각으로, 어제 챙겨 받은 쿠폰으로 호텔 조식을 먹고 길을 나섰다.

구글 지도로 검색해보니 라마사원까지 걸어가면 약 1시간 정도 걸린다. 치타에서 라마사원에 가기위해 걸어갔던 것과 비슷한 시간이기는 하지만 걸어서 다녀오면 체크아웃 때까지 시간적으로 여유롭지 않을 것 같다. 그리고 빗방울이 떨어질 듯 날씨마저 흐렸다. 걸어가지 않도록 내 자신을 설득하기 위한 충분한 변명 논리를 마련한 후 스마트폰으로 택시를 호출했다. 잠시 후 택시가 도착하자 택시기사에게 구글 지도에 있는 라마사원 사진을 보여주었더니 알았다는 의미로 고개를 끄덕인다.

택시기사가 목적지를 확인한 후 나를 보며 "China?"라고 묻는다. 중국인이냐고 묻는 것 같아서 "Korean"이라고 대답했다. 그때 택시 옆에는 할리데이비슨 오토바이 6~7대가 줄을 지어 신호를 기다리고 있었다. 택시기사는 오토바이들을 가리키며 "China"라고 말했다. 택시기사는 오토바이를 단체로 탄 사람들이 중국인이라고 생각했고, 나도 중국인과 비슷하게 생겨서 중국인이냐고 물어본 것이다.

신호가 바뀌고 오토바이 몇 대가 먼저 택시 앞으로 나아가자 택시기사는 다급하게 오토바이를 가리키며 "Korea! Korea!"라고 하는 것이다. 고개를 돌려 오토바이를 바라보니 번호판에 '대전 대덕', '전주 완산' 이렇게 쓰여 있다. 말 한마디 나누어보지 못해서 정확하게는 모르지만, 아마도 한국 사람들 6~7명이 오토바이를 타고 시베리아를 횡단하고 있는 것 같다. 기차를 타고 시베리아를 횡단하는 것도 참 멋진 일이지만, 오토바이를 타고 시베리아를 횡단하는 것도 정말 멋지고 낭만 있는 일이다. 정말 멋진 인생을 사는 사람들이다. 얼마 전 여행을 준비하면서 인터넷 개인블로그를 찾아보게 되었다. 20대 여자가 자동차로 시베리아를 횡단하면서 여행기를 블로그에 게시하고 있었다. 나에게도 자동차나 오토바이를 타고 다시 시베리아를 횡단할 수 있는 날이 올지는 모르겠다.

사람들은 서로 중요하게 생각하는 것들이나 가치관이 다르겠지만, 적어도 나는 이들에게 정말 멋지게 인생을 사는 사람들이라고 생각하고 기립박수를 보내주고 싶다.

풍경에 압도당한 라마사원

택시기사가 사원으로 가기 위해서 최단거리 길을 택했기 때문일지는 모르지만, 사원으로 가는 길은 걸어가기에는 곤란한 길이었다. 치타에서 라마사원에 갈 때는 오르막이기는 하였지만 급경사는 아니었고, 큰 길을 따라 걸어가는 길이다. 그런데 울란우데에서는 힘이 많이 들 정도로 가파른 오르막길이었고, 좁은 길들을 찾아가는 것도 쉽지 않았다.

아마도 걸어갔으면 매우 힘들고 곤란한 처지가 될 뻔했다. 택시를 타고 가기 위하여 내 자신을 설득하기 위한 것들이 변명이 아닌 합리적인 선택이 되었다.

　라마사원은 나지막한 산과 같은 언덕에 자리 잡고 있다. 사원이 있는 언덕에 올라오기 전까지 울란우데가 왜 몽골계 부랴트 민족의 터전인지 알지 못했다. 라마사원이 있는 언덕에 올라온 뒤에야 비로소 그 까닭을 알게 되었다. 울란우데는 사방이 온통 푸른 초원이다. 초원 한가운데 바이칼호수로 흘러들어 가는 셀렝가 강이 흐르고, 강 주변에 사람들이 모여 사는 곳이 바로 울란우데이다. 러시아 어느 곳에서도 이런 초원은 보지 못했다. 드넓은 초원이 있었기에 몽골계 부랴트족들의 터전이 될 수 있었던 것이다. 라마사원을 보기 위해 이곳에 왔는데, 드넓게 펼쳐진 초원 모습에 흠뻑 빠져 정작 라마사원은 눈에 들어오지 않는다.
　고개를 돌려 바라본 라마사원은 비교적 오래되지 않은 사원이다. 사원 문을 열고 안으로 들어가자 아침시간에 이루어지는 스님들 종교의식을 볼 수 있었다. 뒤에 마련된 의자에 잠시 앉아 의식을 지켜보았다. 라마교 하면 티베트인과 몽골인들 종교로만 생각하고 있었는데, 얼굴이 하얀 스님이 눈에 들어온다. 순간 내가 잘못 본 것이 아니라 잘못 생각한 것이라는 생각이 들었다. 백인, 슬라브족이라고 해서 라마교를 믿지 말라는 법은 없으니 말이다.

　　　　　　　　　　　　　　　　　　　　　오래된 철도

▲ 라마사원에서 바라 본 울란우데

▲ 라마사원의 백인 수도승

울란우데 세종학당

울란바토르로 떠나는 기차 출발시간은 15시 45분으로, 호텔을 체크
아웃한 이후에도 3시간 이상 시간적 여유가 있다. 점심식사를 하고 커
피까지 마시더라도 약 2시간 정도는 딱히 할 일이 없다. 그렇다고 무거
운 배낭을 메고 꼭 가봐야 하는 곳이 있는 것도 아니다. 라마사원에서
돌아오는 택시에서 내리다가 레닌광장을 바라보니 무슨 공연을 하는
지, 축제를 하는 것인지 사람들로 북적이고 있었다. 체크아웃 이후 남
는 시간은 레닌광장에서 개최되는 행사를 보면 될 것 같다.

오래된 철도

오전 11시 45분 호텔을 체크아웃 하고 레닌광장으로 향했다. 광장에는 가운데 전광판과 무대가 설치되어 있었고, 주변에는 다양한 간이 천막부스들이 가득 차 있었다. 그리고 부랴트, 러시아 등 다양한 민족 전통 의상을 입은 학생들이 돌아다녔다. 어떠한 행사를 하는지 한참을 바라보았지만 전혀 이해가 되지 않는다. 결국 행사에 대하여는 특별한 재미를 느끼지 못하고 돌아다니다가 레닌 두상 아래 앉아 사람들 구경을 했다.

짧은 머리에 쌍꺼풀 없이 검게 그을린 얼굴을 한 건장한 부랴트족 남자는 한 손에는 꽃다발과 다른 한 손에는 아이스크림을 들고 초조한 마음으로 누군가를 기다린다. 잠시 후 30대 정도의 부랴트족 여자와 여자의 딸처럼 보이는 아이가 나타난다. 남자는 여자에게 꽃다발을 주고, 아이에게는 아이스크림을 건넨다. 아이스크림을 받아 든 아이는 레닌 두상 앞을 뛰어다니고, 남자는 주머니에 있던 손수건을 꺼내 여자가 앉을 수 있도록 자리를 마련해 준다.

호텔에서 조식을 든든하게 먹은지라 배는 고프지 않았다. 행사장 주변에 많은 사람들이 있었지만 특별한 호기심은 생기지 않았다. 그렇게 행사에서 점점 관심이 멀어지던 순간 뒤에서 한국사람 목소리가 들렸다. 깜짝 놀라서 뒤를 돌아보니 사회자가 한복을 곱게 차려입은 한국 여학생들을 인터뷰하는 모습이 레닌광장에 설치한 전광판에 나왔다. "안녕하세요. 저희는 울란우데 세종학당입니다."라고 소개하고서는 화선지 위에 한글로 '바이르'라고 써서 사회자에게 보여주었다. '울란우데 세종학당이 뭐지?' 한번 찾아봐야겠다는 생각으로 일단 전광판이 있는 곳으로 갔다.

전광판 앞으로 갔지만 울란우데 세종학당이라는 곳은 찾을 수 없고,

대신 전광판 앞 무대 위에는 유도시합이 개최되고 있었다. 파란색과 흰색 도복을 입은 두 팀에서 번갈아 몇 명씩 나와 유도 경기를 하고 있었는데, 선입견 때문인지 자꾸 파란색과 흰색 도복이 눈에 보이는 것이 아니라 부랴트족과 러시아 백인이 경기하는 모습만 눈에 보이는 것이다. 그리고 나도 몰래 내심 상대적으로 숫자가 적었던 부랴트족 학생이 이기는 것을 응원하고 있었다.

유도경기, 춤 공연 등이 끝날 때까지 세종학당이라고 인터뷰한 한국 여학생은 찾을 수 없었다. '점심식사나 먹으러 가야겠다.'라고 생각하며 레닌광장을 빠져나오는데 유독 많은 사람들이 몰려 있는 천막부스가 하나 있었다. '어떤 부스인데 사람들이 저렇게 많이 몰려있지?'라고 생각하며 좀 더 자세히 바라보았는데 바로 그곳이 세종학당 부스였다. 한복을 입은 한국 여학생들은 줄을 서서 기다리고 있는 러시아 사람들에게 화선지에 한글을 써서 나누어주고 있었다. 가만히 다가가서 옆에 서 있던 한 여학생에게 "지금 여기에서 사람들 뭐 하는 거죠?"라고 물었다. 여학생은 갑자기 한국말로 말을 건넨 남자를 보고 놀라더니, 자신도 온 지 얼마 되지 않아서 잘 모르지만 교육포럼 같은 것을 하는 것 같다고 한다. 본인도 한글을 써달라고 요청을 받아서 왔을 뿐 무엇을 하는지는 정확하게 모른다고 한다.

시베리아를 횡단하면서 한국 사람을 거의 보지 못했는데, 오늘 아침에 우연히 오토바이를 탄 한국 사람들을 봤고, 점심에는 울란우데 세종학당까지 두 번이나 본 하루이다. 무엇보다도 기분이 좋았던 것은 한복을 입은 학생들이 화선지에 써주는 한글 종이 한 장을 받기 위해 많은 러시아 사람들이 기다리고 있었다는 것이다. 나도 글씨라면 잘 쓰는 편이라 필요하다면 도움을 주고도 싶었지만, 아무도 나에게 관심이 없다.

오래된 철도

▲ 울란우데 세종학당
▼ 레닌광장에서 펼쳐진 유도경기

05

러시아에서
몽골로 넘어가는 국경

▲ 러시아 · 몽골 국경 검문소에 정차해 있는 기차

말보다 눈빛으로 통하는 세상

울란우데 역으로 출발하기 전 레닌광장 근처에 있는 대형 슈퍼마켓에서 기차를 타고 가면서 먹을 것들을 샀다. 이 대형 슈퍼마켓에는 라면, 맥주 등 한국식품도 팔고 있었다. 어젯밤에도 이곳에서 코젤 맥주와 안주로 신라면을 사서 과자처럼 먹었다. 이제 러시아를 떠나 몽골로 가야 하니, 주머니에 마지막 남은 러시아 루블 잔돈을 모두 모아 물과 음료수를 샀다. 계산대에서 계산이 길어지는 사람이 있었다. 나도 무거운 배낭을 메고 줄을 서 있었지만, 내 뒤에 제법 나이가 있는 백인이 나보다 더 큰 배낭을 메고 줄을 서 있었다.

레닌광장에서 울란우데 역까지는 도보로 약 15분 거리로 그다지 멀지 않지만, 역으로 향하는 길이 차도와 인도가 잘 구분되지 않았고 오래된 차량에서 내뿜는 매연을 마시면서 걸어가야 했다.

기차 출발까지는 시간적인 여유가 있어서 천천히 걸어갔다. 지나가는 길에 있던 꽃 가게 앞에서 사진도 찍으면서 걸어가는데 조금 전에 슈퍼마켓에서 본 백인이 지나간다. 나보다 나이는 많지만 배낭을 메고 걸어가는 것 보니 체력은 훨씬 좋은 것 같다. 나도 나름대로 부지런히 걷기 시작했지만 백인을 따라잡을 수 없었다. 그 백인은 울란우데 역 방향으로 걸어갔고, 어느 순간에는 내 앞을 너무 앞서 가는 바람에 시야에서 사라졌다.

기차 출발시간보다 한 시간 이상 일찍 울란우데 역에 도착했다. 물론 시간적 여유도 있었지만, 정확한 시간에 맞추어 역으로 왔는데 '국제열차를 타는 역은 이곳이 아닙니다.'라고 하는 상황이 발생하면 큰 낭패가 될 수 있다. 그런 일이 발생하지 않도록 기차역이 맞는지, 타는 곳이

오래된 철도

어딘지 미리 살펴보아야 했다. 역내 설치된 기차 시간표에 내가 타는 기차번호가 쓰여 있는 것을 보니 제대로 찾아온 것 같다. 그래도 혹시나 하는 생각에 'Information'이라는 표지가 있는 곳에 기차표를 내밀며 물어보았다. 그러자 안내하는 분은 내 눈을 한번 바라보더니 아무 말도 묻지 않고 메모지에 3:00라고 써 준다. 안내하시는 분은 내가 하는 말이 무슨 말인지 언어적으로는 정확히 알아듣지 못했으면서, 수많은 외국인을 상대한 노하우로 특별한 설명 없이 3:00라고 써준 것이다. 나 역시 특별한 말없이 써 주는 것을 보고 '이 기차역이 맞고, 3:00의 의미는 기차는 15시 45분 출발이고 역에는 15시에 도착한다는 의미구나'라고 생각했다. 사람 사이에 생각과 의사가 소통하는데 말은 분명 편리하고 정확한 수단이기는 하지만 그것만이 전부는 아닌 것 같다.

▲ 울란우데 슈퍼마켓

1960년생 독일인 남자

▲ 울란우데 역에 정차되어 있는 울란바토르로 향하는 국제열차

   대합실 한구석에 배낭을 내려놓고 기차가 도착하기를 기다리고 있었다. 오늘 하루 종일 흐리다가 맑다가를 반복했던 하늘에서는 결국 비가 내리기 시작했다. 이슬비는 이내 역사 플랫폼을 적시기에 충분할 정도로 조금씩 굵어진다. 맑은 날씨 속에서 동 시베리아 여행을 마치고 러시아를 떠나는 순간, 내가 러시아를 떠나는 것이 안타까워서인지 마지막 순간에 촉촉한 비가 내린다. 예카테린부르크, 상트페테르부르크에서 이슬비가 내린 것을 제외한다면 유라시아를 횡단하는 내내 비로 인한 불편함은 없었다. 하느님께서 여행을 위한 적절한 날씨를 내려주신 것에 감사드린다.

오래된 철도

▲ 울란바토르로 향하는 오래된 기차

  3시를 조금 넘은 시간, 전날 바이칼스크 역에서 이르쿠츠크 방향으로
달려가는 것을 봤던 기차가 플랫폼으로 들어온다. 이제 비가 제법 장맛
비처럼 내리는 가운데, 역내 육교를 통해 기차가 정차해 있는 플랫폼으
로 갔다. 지금 타려고 하는 기차의 기차표 한 장은 얼굴조차 모르는 여
러 사람의 도움과 배려로 구할 수 있었다. 블라디보스토크에 있는 동생
원구, 원구와 같이 일하는 직원, 그리고 직원 친구 가운데 울란우데에
살고 있는 친구 등 여러 사람의 손을 거쳤다.
  비가 내리는 가운데 기차 각 객차 앞에는 파란색 치마 정장에 스카
프를 두른 몽골 승무원들이 대기하고 있었다. 60~70년대를 다룬 드라
마에 나올법한 조금 촌스러운 모습이기는 하지만, 분명 우리나라 사람
과 닮았다. 승무원에게 기차표를 확인받고 객차에 들어서니 시베리아
를 달리는 기차의 2등실 객실처럼 4인 1객실로 이루어져 있다. 아직 객

실에는 나 혼자뿐이었다. 창밖에도 탑승을 기다리는 사람이 없어서 울란바토르까지 혼자 타고 가게 될지도 모른다는 생각이 들었다.

객실 내 침대에 배낭을 내려놓고 다시 플랫폼으로 내려갔다. 내일 아침까지는 기차에서 가만히 있어야 하니, 기차가 출발하기 전에 스트레칭이나 할 생각이었다. 그러고도 시간이 남아 육교 아래에서 이리저리 돌아다니는데, 아까 슈퍼마켓에서 봤던 백인이 기차에 탑승하는 것을 보았다. 그것도 내가 탄 객차와 같은 객차에 말이다. '저 사람도 기차를 타기 위해 역으로 오면서 슈퍼마켓에서 물을 사던 사람이었네. 사람들 생각과 행동하는 것이 많이 다르면서도, 다르지 않구나.'라는 생각이 들었다. 잠시 후 기차 출발시간이 얼마 남지 않아 객실로 돌아왔다. 그런데 객실에는 아까 본 그 백인이 앉아 있었다. 나와 백인 단 둘이 러시아에서 몽골로 여행하게 된 것이다. 사람 인연이라는 것이 참으로 묘한 것 같다. 마치 영화 〈첨밀밀〉에서 여명과 장만옥이 홍콩으로 향하던 기차 앞뒤 자리에 앉아 있던 것처럼 말이다.

나와 백인은 서로 의사소통이 쉽지 않을 걸 잘 알기에 서로 먼저 말을 건네지 않았다. 백인은 사진을 찍기 위해서 복도와 객실을 오가다가 만난 바로 옆 객실에 탑승한 자신과 나이가 비슷한 백인 여자와 이야기하기 시작했다. 이야기가 들리는 것으로는 나와 같은 객실에 탑승한 남자는 독일 사람이고, 옆 객실 여자는 스페인 사람인 것 같다. 국경을 통과할 때 여권과 서류를 작성하는 것을 보니 1960년생 독일인이었다. 체력이 아직 남아 있는 은퇴시점에 시베리아와 몽골을 배낭여행하는 것 같다. 어쩌면 미리 본 나의 미래일지도 모른다.

한동안 같이 대화를 할 수 있는 유럽 사람을 만나지 못했다가 스페인 여자를 만나니 반가웠던 것 같다. 독일 남자는 스페인 여자와 이야

오래된 철도

기를 나누기 위해 러시아-몽골 국경에 도달할 때까지 목소리만 들릴 뿐 내가 있는 객실에는 나타나지 않았다.

바이칼호수로 흘러가는 초원의 강

내리던 비도 잠시일 뿐 기차가 울란우데 시내를 벗어나자 하늘은 다시 맑아지기 시작했다. 라마사원이 있는 언덕에서 바라보던 초원이 기차 창밖으로 펼쳐진다. 기차에 탑승한 사람들은 연신 감탄사를 연발하며 복도(기차 진행방향 오른쪽)와 객실(왼쪽)을 돌아다니며 사진 찍기에 여념이 없다. 그러나 사진을 찍고 나면 더 좋은 광경이 펼쳐지고, 그래서 다시 찍고 나면 더 좋은 광경이 펼쳐지기를 반복했다. 사람들은 어느 순간에는 그 모습이 그 모습 같고 사진을 충분히 많이 찍은 것 같다고 생각해서인지 서서히 그만둔다.

나 역시 굽이굽이 흐르는 셀렝가 강이 초원과 적절하게 어울려 있는 기막힌 자연의 모습을 사진 찍기에 바빴지만, 어느 순간 사진 찍는 것도 지겨워지기 시작했다. 그리고 무엇보다도 스마트폰 배터리를 절약해야 했다. 기차에서 배터리를 충전하려고 했는데, 충전기 코드를 꽂는 구멍이 우리나라와 같은 듯 달랐다. 분명히 우리나라와 같은 220v 구멍인데 구멍이 너무 커서 충전이 되지 않는다. 원래 구멍이 우리나라보다 큰 것인지, 기차가 너무 오래되고 오랜 사용으로 구멍이 넓어져서 충전이 되지 않는 것인지는 모르겠지만 객차 내에 있는 모든 콘센트는 사정이 마찬가지였다.

어제 바이칼호수로 흘러들어 가는 셀렝가 강을 거슬러 울란우데에 왔고, 오늘 또 이 강을 거슬러 몽골로 들어간다. 강은 고요한 초원 위를 굽이굽이 아무 말도 미동도 없이 흐르고 있다. 사진 찍는 것도 지겨워지고 배터리도 절약해야 해서, 읽다 남은 톨스토이 『부활』을 펼쳐놓고 읽다가 초원을 바라보며 생각에 잠겼다.

중국과 전쟁에서 패해 북쪽으로 도망가던 흉노족 병사는 이 강 한 기슭에서 적군의 추격을 따돌리며 목에 물을 축였을 것이다. 때로는 힘을 길러 전쟁에서 승리하고 개선하면서 여유 있게 강물을 마셨을 것이다. 그리고 전쟁에서 승리하고 고향에 돌아가면 울란우데 분수대에서 펼쳐진 것처럼 많은 사람들의 환호와 개선 음악이 울려 퍼졌을 것이다. 병사들뿐 아니라 이곳을 살아온 수많은 유목민이 강에서 목을 적시고 말들에게 물을 마시게 했을 것이다. 그렇게 오랜 세월 동안 초원을 묵묵히 흐르는 강은 목마른 이들에게 물을 내어주며 이를 지켜보았을 것이다.

기차의 바퀴에서 끝없이 들려오는 덜커덩 소리에 박자를 맞추어 초원을 바라본다. 한없는 이어지는 생각과 생각에 잡혀 정작 손끝에 잡힌 책장은 넘어가지 않는다.

▲ 달리는 기차 창밖으로 보이는 초원과 셀렝가 강

낮부터 쉬지 않고 달리기 시작한 기차는 해질 무렵 국경 검문소에 도
착하였다. 러시아와 몽골 국경에 도달하기 전 러시아 쪽 검문소였다.
검문소에는 러시아와 몽골을 오가는 화물기차들이 정차해 있다. 사람
이나 화물이나 국경 통과에는 시간이 걸리는 것 같다. 승무원은 돌아
다니면서 알아들을 수 없는 말을 하고 다녔고, 승무원 이야기를 듣자
사람들 대부분은 기차에서 내렸다. 나도 당연히 알아들었다는 듯이 같
이 내렸다. 말을 알아들을 수 없을 때에는 다수의 사람들이 하는 것처
럼 행동하면 된다. 기차에서 내린 사람들은 플랫폼에서 사진을 찍거나
담배를 태웠다. 쌀쌀한 찬바람이 몸을 움츠러들게 했다.

몇 분 지나지 않았는데 태양은 급속하게 노을을 뿜어내며 순식간
에 서쪽 하늘로 넘어간다. 잠시 후 기차 제일 앞칸에 있는 기관차가 객
실 칸들과 분리되고, 기관차 혼자 앞으로 갔다. 아마도 국경을 통과하
면서 기관차를 바꾸는 것 같다. 몽골에서 중국 국경을 넘을 때는 기차
바퀴도 바꾼다고 한다. '새로운 기관차가 와서 새롭게 연결되는 것을
봐야지'라고 생각하던 그때, 승무원들의 탑승하라는 소리가 울려 퍼지
자 사람들은 서둘러 기차에 오르기 시작했다. 그렇게 기관차가 새로
연결되는 것은 보지 못한 채 기차에 탑승했다.

▲ 국경 검문소 플랫폼에 내려와 휴식을 취하고 있는 승객들
▼ 국경을 넘어가기 전 기차에서 분리되는 기관차

잠시 후 러시아 세관조사원이 돌아다니기 시작했다. 이때부터는 객실 복도로도 절대 움직이지 못하고 본인 자리에만 앉아 있어야 한다. 세관조사원은 소지품과 기차 객실 내를 꼼꼼히 살핀다. 그리고 세관조사가 모두 끝나자 이번에는 출국심사원이 기차에 탑승했다. 일일이 여권과 얼굴을 확인하고 꼼꼼히 살핀다. 러시아 출국심사원은 내 여권사진과 얼굴이 다르다고 생각되었는지 한참을 바라보았다. 모든 객실 탑승자를 확인한 출국심사원은 탑승객 전원의 여권을 들고 어디론가 향했다. 아마도 플랫폼 옆에 있는 건물로 들어간 것 같다. 얼마나 시간이 흘렀는지 모르겠다. 2시간은 족히 흐른 것 같다. 다시 출국심사원이 돌아와서 출국 도장이 찍혀 있는 여권을 나누어주기 시작했다. 승객들이 모두 여권을 돌려받자 기차는 다시 출발했다. 이미 시간은 10시를 넘어 한밤중에 접어들고 있었다.

구글 지도에서 현재 위치를 확인해 보니 러시아에서 몽골로 국경을 넘어가는 것이 보였다. 한참을 달리던 기차가 다시 정차했다. 그리고 몽골에서도 러시아에서와 동일한 절차가 이어졌다. 아까처럼 몽골 세관조사원이 다시 기차에 탑승했다. 세관조사원은 소지품과 객실 내를 꼼꼼히 살피기 시작한다. 조사를 마치자 입국심사원이 탑승했다. 몽골 입국심사원은 러시아 출국심사원과 다르게 친절하게 웃으면서 여권과 비자를 확인해 주었다. 이번에도 입국심사원이 모든 여권을 걷어갔다. 다시 돌려주기까지 한참을 기다려야 할 것 같았다. 침대에 누워 이런저런 생각을 하다가 잠이 들었다가 입국심사를 마치고 여권을 나누어주는 소리에 다시 눈을 떴다.

자정을 넘어 기차는 다시 출발하기 시작했다. 드넓은 초원을 달리고 있겠지만 창밖은 칠흑 같은 어둠으로 아무것도 보이지 않았다. 옆에 누워 있던 독일인은 피곤한지 곤히 잠들었다. 나 역시 얼마 되지 않아 잠이 들었다. 다시 눈을 떴을 때 기차는 최종 목적지인 울란바토르를 목전에 두고 있었다.

▲ 울란바토르 역

숭실대 유학생 출신 몽골인 baba976

처음 여행을 계획하면서 울란바토르에 가기로 했을 때에는 시내에서만 1박 2일을 보낼 생각으로 울란바토르 시내에 있는 호텔을 예약하고, 호텔 주소로 비자도 신청했다. 그런데 '러브몽골' 네이버 여행 카페 등에서 보니, 울란바토르에 여행가는 사람들 대부분은 울란바토르 그 자체보다는 테를지 국립공원, 미니고비사막, 홉스골 등 외곽지역으로 여행을 가기 위한 사람들이다. 그중에서 테를지 국립공원은 울란바토르에서 멀지 않아 1박 2일로 다녀올 수 있는 곳이다. 또한 세계에서 가장 크다는 칭기즈칸 동상이 테를지 국립공원 가는 길에 있다. 사실 테를지 국립공원 보다는 이 칭기즈칸 동상을 보고 싶다는 생각이 앞섰다. 결국 테를지 국립공원에 가겠다는 결론은 어렵지 않게 내렸다. 문제는 가는 방법이다.

'러브몽골' 네이버 여행 카페에 테를지 국립공원 여행 교통편에 대하여 질문하는 글을 올리자 여러 댓글들이 달렸다. 대부분 현지 여행사에서 테를지 국립공원 여행을 도와줄 수 있다는 광고성 댓글이다. 그중에서 하나 눈에 띄는 글이 있었다. 저렴하고 안전하게 테를지 국립공원까지 차량 기사를 하면서 가이드 역할도 겸해줄 수 있다는 baba976이라는 아이디를 쓰는 개인의 글이다.

다른 여행사에서는 차량, 가이드, 게르 숙소를 포함하여 혼자 여행 기준으로 150~200달러(USD)을 요구했다. 반면 baba976은 25만 투그릭(약 102달러)에 차량과 본인이 아는 한도 내에서 설명도 겸하는 가이드 역할을 해줄 수 있다고 한다. 본인은 차량을 운행해 주는 역할이기 때

오래된 철도

문에 차에 탑승 가능한 4명 이내에서는 혼자 가든지 4명이 가든지 가격은 동일하다고 한다. 숙소는 예약한 곳이 있으면 그곳으로 데려다주고, 숙소가 없으면 본인이 원하는 가격 수준의 게르 숙소를 소개해 줄 수 있다고 했다.

이러한 좋은 조건에도 처음에는 선뜻 결론을 내리지 못했다. 우선 정식 여행사가 아닌 몽골 현지인 차를 타고 혼자 시내 외곽으로 가는 것에 대한 왠지 모를 불안함이 있었다. 또한 혼자 여행하는 사람으로서 어쩔 수 없는 현실이기도 하지만 혼자 102달러를 모두 부담하기 싫었다. 안전에 대한 불안함과 여행비용을 낮추기 위해서 '러브몽골' 네이버 여행 카페에서 두 번 정도 테를지 국립공원 1박 2일 동행할 사람을 구하고자 했으나, 날짜가 맞는 사람이 없었다.

그러다가 동 시베리아 치타 부근에서 baba976에 대한 검색을 해보게 되었다. baba976과 관련 있는 여행 후기를 찾아보게 되었는데, 여행후기의 공통된 이야기는 baba976은 한국에서 유학을 하여 한국어와 한국 문화에 익숙하고, 아주 친절하고 착한 몽골 사람이라는 극찬에 가까운 평이었다. 결국 여행후기들을 보고 혼자라도 가겠노라고 동 시베리아를 횡단하면서 치타 부근에서 최종 결심을 하였다. baba976에게 카카오톡 메시지를 보내 예약을 하고, 울란바토르에 도착하는 8월 16일 새벽 6시 50분 울란바토르 역에서 만나기로 하였다.

baba976의 이름은 Bayarbat이고, 한국 사람들이 부르기 쉽게 baba(이하 'baba'라고 한다)라고 부르고 있었다. 몽골 현지인이고 숭실대학교 무역학과로 석사 유학을 와서, 졸업 후 잠시 창원대학교에서 몽골어 강의를 했다고 한다. 그때 몽골에서 유학 온 여자를 만났고, 몽골로 돌아와 결혼했다고 한다. 동북아 물류에 관심이 많은 전문가로 몽골 우체국에서 국제물류와 관련된 일을 하고 있었다. 한국에서 여행을 오는 사람이 있을 경우에는 본인이 휴가를 내고 기사 역할을 해주고, 휴가를 내기 어려울 경우에는 형이 대신한다고 한다.

몽골 여행이 절박했던 K, MP

모든 것을 내려놓고 baba와 약속을 잡고 나니 마음이 편안해졌다. 이제는 편안한 마음으로 치타 역에서 바이칼스크로 떠나는 기차를 기다리면서 '러브몽골' 네이버 여행 카페에 들어가 보았다. 여전히 여행 동행자를 구하는 글이 다수 올라와 있었다. 그중 정확하게는 아니지만 일부 나와 날짜가 맞는 것 같은 글이 하나 있었다. 동행자를 구하는데 몇 번 실패를 했었기 때문에 특별한 기대 없이 닉네임이 K, MP라고 등록되어 있는 사람에게 카카오톡 메시지를 보냈다.

'나는 8월 16~17일 1박 2일로 테를지 국립공원에 다녀올 예정이고, baba976이라는 아이디를 쓰는 분의 차량을 이용하기로 했다. 이미 25만 투그릭을 지불하고 혼자라도 가기로 약속을 완료한 상태이다. 혹시 동행할 생각이 있으면 같이 가자.'

특별한 기대 없이 보낸 카카오톡 메시지였는데, 답장은 생각보다 빨리 그리고 긍정적으로 돌아왔다. '같이 가겠노라고.' 그러나 아직 비행기를 예약하지 못했다고 한다. 이번에도 엇갈릴 것 같았다. 나는 8월 16일 아침에 울란바토르에 도착해서 테를지 국립공원에 가야 한다. 그런데 K. MP라는 사람은 13일 저녁에 나와 약속을 하면서 15일 저녁(또는 16일 새벽) 인천공항을 출발하여 16일 새벽 울란바토르에 도착하는 비행기를 타고 오겠다고 하고 있었다. '불가능한 것은 아니지만 비행기도 예약이 안 되어 있으면 같이 가기 어려울 것 같다.'라고 생각하고 말았다.

다음 날 14일 오전 바이칼스크 역 주변을 서성이고 있을 때 예상했던 내용의 카카오톡 메시지가 왔다. '비행기 표 가격이 너무 올라서 몽골에 가지 못할 것 같아 미안하다'고 말이다. 특별한 기대도 하지 않았으니, 아쉬울 것도 없다. 출발 약 50여 시간 전까지 비행기를 예약하지도 않았는데 테를지 국립공원 1박 2일 여행을 위해서 몽골에 온다는 것은 일반적인 상식으로는 맞지 않는 얘기다.*

* 몽골에서 만나 이야기를 하면서 알게 되었지만, K. MP은 몽골로 여행을 오는 것이 절실했던 사람이었다. 몽골에 단체로 봉사활동을 하러 오기 위해서 8월 중순 휴가계획을 세워두었다고 한다. 그리고 8월 초에 비자를 발급받기 위해 여행사에 단체로 여권까지 맡긴 상태였다.

그런데 돈을 관리하던 사람에게 문제가 생겨 단체로 몽골에 올 수 없게 되었다고 한다. 대구에 살고 있었지만, 대전에 있는 여행사에 단체로 여권을 맡겼기 때문에 여권을 돌려받는데도 시간이 걸렸다고 한다. 이러지도 저러지도 못하는 사이에 여름휴가는 시작되었고, 마음이 점점 급해졌다고 한다.

혼자 전전긍긍하면서 여름휴가를 자포자기 상태로 현지 패키지와 가이드를 알아보고 있을 때, 내가 테를지 국립공원에 동행할 생각이 있느냐고 카카오톡 메시지를 보낸 것이다. 테를지 국립공원은 내가 예약해 둔 가이드와 동행하고, 미니고비사막 등은 다른 현지 여행사를 통해 혼자라도 다녀오면 되겠다고 생각하고 같이 가겠노라고 대답한 것이다.

그런데 울란우데로 향하는 기차에 몸을 싣고 있을 때 잠이 들었다가 깨어나 보니 또 카카오톡 메시지가 왔다. 드디어 비행기를 예약했으니 16일 아침에 어디에서 만나면 되겠냐는 것이다. 당황스럽고 내가 미안해질 정도로 열정이 대단한 사람이다.

처음에는 울란바토르 국영백화점 앞에서 9시에 만나기로 약속했다. 그런데 생각해보니 한국에서는 몽골 돈을 환전할 수도 없고, 현지 돈도 없는데 새벽에 공항에서 시내까지 알아서 오라고 하는 것은 조금 무리인 듯싶었다. 울란우데 라마사원이 있는 언덕에서 초원을 바라보고 있을 때 baba에게서 최종 약속확인 메시지가 왔다. 동행자가 생겼는데 공항에서 6시 30분쯤 픽업해서 6시 50분까지 역으로 와 줄 수 있냐고 baba에게 물었다. baba의 대답은 흔쾌했다. 집에서 공항이 멀지 않기 때문에 본인이 픽업해서 역으로 오겠다고 했다. 그리고 K, MP에게 메시지를 보내 baba에게 공항에서 픽업을 부탁하였으니, 연락해서 만나서 오라고 baba의 카카오톡 아이디를 알려주었다. K, MP는 예상치 못한 배려에 고마워서 어쩔 줄을 몰라 했다.

한국과 몽골의 대암 이태준 열사

울란바토르 역에 도착하자 사람들이 모두 한꺼번에 기차에서 쏟아져 나왔다. 기차에서 내리는 사람 중 상당수는 서양에서 배낭여행 온 사람들이다. 사람들 무리 속을 빠져나와 역 앞에 섰다. 한국은 40도에 육박하는 기상 관측이래 최고의 더위가 휩쓸고 있는 2018년 8월이

오래된 철도

었지만, 울란바토르 새벽은 밤새 내린 비로 쌀쌀한 한기마저 느껴졌다. baba에게 카카오톡을 보내 나는 역사 건물 옆 'DUTY FREE'라고 쓰여진 곳에서 담배를 태우는 사람 가운데 한 명이라고 했다. 잠시 후 baba가 나를 찾으러 왔다.

baba의 차는 일본 토요타 프리우스로 오래되기는 했지만 매우 깔끔했다. 일본에서 10년 정도 탄 차를 몽골에 중고차로 수출했고, baba는 한국 돈 약 5백만원에 구입해서 3년 정도 탔다고 한다. 차에는 baba가 공항에서 먼저 만나 데리고 온 K, MP가 있었다.

▲ 울란바토르 역에서 바라본 광장

▲ 자이승 전망대에서 바라 본 울란바토르 시내

baba가 이른 아침 제일 먼저 데리고 간 곳은 자이승 전망대라는 곳이다. 울란바토르 시내가 한눈에 내려다보이는 아주 전망 좋은 곳이다. 생각지도 못했는데 울란바토르 시내에는 고층 빌딩이 제법 있다. baba의 말로는 몽골 전체 인구 300만 명 가운데 100만 명 이상 울란바토르에 산다고 한다. 전망대 주변에는 새로운 고급 아파트들이 한창 지어지고 있었다.

▲ 대암 이태준 열사 기념공원

   baba는 전망대에서 내려와 작은 공원 같은 곳으로 데리고 갔다. 바로 '대암 이태준' 선생이라는 분을 기념하기 위하여 만든 공원이라고 한다. 이태준 열사는 한국인으로서는 보기 드물게 몽골 혁명운동에 참여하신 분이라고 한다. 비록 짧은 생을 살다 가셨지만 한국에서 건국훈장 애족장을 받으시고, 몽골에서 국가훈장을 수여받는 등 한국과 몽골 우호의 상징이 되셨다고 한다. '이태준 기념공원'이라고 이름이 붙여져 있는 공원은 아주 좋은 위치에 깔끔하게 잘 관리되고 있었다. 더욱이 내가 갔던 날은 광복절 다음 날이었으니 매우 의미 있는 방문이기도 하다.*

* 2001년 중국을 배낭여행하면서 충칭에 있는 대한민국 임시정부에 다녀온 것도 광복절 2일 전인 8월 13일이었다. 충칭은 대한민국 임시정부가 광복군을 조직하고 적극적인 외교활동을 통하여 광복을 맞이한 곳이다.

그러나 우선 임시정부를 찾아가는 것은 매우 어려웠다(지금은 구글 지도가 있어서 쉽게 찾아갈 것이겠지만). 단지 충칭에 있다는 사실만 알 수 있을 뿐 어떠한 지도나 안내 책에도 임시정부 위치에 대하여 알려주는 곳이 없었다. 궁리 끝에 연세가 많이 드신 어르신들께서 모여 장기 두시는 모습을 보고 충칭 전 지역이 나온 지도를 하나 샀다. 그리고 어르신들께 지도를 펼쳐 보이며 大韓民國 政府 라고 종이에 써서 보여드렸다. 어르신들은 1940년대 청년기를 보내셨기 때문에 당시 대한민국 임시정부 등 외교 건물이 많이 밀집해 있던 지역을 아실 것이라 생각한 것이다. 어르신들께서는 이야기를 나누시더니 지도에서 한 지역을 찍어주셨다. 택시를 타고 그 지역을 찾아가서 그 지역을 잘 아는 사람들에게 다시 물어봄으로써 찾을 수 있었다.

벅찬 마음으로 찾아간 임시정부 건물에는 광복절 2일 전 임에도 불구하고 찾아오는 사람이 아무도 없었다. 언제부터 졸고 있었는지 모르는 경비원, 풀로 묶어 놓은 부서진 문고리, 그리고 임시정부 대통령이 집무를 보시던 책상에서는 빨래가 말라가고 있었다. 2001년 8월 말 귀국 후 청와대에 민원을 제기하였다. "대한민국 헌법 전문에 대한민국은 임시정부의 법통을 계승한 국가라고 하고 있으나, 남아 있는 임시정부 건물조차 관리하지 못하는 정부가 어떻게 정통성을 계승하였다고 할 수 있겠습니까?"라는 내용이었다. 인터넷 동호회에서도 임시정부 건물 관리에 대하여 공감대가 이루어졌다. 외교부에서도 중국 사천성(충칭 또는 청두) 영사관 설치 계획 등을 앞당기고 충칭시 정부와 협의하여 관리에 만전을 다하도록 조치를 취하겠다는 답변을 받았다.

해외를 여행하면서 우리 선조들의 얼이 서린 곳을 찾아가면 마음이 숙연해진다. 19세기 후반부터 20세기 중반까지 그냥 살기도 어려웠던 시절에, 머나먼 타국에서 숨어 살면서 독립운동을 하며 살아가는 것은 쉽지 않았을 것이다. 만약 내가 한 세기 일찍 태어나서 그 시대를 살았더라면 말이 아닌 행동으로 그러한 결단을 할 수 있었을까?

오래된 철도

거대한 칭기즈칸 동상

울란바토르의 중심 수흐바토르 광장에 들렀다가 국영백화점으로 갔다. 국영백화점은 1924년부터 지금까지 백년 가까이 이어져 내려온 곳으로, 몽골에 여행 온 한국 사람들은 백화점에서부터 여행을 시작한다고 한다. 우리도 백화점에서 달러(USD)를 몽골 화폐 투그릭으로 환전하고 유심을 구입하며 여행을 준비했다. 그리고 baba가 소개시켜준 국영백화점 건너편 식당에서 몽골 현지식으로 아침식사를 했다.

백화점 앞에서 모든 준비를 마치고 칭기즈칸 동상이 있는 테를지 국립공원 방향으로 향했다. 울란바토르 시내에는 차가 많지 않을 것이라고 생각했는데, 교통 체증이 엄청났다. 그다지 넓지 않은 시내를 빠져나오는데 아주 많은 시간이 소요되었다.

울란바토르 시내 외곽으로 나오자 여기저기에 푸른 언덕이 펼쳐졌다. 초원의 언덕 위에는 낭만적인 집들이 들어서 있다. 내가 '저 푸른 초원 위에 그림 같은 집을 짓고 살고 있구나!'라고 노랫말을 인용하여 감탄하자, baba는 정반대 이야기를 했다. 저 집들이 낭만적으로 보일지 몰라도 상당수는 전기와 물이 잘 들어오지 않는다고 한다. 마치 서울의 달동네와 같은 곳이 울란바토르에서는 푸른 초원의 언덕 위에 펼쳐져 있다는 것이다.

▲ 수흐바토르 광장에 있는 국립박물관과 가운데 칭기즈칸 동상

오래된 철도

▲ 슈퍼마켓 식품 코너와 소시지

시내를 완전히 빠져나와 조금 더 달려서 휴게소 같은 곳에서 슈퍼마켓에 들렀다. 테를지 국립공원에 있는 게르에서 하룻밤을 묵으려면 마실 물도 사고, 맥주와 간식거리도 장만해야 했다. 슈퍼마켓에서 팔고 있는 거대한 줄줄이 소시지는 길이가 얼마나 되는지 모르겠다. 소시지를 들어보아도 길이가 너무 길어서 한 번에 다 들리지 않는다. 소시지를 목에 걸고 길이를 세어 보니 약 3개씩 40줄 이상 줄줄이 연결된 것 같다. 이 정도 소시지 한 줄이면 한 달 동안 여정을 떠나도 될 것 같다.

잠시 슈퍼마켓에서 휴식을 취한 후 baba의 차는 다시 달리기 시작했다. 달리면 달릴수록 초원은 아름다운 빛을 더해갔다. 마치 마이크로소프트 윈도우 배경화면 초원을 보는 것 같다. 그냥 아무 곳을 향하여 카메라 버튼을 누르기만 해도 신기할 만큼 그림과 같은 사진이 담겼다. 그림과 같은 곳을 30분 가까이 달리자 초원 위에 거대한 은빛 동상이 눈에 들어오기 시작했다. 바로 칭기즈칸의 동상이다. 말을 타고 있는 동상으로는 세상에서 가장 큰 약 40m 동상이라고 한다.

칭기즈칸은 17살 때 처음 전쟁에 출전하여 승리했다고 한다. 전쟁에서 승리하고 돌아오는 길에 동상이 위치해 있는 곳에서 잃어버린 말채찍을 찾았다고 한다. 몽골에서 말채찍을 찾는다는 것은 축복을 의미한다고 한다(정확한 의미는 모른다). 그래서 말채찍을 찾은 곳에 칭기즈칸 동상을 만들었다는 것이다.

칭기즈칸 동상은 남쪽 방향을 바라보고 있다. 몽골에서 남쪽 방향이면 중국을 바라보고 있는 것이다. baba의 설명으로는 동상을 만들 때 남쪽 방향(중국)을 바라보며 칭기즈칸 동상을 만드는 것에 대하여 몽골의 침략을 받았던 중국에서 강력하게 항의했다고 한다. 몽골에서는 동상 바로 남쪽에 칭기즈칸 어머니 동상이 있어서 아들이 어머니를 바라보고 있는 방향이니 문제가 되지 않는다며 동상 만드는 것을 강행했다고 한다.

▲ 칭기즈칸 말채찍

오래된 철도

▲ 칭기즈칸 동상
▼ 칭기즈칸 동상에서 내려다 본 초원

동상 내에 있는 엘리베이터를 타고 4m 황금빛 말채찍이 있는 말머리 부근까지 올라갔다. 하얀 구름이 펼쳐진 그림과 같은 초원이 한눈에 펼쳐져 있다. 시원한 바람도 불어 한동안 말머리 부근에 서 있었다. 말머리에서 뒤를 돌아 칭기즈칸 동상 얼굴을 바라보았다. 세계를 정복한 정복자답게 카리스마는 있지만 인자한 얼굴은 아니다.

테를지 국립공원에서 하루 : 독수리, 거북이, 말

baba의 차는 칭기즈칸 동상에서 한참을 되돌아 나와 주유소를 끼고 오른쪽으로 돌았다. 조금 더 가니 테를지 국립공원으로 넘어가는 고개가 나타났다. 고갯마루 위에는 사람 손등 위에 올려 볼 수 있는 독수리 세 마리가 줄에 묶여 있었다. baba에게 부탁하여 잠시 차를 멈춰 달라고 한 뒤 독수리가 있는 곳으로 갔다. 독수리를 관리하는 소년은 독수리를 손등 위에 올리고 사진을 찍는데 3천 투그릭(약 1,500원)을 달라고 한다.

장갑을 끼고 세 마리 독수리 가운데 가장 크고 멋진 독수리를 손등 위에 올렸다. 팔을 높이 들어야 독수리가 하늘로 날아가려고 날갯짓하면서 멋진 사진이 나온다고 한다. 그런데 가장 크고 멋진 독수리를 손등에 올리니 여간 무거운 것이 아니다. 도저히 팔을 들 수가 없다. 답답한 baba는 계속 팔을 들어야 독수리가 날갯짓할 것 아니냐고 들어보라고 하는데… 팔에 힘이 없어서 안 들리는 걸 어떻게 한단 말인가? baba가 연신 카메라 버튼을 눌러댔지만 제대로 사진이 나오지 않았을

오래된 철도

것 같다. 더 이상은 안 될 것 같아서 옆에 좀 더 작은 독수리를 다시 들어보겠다고 했다. 독수리를 관리하는 소년은 큰 독수리를 들어 올리지 못하는 내가 안쓰러웠는지 흔쾌히 승낙했다. 역시 작은 독수리는 들기가 쉬웠지만 사진이 멋지지 않다.

답답했던 baba는 자신이 큰 독수리를 들고 사진을 찍어보겠다고 장갑을 달라고 한다. 장갑을 끼고 큰 독수리를 부쩍 들어 올리자 독수리가 날갯짓하며 장관이 펼쳐진다. '아… 나는 왜 저렇게 힘이 없는 것일까!' 나중에 확인해보니 baba가 얼마나 카메라 버튼을 눌러댔는지 다행스럽게도 이래저래 큰 독수리가 날개를 조금이라도 펼친 사진이 나온 것도 있었다.

▲ 독수리를 손등 위에 올리고 있는 나와 baba

독수리와 사진을 찍고 고갯마루를 넘어가자 강과 초원이 어우러진 절경이 펼쳐진다. 양떼는 초원 위에서 한가롭게 풀을 뜯고 있고, 초원을 가로 지르는 도로 양쪽 옆으로는 간간이 숙박을 위한 게르도 보인다. 15분쯤 더 가서 왼쪽 길로 들어서자 거대한 바위가 나타난다. 멀리서 바라봐도 거북이 모양이다. 한쪽에서 보면 거북이 모양이고 반대쪽에서 보면 거북이와 전혀 관련 없는 그냥 거대한 돌에 불과하다.

예로부터 내려오는 지명은 그 유래가 있다는데, 우리 고향에도 지명에 관한 유래가 있다. 내가 태어난 고향의 지명은 원래 구석(龜石)리였다고 한다. 아버지로부터 설명 듣기로는 마을을 흐르는 봉황천(鳳凰川) 물 속에 거대한 바위가 있는데 그 모습이 마치 거북이와 닮았다고 하여 거북이(龜) 바위(石) 글자를 따서 구석리라고 불렀다고 한다.[36] 고향에 갈 때 가끔 차를 세우고 물속을 바라보면, 거대한 거북이 머리, 등, 발 4개까지 있는 영락없는 거북이 모양을 닮았다. 나의 고향에 있는 거북이 바위가 물 위에 떠서 헤엄쳐 가는 거북이를 닮았다고 한다면, 테를지 국립공원에 있는 거북이 바위는 육지를 걸어가다가 고개를 들고 있는 모습이다.

---

36) 현재는 거북 구(龜) 글자를 쓰기 어렵기 때문에 아홉 구(九)자로 바꾸어 '九石'이라 부른다고 한다.

오래된 철도

▲ 테를지 국립공원 입구 초원과 강
▼ 거북이 바위

baba는 숙소에 가기 전 마지막으로 거북이 바위에서 조금 더 안쪽 산 중턱에 있는 라마사원에 데리고 갔다. 이번 여행에서만 세 번째 라마사원을 가는 것이라 꼭 가보고 싶다는 생각은 없었다. 그러나 baba는 라마사원에 가면 가장 멋진 테를지 국립공원 풍경을 볼 수 있다고 데리고 갔다. 라마사원은 그다지 높지 않은 곳에 위치해 있지만, 108계단을 걸어 올라가야 한다. baba의 말대로 사원은 특별할 것 없이 아주 평범하지만, 사원에서 내려다보이는 테를지 국립공원 산등성이 풍경은 한 폭의 그림과 같다.

힘들게 올라간 길을 빠른 걸음으로 내려왔다. 내려오는 중간에 대부분 60세 이상 어르신으로 구성된 한국인 단체 관광객을 만났다. 아마도 자식들이 효도관광을 보내 드린 듯하다. 어르신 가운데 몇 분은 108계단을 오르시기 힘드신 듯 일행들만 올려보내고 사원 입구에 앉아 계셨다. 앉아 계신 어르신들은 놀러 다니는 것도 힘들다면서도 자식들 자랑에 여념이 없으셨다. 역시 부모님은 부모님이신 것 같다는 생각을 하며 다시 baba의 차에 올랐다.

숙소로 향하는 도중에 baba는 갑자기 거북이 바위 근처에 잠시 차를 세우더니 어디론가 향했다. 그리고는 잠시 뒤 아이스크림 세 개를 사왔다. 북극곰 그림이 포장지에 그려져 있는 아이스크림이다. 나는 외국에 가면 아이스크림을 잘 먹지 않는다. 혹시라도 여행 중에 배가 아프면 낭패를 볼 수 있기 때문이다. 그러나 이미 사온 아이스크림이고 성의를 거절할 수 없어서 '제발 아프면 안 되는데…'라는 마음으로 포장지를 벗겼다. 나중에 배가 아플지는 모르겠지만, 당장 입안에서 녹는 아이스크림 맛은 시원하고 달콤하다. 예전에 우리나라 '서주우유'라는 회사에서 만들었던 아이스크림과 맛이 비슷한 것 같다.

오래된 철도

▲ 라마사원에서 바라 본 테를지 국립공원
▼ 초원에서 말을 타고 바라 본 풍경

숙소에 도착했을 때는 이미 점심식사 시간이 한참 지난 3시 30분쯤이었다. 게르 숙박비 6만 투그릭에는 점심, 저녁, 다음날 아침식사까지 3번의 식사가 포함되어 있다. 점심식사는 아침에 국영백화점 길 건너편 식당에서 먹은 몽골 현지식과 비슷한 음식이 나왔다. 아마 몽골사람들이 가장 많이 즐겨 먹는 음식인 것 같다. 그리고 몽골 사람이 아니더라도 소고기덮밥 비슷한 음식이라서 무난하게 먹을 수 있다.

점심식사를 마친 baba는 울란바토르에 있는 자신으로 집으로 돌아갔다가 다음 날 아침 10시에 데리러오기로 했다. 말을 모는 말잡이에게 말을 탈 것이라고 이야기해 놓았으니, 식사를 마치고 게르 주변에서 기다리면 말을 태워주는 사람이 데리러 올 것이라고 했다. 식사를 마치고 소화를 시키기 위해 이리저리 돌아다녔다. 미리미리 열심히 소화를 시키지 않으면 말을 타다가 배가 아프거나 하는 낭패를 볼 수 있어서 만반의 준비를 해야 한다. 예상한 것보다 말을 타기 시작한 시간은 늦어져서, 오후 5시가 넘은 뒤에야 말을 탔다. 덕분에 점심식사는 다 소화되었다. 그러나 해가 지고 있어서 말들이 쉬어야 하는데, 나 때문에 말이 야근을 하게 된 것 같아서 미안한 마음이 들었다.

말잡이가 말을 타고 앞장서서 뒤에 있는 두 말의 말고삐 잡았다. 마치 말잡이와 함께 과거 시험을 보러 한양으로 가는 선비 같다. 게르가 있는 곳에서 작은 시냇물을 건너고 숲을 빠져나가자 드넓은 푸른 초원이 나타났다. 초원 군데군데에서는 야크와 양들이 무리를 지어 한가로이 풀을 뜯는다. 내가 탄 말이 주변을 지나가도 별다른 관심 없이 풀 뜯기에만 집중하고 있다. 6시가 가까워지자 해는 구름들 사이 서쪽 하늘에서 길게 그림자를 드리우고 있었다. 돌아오는 길에는 걷다가 달리다가를 반복하며 돌아왔다.

▲ 초원의 개울을 건너가는 소
▼ 소에서 젖을 짜고 있는 몽골인

한여름 밤 추위와 싸움

해가 서쪽으로 완전히 넘어가자 날씨는 제법 쌀쌀해졌다. 게르 중에
는 이미 난로에 불을 피워 연통에 연기가 피어오르는 곳도 있었다. 저
녁식사를 마치고 게르 앞을 서성이다가, 지나가는 숙소직원에게 난로
를 손가락으로 가리키자 알아들었다는 듯이 고개를 끄덕인다. 잠시 후
오래된 함석 통에 나무 한 바구니를 들고 와서 불을 지펴줬다. 난로가
얼마나 오래되었는지 난로와 난로 뚜껑이 맞지 않아 틈으로 연기가 솔
솔 새어 나온다. 마치 중학교 다닐 때 교실에 있던 한국전쟁 때 난로
같다.* 이러다가 자는 도중에 연기에 질식하는 것 아닌지 모르겠다.

* 초등학교에서는 스팀으로 난방을 했기 때문에 중학교에 진학해서 난로라
  는 것을 처음으로 경험했다. 교실에 설치된 아주 오래된 난로 한 구석에는
  'U.S 1952'라고 쓰여 있었다. 아마도 한국전쟁 때 미군이 쓰던 난로인 것 같
  다. 매일 아침 주번은 창고 앞에 줄을 서서 난로에 넣을 기다란 왕겨탄을
  20개씩 받아왔다. 추운 겨울날 왕겨탄 20개는 턱 없이 부족한 양이었고,
  그다지 따뜻하지도 않았다.
  　보충수업 하던 어느 겨울날, 동장군(冬將軍)의 기세를 참지 못하던 친구
  가운데 한 명이 난로에 나무로 된 바닥을 닦던 기름걸레를 집어넣었다. 기
  름이 묻은 걸레는 화력이 얼마나 대단했는지, 오전 내내 교실이 후끈 거렸
  다. 다들 덥다면서 교실 가운데 놓인 난로에서 멀어지지 못해 난리였다.

한국은 열대야가 한창이던 8월의 어느 여름날 나는 추위와 두 번이
나 싸워야만 했다.
처음 추위와 싸움은 저녁식사를 하고 얼마 지나지 않아 찾아왔다.

baba가 샤워시설이 완비된 숙소라고 자랑스럽게 소개하여 왔는데, 시설은 완비가 되었지만 온수기가 고장 난 것이다. 세수를 하는데 너무 차가운 물에 손이 시려 제대로 세수를 할 수 없을 정도다. 머리를 감으려고 샴푸를 칠했다가 머리에 물이 닿자 머리가 깨질 것 같아서 도저히 샴푸를 씻어낼 수가 없었다. 조금씩 쉬어가면서 결국 머리까지는 감았지만 도저히 샤워할 용기는 나지 않았다.

그날 샤워를 하지 않는다면 땀 흘리는 여름날 최소 4일 동안은 씻지를 못한다. 우선 지난밤 울란우데에서 울란바토르로 오는 기차에서 씻지 못했고, 그날 몽골초원에서 샤워하려고 했는데 온수기가 고장 나서 샤워를 하지 못하고 있고, 다음 날 울란바토르에서 자민우드로 가는 기차를 타고 가야 해서 씻지를 못할 것이고, 그다음 날은 자민우드에서 베이징에 자정을 넘겨 도착하기 때문에 씻지 못할 것이다. 참기 어려운 더러움이 명약관화 함에도 불구하고, 나는 얼음물과 같은 차가운 물로 샤워를 하는 것보다 과감하게 더러움을 선택했다. 나도 '땀을 흘리면서 4일 동안 씻지 않고 어떻게 다닐 수 있을까'라는 생각을 했었다. 차가운 물로 머리를 감아 보기 전까지는 말이다.

두 번째 추위와 싸움은 잠을 자면서 찾아왔다. 한국은 기상관측 이래 가장 더운 여름이었는데, 몽골초원에서 추위와 싸우면서 제대로 잠도 못 잤다. 초원은 밤이 되자 기온이 급격하게 내려갔고, 난로에 석탄까지 넣어야 했다. 원래 석탄은 자기 전에 난로에 넣으라고 준 것 같다. 그런데 난로와 난로 뚜껑이 맞지 않아 연기가 새어 나오는 것을 보니, 혹시 자면서 일산화탄소 같은 연기가 새어 나오지는 않을까 걱정이 되었다. 불안한 마음으로 잠자리에 들지 않기 위해 자기 전에 석탄을 몽땅 난로에 털어 넣었다. 그리고 잠자리에 들기 전에는 충분한 나무를 난로에 넣고, 트레이닝 바지 위에 면바지까지 두 개를 입고 티셔츠와 바람막이 점퍼까지 입고 잠자리에 들었다.

그러나 이러한 노력에도 불구하고 새벽 2시쯤 엉덩이가 시려 잠에서 깼다. 나무는 이미 다 타고 불씨마저 다 꺼진 검은 숯만 난로에 남았다. 남아 있는 나무를 난로에 넣고 불을 지펴보려고 안간힘을 썼으나, 한번 꺼진 불은 쉽사리 다시 붙지 않았다. 이러면 불이 붙을까? 저러면 불이 붙을까? 시도하면서, 괜히 난로 뚜껑을 열었다가 방 안에 연기만 자욱해졌다. 연기를 내보내기 위해 방문을 열자 오히려 게르 밖이 더 따뜻하다는 생각이 들 정도이다. 감기만큼은 절대 걸리면 안 된다는 생각에 배낭에 있던 옷을 더 입고, 심지어 수건까지 꺼내 몸을 감쌌다. 그러나 이미 차가워진 난로는 다시는 따뜻해지지 않은 채 밤새 뒤척이다가 새벽녘에야 잠이 들었다. 그날 밤 감기에 걸리지 않은 것만으로 다행스럽고 감사하게 생각한다.

▲ 저녁이 찾아 온 초원의 게르

오래된 철도

별을 쏘다 : 별똥별, 은하수, 북두칠성

샤워를 마치고 머릿속에 서서히 온기가 돌아올 무렵, 캔맥주와 치즈를 들고 게르 밖으로 나왔다. 아직 완전하게 칠흑 같은 밤이 오지 않았기에 하늘에 구름이 흘러가는 것이 선명하게 보였다. 칠흑 같은 밤이 되더라도 구름이 너무 많아서 별을 보는 것은 어려울 것 같다. 아니나 다를까 시간이 흘러 밤이 깊어가도 구름이 없는 북쪽 방향에 별 몇 개 정도 보일 뿐, 고대하던 별바다는 나타나지 않았다. 그렇게 하늘에 구름만 바라보는 가운데 맥주 캔들만 바닥을 드러내고 있었다.

맥주 캔들은 빈 깡통이 되어가고 별 구경하겠다는 바람도 모두 포기해 갈 무렵 갑자기 어디에선가 "와!" 하는 괴성이 들려왔다. 누군가 떨어지는 별똥별을 보고 지르는 소리였다. 갑자기 무슨 소리지 하고 주변을 두리번거리는 순간 또 다시 하늘에서 별똥별이 떨어지는 것을 보았다. 태어나서 처음 내 눈으로 바라보는 별똥별이다. 그리고 마치 오페라 또는 뮤지컬 공연이 시작하기 전 무대에 있던 장막이 걷히듯, 별똥별이 떨어지면서 하늘에 있던 구름 장막이 서서히 걷혔다.[37] 별똥별이 무대에서 공연 시작을 알리는 조명처럼 비춰지자, 하늘은 구름을 걷어내고 나를 별들의 세상으로 안내했다.

하늘 한가운데는 마치 전복을 옆에서 바라본 모습처럼 갈라져 있다. 너무도 크고 선명했기에 저것이 무엇인가 한참 생각했다. 혹시나 하는 생각에 은하수를 인터넷으로 검색해서 사진을 보고 나서야 그것이 은

---

37) 별똥별이 떨어졌기 때문에 하늘 속 장막이 걷힌 것보다는 하늘 속 장막이 걷혔기 때문에 별똥별이 보였다고 생각하는 것이 더 맞을 수 있다.

하수라는 것을 알았다. '푸른 하늘 은하수 하얀 쪽배에…' 술 한 잔 거하게 드시고 들어오시면 어린 아들과 딸 손을 잡고 노래를 부르던 아버지가 생각난다. 그 은하수가 바로 저렇게 생겼다니… 은하수는 별들이 수놓았기에 아주 아름다운 모습일 것이라 생각했었는데, 솔직하게 말하자면 그다지 아름답게 느껴지지는 않는다. 그리고 은하수를 바라보던 그날 밤은 전혀 생각하지 못했는데 글을 쓰면서 찾아보니, 바로 그날이 음력 7월 6일 밤, 그리고 7월 7일 새벽이었다. 바로 견우와 직녀가 만난다는 칠월칠석이다.

은하수뿐 아니라 하늘에는 이름을 알 수 없는 별들이 백사장 모래알처럼 박혀있다. 윤동주 시인의 '별 헤는 밤'이라는 시가 떠올랐다. 지구가 처음 생기고 저 수많은 별들을 바라보며 얼마나 많은 사람들이, 얼마나 많은 생각과 고민을 안고 살다 갔을까? 별자리에 대해 전혀 모르는 내가 봐도 북두칠성만큼은 정확하게 알 수 있을 것 같다. 전쟁이 끝나고 초원으로 돌아가던 흉노족도 몽골족도 북쪽 하늘에 밝게 빛나는 저 북두칠성을 바라보며 따라갔겠지… 감동 속에서 여러 가지 생각이 교차하며 한참 동안 계속 별을 바라보고 있으니 (사실 지구가 움직이는 것이겠지만) 별이 움직인다. 서쪽 하늘에 있던 북두칠성이 어느새 하늘 한가운데에 자리하고 있다. 자연은 자연 그대로 아름다운 모습을 보고만 가라는 의미일까? 어떻게든 하늘에 박힌 별들의 모습을 카메라에 담아보려고 하였으나, 사진으로는 희미하게만 보일 뿐 잘 담기지 않는다.

자정이 넘도록 별을 바라보며 생각의 바다에서 방황하다가 잠자리에 누웠다.

오래된 철도

삼별초의 항쟁 속에 놓쳐버린 기차

밤새 추위와 싸우며 잠을 설치다 보니 아침 9시가 다 되어 일어났다. baba가 10시에 데리러 오기로 했기 때문에 부지런히 씻고 떠날 준비를 해야 했다. 여전히 작동하지 않는 온수기를 원망하며 차가운 물로 세수하고 머리를 감았다. 오늘 아침에도 머리가 깨지는 것 같은 짜릿함이 느껴진다.

부지런한 baba는 내가 아침을 먹으러 가기도 전에 도착했다. 울란바토르로 돌아올 때도 시내에 접어들자 교통 체증은 여전했다. baba에게 몽골 기념품 살만한 곳을 묻자, 국영백화점 6층에 올라가면 기념품을 파는 아주 큰 곳이 있다면서 백화점 앞에 내려주었다. 그렇게 baba와 짧은 인연을 뒤로하고 카카오톡으로 서로가 찍은 사진을 주고받았다.

▲ 국영백화점과 길 건너 광장

국영백화점 6층 상당 부분은 몽골 기념품을 파는 층이었다. 몽골 하면 가장 먼저 떠오르는 사람이 칭기즈칸이니, 몽골 여행을 기념하기 위하여 칭기즈칸 동상을 하나 샀다. 그리고 어제 baba와 같이 갔던 길 건너편 몽골 음식점에서 점심식사를 하고, 그 옆에 있던 커피숍에서 시원한 아이스 라떼도 한잔 마셨다. 그래도 아직 시간은 오후 2시 30분이 되지 않았다. 자민우드로 출발하는 기차 시간까지는 아직도 3시간 가까이 남았다. 울란바토르 시내에는 대중교통도 마땅히 없고, 역 방향으로 걸어가다가 멋진 곳이 나타났는데 시간이 부족하면 곤란할 수 있으니 조금 일찍 역 방향으로 걸어갔다.

▲ 울란바토르 서울의 거리에 있는 서울정(亭)

오래된 철도

■ 강화도 항쟁

추위와 싸우던 어젯밤과 달리 태양은 내 머리 위를 좇아오며 따갑게 내리쬔다. 배낭을 메고 힘겹게 30여 분 남짓 걸어 울란바토르 역에 도착했다. 아직 기차가 출발하려면 두 시간이 넘게 남았다. 일단 조금 휴식을 취하기 위해서 분수대가 설치되어 있는 역 앞 벤치에 배낭을 내려놓았다. 한숨 돌린 후, 옆 사람처럼 담배에 불을 붙였다. 그런데 두 모금도 채 빨지 못했을 때 경찰관 한 명이 내 옆에서 담배를 태우던 사람에게 다가와 이야기를 하더니, 나에게도 알아듣지 못하는 말을 한다. 눈치를 보아하니 이곳에서 담배를 태우지 말라고 이야기하는 것 같았다. 금연 표시도 없는 곳이었고 내 앞에 있던 쓰레기통 뚜껑에는 사람들이 담배를 눌러 끈 흔적이 선명했지만, 재빨리 담배를 껐다.

경찰관은 그 남자와 나에게 신분증을 보여 달라고 한다. 담배 한 대 태웠다고 신분증을 보여 달라고 하다니… 경찰관이 돈을 요구하고 있는 것 같다는 생각이 들었다. baba는 어제 테를지 국립공원으로 가는 길에 차들을 붙잡고 있던 경찰관들을 보며, 몽골의 경찰들은 어떻게든 트집을 잡으려고 하고 한번 트집을 잡으면 뒷돈을 받을 때까지 절대 보내주지 않는다고 했다. 재수 없이 잡히면 그냥 빨리 돈을 주는 것이 시간 아끼는 것이라고 했다.

일단 여권을 보여주었다. 그런데 옆에서 담배를 태우고 있던 사람은 신분증이 없었던 것 같다. 경찰관은 그 사람과 계속 말다툼을 하고 있었고, 내 여권을 돌려줄 생각은 하지도 않는다. 경찰관에게 내 신분을 확인했으면 여권을 돌려 달라고 몇 번 이야기했으나 들은 척도 하지 않자 나도 화가 나기 시작했다. 경찰관이 오른손으로 건들건들 들고 있던 내 여권을 낚아채서 챙겼다. 경찰관은 신분증이 없던 그 사람과 나를 울란바토르 역사(驛舍) 내에 있는 파출소로 데리고 갔다. 나 역시 화가 많이 난 상태였고, 저런 부정한 놈에게는 단 한 푼도 주지 않겠다고 당당하게 파출소로 갔다.

■ 진도 항쟁

파출소 안에 들어서자 한국에서는 상상할 수 없는 일이 벌어졌다. 경찰관 3명이 동시에 달려들어 인상을 쓰며 팔뚝으로 나를 한쪽 구석으로 밀쳤다. 그리고 무슨 말인지 알아들을 수 없는 말을 하며 위협과 폭행을 했다. 나 역시 상상할 수도 없는 일에 화가 날 대로 났다. 한국대사관을 부르겠다고 하며 바닥에 그냥 앉아 버렸다. 그리고 한국대사관에 전화를 해서 울란바토르 역 파출소에 있으니 이곳으로 와 달라고 했다. 담당 영사는 교통상황에 따라 다르지만 30분 정도면 도착할 수 있다고 했다. 대사관에 정말 전화를 한 것을 본 이후 경찰관의 위협과 폭행은 중단되었지만, 그때부터 나와 팽팽한 기 싸움이 시작되었다.

우선 한참을 앉아 있으니 화장실에 가고 싶어졌다. 파출소 내에 있는 화장실을 가려고 하니 경찰관이 들어가지 못하게 막았다. 이에 스마트폰으로 녹음하면서 화장실에 가겠다고 하니, 못마땅한 표정을 짓는다. 그리고는 하급 직원 한 명을 무전기로 불러서 역사 내에 있는 화장실을 다녀오게 했다. 또한 경찰관 가운데 한 명은 의자에 앉아 캠코더를 돌려가며, 나를 동물원에 동물을 촬영하듯 조롱하며 촬영했다. 나 역시 이에 질세라 그 캠코더를 들고 있던 경찰관을 향해 스마트폰을 돌려 조롱하듯 촬영하면서 맞서자, 경찰관은 캠코더를 내려놓더니 나에게도 내려놓으라고 했다.

참 우연인 것 중 하나는 나와 같이 담배를 태우다가 파출소에 온 사람이 한국말을 할 줄 알았다. 경찰관들은 그 사람을 통해서 나에게 어디로 가는 것이냐고 물어봤으나 대사관이 올 때까지 아무 대답도 하지 않았다. 나와 같이 파출소에 온 그 사람은 A4 용지에 경찰관이 요구한 어떤 글을 계속 쓰고 있었고, 파출소 밖에 나갔다 들어왔다가를 반복했다. 그러고는 언젠가부터 사라져서 보이지도 않았다. 울란바토르에 도착한날 새벽에도 사람들은 다 같이 역 앞에서 담배를 태웠고, 국영백화점 앞 등 몽골은 어디에서라도 사람들이 자유롭게 담배를 태웠다. 그리고 다른 사람 핑계를 조금 대자면 나는 담배를 태우던 사람 옆자리에서 같이 담배를 피우다가, 그 사람이 지갑도 신분증도 없어서 경찰관과 실랑이를 하다가 나까지 따라오게 된 것인데, 결론적으로는 나만 붙잡혀 있게 되었다.

■ 제주도 항쟁

영사는 처음 통화했을 때 30분이면 도착한다고 하더니 1시간 30분이 넘도록 올 생각을 하지 않는다. 이미 시간은 오후 4시 30분을 넘어 기차 출발시간까지는 한 시간도 남지 않았다. 기다림에 지쳐 다시 전화를 했더니 갑자기 급한 일이 생겼다면서 아직 출발도 하지 못했다고 한다. 순간 나도 화가 너무 나서 5시 20분 기차를 타야 하는데 30분이면 오신다고 하시고서는 아무 연락도 없이 한 시간 반이 넘도록 출발조차 안 하셨으면 어떻게 하냐고 항의했다. 영사는 5시 20분 기차를 타야 한다는 말을 듣고서야 급하게 출발하겠다고 했다.

5시 10분이 되자 누군가 미끄러지며 헐레벌떡 파출소로 뛰어 들어왔다. 자신은 대사관에서 영사와 같이 다니는 한국인 직원이라고 한다. 잠시 후 영사도 차를 주차하고서 뛰어왔다. 시간이 없어서 자초지종은 이미 영사가 울란바토르 역으로 오는 길에 전화로 설명해 주었다. 역 벤치에 앉아서 담배를 태우던 중, 경찰관이 나타나서 금연구역에서 담배를 피웠다며 신분증을 보여 달라고 했다. 나는 신분증을 보여줬으나, 옆에서 피우던 다른 사람이 신분증도 없고 경찰관과 말다툼하다가 나와 함께 파출소로 왔다. 파출소로 와서 경찰관으로부터 위협적인 폭행과 협박을 당했고, 대사관을 부르겠다며 주저앉았다. 같이 잡혀 온 사람은 어느 순간 사라지고 나만 남았다.

영사는 파출소 소장으로 보이는 여자 경찰관에게 외교관 신분증을 보여주고서 이야기를 시작했다. 그때부터 경찰관들이 말하는 자세는 매우 공식적이었고 상황을 설명하는 내용은 아주 가식적이고 당황스러운 말들이었다. 내 옆에 있던 나의 가이드는 그곳이 담배를 태우면 안 되는 곳인지 알고 있었고, 단속 시 경찰관은 그 사람에게 충분히 설명했다. 경찰관이 가이드와 나에게 담배를 꺼달라고 수차례 요구를 했음에도 듣지 않아 파출소에 데리고 왔다. 나에게 목적지가 어디냐고 물었으나, 아무 대답도 하지 않아 수상한 사람으로 생각했다. 파출소에 온 이후에 난동을 피우며 경찰관을 협박했다. 영사가 올 때까지 경찰관에게 목적지를 이야기하지 않은 것 외에는 모두 다른 말이다. 그리고 내 옆에 있던 사람은 나의 개인 가이드도 아니고 나도 처음 보는 사람이었다. 정말 우연하게도 내 옆에서 담배 태우다가 경찰관에게 같이 단속된 그 사람이 한국말을 할 줄 아는 사람이었던 것뿐이다.

영사와 함께 온 대사관 직원은 내 옆에서 경찰관 말을 통역해주면서 본인들도 몽골 경찰관들 말을 믿지 않으나, 그냥 빨리 사과하고 나가자

오래된 철도

고 재촉했다. 한국과 달리 몽골의 파출소 내에는 CCTV도 없고, 나의 말을 증명할 수 있는 방법은 없다. 오히려 경찰관들이 나를 골탕을 먹이려면 얼마든지 먹일 수 있는 곳이다. 얼마 전 한국인 한 명은 경찰관들이 골탕 먹여서 억울하게 3주간 구류되었다고 한다. 게다가 몽골 경찰들은 자신들이 칭기즈칸 후예라고 생각하며 자존심이 매우 강하고 외국인에게는 절대 지려고 하지 않는다고 한다.

대사관 직원 말이 다 맞는 말이었지만, 나도 좀처럼 화난 마음이 누그러지지는 않았다. 그런데 결국 시간이 약이었다. 파출소에 걸린 벽시계의 시곗바늘은 이미 5시 15분을 넘어서고 있었다. 플랫폼에 정차하고 있던 자민우드로 향하는 기차에는 이제 사람들이 다 올라탔다. 마음이 급해져 더 이상 자존심 대결을 할 수 없다고 생각하고, 대사관 직원 말대로 경찰관에게 사과하며 머리를 숙였다. 그러나 경찰관들은 내 사과는 들은 척도 하지 않은 채, 했던 이야기를 하고 또 하면서 시간을 끌기 시작했다. 대사관 직원은 혼자 한숨지으며 경찰관들 시간 끌기가 시작되었다고 한다.

5시 19분쯤 되자 객실 앞에 서 있던 승무원들은 기차에 올라타기 시작했다. 영사와 이야기를 나누던 여자 경찰관은 승무원들이 기차에 올라타는 것을 보자 그때서야 자비를 베풀듯이 나에게 가도 좋다고 했다. 파출소에서 배낭을 제대로 둘러메지도 못하고 한쪽 어깨에 메고 뛰어가는 도중에, 기차 객실 출입문이 닫혔다. 아직 5시 20분이 안 된 것 같은데 문이 닫혔다. 여자 경찰관은 승무원들이 모두 기차에 올라가는 것을 보고, 곧 출입문이 닫혀서 내가 기차를 타지 못할 것이라고 생각하는 정확한 시점에 나에게 가도 좋다고 놓아준 것이다. 그러한 악의가 없었다 하더라도 결과론적으로 그렇게 되었다.

배낭을 한쪽 어깨에 멘 채로 기차 앞쪽 방향으로 죽을힘을 다해 달리며 문을 두드리며 열어 달라고 뛰었다. 그러나 아무 문도 끝내 열리지 않았다. 잠시 후 애타는 나를 뒤로 한 채 서서히 기차가 움직이기 시작했다. 순간 머릿속이 하얗게 변했다. 뒷일에 대한 계산이 쉽게 되지 않았다. 저 기차를 타지 못했으니 오늘 하룻밤을 어디선가 자야하고, 기차표를 다시 끊어야 하고, 베이징에 호텔을 예약해 놓았는데 하루 늦게 도착하면 무용지물이 되어 다시 예약해야 하고, 한국으로 돌아가는 비행기를 타지 못할 테고, 월요일 아침에 출근해야 하는데 한국에 못 돌아가니⋯ 기차를 타기 위해 뛰어다니던 그 짧은 순간에 수많은 생각들이 머릿속을 스쳐갔다.

결국 기차를 타지 못하고 망연자실해 있는 모습을 본 영사와 대사관 직원이 나에게 왔다. 대사관 직원은 이 기차 말고 오늘 밤에는 중국 방향으로 가는 기차가 하나 더 있는 것 같으니, 매표소에 가서 알아보라고 했다. 모든 것이 절망으로 가득하다고 느끼고 있던 그 순간 대사관 직원의 그 말은 나를 구원해 주시겠다는 성경 말씀처럼 들렸다. 대사관 직원에게 기차표를 사 본 적이 없으니, 매표소에 같이 가달라고 부탁했다. 방금 놓친 기차의 표는 직접 산 것이 아니냐고 묻는다. 한국에서 기차표를 구해 와서 기차표 사는 방법을 모른다고 대답했더니, 대사관 직원은 참 재주도 좋다며 웃으며 매표소로 동행해 주었다. 정말 그 날 밤 8시 45분에 자민우드를 지나가는 국제열차가 있었다. 국제열차이기 때문에 떠나버린 기차보다 가격은 약 5배나 더 비쌌지만, 선택의 여지는 없었다. 정말 감사한 마음으로 5배 요금을 기꺼이 지불했다.

국제열차표를 사서 역 광장으로 나왔다. 그 순간에도 영사는 바쁜

오래된 철도

전화가 계속 온다. 그날 한국인 누군가 납치된 것 같다는 얘기를 한다. 나도 급하기는 했지만 나만 바쁘다고 재촉했던 것이 조금은 미안해진다. 연신 고맙다는 인사를 반복하며 영사와 대사관 직원과 헤어졌다. 나의 괜한 자존심 싸움 때문에 바쁜 와중에도 시간을 내어 도와준 영사와 대사관 직원에게 감사의 마음을 전한다.

07

몽골에서
중국으로 넘어가는 국경

▲ 자민우드 역

여행 마지막에 마침내 만난 Mike

자민우드로 가는 기차를 다시 3시간 동안 기다려야 한다. 시간적인 여유는 있었지만, 경찰관들과 자존심 대결을 하느라 힘이 빠져서 어딜 다녀와야겠다는 생각이 들지 않았다. '이렇게 기차를 놓칠 줄 알았다면 끝까지 머리를 숙이지 않을 걸…' 하는 생각도 든다.

역 광장 여기저기를 돌아다니다가, 벤치에 앉아 『부활』을 읽기 시작했다. 내가 담배를 태우다가 경찰관에게 단속된 그곳에서 가끔 담배를 태우는 사람도 있었다. 경찰관은 담배를 태우는 사람을 보고서도, 허름한 차림에 나이 든 사람에게는 딱히 뭐라고 하지 않고 그냥 지나쳤다. 나는 보란 듯이 경찰관을 바라봤고, 경찰관과 눈이 마주쳤다. 그러자 경찰관은 내 눈을 피한다. 돈이 나올만한 외국인인 나만 일부러 잡은 것 같다는 생각이 더 강하게 들었다. 그러고 보면 나와 같이 파출소에 간 그 사람도 외국인인 나 때문에 재수 없이 같이 단속된 것일 수도 있다. 그래서 그 남자가 억울해서 경찰관과 계속 말다툼을 한 것일지도 모른다.

해가 서쪽으로 완전히 넘어가고 저녁 8시가 넘자 기차가 도착했다. 허름하면서도 값비싼 기차답게 4명이 타는 객실에는 사람이 1~2명씩밖에 타지 않았다. 나는 40대 정도로 보이는 중국인 아주머니와 같은 객실에 탔는데, 저녁 내내 어떤 남자와 시끄럽게 영상통화만 하다가 침대에 쓰러져 잠이 들었다.

내가 탄 기차의 한 가지 장점이라고 한다면 5시 20분 기차보다 3시간 이상 늦게 출발하지만, 국제열차이기 때문에 정차하는 역이 적다. 그래서 자민우드에 도착하는 시간은 1시간 40분 정도밖에 차이가 나지 않는다. 기차가 자민우드 플랫폼에 들어서자 내가 놓쳐버린 기차가 정차해 있었다. 원래 내가 타기로 되어 있었던 기차 12호차 객실을 바라보며 '그렇게 뛸 때 문 좀 열어주지…'라는 아쉬운 원망과 '문을 안 열어준다고 내가 못 올 것 같으냐…'라는 마음이 교차했다.

황량한 자민우드 역을 빠져나가자 역 광장에는 사람보다 차들이 더 많다 싶을 정도로 빼곡하게 주차되어 있었다. 한국에서 미리 검색해본 것으로는 자민우드에서 국경을 넘을 때는 지프차를 타고 넘는다고 한다. 역 광장을 나가자 수많은 호객꾼들이 중국 엘렌을 외쳐댄다. 가격은 모두 중국 돈 100위안으로 동일했다. 나 역시 한 명의 호객꾼 아주머니에게 이끌려갔다(아주머니라고 해도 나보다 나이가 적을 것이겠지만). 아주머니의 차는 도요타 SUV차량으로 호객꾼들 차량 가운데는 나름 고급 차량이다. 아주머니는 차에서 자리를 지정해 주었고, 나는 담배를 한 대 태우고 탑승하겠다고 했다.

내가 타기로 한 차량 뒤편에서 담배를 태우고 있던 그때, 나와 같은 빨간색 티셔츠를 입고 담배를 태우고 있던 한 남자가 있었다. 그 남자는 내 보조가방을 가리키며 가방이 찢어져서 물건이 나올 것 같다고 알려주었다. 가방 모서리가 찢어진 것은 나도 이미 알고 있었기 때문에 그냥 고맙다고 하며 넘겼다. 그리고는 자동차로 돌아와서 아주머니가 지정해준 제일 뒷자리에 앉았다. 내 옆자리에 사람이 한 명 앉았는데 아까 나에게 가방이 찢어졌다고 알려준 그 남자였다. 둘 다 똑같이 빨간색 티셔츠를 입고 자동차 제일 뒤에 앉아 그때까지만 해도 서로 아무 말도 없었다.

아주머니는 거칠게 차를 몰아 국경방향으로 향했다. 몽골 출국심사대 앞에 자동차를 정차하고서는 사람들에게 모든 짐을 갖고 차에서 내리게 했다. 만약 자동차에 탑승한 사람 가운데 한 사람이라도 출입국심사가 늦어지면 자동차에 탄 사람 전체가 기다려야 한다. 성격이 급한 아주머니는 몽골인도 중국인도 아닌 유일한 외국인이었던 내가 걱정되었나 보다. 영어를 조금이라도 할 것 같은 내 옆자리에 앉았던 빨간 티셔츠를 입은 몽골남자에게 같이 데리고 가서 출입국심사를 받아 달라고 부탁했다. 그 남자는 흔쾌히 승낙하고서는 나를 데리고 갔다. 물론 나야 도움을 받아야 하는 사람으로서 승낙의 권한은 없었다.

그 몽골남자는 몽골 출국세를 납부하는 표를 구입하는 것부터 해서 나를 데리고 다니면서 도와주었다. 또한 은근슬쩍 새치기하는 아주머니들에게 맞서 우리 순서를 명확하게 말하며 순서를 놓치지 않게 해주었다. 덕분에 우리는 몽골 출국심사대를 빠르게 통과할 수 있었다.

우리보다 출국심사가 한참 늦어진 사람이 있어서 자동차 앞에서 여유 있게 기다렸다. 그동안 자동차를 운전하는 아주머니에게 차비도 지불하고, 몽골남자와 이야기도 나눴다. 자신을 Mike(몽골 이름은 'Баяржаргал Цасчихэр' 이다.)라고 소개한 이 몽골남자는 1990년생 만28살이다. 나와 이 친구는 정확하게 띠 동갑이다. 갑자기 나보고 나이가 어떻게 되냐고 물어보는데 나이를 말하기 민망해졌다. 빨간색 티셔츠에 배낭을 메고 여행을 다니니 본인과 나이 차이가 많이 나지 않을 것이라고 생각했는가 보다. 40살이라고 말하니 이 친구도 깜짝 놀라고 옆에 있던 자동차 아주머니는 놀라서 웃음을 참지 못하고 입을 막으며 고개를 옆으로 돌렸다. 나이를 말한 나도 민망해졌다.

오래된 철도

▲ 몽골 출국심사를 받기 위해 앞장서 가는 Mike

▲ 출국심사를 받고 다른 사람들을 기다리던 곳. 이곳에서 차비도 지불하고 Mike와 정식으로 인사를 나누었다

Mike는 나에게 어디로 가는 길이냐고 물었다. 베이징까지 가는 길이라고 말하자, 자신도 베이징으로 가고 있다고 한다. 서먹함도 잠시 띠동갑이라는 나이 차이에도 불구하고 우리는 자연스럽게 친구가 되어 베이징까지 동행하기로 했다.

Mike는 정감이 있는 얼굴에 목소리도 매우 호감이 갔으며 말투도 차분했다. 어제 울란바토르 역에서 경찰관과 다툼 때문에 몽골에 대하여 안 좋은 인상을 갖고 있었는데, 몽골의 마지막 국경 끝자락에서 마침내 만난 Mike 덕분에 안 좋았던 마음이 눈 녹듯이 사그라지고 있었다. 하긴 경찰관과 다툼이 없었다면 이 친구를 만나지 못했을 것이다.

중국 입국심사를 받다가 조사실로

사람들 모두 자동차에 탑승하자 아주머니는 중국 입국심사대 방향으로 거칠게 차를 몰았다. 국경을 지나올 때는 차 안에서 몽골 조사원을 향하여 다 같이 여권에 출국도장이 찍힌 부분을 펼쳐서 보여주어야 한다. 중국 측 입국심사를 하는 건물에 들어가서 Mike와 함께 외국인 줄에 섰다. 차례를 기다리면서 Mike와 페이스북으로 친구도 맺었다.

한참을 기다려 내 차례가 왔는데 중국심사원이 여권 사진을 한참 보기 시작했다. 사진을 찍고 손가락 지문 검사까지 모두 마쳤음에도 불구하고 입국심사원은 나를 계속 바라보더니 다른 직원을 불렀다. 그 직원에게 무슨 말을 하더니, 직원은 나를 건물 뒤에 위치한 사무실로 데리고 갔다. 그곳에서 다시 여권을 검사하고, 정밀사진 같은 것을 찍

오래된 철도

었다. 한참이 지나 입국심사대로 돌아와서 입국 도장을 받고 나올 수 있었다. Mike는 입국심사대를 통과한 뒤 내가 돌아올 때까지 기다리고 있었다.

Mike 설명으로는 내 여권 사진과 얼굴이 다른 것 같아 입국심사원이 데리고 간 것이라고 한다. 여권 사진은 정장을 차려입고 넥타이까지 한 사진이고, 입국심사를 받던 나는 빨간 티셔츠에 배낭을 메고 있었다. 그래도 매년 수차례 해외를 다니지만 조사실에 다녀온 것은 처음이다. 그나마 여권에 최근 3번 중국에 입국했던 도장이 남아 있어서 쉽게 끝난 것 같다. 이번에는 나의 입국심사가 길어졌기 때문에 우리가 제일 마지막으로 자동차에 탑승했다. 다시 자동차를 타고 가면서 중국 조사원을 향하여 다 같이 여권에 입국 도장이 찍힌 부분을 펼쳐 보였다.

▲ 중국 입국심사를 받고 나온 건물. 몽골 측 건물과 달리 크고 깨끗하다

자동차는 마지막 종착지 엘렌을 향해 달려가고 있었다. 엘렌 시내에 도착하자 아주머니는 도심 한 건물 앞 주차장에 차를 세웠다. 그리고는 다 왔다고 말하는 것 같다. 당연히 베이징으로 향하는 버스가 있는 곳에 내려 줄 것이라고 생각했는데, 이상한 곳에 내려주니 당황스러웠다. 그런데 더 당황스러웠던 것은 나와 Mike 말고 다른 사람들은 다 엘렌 시내가 목적지였던 것이다.

Mike는 아주머니에게 베이징으로 가는 버스를 타려면 어디로 가야 하는지 물어봤다. 아주머니는 손가락으로 한참 먼 쪽을 가리키며 성의 없게 대답 한다. Mike는 알아들었는지 나를 데리고 택시를 탔다. 5분쯤 가자 작은 버스터미널 같은 곳이 나타났다. 이곳을 버스터미널이라고 알고 찾아왔으니까 터미널이라고 생각하지, 모르는 사람이 지나가면서 봤다면 전혀 터미널이라고 생각하지 않았을 것이다. 만약 Mike가 없었다면 나 혼자 과연 구글 지도를 보면서 이곳 터미널을 찾아왔을까 하는 의문이 들 정도이다.

Mike는 버스터미널 내에 있는 매표창구로 가지 않고 터미널 건물 내 상점에 버스표를 구하러 들어갔다. 우리나라 버스터미널에 있는 화물 보내는 곳과 비슷한 곳이다. 그곳에서 Mike는 목에 수건을 두르고 모자를 쓴 아저씨와 한참을 이야기했다. 그리고 나에게 오더니 오후 2시 50분 버스가 가장 **빠른** 버스이고, 베이징까지는 10~12시간이 걸릴 것이라고 한다.

오후 2시 50분 버스면 아직 오전 10시 30분 정도밖에 되지 않았으니, 4시간 이상을 기다려야 한다. 문제는 4시간을 기다리는 것이 아니라,

베이징에 도착하는 시간이다. 베이징에 호텔을 예약해 놓았는데, 오후 2시 50분에 출발하는 버스를 타면 내일 새벽 3~4시가 되어야 체크인을 할 수 있을 것 같다. 더 빠른 버스가 없냐고 물어봤으나, 그 버스가 가장 빠른 버스라고 한다.

그때 생각이 들었던 것은, 자민우드 역 광장 주차장에서 아주머니 자동차를 타지 말고 큰길까지 걸어 나와 베이징행 버스를 탔어야 했던 것 같다. 버스를 타면 사람이 많아서 출입국심사에 시간은 걸리겠지만, 다른 시간 낭비 없이 자정 이전에 베이징에 도착할 수 있었을 것이다. 베이징으로 가는 버스가 있다는 것을 알았지만, 버스를 몽골 자민우드에서 타는 것이 아니라 중국으로 국경을 넘은 다음에 타는 것으로 생각했다. 그래서 아주머니 자동차로 국경을 넘어온 다음에 버스를 탈 계획이었다. 어찌 되었든 나도 몰랐고, Mike도 몰랐고, 그랬기 때문에 우리는 만날 수 있었고, 지금은 다른 선택을 할 수 없었다.

나는 Mike에게 여러모로 고마운 것도 있고 해서, 점심식사를 사고 싶다고 했다. Mike는 나에게 중국식 식사와 몽골식 식사 중 어떤 식사를 원하는지 물어봤다. 아무래도 많이 먹어본 중국음식보다는 몽골음식이 더 먹고 싶었다. 그리고 아침을 굶은 Mike에게도 중국음식보다는 몽골음식이 더 좋을 것 같아서 몽골식으로 먹자고 했다. Mike는 다시 택시를 잡아타고 택시기사에게 몽골식 식사를 먹을 수 있는 곳을 추천해 달라고 부탁했다. 택시기사가 추천해 준 곳은 국경을 통과하여 아주머니가 자동차에서 내려준 곳에서 얼마 멀지 않은 곳이다. 아마 그곳이 얼렌 시내 중심부인 것 같다.

식당은 현지 사람들도 많이 찾는 고급식당이었다. 자리에 앉자 깔끔하게 차려입은 종업원이 와서 아이패드를 건넸다. 아이패드로 사진을 보면서 체크하는 방식으로 주문을 하는 것이었다. IT 선진국 한국에서도 아이패드로 주문해 본 경험이 많지 않은데, 중국 변방 오지에 와서 첨단 방식으로 주문하게 되니 신기할 따름이다. Mike에게 조금이나마 고마움을 갚고자 식사, 군만두, 맥주, 콜라까지 점심식사 치고는 과하게 주문했다. 음식은 울란바토르나, 테를지 국립공원에서 먹었던 어떤 식사보다도 아주 훌륭했다. 특히 군만두 맛은 이렇게 맛있는 만두를 먹어 본 적이 언제인지 기억이 나지 않을 만큼 맛있다. 그러함에도 계산할 때 보니 가격이 90위안(한화 약 1만 5천원)밖에 나오지 않았다.

점심식사까지 모두 마쳤지만 아직 정오도 되지 않았다. 국경을 통과한 자동차에서 내릴 때 길 건너편에 KFC가 있는 것을 보았다. Mike에게 KFC로 가서 시원한 콜라라도 마시면서 버스 시간을 기다리자고 했다. KFC에서 주문을 위해 줄을 서 있는데, 앞에 줄 선 사람 대부분이 스마트폰으로 결제했다. 대학생 때 지도를 펼쳐보며 아날로그 방식으로 찾아다니던, 그리고 내가 지금 생각하고 있던 후진국 중국이 아니었다. 아이패드로 음식 주문을 받고 스마트폰으로 결제하는 한국보다도 더 첨단 IT로 무장한 나라가 되어 있었다. 특히 엘렌은 중국 내에서도 내몽고자치구의 변방 오지이었음에도.

Mike는 시원한 콜라 한 잔을 마시고 숨을 돌리더니, 잠시 가방을 사러 밖에 다녀오겠다고 했다. 나는 KFC 안에서 짐을 지키면서 기다렸다. 30여 분 뒤에 돌아온 Mike는 아주 크고 훌륭한 배낭을 하나 사왔다. 상인이 80위안을 불렀는데 60위안에 깎아서 샀다고 자랑스럽게 이야기한다. 도대체 가방에 무엇을 넣어갈 것이냐고 물어보자, Mike는

오래된 철도

약이라고 대답한다.

　Mike 이야기를 들어보니 자신은 몸이 아프다고 한다. 22살 때부터 몸이 아파서 베이징으로 병원을 다녔다고 한다. 처음에는 자주 다녔지만 이제는 건강상태가 많이 좋아져서 1년에 한 번 베이징에 가서 주치의를 만난다고 한다. 그리고 1년 동안 먹을 약을 한꺼번에 사서 울란바토르로 돌아간다고 한다. 약값으로만 매달 2백만 투그릭(한화 약 1백만원)이 들어간다고 하니, 우리의 기준에서 생각했을 때도 엄청난 부담이 아닐 수 없다.

　Mike가 나에게 자신의 진료기록카드를 보여줬다. 진료카드에 쓰여 있는 질병을 인터넷에 검색하고 수치를 보니 혈류침전과 관련된 수치가 정상 기준치 대비 매우 높아 아주 심각한 것 같다. 척추 관련 질병도 있었다. 그나마 예전보다는 많이 좋아진 것이라고 한다. 참 좋은 친구 같은데 젊은 나이에 안타까운 생각이 든다. 가슴 아픈 이야기는 뒤로하고 밝은 이야기로 화제를 바꿨다.

▲ 엘렌 KFC에서 TV 오디션 프로그램에 출연했던 모습을 보여주는 Mike

　Mike는 어렸을 적에 2년 동안 한국에 살았다고 한다. 살았던 지역이 어디였는지 기억하지는 못하지만, 아버지가 한국 어딘가에 있는 닭 공장에서 일을 하셨다고 한다. 아버지가 한국 배우 '박상원'을 아주 많이 닮으셨다면서 아버지 사진을 보여준다. 페이스북에 올려놓은 4~5살 어린이 사진을 보여주며 자신이 한국에서 자랄 때 찍은 사진이라고 한다. 그리고 몇 년 전에도 지산리조트에서 열린 록페스티벌에 참가하기 위해 한국에 왔었다고 한다. 다음번 한국에 올 때는 내가 꼭 동행해 주겠다고 약속했다.

▲ Mike가 TV오디션 프로그램에 출연했던 장면

오래된 철도

대학에서 수학을 전공했지만, 자신이 좋아하는 음악을 위해 학교를 그만두었다고 한다. 몽골 TV프로그램 중에도 한국의 오디션 TV프로그램과 마찬가지로 〈The Voice of Mongolia〉라는 오디션 프로그램이 있는데, 오디션 프로그램에도 출전했었다고 한다. 유튜브를 검색해서 본인이 출전했던 방송 영상을 보여줬다. 제법 포스도 있고, 노래도 잘 불렀다. 우승까지는 못한 것 같지만 상당히 높은 단계까지 올라갔던 것 같다. 방송에도 출연하고 음악을 위해 한국에도 오고 나름 음악을 사랑하고 좋아하는 몽골친구인 것 같다. 그러면서 한국 가수 중에는 김광석을 좋아한다고 자신의 스마트폰에 담긴 김광석 노래를 들려준다.

08

횡단여행의 마지막 종착지 중국
베이징

▲ 천안문 광장

Mike와 이야기를 하면서 시간은 생각보다 빠르게 흘렀다. 오후 2시가 넘어 도보 약 15분 거리에 있는 버스터미널로 향했다. 버스 출발시간보다 20여 분 일찍 버스에 탑승했는데, 어떻게 된 일인지 버스에 빈자리가 없다. 분명히 2시 50분 버스표를 샀고, 20여 분이나 일찍 그 버스에 탔는데 말이다. 버스는 출발 시간이 되지 않았음에도 사람이 다타자 그냥 출발했다. 이번에도 Mike가 해결사로 나섰다. Mike는 차장과 이야기를 했고, 차장은 사람들을 바라보며 자리를 정리하더니 두명을 거의 강제로 끌어내리듯 내리게 했다. 그리고 그 자리를 우리에게 주었다. 이번에도 Mike 덕을 톡톡히 본 셈이다.

▲ 닭장과 같은 침대버스 내부

오래된 철도

▲ 베이징으로 향하는 길에 휴게소에서 먹은 저녁식사

　버스에는 가로 3줄씩 2층 침대가 버스 제일 뒤까지 줄줄이 이어져 있다. 버스는 사람을 최대한 많이 태우기 위하여 머리 부분은 높이고, 높아진 부분에 뒷사람 다리가 들어가도록 만들었다. 그렇게 함으로써 같은 공간에 침대를 최대한 많이 배치했다. 그러나 앞사람 머리 부분에 발을 넣는 곳 안쪽은 높이가 낮아 사실상 발을 넣을 수도 없는 곳이다. 일부 키 작은 여자들을 제외하고는 침대가 맞는 사람은 아무도 없다. 나는 키가 180cm가 넘는 터라 다리를 이러지도 저러지도 못하고 있었다.

　버스는 삭막한 거친 들판과 초원을 가로질러 갔다. 다리를 뻗지 못해 고통을 느끼던 중 저녁 6시 30분쯤 되자 버스는 달리던 길 한 모퉁이에 정차했다. 길 건너 가게에서 저녁을 먹으라고 한다. 아마도 우리나라 휴게소와 같은 곳인 것 같다. 왠지 위생적이지 않은 것 같은 모습에 밥 대신 아주 큰 컵라면과 콜라를 샀고, Mike는 밥과 국, 그리고 고량주 한 병을 샀다. 둘이서 허름한 식탁에 앉아 라면과 밥을 먹으면서 고량주를 한잔했다. 라면 국물과 먹는 거친 고량주 맛이 그리 나쁘지는 않다. 30분 정도 지나자 사람들은 식사를 마치고 버스로 돌아가기 시작했고, Mike는 해바라기 씨앗을 사왔다. 그리고 버스를 타면서 비닐봉지 2개를 가져와 나란히 옆자리에 누워 해바라기 씨앗을 까먹었다.

어느새 어둠이 찾아왔고 버스에서 멀뚱멀뚱 눈만 뜬 채 어두워진 창밖을 바라보았다. 이제는 이어폰에서 흘러나오는 노랫소리가 지겹고 귀도 아팠다. 머릿속에는 '제발 빨리 도착해야 하는데… 버스가 좁고 지겨우니 빨리 잠이 들어야 하는데…' 하는 생각으로 가득했다. 구글 지도에 베이징까지 남은 시간과 호텔 도착시간을 계산했다. 처음 계산과 달리 도착 예정시간은 계속 늦어져만 갔다. 이러다가 한밤중에 도착해서 이러지도 저러지도 못할 처지가 될 것만 같다. 처음 버스에 탈 때는 새벽 2시에 호텔 체크인이 목표였는데, 저녁을 먹을 때쯤 목표는 새벽 3시로 늦춰졌다.

새벽 2시에 버스는 도로 길가에 정차했다. 화장실은 따로 없었고 사람들은 내려서 아무 곳에나 소변을 보기 시작했다. 구글 지도에 찍어보니 베이징까지는 약 2시간이 남은 거리였다. 새벽 5시에는 호텔에 체크인을 할 수 있을 것 같았다. 그러나 10분, 20분, 30분… 아무리 기다려도 버스는 출발하지 않는다. 도대체 왜 버스가 출발하지 않는지 화가 나서 잠도 오지 않는다. 결국 버스는 그곳에서 2시간이나 정차한 뒤 새벽 4시가 되어서 출발했다. 아마 베이징 도착시간을 새벽 6시에 맞추기 위해 일부러 기다리고 있었던 것 같다. 그때까지 이제나 저제나 버스가 출발하기를 기다리며 잠이 들지 못하다가, 버스가 출발하는 소리에 모든 것을 내려놓은 채 잠이 들었다.

　　　　　　　　　　　　　　　　　　　　오래된 철도

드디어 횡단 최종 목적지에

마지막 순간에 얼마나 깊게 잠이 들었는지 버스가 베이징에 도착해서 사람들 내리는 소리에 겨우 잠에서 깼다. 잠을 깨는 순간 '드디어 횡단을 마무리했구나! 결국은 해냈다!'라는 생각이 제일 먼저 들었다. 비록 나 자신 이외에는 아무도 의미를 두지 않는 횡단일지라도 결국, 결국은 해냈다. 3년간 준비해 오고 고생해 온 대단원의 막을 내리는 순간이다. 점점 나이는 먹어가고 어깨는 무거워지는 가운데 바쁜 시간을 쪼개서 준비하고 오지로 여행을 떠난다는 것이 결코 쉬운 결정도 쉬운 일도 아니었다. 어쩌면 여행이라기보다는 내가 나이를 먹어가고 있다는 것, 현실에 순응하며 젊은 날의 꿈을 포기하며 살아간다는 것에 들었던 작은 반기였다.

횡단의 마지막을 함께 해준 Mike는 나의 여행의 의미를 아는지 모르지만 축하의 말을 건넸다. 우리 둘은 버스에서 내려 횡단 기념사진을 찍었다. 러시아에서 마지막으로 샤워했고, 테를지 국립공원 게르에서 마지막으로 세수하고 머리를 감았으니 이미 몰골은 말이 아니다. 그래도 자랑스러운 나의 모습이다.

Mike와 마지막 택시를 같이 탔다. 내가 예약한 왕푸징 호텔과 Mike가 예약한 호텔이 같은 방향이었다. 먼저 나의 호텔로 가서 작별인사를 하고, Mike는 다시 택시를 타고 자신의 호텔로 갔다. 만 24시간의 짧은 인연이었고 나보다 12살이나 어린 동생이었지만, 여행하는 내내 나의 상태가 괜찮은지 수시로 물어보며 보살펴 주었다. 언제 어디서 다시 만나게 될지는 모르지만 그에게 무한한 고마움, 그리고 무엇보다도 건강을 찾았으면 하는 마음이 지금 이 글을 쓰는 순간에도 간절하다. 혹시 한국에 오게 되면 반드시 연락하자는 말을 마지막으로 헤어졌다. 3년간 여행하면서 가장 간직하고 싶었던 인연을 가장 마지막에 만난 것 같다. 멀어져 가는 택시를 바라보며 호텔로 들어갔다.

자금성마저 변해버린 베이징

호텔에서는 늦게 체크인한 것을 배려하여 오후 2시에 체크아웃을 할 수 있도록 해주었다. 호텔 방에 들어가서 5일 만에 샤워하고 커다란 침대에 누웠다. 버스에서 계속 자다 깨다가를 반복한 상태라서 다시 잠이 오지 않는다. 배낭을 정리하고 많이 변해있을 베이징 시내를 돌아보기 위해 다시 거리로 나왔다.

'상전벽해'라는 말은 바로 이러한 것을 이야기하는 것이라는 듯, 16년 만에 다시 찾은 베이징은 모든 것이 변했다. 심지어 자금성도 변했다고 표현하는 것이 맞을 것 같다. 시간이 넉넉하지는 않았지만, 자금성에 다시 한 번 꼭 가보고 싶었다. 그런데 아침 10시가 되지 않았는데 자금성 입장권이 매진이라고 한다. 아마 16년 전 줄을 서서 입장을 기다리던 시스템에서 대부분 예약 시스템으로 바뀐 것 같다. 영화 〈마지막 황제〉에서 주인공 '부의(溥儀)'처럼 오랜 세월이 흐른 뒤 다시 자금성에 찾아가서 옛 추억을 되살려 보고 싶었지만 자금성 오문(午門) 앞에서 혼자 사진만 찍고 돌아서야 했다.

오래된 철도

천안문 광장도 많이 바뀌었다. 예전에는 개방되어 있던 천안문 광장인데 이제는 신분증 확인까지 받아야 광장에 입장할 수 있다. 그리고 무엇보다 많이 바뀌어 있던 것은 전문(前門)앞 대로(大路)이다. 그냥 대로가 통째로 없어졌다. 16년 만에 우리나라를 다시 찾은 외국인이 세종로가 없어졌다고 생각해 보면 내가 느꼈던 감정과 비슷할 것이다. 대로에 있던 샛길 따스란(大柵栏) 거리에 16년 전 내가 묵었던 초대소도 흔적 없이 사라졌다. 오직 전문 근처에 있던 KFC만 위치가 조금 바뀌어 남아 있는 것 같다. 옛 추억을 간직하고 있던 거리는 그냥 추억만을 상상하게 만들었다.

16년 전 성냥개비에 불붙듯이 타오르던 열정을 생각하며 공항으로 향하는 버스에 몸을 실었다.

▲ 16년 만에 다시 찾은 전문(前門) 앞. 전문대로(大路)가 통째로 없어졌다

Ⅲ 동 시베리아·몽골 횡단 정리

시베리아와 중국 여행에 대한 경험이 있었기 때문에, 동 시베리아·몽골 횡단여행은 가장 가볍게 생각하고 시작한 여행이다. 그런데 준비 과정에서 많은 어려운 문제들을 해결해야만 했고, 몸 상태도 그리 좋지 못했다. 더욱이 시간 착각, 경찰관과 다툼 등 좌충우돌로 인하여 여행 과정도 순탄치 않았다. 그러함에도 baba와 K, MP 그리고 Mike 등 좋은 인연을 만나 가장 기억에 남을 만한 여행을 했다.

세상은 정말 빠르게 변한다. 우리나라보다 후진국이라고만 생각했던 중국, 그중에서도 내몽고자치구의 변방 국경 지역에서 아이패드로 음식을 주문받고, 스마트폰으로 결제하고 있다. 나 자신이 현실에 안주한다면 얼마 가지 못해 외국에서 콜라 한잔 사먹기도 어려워질지 모른다.

내 나이도 40대에 접어들면서 아주 단기간에 장거리를 여행하기에는 발걸음이 많이 무거워졌다. 조금 더 시간이 지난다면 조금 더 현실에 맞게 여행하는 방법을 바꾸어가야 하겠지만, 결코 포기하지는 않으련다. 나는 여행을 통하여 내가 살아 있다는 것, 아직도 많은 가능성을 갖고 도전할 수 있다는 것을 느낀다.

▲ 동시베리아 · 몽골 횡단 경로

오래된 철도

아주 오래전 이야기로 나의 기억에서도 서서히 잊혀져간다.

디지털 카메라가 본격적으로 보급되기 바로 직전으로,

남아 있는 사진도 사진관에서 인화한 필름 사진 몇 장이 전부이다.

그러다보니 사진들 대부분은 풍경보다는 인물 중심의 사진들이다.

조금 더 기억에서 잊히기 전에 지금이라도 남아 있는 기억을

글로 옮기는 것이 젊은 날의 열정에 대한 최소한의 보답인 것 같다.

5장

중국대륙 횡단
– 백두산 천지(天池)에서 톈산 천지(天池)까지

| 아주 오래전 이야기

백두산 천지(天池)에서 톈산(天山) 천지(天池)까지 중국대륙 횡단여행은 한·일 월드컵이 한창이던 2002년에 떠났다. 아주 오래전 이야기로 나의 기억에서도 서서히 잊혀져간다. 디지털 카메라가 본격적으로 보급되기 바로 직전으로, 남아 있는 사진도 사진관에서 인화한 필름 사진 몇 장이 전부이다. 그러다보니 사진들 대부분은 풍경보다는 인물 중심의 사진들이다. 조금 더 기억에서 잊히기 전에 지금이라도 남아 있는 기억을 글로 옮기는 것이 젊은 날의 열정에 대한 최소한의 보답인 것 같다.

중국대륙여행은 2001년, 2002년, 2003년 총 3회에 걸쳐 약 20~30일 동안 여행하였다. 중국여행은 계획 단계에서부터 3개의 지역으로 나누었다. 2001년은 황허와 장강 사이, 2002년은 황허 이북 지역, 2003년은 장강 이남 지역으로 구분하여 계획하였다. 특히, 2002년 여행은 백두산에서 신장성 우루무치까지 실크로드를 따라 다녀온 중국대륙 횡단여행이다. 최근 관심이 고조되어 있는 TCR(Trans China Railway) 구간에 해당한다.

2002년 여행의 출발은 옌볜에서 백두산 천지에 오르는 것부터 시작하였다. 그리고 신장성 톈산 천지를 반환점으로 산둥반도까지 돌아오는 여정이었다. 두 산 모두 우연하게도 천지(天池)라는 거대한 호수를 갖고 있는 산이다. 왕복거리로 계산하면 시베리아 횡단철도 9,288km와 비슷한 거리이다.

▲ 2002 중국대륙 여행

한 달 동안 지금은 중국에서도 시골 도시나 연결할 것 같은 낡은 기차를 타고 이동했다. 밤에는 달리는 기차에 앉아 쪽잠을 자고, 낮에는 도시들을 둘러보며 여행하였다. 운이 없는 날에는 입석 기차를 타서 객실 복도에 쭈그리고 자야했다. 화장실에서 문을 잠그고 자는 사람도 있었다. 어떤 날은 자다가 다리에 무엇인가 느낌이 일어 일어나보니 다리 사이에 오리가 돌아다니던 때도 있었다.

최근 언론에 보도되는 내용을 보면 중국은 지난 몇 년 동안 고속철도가 개통되는 등 빠르게 변화하고 있다. 이제는 아주 오래전 이야기이지만, 최근 3년 동안 여행한 시베리아 횡단, 유럽 횡단, 몽골 횡단여행에 대한 이야기와 더불어 중국대륙 횡단의 개략적인 이야기라도 해두는 것은 의미가 있을 것이라 생각한다. 다행스럽게도 그때 기차표와 입장권 등이 아직 상당 부분 남아 있어서 여정을 되돌려 보는 데 도움이 되었다.

01

서역으로 가는 길

엔벤에서 우루무치까지

▲ 장엄한 백두산 천지

조선족 삶의 터전 '옌볜(延边)'

2002년 6월 24일. 중국 북방항공을 타고 선양을 경유하여 옌볜에 도착했다. 둥베이(東北) 호텔 주변에 도미토리 숙소를 잡고 2박 3일 머물렀다.

6월 25일. 옌볜에서 13시 30분 버스를 타고 룽징(龙井)과 윤동주의 고향 명동촌(明東村)에 다녀왔다. 당시 옌볜은 도시 전체가 공사 중이라고 해도 과언이 아닐 만큼 흙먼지가 일어나지 않는 길이 없었다. 지금 옌볜의 모습을 구글 지도로 보더라도 도시 전체가 너무 바뀌어 잘 기억이 나지 않는다.

옌볜에서 룽징까지 버스를 타고 갔으나, 룽징에서 명동촌 윤동주 생가에 가는 길은 대중교통이 없었다. 결국 택시를 타고 윤동주 생가를 다녀왔는데, 명동촌으로 향하는 길은 도로조차 제대로 갖추어져 있지 않았다. 시냇물을 건너는 다리마저 없어서 택시가 직접 시냇물 위를 건넜다. 명동촌에 다녀와서 옌볜 숙소 근처 식당에서 먹었던 커다란 백두산 더덕구이는 아직까지 잊히지 않는 맛이다.

민족의 장엄한 '백두산'

6월 26일. 둥베이 호텔 앞 버스터미널에서 새벽 5시 30분 버스를 타고 백두산으로 향했다. 4시간 정도 달린 버스가 백두산 인근에 도착하자 버스에서 자던 사람들을 택시로 갈아 태웠다. 백두산 정상까지는

오래된 철도

버스가 올라갈 수 없었기 때문이다.

　중국에서 올라가는 백두산에는 태극기를 갖고 올라가지 못한다고 한다. 그래서 미리 겉옷과 안에 입은 티셔츠 사이에 태극기를 품고 올라갔다. 백두산 천지에서 중국 측 경비원이 보지 않는 사이에 겉옷을 열고 태극기를 품은 사진을 찍었다. 그러나 다른 일행도 사진을 찍을 수 있도록 태극기를 건네다가 결국 단속원에게 적발됐다. 단속원에게 태극기를 빼앗기기 전에 사진 한 번만 제대로 찍게 해달라고 부탁하니, 흔쾌히 허락했다. 오히려 단속원과 같이 천지에서 태극기를 흔들며 사진을 찍었다.

　구름도 빠르게 움직이는 백두산 천지를 한참 동안 바라보다가 장백폭포, 소천지를 따라 내려왔다. 대우호텔 근처에서 팔던 백두산 온천물로 익힌 삶은 계란도 잊을 수 없는 추억이다.

▲ 백두산 천지에서
　태극기를 들고

백두산 아래 '얼다오바이허(二道白河)'

▲ 백두산 아래 첫 동네라고 하는 내두산 조선족 마을에서.
2002년 한·일 월드컵 Be the Reads 티셔츠를 입고 있다

6월 26일. 백두산에서 내려와서 옌볜으로 향하지 않고, 백두산 아래 '얼다오바이허'라는 조그만 마을에 내렸다. 조선족 아주머니 도미토리에 숙박하게 되었는데, 그곳에서 본인을 연길TV PD라고 소개한 '이춘원(李春園)'이라는 분을 만나게 되었다. 자신의 이름이 '춘원 이광수'와 같다는 이유로 문화혁명 당시 고초를 겪었다고 한다.

그분께서 백두산에서 자라는 식물로 직접 담그셨다는 술도 마시고, 기왓장에 삼겹살도 구워 먹었다. 그리고 다음 날에는 조선족이 거주하는 백두산 아래 첫 동네라고 하는 내두산 마을에 가서 토종닭 백숙을 먹고 왔다. 얼다오바이허에서 예상치 못하게 하루 더 머무르다 보니 당초 일정보다 늦어졌다.

얼다오바이허를 떠날 때 같이 동행했던 6명 모두 입고 있던 한·일 월드컵 응원복(빨간색 Be the red) 티셔츠를 다 같이 벗어서 얼다오바이허 조선족 아이들에게 선물하였다. 티셔츠를 선물 받은 아이들이 기뻐서 뛰어다니던 모습이 아직도 생생하다.

고구려 국내성 '지안(集安)'

6월 28일. 얼다오바이허에 있는 바이허 역에서 아침 7시 50분 4242 기차를 타고 14시 31분 통화(通化)까지 이동하였다. 통화에서 다시 16시 20분 4249 기차를 타고 19시 09분 지안에 도착했다. 지안은 고구려 수도 국내성이 있던 곳으로 광개토대왕비, 장군총, 국내성 성곽 등이 남아 있는 곳이다.

당시에는 고구려 문화재가 거의 방치되어 있었다. 광개토대왕비는 손으로 만지려고 한다면 만질 수 있을 정도로 외부에 노출되어 있었고, 국내성 성곽도 반쯤 무너져서 시내 한가운데 방치되어 있었다. 몇 년 전 중국 정부에 의하여 동북공정(東北工程)이라는 역사왜곡이 시작되었다. 역사왜곡이라는 사실 자체는 매우 안타깝지만, 역사왜곡 덕분에 무방비로 노출되어 있던 고구려 문화재는 조금이나마 보호받게 되었다.

지안은 압록강을 경계로 북한 평안북도 만포시를 마주하고 있다. 압록강 가운데에는 섬도 있어서 배를 타고 강으로 나가면 북한의 벌거숭이산과 가끔 자전거를 타고 지나가는 사람까지 볼 수 있다. 그리고 지안에는 북한식당도 있어서 북한음식도 맛볼 수 있었다.

▲ 장군총 앞에서. 당시에는 장군총 위에도 자유롭게 올라갈 수 있었다

◀ 광개토대왕비 앞에서. 광개토대왕비에는 지붕 외 별도 보호막은 없었다

▶ 중국 지안 압록강 국경에 '중조 압록강' 표지석. 강 건너편은 평안북도 만포.
　멀리서 자전거를 타고 지나가는 사람도 가끔 볼 수 있다

오래된 철도

청나라 수도 '선양(沈阳)'

6월 30일. 지안에서 버스를 타고 선양까지 이동했다. 낮은 구릉지에 쭉 뻗은 시골길 같은 아스팔트길을 7시간 정도 달려 선양에 도착했다. 얼다오바이허에서 당초 예상했던 일정보다 하루 더 있었기 때문에 선양에서 조금이라도 시간을 단축해야 했다. 선양에서는 청나라 고궁 주변만 둘러보고 그날 밤 베이징으로 떠났다. 아침에 지안에서 통화를 거쳐 선양에 도착하고, 저녁에 버스를 타고 다음 날 아침에 베이징까지 이동하는 강행군이었다.

▲ 청나라 고궁 앞에서 동생과 함께

중국의 심장 '베이징(北京)'

6월 30일. 선양에서 야간 버스를 타고 다음날 7월 1일 아침에 베이징에 도착했다. 주요 관광지로 이동하기 편리한 전문(前門) 앞 대로(大路) 근처 따스란 거리에 숙소를 잡았다. 지금은 전문대로와 따스란 거리는 차가 다니지 않는 관광거리로 바뀌었다. 마치 우리나라 인사동처럼 말이다.

베이징에는 2001년 배낭여행 때도 방문했었기 때문에 다시 가보고 싶었던 곳을 가보며 천천히 여유를 즐겼다. 여행을 떠나기 전 비디오 가게에서 빌려다 본 영화 〈마지막 황제〉의 배경인 자금성을 다시 찾았다. 중국 최고 인재들이 모여 있다는 베이징대학교 법학관 도서관에도 다녀왔다.

내몽고 초원의 '후허하오터(呼和浩特)'

7월 2일. 베이징에서 20시 40분 K89 기차를 타고 다음날 아침 7시 20분 내몽고 후허하오터에 도착했다. 후허하오터에 도착하는 아침이 되자 기차 안에서는 기차 승무원이고 누구고 할 것 없이 여행객으로 보이는 사람 곁에 와서 내몽고 초원 투어를 판매하느라 정신이 없었다. 우리는 온갖 유혹을 뿌리치고 역에 내려 기차에서보다 저렴한 가격으로 투어를 구했다. 한국에서 수출된 낡은 그레이스 봉고차를 타고 후허하오터 북쪽 초원으로 향했다.

오래된 철도

▲ 내몽고 초원에서 말을 타고 나가기 전 게르 앞에서

▼ 내몽고 후허하오터에 있는 라마사원에서

끝없이 펼쳐진 푸른 초원에서 선글라스를 쓰고 한껏 멋을 부리고 말을 타고 나갔다. 사실 말을 탔다고는 하지만 말고삐를 잡고 끌어주는 말잡이가 따로 있어서 그냥 말 위에 올라가 있는 것이나 다름없다. 방자가 끌어주는 말을 타고 한양에 과거시험을 보러가는 이몽룡을 생각하면 될 것이다. 멋지게 차려입고 길을 떠난 것도 잠시 초원 한가운데에서 소나기를 만났다. 사방이 온통 풀밭뿐인 초원은 어디에도 비를 피할 곳은 없었다. 같이 갔던 일행 6명 모두 비에 완전히 젖은 처량한 신세가 되었다. 게다가 장시간 말을 타자 말안장에 안쪽 허벅지가 아파왔다. 말이 움직일 때마다 몸은 앞으로 쏠리고, 쏠리면서 말 등위에 손잡이로 만들어 놓은 쇠에 허벅지가 쓸렸다.

결국 한나절이 지나 숙소로 돌아왔을 때는 힘들고 비에 젖어 춥고 처량한 만신창이 패잔병 모습이 되었다. 전통 게르에서는 샤워는 고사하고 세수할 물도 아껴야 했기에, 담요를 덮고 소쿠리에 쌓여 있던 양고기와 우유를 먹으면서 몸을 녹여야 했다. 게르 주인은 추위에 떨던 우리 일행에게 60도가 넘는 술을 한잔 건넸다. 그러나 얼마나 술이 독했던지 6명이 한잔을 다 먹지 못할 정도였다.

서역이 시작되는 '란저우(兰州)'

7월 4일. 후허하오터에서 14시 40분 2003 기차를 타고 5일 오전 9시 56분 중국 서역이 시작되는 란저우까지 한 번에 이동했다. 란저우에 도착할 무렵 창밖에 황토빛 산과 들이 펼쳐지자 '이제는 정말 서역에 왔

오래된 철도

구나!'라는 생각이 들었다. 란저우는 황량한 것처럼 보이는 메마른 대지에도 불구하고 황허는 누런 물결을 거세게 몰아치며 동쪽으로 바쁜 길을 재촉했다. 란저우에서는 오래 머무르지 않고 배낭을 기차역 보관소에 맡기고 황허와 오샘산 등을 다녀왔다.

▶ 란저우 시내가 내려다보이는 오샘산 공원에서 동생과 함께
◀ 란저우 시내를 흐르는 황허와 그 위의 철교

막의 오아시스 '둔황(敦煌)'

7월 5일. 란저우에서 21시 38분 T52 기차를 타고 6일 10시 53분 둔황 역에 도착했다. 둔황 시내는 둔황 역(정확히는 柳园)에서 버스를 타고 약 2시간 정도 가야 한다. 둔황석굴이 남아 있는 막고굴(莫高窟)과 월아천(月牙泉)이 있는 명사산(鳴紗山)에 다녀왔다. 명사산에서 낙타를 타고 월아천에 붉게 물드는 일몰을 감상했다.

그러나 무엇보다도 기억에 남는 것은 길림성에서 시집 온 아주머니 삶이다. 그때나 지금이나 장기간 여행을 하면 어떠한 맛있는 음식보다도 한국음식이 먹고 싶어지기 마련이다. 그런데 둔황에서 쓰러져 가는 식당 유리문에 세로로 '힌국요리'라는 빨간색 한글이 쓰여 있는 것을 발견했다. '한국요리'도 아니고 '힌국요리'라니. 혹시 한국 사람이나 조선족이 하는 식당이 아닐까 하는 생각으로 식당에 들어갔다. 그러나 식당 주인은 한글을 전혀 모르는 중국 한족이었다.

사연은 이랬다. 가게를 운영하는 부부 가운데 아내는 고향이 중국 동쪽 끝자락 길림성이었다. 어릴 적 길림성에서 자랄 때 조선족들과 생활하면서 어렴풋이 한식과 한글을 봤던 것 같다. 그리고 중국 서쪽 끝자락 감숙성 남자와 결혼하여 고향에서 수천 킬로 떨어진 이곳 둔황에까지 왔다고 한다. 같은 중국이기는 하지만 거리로는 수천 킬로 떨어진 이국이나 다름없는 서역이다. 한국인 여행객이 둔황에 종종 오는 것을 보고 한국요리라도 팔아서 살림에 조금이나마 보탬이 되고 싶었던 것 같다.

오래된 철도

▲ 둔황 명사산과 월아천

▲ 둔황 막고굴 앞에서

　삶이 무엇인지 아직도 잘 모르겠지만, 길림성에서 일만리(一萬里)나 떨어진 머나먼 서역 땅 둔황까지 부모, 형제를 나두고 떠나왔을 운명을 생각하니 안타깝기도 했다.

태양이 불타오르는 '투르판(吐鲁番)'

7월 7일. 둔황에서 23시 36분 T295 기차를 타고 8일 아침 7시 43분에 투르판에 도착했다. 둔황에서 기차를 타고 도착한 투르판은 고창국이 당나라에 의해 멸망하고 안서도호부(安西都護府)가 설치되었던 곳이다.[38] 밤새 입석 기차를 타고 달려와 잠을 설친 일행들이 쉬고 있는 시간에 잠시 밖에 나갔다.

자전거에 하미과(신장 하미 일대에서 나는 멜론)가 담긴 수레를 끌고 가던 노인에게 길을 물었다. 노인은 하미과가 있는 수레에 타라고 손짓했다. 그런데 노인은 내 말을 어떻게 알아들었는지 모르지만 사막 위의 도로를 따라 한참이나 어디론가 갔다. 노인이 나를 하미과와 함께 수레에 실어 데려간 곳은 시내에서 약 11km 정도 떨어진 교하고성이었다. 노인이 나를 왜 교하고성에 데리고 갔는지는 정확히 모르지만, 투르판 여행자에게 투르판에서 가장 멋진 곳을 보여주고 싶었던 것 같다. 돌아오는 길에 노인은 나보고 자전거를 몰아보라고 했다. 사막 위 도로에서 수레가 달린 자전거를 타면서 돌아오던 기억은 황당하지만 잊지 못할 추억이다.

---

38) 고구려가 멸망하고 당나라가 평양에 안동도호부(安東都護府)를 설치한 것과 같다.

▲ 투르판 시장에서. 옆에 있는 노인이 나를 수레에 실어 교하고성까지 데리고 갔다

오래된 철도

▲ 불이 타오르는 것 같은 화염산 앞에서
▼ 투르판 천불동 계곡. 너무 더운 날씨에 돌아다니는 것도 힘들다

　투르판은 날씨는 더웠지만 그늘에만 들어가면 시원했다. 그리고 포
도와 포도주 생산이 풍족한 곳이다. 포도계곡에서 먹던 포도주 맛은
아직도 잊을 수가 없다. 교하고성뿐 아니라 고창고성, 화염산, 천불동
까지 투르판은 더위만 잘 이겨낼 수 있으면 여행자들에게는 정말 멋진
곳이다.

7월 9일. 투르판에서 우루무치까지는 조그만 봉고차를 빌려 이동했다. 나를 교하고성까지 수레에 싣고 갔던 노인이 우루무치까지 저렴한 가격에 데려다 주겠다는 봉고차 기사를 소개시켜줬다. 당시 우루무치도 옌벤처럼 도시 전체가 공사장이었다. 특히 서역 대도시답게 수많은 고층빌딩이 들어서고 있었다.

7월 10일. 우루무치에서 톈산 천지(天山天池风景区)에 다녀왔다. 백두산 천지가 장엄하고 신비스런 곳이었다면, 톈산 천지는 고요하고 편안한 분위기가 느껴졌다. 처음부터 의도하지는 않았지만, 중국 동쪽 백두산 천지에서 서쪽 톈산 천지까지 횡단하는 여행이 되었다.

02

실크로드를 따라서
우루무치에서 산둥반도까지

▲ 고요한 톈산(天山) 천지. 장엄한 백두산 천지와 느낌이 사뭇 다르다

만리장성 서쪽 끝 '자위관(嘉峪关)'

　7월 11일. 우루무치에서 15시 38분 1044 기차를 타고 12일 9시 05분 자위관에 도착했다. 자위관은 중국 동쪽 산하이관(山海关)에서 시작한 만리장성의 서쪽 끝이다. 황량한 자연환경 속에 우뚝 선 자위관의 모습은 이곳이 장성의 마지막이라는 것을 말해주는 것 같다. 자위관보다 서쪽으로는 장성을 쌓을 수도 관리할 수도 없었을 것이다.

▲ 만리장성 서쪽 끝 자위관

오래된 철도

황량한 들판에서 우연히 길을 멈추었는데 발 앞에 사람 주먹 정도 크기의 돌이 있었다. 이상한 느낌이 들어 돌을 들어 뒤집어보니 사람 얼굴 모양의 돌이다. 눈, 코, 입에 미소까지 갖춘 신기한 자연석 돌이다.

▲ 자위관에서 발견한 사람 얼굴 모양의 돌

진시황이 살던 '시안(西安)'

7월 12일. 자위관에서 23시 44분 T54 기차를 타고 란저우를 지나 13일 20시 22분 시안에 도착했다. 나는 2001년 배낭여행 때도 시안을 왔었지만, 다른 일행들은 처음이었다. 다른 일행들에게 이틀 뒤 시안에서 출발하여 칭다오로 가는 기차표를 발권해 주고, 나는 먼저 출발하여 뤄양, 정저우를 거쳐 카이펑에서 그 기차에 올라타기로 했다. 나에게 처음 자유롭게 허락된 시간을 최대한 활용하고자 시안에서 카이펑까지 마치 몽골군이 호레즘 제국을 정벌하기 위하여 서진한 것처럼 속도감 있게 동진하였다.

룽먼석굴이 있는 '뤄양(洛阳)'

7월 14일. 시안에서 일행들과 헤어져 버스를 타고 뤄양에 도착했다. 처음 혼자 해외 배낭여행을 해보는 순간이기도 하다. 일행들과 20일 동안 함께 여행하다가 혼자 떠나게 되어 무한한 자유로움과 외로움을 동시에 느꼈다. 중국 3대 석굴은 봐야 한다는 생각으로 도착하자마자 측천무후 얼굴을 닮았다는 뤄양 룽먼석굴로 향했다. 다음 날 소림사로 버스를 타고 가던 길에 뤄양 끝자락에서 백마사(白馬寺)를 보았다. 백마사는 중국에 처음 불교가 전래된 가장 오래된 사찰이라고 한다.

숭산(嵩山) 속 '소림사(少林寺)'

7월 15일. 뤄양에서 버스를 타고 소림사에 도착했다. 소림사는 중국 명산 숭산에 자리 잡고 있다. 소림사 주변에 도착하자 무림의 사찰답게 여기저기에 무술학원 같은 것들이 많이 있었다.

남자라면 어렸을 적 한 번쯤 '소림사 주방장 호이' 하면서 놀던 기억이 있을 것이다. 어렸을 적 기억 때문에 소림사 주방장을 찾아봐야겠다고 생각했다. 비록 소림사 주방장은 만나지 못했지만 소림사 인근 식당 주방장이 해준 마파두부를 먹었다. 마파두부를 먹고 정저우로 향하던 버스에서 배가 아파오기 시작했다. 배를 움켜잡고 3시간 동안 생사 갈림길에 설 만한 고통을 느끼게 되었다. 도로는 대부분 포장되어 있었지만, 포장상태가 좋지 않아 때로는 비포장도로와 유사한 구간도 많았다.

오래된 철도

추억이 없는 '정저우(郑州)'

7월 15일. 소림사에서 탄 버스가 정저우 시내에 들어서자 교차로에서 신호를 대기하고 있던 중 주유소에 있는 간이화장실이 보였다. 운전기사에게 부탁하여 버스터미널에 도착하기 전에 내렸다. 화장실로 뛰어가는 것이 얼마나 급했는지 모른다.

포청천이 살던 '카이펑(开封)'

7월 15일. 정저우에서 저녁 늦게 버스를 타고 카이펑으로 이동했다. 카이펑은 드라마로 방영되었던 판관 포청천의 활약으로 알려진 곳이다. 지금은 작은 도시이지만, 과거에는 중국 고대 6대 도시에 들어갈 만큼 큰 도시였고 여러 나라의 도읍이었던 곳이다.

카이펑에서 고성 등을 둘러보고, 일행들을 태우고 시안을 출발한 기차가 지나가기를 기다렸다. 카이펑 역 플랫폼으로 기차가 들어설 때 일행들이 창밖으로 고개를 내밀고 손 흔들며 큰 소리로 나를 부르던 기억이 아직도 생생하다. 겨우 2일 떨어져 여행했음에도 서로가 그렇게 반가울 줄은 몰랐다.

마지막 종착지 산둥반도 '칭다오(青島)'

7월 16일. 카이펑에서 17시 41분 K174 기차에 올라타 17일 새벽 6시 26분 마지막 종착역 칭다오에 도착했다. 기차의 종착지도 우리 중국대륙 횡단여행의 종착지도 칭다오였다. 다른 일행들은 좌석이 있었으나, 나는 중간에 무조건 기차에 올라탔기 때문에 칭다오 역에 도착할 때까지 입석이었다.

약 한 달간 긴 여행을 마치고 칭다오에 도착하여 바닷가에서 마음껏 여유를 누렸다. 비닐봉지에 담아서 팔던 칭다오맥주를 마시며 한 달간 고생을 위로했다. 7월 18일 칭다오항에서 18시에 출발하는 배를 타고 7월 19일 인천항에 도착함으로써 중국대륙 횡단여행을 마무리했다.

Ⅲ 중국대륙 횡단 정리

유라시아 횡단을 시작하기 전 중국대륙 횡단은 나의 젊은 날 가장 소중한 추억이었다. 내 인생에 있어서 가장 중요하고 소중한 순간이었음에도 불구하고, 나중에 글로 남기면 될 것이라는 생각에 미루고 미루다가 결국 잊혀가는 여행이 되고 있다. 글을 쓰는 2019년 지금 기준으로 벌써 17년이나 지난 일이다. 그때 기록으로 남겨두었더라면 조금 더 의미 있는 여행기를 남길 수 있었을 텐데 하는 아쉬움이 남는다. 그나마 다행이라고 한다면 그때 항공권, 기차표, 기념품, 그리고 각 도시에서 구입했던 도시들의 지도, 여행안내 책이 상당 부분 책장 서랍에 남아 있다. 남아 있는 기억과 남아 있는 것들을 모아 퍼즐을 맞추듯이 중국대륙 횡단을 정리하였다.

중국은 시베리아와 다르게 빠르게 변화하고 있다. 글을 쓰면서 구글지도로 다녀왔던 곳을 확인해 보면 다른 세상이 된 것 같다. 내가 여행했던 기차 시간과 번호를 적어두기는 하였지만, 이제는 고속철도가 오래된 철도를 대신하고 있다.

'나는 직장인이니까 유라시아 횡단은 할 수 없는 거야!'라는

내 자신에게 안 된다는 이유를 납득시키기 위한

분명한 선을 그어 놓고 현실에서는 넘지 못하는 벽이라고 생각했다.

한 달의 휴가는 있어야 가능하다고 생각했던 유라시아 횡단여행은

지극히 갈망하고 고민하자 해결 방안도 나왔다.

구간별로 끊어서 고민해 보니

직장인으로서 무리는 있지만 불가능한 것은 아니었다.

불가능하다고 생각하고만 있었으니 불가능했던 것이다.

6장

여행과 글을 마치며

| 인생은 여행

인생은 횡단여행

  사람들은 '인생은 여행이다'라는 말에 대체로 공감한다. 그래서 많은 사람들은 인생의 축약판이라고 할 수 있는 여행을 떠나 새로운 것을 보고 느끼고 싶어 한다. 하지만 많은 사람들은 자신의 인생이 휴양지에 머무르는 것 같은 인생이 되기를 원한다. 나 역시 부정할 수 없다. 그만큼 세상이 각박하고 살아남기 어렵기 때문에 그러한 인생을 꿈꾸는 것일 수 있다.

  그러나 휴양지를 여행하는 것 같은 인생을 살아가는 사람은 과연 얼마나 될까? 인생에서 휴양지를 여행하는 것 같은 순간은 얼마나 많을까? 많지 않을 것이라 생각한다. 대부분 사람들은 삶이라는 숙명과 인류가 만들어낸 오래된 관습과 제도라는 틀에 적응하고 순응하며 살아왔고 살아간다. 마치 기차가 철길이라는 틀에 맞추어 달려온 것처럼.

  그리고 보면 인생은 휴양지를 여행하는 것이 아니라 오래된 철길을 달리는 횡단여행 같다. 횡단열차는 종착지를 향하여 끊임없이 달려간다. 기차역에 잠시 쉬면서 고단함을 풀기도 하지만 정해진 시간에 목적지에 도달하기 위해, 뒤에 달려오는 기차에 뒤처지지 않기 위해 달린다. 그렇게 달려가기에 지나가고 나면 아쉬움이 남는다. 인생도 횡단여행도 한번 지나가면 되돌리려 해도 돌이킬 수 없다.

내 자신에 대한 핑계 탈출

유라시아 횡단이라는 목표가 있었으나, 현실적 한계에 부딪히고 두려움으로 인하여 도전하지 못했다. 아니 정확하게 말하면 도전하지 않았다. 그냥 '나는 횡단 꿈이 있었지'라는 생각을 하면서 살았을 뿐 꿈을 이루기 위한 진지한 노력은 하지 않았다. '나는 직장인이니까 유라시아 횡단은 할 수 없는 거야!'라는 내 자신에게 안 된다는 이유를 납득시키기 위한 분명한 선을 그어 놓고 현실에서는 넘지 못하는 벽이라고 생각했다. 그렇다 보니 진정한 용기와 결단이 생기지 않는 것이었고, 하늘도 돕지 않았다.

2016년 7월 사촌동생의 러시아 여행은 나에게 신선한 충격이었다. 사촌동생이 태어날 때 내가 꿈꾸던 여행의 일부를 사촌동생이 대학생이 되어 먼저 하고 있다는 사실에 '나는 무엇을 바라며 살고 있는 것인가!'라는 마음속 진지한 자성의 소리를 듣게 되었다. 이제는 더 늦출수 없다는 절박감도 갖게 되었다.

결심을 하려고 하니 하늘도 도왔다. 대학원을 같이 다녔던 동생 원구가 블라디보스토크에서 게스트하우스를 하고 있어서 여행에 연착륙할 수 있도록 많은 도움을 주었다. 어려운 문제를 해결해야 하는 중요

오래된 철도

한 순간에서는 구원의 손길을 내밀어 도움을 주었다. 한 달의 휴가는 있어야 가능하다고 생각했던 유라시아 횡단여행은 지극히 갈망하고 고민하자 해결 방안도 나왔다. 반드시 처음부터 끝까지 한 번에 횡단철도를 타고 가는 것만이 정답은 아니라는 것을 뒤늦게 깨달았다. 구간별로 끊어서 고민해 보니 직장인으로서 무리는 있지만 불가능한 것은 아니었다(2016년 여름휴가, 2017년 5월 황금연휴, 2018년 여름휴가). 불가능하다고 생각하고만 있었으니 불가능했던 것이다.

그동안 고민과 노력을 하지 않았기 때문에 하늘이 돕지 않은 것이지, 하늘이 돕지 않았기 때문에 여행을 할 수 없었던 것이 아니었다.

막상 도전한 여행은 그리 녹록하지만은 않았다. 무거운 배낭을 메고, 씻지도 못하고, 먹을 것도 입에 맞지 않고, 거의 모든 도시에서 펼쳐진 문제들을 나 스스로 해결해 나가지 않으면 안 됐다. 그런 것을 참으며, 문제를 해결해 나가고, 그러다 보면 짜릿하고 갈망하던 순간이 다가오고⋯ 그것이 여행인 것 같다. 그리고 인생인 것 같다.

II 새로운 길을 찾아

오래된 철도를 통하여

사람은 항상 만나고 교류하며 살아간다. 그리고 만남과 교류의 매개체 역할을 하는 것은 길이다. 그것이 어떠한 길이든 길은 사람과 사람, 세상과 세상을 연결해 준다. 나는 몇 번의 여행을 통하여 시베리아 횡단철도(TSR), 중국대륙 횡단철도(TCR), 몽골 횡단철도(TMGR), 유럽 횡단철도 등 주로 동(東)과 서(西)를 이어주는 철의 실크로드를 다녀왔다.

철길을 따라 쉬지 않고 대륙 저편까지 가보는 것 자체만으로도 아주 큰 의미가 있다고 생각한다. 하지만 나는 조금 더 욕심을 냈다. 세상을 향하여 움직이는 만큼 조금 더 볼 수 있다는 생각으로 여행하는 중간에 있는 오아시스와 같은 도시들을 연결하는 여행을 선택했다. 그래서 더 힘은 들었지만, 더 많은 것을 보고, 더 많은 것을 생각할 수 있는 여행이었다. 좌충우돌 힘든 사건들은 지나고 보면 나의 발길을 가로막을 만큼 결정적인 것은 아니었으며, 결국 지나고 보니 다 해결되고 소중한 추억으로 남았다.

내가 본 세상은 횡단 선상에 있는 아주 일부이지만, 유라시아 어느 도시를 가더라도 사람이 살아가는 방식은 다르면서도 크게 다르지 않았다. 제각각 오랜 세월 자연과 사회에 적응하며 본인들 기준에 적합하다고 생각하는 방식을 만들고 최적 방안을 모색하며 살아가고 있다. 그리고 그 기저에는 인간으로서 인류 보편적인 가치가 자리 잡고 있다.

그동안 깨닫지 못하고 이해하지 못한 것은 아니지만, 그들과 다른 부분에 대하여 나를 둘러싼 세상에서 벌어지는 현실과 현상의 기준에 따라 이해하고 받아들였다. 여행을 통하여 세상을 바라보는 시야가 조금이나마 더 넓어지고 열린 마음으로 바라볼 수 있는 계기가 되었다.

새로운 철도를 보다

시베리아에서 한가롭게 휴식을 취하고 있는 오래된 철도는 우리에게 새로운 기회가 될 수 있다. 시베리아를 달리는 147칸 화물기차는 희망봉과 수에즈운하를 지나지 않더라도 열흘이면 유럽에 닿을 수 있다.

영국은 섬나라이지만 유로스타로 연결되어 섬나라 아닌 섬나라가 되었다. 반면 우리나라는 남과 북 분단으로 인하여 섬나라가 아니지만 섬나라가 되었다. 통일된다면 또는 남과 북 철도 연결과 통행이 가능하게 된다면 우리는 새로운 기회를 찾아 뻗어 나갈 수 있다. 아니 어쩌면 새로운 기회가 아니다. 태초부터 주셨던 기회를 남과 북 분단으로 인하여 우리 스스로 가로막고 있던 것뿐일 수 있으니.

오래된 철도 위에 펼쳐질 새로운 기회를 찾아 나서야 한다. 지금 당장 모든 것을 하기에는 넘어야 하는 과제가 산재해 있지만, 고민하고 대안을 제시해 가는 노력들을 계속한다면 길은 보일 것이다. 나는 많은 노력 가운데 통일이 된다면 서울에서 런던까지 달려갈 수 있는 가능성을 실천하는 것을 보여주었다고 생각한다. 미력이나마 이러한 고민과 실천이 반복된다면 새로운 철길은 보일 것이다.

III 아들과 딸에게

가장 큰 실수는 해보지 않고 미리 포기해 버리는 것이다. 진지한 마음의 소리를 듣고 무엇인가 이루고자 결심을 했을 때 하늘은 기회를 주고 주변 사람은 도움을 준다. 현실을 탓하고만 있으면 아무것도 할 수 있는 것이 없다.

또한 철길을 벗어난 기차는 달릴 수 없는 것처럼 현실을 인정하지 않은 채 박차고 나가려고만 한다면 어우러져 살아가야 하는 사회에서 기대하는 구성원이 될 수가 없다. 주어진 현실의 범위 내에서 가혹한 시험을 치르더라도 도전하며 묵묵하게 목적지를 향하여 달려가는 기차와 같이 살아가야 한다.

나 역시 내가 만든 기준과 현실의 벽을 넘어선다는 두려움에 꿈꾸던 여행을 실행하기까지 오랜 세월이 걸렸다. 그러나 그 두려움의 벽을 한 번 깨고 나오자 두려움은 더 이상 나를 가로막을 수 없었다. 지극히 갈망하고 노력하니 하늘도 도왔다. 간절하게 무엇인가를 원하고 준비할 때 그것은 만들어졌다. '직장인이니까, 바쁘니까'라는 이유는 자신을 합리화하고 현실에 안주하기 위한 핑계에 불과했다. 생각하는 것은 힘이 들지만 생각을 하면 할수록 생각의 힘은 커지고 문제를 해결하기 위한 방안들도 생겼다. 적어도 그것이 최적의 선택은 아닐지라도 크게 후회하지 않을 선택들이 만들어졌다.

글을 통하여 아들과 딸이 아빠의 생각을 조금이나마 이해하고, 살아가는 데 도움이 되었으면 한다. 명심보감, 탈무드와 비교할 수는 없겠지만, 아빠의 진솔한 이야기를 읽는 것이 조금 더 가슴에 와 닿을 것 같다는 생각에서 글을 쓰기 시작했다. 이 글이 언젠가 책장에서 빛바랜 누런 종이가 되어 있을지라도 삶이 힘겨울 때, 아빠가 생각날 때 한 번 꺼내어 읽어보고 얇은 미소를 지을 수 있다면 그것으로 만족한다.

마르코 폴로의 동방견문록이 유럽인들의 신항로 개척에 촉매제 역할을 한 것처럼, 아빠의 여행기가 삶이라는 긴 여정을 살아가는 데 조금이나마 도움이 될 수 있는 촉매제가 되었으면 하는 마음으로 글을 마감한다.